杨宏 著

北方联合出版传媒(集团)股份有限公司
春风文艺出版社
·沈　阳·

© 杨 宏 2015

图书在版编目（CIP）数据

日升日落 / 杨宏著. —沈阳：春风文艺出版社，2015.8（2024.8重印）
ISBN 978-7-5313-4880-1

Ⅰ．①日… Ⅱ．①杨… Ⅲ．①长篇小说—中国—当代 Ⅳ．①I247.5

中国版本图书馆CIP数据核字（2015）第175533号

日升日落

责任编辑	姚宏越
责任校对	金丹艳
封面设计	冯少玲
幅面尺寸	170mm×240mm
字　　数	310千字
印　　张	16.5
版　　次	2015年8月第1版
印　　次	2024年8月第2次
出版发行	北方联合出版传媒(集团)股份有限公司 春风文艺出版社
地　　址	沈阳市和平区十一纬路25号
邮　　编	110003
购书热线	024-44871130
印　　刷	永清县晔盛亚胶印有限公司印刷

ISBN 978-7-5313-4880-1　　　　　　　　定价：78.00元

版权专有　侵权必究　举报电话：024-23284391
如有质量问题，请与印刷厂联系调换。联系电话：024-23284384

一

朱成文娶第一个女人时他还是个孩子，什么也不懂，在人们的哄笑中揭开女人盖头时，他吓哭了。女人又黑又壮，长相比他母亲还老。他拥有这样的媳妇完全是基于父亲不负责任的荒诞主张。父亲在棍棒的严厉传授中继承祖上的治家本领，自祖父离开人世的那天起，便统统被父亲忘在脑后。与其说父亲忘记倒不如说是厌倦了更确切，他对祖上几辈人创造的偌大家业没有兴趣。那时朱家在蓝镇的家业如日中天，凡是目光所能触及的土地和山坡以及漫山遍野的骡马牛羊，都归朱家所有。他们拥有蓝镇八个粮店、五十六座磨坊、五个药房、二十四个商店、两个当铺和两家饭店。朱家子孙每个房里都配有丫鬟和用人，为了防止土匪侵袭，还养了百八十个训练有素的家丁。拥有蓝镇三分之二佃户的朱家，秋后交租的人把能开进三辆马车的大门都挤破了。所有的这些，父亲一概不问，他只用了一个下午，就干净利落地把所有的家务像兜售破烂儿一样分摊给堂兄弟叔父伯父们去做。他心里早有计划，并充满信心，他要把已经是深宅大院庭阁林立雕有花饰的建筑重新规划改进。他亲自上阵，并指挥一群泥瓦匠投入到了庞大而繁重的房屋改造工程中去。他干得汗流浃背，就像是一头饥饿的猪扑进了面包窝里啃咬撒欢儿。他用了十年的时间，完成了改进工程。他背着手在庭院里走来走去，像一个热爱土地的农夫在观察每一粒泥土那样仔细。但这些工程，没有给他带来一点快乐。他变得沉默寡言了，一天只吃两顿简便的饭，长期的营养不良和极度的焦虑使他形容枯槁。他整天把自己圈在屋子里思考，通常连他的五个女人都很难见上一面。他的叔父死了，哀乐声鼓动房屋的脊梁"嘎嘎"作响，他浑然不觉。一天，他去茅房的时候，被一个堂伯堵在茅房门口。堂伯要向他汇报家里的情况，他手一挥，恼火地训了这个堂伯一顿，这倒不是因为他讨厌这个堂伯，也不是因为这个堂伯说错了话，而是因为堂伯打断了他的思路。半年后，他急三火四地走出房子，召集了蓝镇及附近村子里所有的泥瓦匠，然后在蒙蒙的秋雨中开始了新的工程。也就是在这段时间,他认识了来自刘家村的刘瓦匠。刘瓦匠砌一手光滑结实的砖墙,娴熟的手法令他称羡不已。为了学到这门手艺,他花费一个多月的时间在暗地里不声不响地观察,然后根据刘瓦匠的手法和姿势在夜里进行模仿,但他失败了。他没有恼火,也没有气馁,他赔着笑脸低三下四就像一个祈求面包的乞丐一样去请教,还给刘瓦匠加了工钱。刘瓦匠是个憨厚人,细心地教了他,可他怎么也砌不出像刘瓦匠那样的墙。于是,在睡不着觉的时候反复琢磨,在由衷的佩服中得出了一个答案——那是一种与生俱来的天分。他做了掌管家务以来的第一次与建筑无关的事——调查刘瓦匠的家庭。很快他就得知刘瓦匠有一个比成文大十二岁的女儿,他兴奋得满脸通红。他是那样的迫不及待,就好像是一个贪财的人发现了宝藏一样紧张神秘有序地进行着他的计划。他的妻子第一个站出来反对这桩婚事,她不想让自己与丈夫多年共同努力获得的成果,因为男人的异想天开而付之东流。但男人固执地排除了所有的阻力,找来了钱媒婆,极其谨慎地交代了自己的诚意。钱媒婆进入刘瓦匠家说明来意,瓦匠还认为是开玩笑,还在瓦匠云里雾里的时候他就已经完成了预定的计划。三天后他送去了丰厚的聘礼,七天后成文在稀里糊涂中做了丈夫。他想在他的后世子孙中,至少有一个后辈将继承瓦匠的遗传基因。八年后,他留下了被后人认为是最豪华最不可思议的一座冬暖夏凉的楼阁——同乐楼。他被长期沉重的劳动搞垮了身体,背驼了,腿弯了,满头都是花白干涩的头发。在春节前两天,他含笑离开了人世。临终前,他把朱成文叫到身边,务必要把那些他生前砌墙的抹子、锤子、铁锹和镐头与他陪葬。

朱成文做了当家人,决定大干一场。以朱成文的顽劣天性,没有人会相信这个当家人会有如此的心理与举措。当初朱家上下得知他执掌了家务,那些长辈和管家们都乐坏了,甚至那些家丁也在暗地里琢磨自己以后的生财之路。果然,一个月内大院里依然重复着以前的生活,他和那个搞建筑的父亲一模一样。

将近十二年中,那些掌管家务的长辈们改变了朱家的经营模式,他们在分管的家务中捞足了油水。管理土地的把地租升高了三倍,获取的钱财是整个家族收入的两倍。管理商店的把商品提升了价格或者干脆把商品搬进自家的仓库,管理药房的堂伯把卖草药的八成利润据为己有,就连那些管理磨坊的管家们也把原来的每次磨米的价格由一文钱提升到七文钱。这些朱家的管理者,屡次因收入不均而争吵不已,甚至大打出手,可很快他们就彼此谅解,并为了利益互相勾结。

他的伯父朱文东在收取地租的时候，指挥着家丁冲进租户就像饿狼扑进羊群那样凶狠。他自己制定了限期交租制度，逾期十天多交一倍，逾期一个月多交三倍，以此类推。为此，每年他们都会逼死几条人命，以至于后来那些佃户宁愿背井离乡，也不愿在蓝镇受窝囊气。

七月的一天，朱成文为父亲烧完了五七。中午在家中设宴，所有的长辈和族中的男人都在被邀之列，因为这是他执掌家务以来第一次聚会，没有一个人拒绝他的邀请。他给每个人都倒满了酒，先敬了长辈，然后敬了同辈和晚辈，最后他率先一饮而尽。他重重地坐回椅子中，肥胖的身体挤压得檀香木椅子咯咯作响，身体向后靠了靠，抬起有泥火盆一样大的头颅，布满血丝外凸的眼球扫视了屋子里所有的人，在一阵乱哄哄的吵闹声中突然拍案而起，喝叫着伯父的名字。

"朱文东，你站起来，你在掌管河东大片联的土地为什么加租？十二年中你加的租钱哪儿去了？"他油滚滚圆脸上的肌肉一抖一抖的，眼睛中射出一道寒光，"账，我已经看过了，家里没有得过一文你加租的钱，按家规你知道该怎么办吗？"

屋子里的人停止了喧哗，仿佛人们都没有了呼吸，要是还能听见声音的话，那是每个人"怦怦"的心跳声和额头滑落地上的汗珠声。就在所有的人都看着他时，他手一招，一个族人站起来开始朗读家规，那是朱家几代先人极完善极严厉的家规。朗读完毕，他的目光盯着伯父的眼睛。伯父在须臾的惊讶后，沉静地坐回餐桌旁，拿起酒壶慢慢地把酒杯斟满，然后猛地喝下去，手掌也在桌子上重重一拍，冷笑着反问："你该知道以小犯老在家法里怎么处治？"

"我是当家的，"他不回答伯父的问话，而是发布了命令，"有权处治你。"

他手一挥，早已在门外待命的家丁将朱文东推出屋子，捆在屋外的石柱子上。那年在开春下了一场雨后，就再也没有一点儿雨水降临，蓝江的水都枯竭了，蓝镇的上空连鸟儿都懒得经过，人们生活在纷纷扬扬的灰尘之中。朱文东在太阳底下骂了一个下午，晚上在羞怒之中死在太师椅上。朱成文看都没看一眼，相反他命令家丁抄了伯父家。那些长辈慌成一团，没有人敢隐瞒事实，他们将十几年的积蓄战战兢兢地如数地搬到了他的屋前，当黄金白银和铜钱堆得像他屋子一样高的时候，他拖着肥胖的身体走出了屋门。他兴致盎然，不分昼夜地清点，所有上交的数目与他算过的数目一点不差，可他以有些金银的成色不足为借口，收回了那些长辈的管理权。他以镇长的名义亲自起草了布告，然后坐在镇办公室里，让那支解散的卫队重新组建起来。他恢复了以前的地租，调整了商品和药材的价格，他甚至把磨坊让蓝镇人无偿使用。那段时间，他是蓝镇最受欢迎的人，那些穿着华丽的粗陋的人们看见他出现时，会像欢呼万岁那样欢呼他。人们的欢呼引来了天空的雷声，一场大雨连续下了三天三夜。

不久，那些背井离乡的人都返回了蓝镇，而且还引来了外乡人。他们到这里来不仅仅是因为蓝镇有肥沃的土地、茂盛的森林，更主要的因素是到这里要使自己拥有一个好的东家。

很多年后，赵家的后辈们站在蓝镇后山的大梨树下忆起他们的两个长辈。那时站在这里向南瞭望，通往山外的小道被成群结队赶往这里的人群拓宽成一条十几米的大路，它一直延伸到谷口，便被弯曲不羁的蓝江拦腰切断，赵俊生、赵俊杰就是通过这条官道渡过这条河流带着女人来到蓝镇的。镇子两旁的高山上长满了参天大树，虫鸣与青蛙的欢叫声把树叶鼓噪得"哗哗"作响，飞禽走兽经常出现在庄稼地乃至住户的庭院里。赵家兄弟打第一眼看见镇子后，误认为自己已经死了来到了天堂。

兄弟俩的到来对蓝镇来说不是什么稀奇事，因为这里整天有大批的人涌入。晚上，朱成文在蓝镇专设的接待室亲自接见了和他们一天到来的人们，并管了他们一顿饱饭。他们饿疯了，狼吞虎咽的模样让人发笑而心酸。

朱成文问兄弟两人是从哪里过来的。兄弟俩老老实实异口同声地回答："从南面来的。"那时，朱成文被几个道士所蛊惑，正在寻找使自己成为仙人的灵药。在赵俊生、赵俊杰兄弟俩来到之前，他曾经在那些道士的带领下怀着与神仙交往的渴望，向北行进了六个月，他们击败了狼群的袭击，老虎和野熊的骚扰，在跨过七十二座雪山之后，最后却被无边无际的原始森林用昆虫砌成的墙征服了。一天深夜，从西面过来一个胡子拉碴的男人，人们才知道在他们的西面有一个神奇的村落，据那个人说那里从来没有一个人超过二十岁，没有一个人哭过一次，更没有听说死过人，就连那里的牲畜也没有发生过自然死亡。朱成文被搞蒙了，同时为将要结识一个接近于神仙的邻居而兴奋不已。晚上，村子里举行了盛大的庆祝活动，他把最好的酒肉和饭菜端给那人吃，拿出家里成色最好的金子作为赏赐。第二天天不亮，他们带上猎叉和烈酒，在那人的引导下踏上了向西的征途。强烈的结识欲望使他们在心荡神迷的状态中产生了无穷的力量，几个月后那些人们没见过的动物看着他们破衣烂衫的模样，一定在把他们当成了比它们还低级的动物。他们征服了比向北还原始的昆虫墙，最后却被一条无边无际的大河挡住了（那时他们还不知道这是大海）。他绝望了。朱成文说："我迟早会在那个山旮旯里腐烂掉。到了那一天，我的身体会和先人一样成为蛆吃虫咬的泥土。"他们几乎找不到回家的路径，艰难的回家路程遥远得使他们和狮子老虎豺狼成了朋友，那些正处在青春期的家丁们几乎与猩猩和猴子结婚。深秋的一个夜晚他们举着火把误打误撞返回蓝镇。他们穿着草鞋，披着兽皮，腰间挂着树叶，蓬乱的头发在山风中狂舞，他们野人一样的打扮差点被他们的儿子们用土枪、大刀杀死。可喜可贺的是这支寻找的人们没有一个在五年的跋涉中死去，更让他们欣慰的是他们所有人都拥有和走时一样纯洁的妻子。第二天，在他们归来的庆祝会上，朱成文在人们的欢声笑语互致道贺中沮丧地放声大哭，就像哭自己真的死了的那样伤心。

寻求不老的强烈欲望，使他对每个外来人都发生了浓厚的兴趣。他把兄弟两个像宝贝一样看待，因为在长期寻仙的艰难征途中，只有南方他还没去过。他详细询问了兄弟二人的居留地情况，可是他们好像痴呆一样说得颠三倒四一头雾水。这时人们失望地做出判断，那个地方只能存在地狱，不可能拥有天堂。但朱成文不死心，第二天当他讨好地提出要去他们居住的地方访问，可他们说的比昨天还糊涂。

"你们愿意留就留下来。"朱成文没有冷落他们，而是面有愧色地说，"只要你们不怕死。"

兄弟二人对了一下眼色，然后就把家安在东山根下。一个秋后温润的傍晚，镇里的人挤满了他们简陋的三间草屋，他们给他们的新住户无偿地送来了锅碗瓢盆，并在朱家人的主持下进行了一个简短的欢迎仪式。

"东家说了，吃的不用担心，我们这里还没有人吃不上饭，你们尽管住在这里好了。"

和他们一起来的女人秀子已经身怀六甲，她被未来的邻居的善举感动得哭了，给每个人都倒上了一碗开水。

朱成文分给他们一块土地，然后容留他们在朱家做了长工。他们一身蛮力，干起活来却很外行，但不久他们就成为优秀的庄稼把式。俊生走路沉稳，眼神所透露出的成熟远远超出了他的年龄。俊杰和哥哥刚好相反，好说好动，风风火火，二十岁的他就像一个四五岁的孩子那样单纯可爱。兄弟俩人缘好，又乐于助人，很快蓝镇的人们就接受了他们。不久秀子生下了一个男孩，孩子一周岁的时候，弟兄两个去换朱家的粮食，可朱成文拒绝了。朱成文说："你们刚来，还不富裕，我不能看着你们勒着裤带给我干活呀！"

朱成文的一句话奠定了他们一生的友谊。女人把两个男人提回来的粮食倒进米缸，然后坐在炕上逗弄着"嘻嘻"笑的孩子。俊生掏出烟袋装满，点着后抽着，眼睛望着地上。弟弟则看着女人，他的心被女人的活泛满足的表情感染了。哥哥抽罢一袋烟，重新装满，点着后抽了一口就递给弟弟，然后不声不响地走出屋子。晚上，他手里提着两只兔子扔在女人面前。

"这是个好地方，"他深情地望着女人说，"咱就在这住下去。"

弟弟把兔子挂在屋子的立柱上剥皮，女人下地烧火添水，一会儿，来到蓝镇最丰盛的晚餐端了上来。兄弟俩喝了酒。兄弟俩酒兴正高的时候，秀子把自己的行李搬到俊杰住的西屋。没有人知道兄弟俩在共用一个女人，这是个不可思议的秘密。十几年前，他们还是小少爷的时候，他们的父亲与同族的堂哥在家族最高权力的争夺中败下阵来，堂哥采纳了另一个堂哥的建议，决定除掉威胁自己权力的堂弟。他们是在一个月明星稀的夜晚逃离了家乡。杀手们的追杀使他们的父母决定用自己的生命来保护自己基因的延续，把杀手引向了和自己孩子相反的路径。在那个充满悲伤恐惧寒冷的夜晚，他们的妹妹坠入深谷。兄弟俩带着奶妈的女儿秀子流浪乞讨和杀手玩着捉迷藏的游戏，最终把杀手留在了天边，这个秘密便开始了。他们在一座行欲倒塌的庙宇中度过了逃亡生活最安逸的三天。第三天晚上，他们只剩下了五个土豆，他们逼着秀子吃下三个。秀子和弟弟同庚，比哥哥小两岁，虽然他们不是一母所生，但却是吃着同一个女人的奶水长大的。天意注定他们一出生就把命运连接在一起。秀子和她的名字一样优雅端庄，流浪生活没有使她出现任何营养不良有损身体的迹象，相反她变得丰润了。兄弟俩不允许她受一点委屈，就好像是对待亲妹妹一样真心呵护她。她也把两兄弟当成自己的孩子看，给他们掏耳朵捉虱子，给他们梳头搓澡。在这个晚上之前，他们谁也没有觉得自己已经长大。后半夜，哥哥领着秀子走了。弟弟直到天亮他们回来才停住哭声。俊杰一天没有吃饭，坐在庙前的草丛里望着破庙发呆。晚上，秀子带着两个饽饽与俊杰在草丛中一起哭泣，然后度过了一个像和俊生在一起一样美好的夜晚。从此，没有经过商讨自然形成了一个明确规定，单月秀子陪俊生，双月陪俊杰。

蓝镇没有人怀疑两个人，也没有人分析探究，因为在蓝镇这个地方以过继的形式来延续香火是司空见惯的事。这个女人和两个男人共同生活了二十多年后便离开了人世，她给兄弟二人生下了五男七女十二个孩子，但最后活下来的只有四男，那些离去的儿女在刚出生或者活到三四岁就夭折了。幸运的是两兄弟各有两个儿子，女人把他们分得很清楚，大儿子和小儿子是俊生的后代，二儿子三儿子是俊杰的后代。女人死的那年他们的大儿子已经十六岁了，小儿子才四岁，那年赵俊生正得到朱家的重用，他给朱家驾驶套有四匹马的木轮车。女人的死对他们的打击是沉重的，极度的悲伤让两个人忘记了呼天抢地的号哭，而是互相对望来感受彼此的痛苦。两个人倾尽了家产，给女人举行了一个体面的葬礼。他们把自己的女人葬在东山根下他们坐在炕上就能看见的地方。

　　一个月后的夜晚，两兄弟坐在炕上，望着女人的坟冢，谁也不说话，然后抱在一起号啕大哭，彼此不分轻重捶击着对方。他们是那样沉醉于怀念，以至于当孩子从梦中醒来的时候，他们都没有觉察。

　　孩子们已经长大了，他们几乎全部继承了自己父亲的性格，大儿子怀礼小儿子怀仁无论从面相上还是性格上，一眼就可以断定，他是赵俊生的复制品。而二儿子怀英三儿子怀明活泼好动，走起路来"嗵嗵"作响，脸上始终露着纯洁的笑，就好像是他们父亲的弟弟。怀英九岁怀明七岁的时候就被伯父赵俊生牵着手送到了镇子里张先生的私塾，待怀仁长到七岁则是由叔父赵俊杰送到了私塾。与他们性格相反的是，表面伶俐的怀英、怀明虽然比怀仁早上了五年私塾，在学业上还赶不上上了半年私塾的怀仁，这倒不是怀英、怀明愚笨，而是因为怀仁太聪明。他惊人的记忆力让张先生瞠目结舌，那些生硬的词句，怀仁看一遍就像小溪流过石板那样自然从嘴边流淌出来。他写出的字就像春风在纸面上拂过那样轻盈不留一丝痕迹却又使纸面灿烂生辉。

　　怀仁超人般的神奇使张先生又惊又喜，在所有人还没有觉察怀仁超人能力的时候，他已经成了张先生的未来女婿。张先生走进赵家低矮的草屋的时候，赵俊生正在给几个孩子做饭，女人死后弟兄俩做了孩子们的妈妈。焦煳的锅沿上沾满了黑色的尘垢，冲向屋顶的蒸气激发垂吊的灰尘像海底的水草，孩子们围坐在只有一盘咸菜的饭桌旁。他们是那样有礼貌，把老师让到炕上。老师和他们共进了晚餐，还和俊生、俊杰喝了酒。张先生喝醉了，把孩子们几年的学费从长衫中掏出来如数返还给俊生。俊生当场拒绝了他的好意，这使张先生清楚地意识到未来亲家兴盛的影子。几天后，蓝镇最出名的钱媒婆来到了赵家。这个脚尖比尖椒还

日升日落

尖走起路来比跳芭蕾舞还美的女人原想水到渠成的一门亲事却花费了比她四十年保媒生涯加一起还要多两倍的口舌，才说定了这门亲事。她像经过一场恶战后的惊吓昏昏然飘飘然趔趔地坐到张先生的面前的时候，才感觉到胜利后的喜悦。

张先生听着诉苦的媒婆问："他们都说什么了？是不是说我们不是门当户对？"

"不，"媒婆说，"他就是那样低着头抽烟，不摇头也不点头，也不说话，就像他走路的姿势和看人的眼睛，又像一根没有肉的骨头，可我还是吃了它的骨髓喝了它的汤。"

张先生脸上露出了笑，然后哈哈大笑。他的唯一女儿惠予比怀仁小三岁，十年后蓝镇没有一个人不称赞张先生的眼光高明。秋后的一天，张家与赵家举行了定亲仪式，仪式是由朱家的一个长辈主持。赵俊杰比哥哥还高兴，他的惊人酒量灌倒了每一个来宾。那真是一个美妙的夜晚，月光下怀仁还表演了书法和绘画，他画在纸上的凤凰扑棱的翅膀把宣纸都扇破了，而朱成文的醉眼一刻也没有离开忙里忙外的怀礼。

怀礼已经长成一个半大小伙子了，他在经过像白杨树一样生长后又像洪水泛滥拓宽河岸变粗了。他目光深沉，嘴角长满了绒毛，身体隆起的肌肉把父亲的衣裳都撑破了。他是那样的不幸运，没有进行过一天的正规的教育。五岁那年，父亲牵着他的手来到了朱家，他脏兮兮的模样就像一个秋后的鸡仔，朱家人没有一个把他放在眼里，朱成文喜欢他是因为喜欢上了他的父亲。他的言谈举止，不久把蓝镇的人们与他们父子搞混了。经过几年的相处，赵俊生那颗以超越一切之上的感恩之心获得了朱家所有人的好感。赵俊生来到朱家的第一天，就知道朱家的产业不知道要比自己家族大多少倍。朱成文是这里的镇长，他的卫队维护镇上的秩序，他们手执大刀长矛在镇上每走过一次都会令蓝镇的大地震动三天，在他们严肃的表情背后没有人怀疑他们是母亲的好儿子、妻子的好丈夫、朋友的好知己。蓝镇所有的女人都以嫁个这样英武而文雅的男人为荣。他们秋毫无犯而又是那样的幸运，他们在职期间不仅享受朱家的工钱，而且在退伍后还会得到朱家分给的土地。每次队伍在乐曲的伴奏声中从镇上走过，赵俊生都会赶着那辆装饰一新的四轮马车拉着朱成文和他的第二十九个夫人走在队伍的中间，人群中就会爆发出一阵阵欢呼声。朱成文一点都不激动，但还是跳下马车把那些活泼的害羞的哭闹的孩子笑嘻嘻地抱上马车，于是一场巡逻就会在欢笑哭闹的美好的结局中结束。待那些孩子吃了糖果点心，赵俊生在所有孩子舍不得离开的情况下把他们送到他们的父母身边。时光的流逝没有消磨掉朱成文成为神仙的梦想，相反在这种诱惑的折磨中，他的性格更为冷静坚执。赵俊生拗不过他探索的渴望，出于情面只得闷闷不乐地和他踏上了向南的探索之路。那天早上，他们带上一个月前就准备好的食物和衣物，骑着马挎着大刀，还带上了烟叶，在轻浮的薄雾和人们的欢送声中踏上了征途。随行的有两个强壮的卫队长和蓝镇上最著名的郎中武松林，据说他的医术与后山的狐仙一样神秘。朱成文的儿子朱建昌小时候上吐下泻两天两夜，朱家已经把他放在破筐中准备扔到后山上，是他从黑黝黝的油纸中抠取了一指甲的东西救了他的命。郎中话语比赵俊生的话语还少，但做出的决定比他把银针扎进患者的人中还坚决。当得知朱成文要进行又一次荒唐的探索，他发动了蓝镇所有的人——九旬的老人拄着拐杖，女人抱着褪褓中的孩子，男人们停止了劳作，就连逍遥楼中的女人也跪在朱成文的二十九位夫人之后，恳请不要去做这些徒劳无益充满冒险的蠢事。

郎中压着火气坐到了朱成文对面，阴沉着脸坚决地预测："天地间要是真的有这种神奇的东西，咱镇子里早就被人撑破了，生老病死是天地造人时就确定下来不可更改的规律。"可朱成文没管他那一套，郎中只得屈从，和他们一起上路。

五个人沿着镇南面的那条小路在乱草丛中行走了两天，便进入了一片原始森林，经过了两个瀑布后，在看见一只老虎和一头巨大的野猪惊心动魄的搏斗，一条巨蛇与一只老鹰势均力敌的厮杀，一群蜜蜂杀死了一只馋嘴的黑熊后已经是第五天了。夜里，赵俊生怀着一种愧疚的心情把他们带到了朱成文曾经走过的十五年后才返回蓝镇的那条路上。在一个森林的开阔地，他们看见了一棵遮住了天空古树上的两只凤凰在和鸣。朱成文高兴得跳了起来，种种迹象预示着他要寻找的仙人就在不远的四周。那天晚上，他们喝了酒，唱了一宿的歌。郎中在短暂的惊诧后为他高兴，他认为朱成文十几年无法完成的伟业，就这样无意幸运地完成了。十天后，他们又回到了这里，他们同样喝了酒，一个卫队长拉着二胡唱着悲凉的歌谣，朱成文脚尖点着地上，身上不停地随着节拍掀动。歌声是那样凄婉动人，河里的青蛙林子里的鸟儿也停止了歌唱，老虎黑熊狼群蹲在他的身前反省自己的过去。三天前，他在一条河边喝水，他们发现了自己不久前被扔掉的棉袄，那一刻他气得说不出话来了。朱成文没有责怪俊生，因为这里所有人的方向感没

有再比俊生的好了。他病倒了，不是因为他的身体不好，完全是因为他的意志。他瞪着血红的眼睛说着不着边际谁也听不懂的梦话，如炬的眼神和哆嗦的嘴唇叹息着报告了他内心的渴望和隐秘。他身体像一块燃烧的火炭，胡子都被烧焦了。中秋节的深夜，他们回到蓝镇的时候，只剩下一件遮羞的长衫和一把舍不得抽的烟叶。孩子们已经熟睡了，赵俊杰听到一阵蛇从草叶上掠过的声音，他断定他们回来了。

人们把所有的被子捂在了成文的身上，他的身体下了一宿的雨。第二天，他奇迹般地恢复了往昔的风采，他精神焕发和这个早上从东方升起的太阳一样充满活力。他已经把几年来的寻仙中所经历的磨难忘记了。他命令家丁立即进行一次游行，他让赵俊生、郎中及两个卫队长和他共乘在那辆漂亮的马车上接受所有人的欢迎。然后又命令镇上所有人都放假三天，燃放鞭炮，允许单身汉自由出入逍遥楼的庭院。那些困顿已久老实的单身汉此时像狼群一样凶猛，他们排队的秩序乱了，吵闹的声波把挂在妓院大门口的灯笼都激荡得破碎了。

他的亲侄子朱建新正是顽皮的年龄，他拉着怀英像鱼儿一样游进了庭院，可他们听到了一阵充满诱惑和可怕的声音。朱成文得知侄子去了逍遥楼，笑得眼泪都流了下来。他喜欢这个侄子倒不是因为自己的儿子少，而是因为侄子像他具有风流的本性。当赵俊生惊奇他为什么有这么多夫人的时候，他坦然地回答："这可不是我的错，她们都是自己找上门来的，我有什么办法。"

那段时间，正是他接掌家务的时候，担心是由女人们引起的，她们担心镇子里这样好的领导者失去香火，便陆续把自己的女儿送到朱家。等到朱成文踏上寻仙之路的时候，他拥有了二十二个夫人，三十五个女儿。这几乎成了一个恶性循环，人们没有因为他的改变而改变自己十多年来形成的习惯，直到他的第二十九位夫人给他生下了朱建昌，人们才放心地和别人谈论女儿们的亲事。

有一次，朱成文半认真半开玩笑地对赵俊生说："她们可都是好女人哪，秀子没有了，你从我的女人中挑两个去。"

赵俊生吼吼两声："那怎么行？瞎说，真是那样的话，我立即离开这里。"

没有一个女人愿意离开朱家，即使一年也不能与成文同房一次。泛滥成灾的女人充满了朱家用快马跑起来需要用一天时间的院落。她们是那样的快乐，这些女人和她们五十二个女儿整天欢乐的笑声把四周的狼群都哄走了。她们打牌喝酒，吟诗作画捉迷藏，那些花草在一阵阵细碎的脚步声中变得一塌糊涂。

朱成文看着欢乐的女人们，总是笑着说："这没什么，只要她们高兴就好。"

这段探索之路的经历让朱成文与赵俊生的友谊变得牢不可破。他回来做的最重要的一件事就是拉着怀礼的手，要他做建昌的陪读，可这次俊生没有买他的账，在一阵和气的争执中，俊生击败了他。

俊杰对哥哥的做法不是不解，而是不满。他甚至自作主张地要把怀礼送到张先生的私塾。

哥哥对弟弟的好意给予理解，温厚地笑着说："总得有人赶车吧，等我老了，就让怀礼接我的位子，再说咱家的文化还没人学哩。"直到很多年后，俊杰在临终的时候耳边想起了哥哥的话语，才知道哥哥的深意。

小怀礼总是瞪着一双丹凤眼观察着父亲的一举一动。八岁的时候就会驾车，十岁的时候他就担负了朱家所有花园的维修管理工作，在他的手底下工作的长工，干起活来比黄牛耕地还勤奋，比牧放的羊羔还温顺。到了十二岁他总是及时出现在朱家应该出现的地方，于是那些偷懒的管家总是信任地把他当成他们的仆人使用。他整天像蜜蜂那样忙碌，穿梭在朱家男人女人之间。没有人听到他一声抱怨，没有人看见他一刻哭丧的脸。他是那样地镇静自若，是那样有条不紊地高速运转，而又是那样地默默无闻闲庭信步，以至于当朱成文的九夫人发现他这一惊人特点的时候，已是几年后的事了。朱成文对九夫人的好奇充耳不闻，那时他正被屡次寻仙的失败所困惑，他关心的不是赵俊生的儿子，而是关心赵俊生本人。

直到他如愿以偿的寻仙以失败而告终之后，他才从九夫人的口中得知，正是这个没有引起重视的孩子，在他离开的时候，带领家丁赶走了从东边来的货郎，保卫了蓝镇的安全。

"你别逗了，"他听九夫人说东边来了货郎，高声喊，"我爷爷说过，东边什么也没有，只是一条大河呀！"

正当所有人都担心他是否会进行新一次探索的时候，很意外，除了怀礼外他比谁都安静。后来人们得知，他打消探险寻仙的念头是因为他断定那些货郎是些比他们还没有开化的野蛮人，那里不可能有什么神仙。

这次安静使他想起了九夫人说过的话，他回到了现实中。结果在短暂的观察后，他得出了和九夫人一样的结论。

他羡慕地评价怀礼："你看见了吧，南面的人要比我们聪明不知多少倍，这么个比耗子大不了多少的孩子，就能把这个乱糟糟的家管理得头头是道。"

一个初夏的中午，钱媒婆受九夫人的委托来到了赵家。赵俊生正在自家的菜地里除草，热光把他黑黝黝的皮肤变得油亮。赵俊生把锄头拄在下巴上，一声不吭地听着钱媒婆的诉说。媒婆说这里的山，这里的水，这里的土地，这里的人，甚至这里所有人家的鸡鸭鹅狗都属于朱家的，就连这里的所有的女人也是朱家的。

媒婆说："他们是那样的好，没有人不想和他们攀亲，这倒不是因为他们的富有和权势，而是因为他们的为人。"

他一致细心地听着，就好像他从来都不知道这些事那样认真，末了他夸奖了九夫人的女儿朱成文的第十五个女儿婉儿。然后，不置可否地拎起身边的蓝色长袍，沿着屋子旁边的坡路，踏着铺满小路的树叶，涉过一条山涧的小溪，登上了后山的一块不显眼的石头。他掏出烟袋，手抖得无法点燃烟叶。他是那样的慌乱，好像是世界的末日，举目四望竟找不到一个目标。但他还是意外地发现了在距离他不远的大石板上的一条大蛇正在沐浴着自己的鳞片，一只行将分娩的山羊在眼前的树下打盹儿，一群麻雀在忧郁的山林里无精打采地鸣叫着。太阳即将落山的时候，他终于点燃了烟斗，他的思路便和眼前飘浮的轻烟一般逐渐清晰起来，他想起了自己的家族和自己逃亡的日子，决定拒绝朱家的婚事。

当俊杰感到哥哥的决定不近人情提出反对的时候，哥哥说："你还想让咱们的四个儿子像咱们一样东躲西藏吗？这样挺好，就这样活下去，至少他们不用像咱们这样飘来飘去。"

九夫人觉得赵家不识抬举。朱成文也觉得丢了脸。他几天不用赵俊生赶车，几天不和赵俊生见面，以此来表示自己的不满和抗议。

那天武松林在街头的杨树林里碰见了赵俊生，他不无真诚地劝说："这次可是你的不对，那家人可是把你当成自家人来看的哟。"

半个月后的晚上，他去拜访了九夫人。他用极其卑微的话语要哭的表情，取得了九夫人的谅解。

朱成文重新坐在马车上说："我有那么多女儿，你可以随时随地随便来选。"但这已成定局，赵俊生没有任何动摇的决心。"那样会甜蜜过头的。"赵俊生含蓄地说，"这车我也赶不了了。"朱成文不去理解赵俊生的话，也不想什么车，因为他在成神成仙的道路上又有了新的举措。他带领几个道士，一头扎进后院的屋子里，决心用自己的汗水来感动上苍。他支起铁锅，买好原料，在道士们的指导下，根据古代传说遗留下来的配方，准备进行比寻仙还艰苦还劳神的炼丹工作。

二

货郎到来之前,这里还没有发生过一件违反生活规律的事。这里安静得就像一泓宁静的潭水,虽有贫富差异,但人们还有饭吃,还有衣服穿。人们安于现状最主要的原因是他们过得安全舒心。他们夜不闭户,路不拾遗,这些优良的民风在这里确是不能说成是令人敬佩和令人赞扬的好事,就好像是季节的轮换自然得不易觉察而又在无时无刻中发生的那样的习以为常。人们已经忘掉了过去,并相信世界上没有歧视和欺辱这样的事发生。赵怀仁在很多年以后还怀念那时的情景,直到很多年后他做了和尚,鼻孔中还残留着蓝江岸上灯笼草和镇子中扬起泥土的芳香味。

是孩子们先发现了他们,两个货郎在跨过蓝江时手中的拨浪鼓让孩子们欢喜不已,担子里的糖果酥饼诱惑着孩子,欢叫着跟在两个货郎的身后。货郎的担子里简直让人眼花缭乱,就像两个移动的百货商场,连孩子们都猜测他们短粗的腿是被两个百货长期压缩所致。货郎所经之处,得到了女人的青睐,那里的胭脂装饰品家常用品应有尽有。有些东西,就连蓝镇最大的富商余平也看得目瞪口呆。他们长得和这里的人没有什么两样,都是黄皮肤、黑头发、黑眼睛,个儿头高矮也无差异,只是眼睛小了点儿,坎肩式黑白相间的服饰和头发高高隆起在正头顶形成一个孤髻有点怪。他们腰间挂着短刀,说出这里的话有些生硬,偶尔着急的时候会从他们在鼻子下面留着孤零零的一撮小胡子的嘴里吐出谁也听不懂的话,令这里的人不知所措。但他们是那样的有教养,见人都会深深鞠躬致意,连彬彬有礼的张先生都自愧不如。

他们的生意是那样好,朱成文的二十九个女人也把他们叫到了家中,挑选首饰和胭脂。她们戴上首饰擦抹了胭脂,每个人都成功返回青春岁月。这段时间,货郎是蓝镇的主角,几乎蓝镇每个街角都有两个百货商店,每个商店都挤满了人。他们把货物变成了白银和金子放在腰间的口袋里,然后在逍遥楼喝酒唱

歌。但不久,几个轻狂的货郎殴打了拒绝满足他们欲望的一个妓女导致了严重的后果。当天夜里,在男人们还聚集在镇长办公室商讨如何解决此事的时候,赵怀礼带着一群家丁拿着菜刀和棍棒悄无声息地潜入逍遥楼将那些还在醉意中的二十五个货郎拖出妓院。那些货郎几乎没有时间收拾他们的百货商场,狼狈地逃出了蓝镇。几天后,几百个货郎再次出现在蓝镇的村口。赵怀礼正和几个家丁在龙泉河里洗澡,那些货郎冲过来的时候,家丁们全吓跑了。赵怀礼一个人手提拔下来的碗口粗的柳树,从路上打到山上,从山上打到山下,又从山下把他们赶到蓝江里,最后一直把这些货郎赶到了海边。那些货郎及他们的后代从此在以后的一百多年里再也没能踏上蓝镇这片土地。

一段时间,这个蓝镇人人称赞的少年愁坏了赵俊生和赵俊杰,这个半大孩子无论从体形和性格都具有他们家族最鼎盛时期那个传说中的祖辈的长相。唯一不同的是,那个祖辈在十六岁的时候已经妻妾成群,怀礼却完全相反,他像个未谙世事的生瓜蛋子,这与其说是他不懂男女间的事,倒不如说他像他的父亲——无法分辨男女性别。

怀英只比哥哥小一岁,他已经得到了女人的甜头。他把这些甜头与哥哥分享,他毫无廉耻地向哥哥透露了他和村头寡妇巧珍床上的细枝末节。从上次与朱建新在混乱中闯进逍遥楼之后,两个少年的心便无法安宁,并预谋进行一次切身体验。可是他们的计划破产了,原因是他们在执行预谋时出现了差错。经过几天的观察后,他们从大人们那里得到的信息,只要舍得脸皮带着钱往头上插着一朵小红花的老太太手中一塞,逍遥楼的女人就都是他们的了。老太太得到了他们的钱,把他们领到了朱家。朱家的长辈们觉得这是一件违反族规的大事,去后院请示朱成文的处理意见。朱成文正与几个道士把硝石、雄黄、硫黄与蜂蜜混合在一起,准备放置炉鼎之内,他双手沾满了黑灰,头发焦煳,眼睛却熠熠发光。在经过七次的催促后,他一边把手在长袍上擦了擦,一边骂骂咧咧走出后院,目光呆滞地气愤地坐在椅子中。他肥胖的肚皮在短短的半年中变成了一个皮囊,干瘦的手指在桌面上焦躁地敲动着。几个长辈正正经经地坐在他的对面,谨慎地诉说了建新的大逆不道。他还不等几个长辈说完,就打断了他们的话,第二天就让侄子与已经养在自家十二年的武松林的大女儿枝儿圆了房。他没有时间参加侄子的婚礼,在返回后院炼丹房前,他把儿子建昌叫到身前。他神智的目光仿佛从遥远的云层缝隙中透过一丝光亮,他要把整个家业传给儿子,却遭到了整个家族男人和女人的反对，因为朱家还没有把偌大的家业托付给一个半大孩子的先例。但他很快有了办法，他做出了一个大胆不容更改的决定，草草地将家里的一切交给了和他炼丹的白云道长来处理，可白云道长对长生不老的痴迷比他还执着，他只得把那些繁杂的家务交给了他甚至叫不上来名字的三个年轻的道士，然后对那些夫人看也不看一眼，匆匆忙忙地回到后院。那个时候，建新正与比自己大两岁的女人走进洞房。

建新被女人和自己不一样的身体搞蒙了。在不知所措的乱来中换取了莫名的快乐，几天后便和怀英蹲在偏僻的高粱地里神秘地嬉笑着像一个教授一样讲授了与女人做爱的经过。他讲得那样生动，那样详细，怀英的裤子都尿了。

"你要沉着，越急越不成，要像铧子插向大地那样稳那样无误，又要像老牛那样卖力。"建新说。

怀英陷入了深深的孤寂之中，没有人理解他心中的苦处。他的父亲还认为孩子是出于廉耻陷入自愧的反省中，对他格外小心，生怕伤害了孩子蒙羞的自信心。这段时间，怀英是在恍惚虚幻的梦境中度过的。他变得精神抑郁，寡言少语。他白天梦见了母亲与他的伯母秀子长得一模一样，晚上就在逍遥楼里。这样怪异的梦境让他羞愧又让他忐忑不安。他的父亲很担心。俊生觉得没有什么大惊小怪，并解释怀英是因为长大了才不开心。于是他带着侄子去见了武松林。武松林干瘦的手指按在怀英手腕上，一刻钟后，起身配药。武松林说："这孩子心火盛，吃了这三服药，再来取三服。"

几天后，俊生又领着侄子来到了武松林面前。一刻钟后，郎中建议俊生去找住在逍遥楼后面的陈婆。陈婆是个巫婆，她的巫术与武松林的医术同样受到人们的推崇。医术和巫术究竟谁更高超神奇，至今就他们本人来说也无法分辨。郎中曾经宣布一个孩子已经进入了死神的怀抱，巫婆却在一盏茶的时间把孩子从死亡的边缘拉了回来。巫婆曾经想用神秘的力量使一个不孕的女人怀孕，结果郎中只用三服中药就使这个自卑的女人拥有了自己的孩子。传说巫婆的巫术来自远古的混沌未开那个时候，人们无法预知巫婆有多大岁数。她的脸像初冬的花朵那样枯萎，没有头发的头顶不得不用一顶黑丝帽来遮盖，她的表情不像郎中那样温和沉静。她的目光能穿透黑色的夜空，看到星辰以后无形的神秘事物。她的眼神能冻死北极熊，是那样的诡异寒冷，却又像闪电那样犀利，又像云雾那样飘忽不定。人们猜测她之所以法力无边，是因为她几乎达到了与神与仙与鬼与妖的心神合一。对于这种说法,朱成文是不同意的,因为他亲自去考察过,他得出的结论是充其量来说,陈婆只是一个能与妖魔鬼怪打交道的歪门邪道的人,与他向往的那些神仙相比,这个女人既没有飘飘长髯,又没有童颜鹤发,更没有祥和的眼神。但没有一个蓝镇人不坚信,在这个地方郎中和巫婆无法救治的病人,与死神拥抱是天命所归。

巫婆嘴上叼着一杆二尺长的烟袋,眼睛盯着怀英,只在短暂的闪烁后,一声怪异的尖叫平地拔起像鹞鹰一样在怀英的头顶盘旋,然后徐徐落下重重地在怀英的头顶拍了一巴掌。随即吩咐俊生回家砍三根桃树条子,每天晚上子时在怀英的头顶左右各摇三圈。

她让怀英点上烟袋,拒绝了俊生递上来的碎银,说:"如果这样不行,就不要来找我了,你们去找郎中。"

三天后,赵俊生给陈婆送去了两只公鸡。赵俊杰对陈婆的巫术佩服得五体投地,而哥哥却另有打算。他拿出了家里所有的积蓄,要盖一座新房子。春天的一个早晨,房子动工了。房子的地点在靠蓝江最上游的一片树林里,面对着河,这是他经过几年观察后确定下来的。当初朱成文提出了反对意见,原因不是舍不得这块地,而是这个地方太偏僻。

"你要建房子,镇子里有的是好地方,"朱成文那时还会俏皮说话,"你这么干,别人还认为我舍不得好地方给你呢,你到我这也不方便。"

"肚子下不是有腿吗?"他在车上回头说。

当柳树吐绿小草蓬发的时候,房子竣工了。房子分前后院,前后各五间正房,通往后院的回廊两旁各三间厢房,后屋的门前摆放着两个大石狮子。屋子里分南北大炕,这让到这里的所有来这里的人惊讶不已。赵俊生解释说,他们家乡的房子都是这样的格局和摆设。来人摸着刚刚烘干的炕面,看着粗糙装饰,突然有了一种骄傲的感觉,蓝镇是这个世界上最发达、最文明的地方。为了表示祝贺,朱家派人送来了丝绸、古董、蜡台、一口大锅和各种各样的餐具以及装饰品。赵俊生要赵怀礼去余平的商铺购买了家用品。余平很热心,不仅给便宜了,而且亲自用毛驴驮着送上门。赵俊生受宠若惊,他放下手中的活计,一定要他和自己喝上一盅。两个人就在院子里席地而坐,他们手里握着大葱,端着大碗喝醉了。这时他们才发现,他们是如此的熟悉,可在此之前他们甚至还没有说过一句真正的话。

乔迁之宴在春天的第一场小雨中举行，主人家亲自去请朱成文，可连朱成文的面也没见到，便请来了他的二十九个夫人以及郎中、张先生、余平和镇里所有帮助他们的人，宴会上没有饭菜，只有用马车拉来的一车烈酒。烈酒是镇上吴老头儿按照赵俊生给他的秘方酿造的。酒烈得像寒风里的刀子，刮得肚子里黑乎乎的。几个愣小伙儿，逞强喝了一口，就满地翻滚。赵俊生端起一碗像喝水一样平常，还大声逗弄着孩子。郎中、张先生和余平都喝了一口。怀仁表演了书法绘画，还用草叶演奏愉悦如狂的乐曲，结果女人们都变成了蝴蝶，孩子们都变成了天使。怀礼和两个家丁进行了摔跤比赛，他一手举起了一个家丁。怀明带着一群孩子，给每个壮小伙都敬了一碗酒，看着他们在地上打滚儿。晚会的高潮时那些道士不请自来，这些道长在脱离了师傅的管教后，才知道原来红尘中比他们的想象中的仙境还要美妙。他们喝了酒，还唱了新学的歌曲。他们走调的歌声引来了人们的哄笑，把深山里的狼弄得都呕吐了。

唯有怀英像傻瓜一样呆坐在屋檐下萎靡不振，对家里的一切漠然视之。他依然面黄肌瘦，眼神暗淡，甚至不能干一点体力活，只能为家里磨些米面。赵俊生认为孩子的魂魄被神秘的力量偷走了，去求陈婆。陈婆用巫术企图恢复孩子的活力，这次她失败了。

就在人们普遍认为这个孩子不久于人世时，在赵怀礼与余平的大女儿文清定亲的两天后的时候，怀英突然恢复了活力，只是样子有些怪。他走路带风，就像狂风中的树叶。赵俊杰高兴坏了，还认为儿子因为房子和怀礼的婚事促就了他病情的好转，当他自儿子十六岁以来第一次要以父亲的身份和儿子进行一次促膝长谈的时候，儿子的反应更令他担心。

"什么？"他惊讶地问，"怀礼要有女人了？"他对家里发生这样的大事居然一无所知。

其实没有人知道他的心事，真正恢复神采的不是房子更不是哥哥的婚事，而是镇子边缘的巧珍。已经守寡五年的巧珍住在镇子的边缘，比她小九岁的丈夫在她十八岁的那年因玩耍不小心掉进了井里。本来她理应在逍遥楼里度过她的青春时光，然后用自己的青春换来的钱财安静地度过余生，她也愿意如此，可是进逍遥楼的男人没有一个愿意与其共欢。她的长相和她美丽的名字刚好相反，朱成文寻找外面的世界的时候，曾经动过用她长相的优势来驱赶虎豹豺狼的念头，但怕伤了本来就孤苦无依寡妇的心。她长得是那样的健壮粗鲁，前探额头的下面生着一双外凸的环眼，红黄的头发蓬松着，好像是被炸弹炸开似的。手腕上戴着一副据说是她祖母留给她的黑玉镯，脚下蹬着一双露出前脚趾的麻布鞋。她说话大声大气，"隆隆"作响的声音就好像是火车从头顶急速而过。她站在那里，即使朱成文家最好的骏马也自惭形秽。如果不是后来她成了赵怀礼的弟媳，她甚至有心与大伯子比比力气。当初她的丈夫家之所以娶她，是因为她的婆婆相中她有一副铁塔一样的好身板。她的婆婆是个好人，舍不得让她进入那个不得已的龌龊之地，但她的食量大得惊人，她一顿就能吃下一家人三天用的粮食。为此，当女人离开婆婆离开逍遥楼，朱成文出于怜悯，便把自家的一处磨坊交给了她。她是那样的勤奋，以至于推磨不用毛驴，她只需站在磨盘的另一边用手指在磨杆上一拨，磨盘就像陀螺一样自由旋转。起初，人们出于好奇，都愿意把粮食拿到这里，但后来人们发现这种舍弃毛驴别出心裁的推磨方式是违反自然规律的，她磨出的米又粗又大又不均匀。她生意寥落，最后被人们遗忘了。她从不出屋，几年来她只洗了两次脸，身上腥臭，但脸色却出奇的红晕。

　　怀英见到她是在家里盖房最需要人的时候，他看见哥哥弟弟们搬砖搬瓦，他羞愧得都想死，夜夜无休止的虚无缥缈的梦幻搞垮了他的身体。解救自己最好的办法没有比死更靠近现实。他把一条绳子挂在树林里最大的柳树上，但没有死成，原因是绳子已经腐烂，他在半空中头昏眼花的痛苦挣扎中落下来，还崴了左脚。他爬上后山的悬崖，纵身于烟雾缭绕的深渊，在一阵黑色的疾风从耳边掠过的惊恐中对死亡产生好感和无限的留恋后，竟发现了蓝江的发源地。他的一身好水性，没被淹死。几天后，他又想出一个新办法——闭上眼睛，用尽全力向墙上撞，但在头与墙接触的瞬间的迟疑，使他的头上撞起了两个比鸡蛋还大的青包。父亲问他的头怎么了。他实话实说，撞的。父亲误会他是不小心造成的，"哈哈哈"地笑了起来。

　　于是，他问父亲一个人怎样才能干脆痛快地死掉。父亲好像是炫耀有渊博的知识那样炫耀，告诉他上吊、撞墙、跳崖……他很不耐烦，打断了父亲的得意的话语，并一字一句地说这些都不管用。

　　"那只有用刀子了，"父亲说，"就像杀鸡那样不费力气。"

　　他拿着一把尖刀来到了河边，在他决定把刀抹向脖子死得痛快还是捅进胸膛死得痛快的时候，家里做菜的厨娘因找不到刀而来到河边，从他手里夺走了尖刀。

"这是老天在折磨我。"他大声喊。这种对生的敬畏和对死的向往，使他在绝望中无可奈何。他坐在伯母秀子的墓前无声地哭，祈求伯母把他带走以摆脱现实的残酷。那天正刮着春天里最大的一场风，风把树枝刚刚吐出的嫩叶都撕碎了，把蓝镇所有的参天古树的腰身都折弯了。日夜对死亡的惦记和渴望使他在弯曲的树身中看到了希望。他扛起一袋粮食，怀着对死亡的执着和虔诚，来到了巧珍的磨坊。在此之前家里所有的粮食都在镇子里研磨，那里研磨的米又细又均匀，但他到这里原本不是磨米，而是想借传说中女人古怪的长相来了却一桩自己无法达到的心愿——被女人吓死。可他失望了，他的那种对死亡的轻蔑态度，使他忘记了对任何事物的恐惧。他看着女人，并判断，即使这个女人再丑上千倍万倍也无法撼动自己的一根神经，更何况是生命？他气急败坏，扔掉了肩头上的粮食，掀翻了磨盘，把磨坊里的东西一股脑儿地扔到院子里，一边扔还一边骂着脏话，就在他准备把磨坊也焚毁的时候，他发现女人站在墙角瑟瑟发抖。他从女人惊恐无助的眼神中看到了自己的眼神，就像他当初祈求死神光临而又迟迟不来一样。他想自己的无名火在无意中伤害着一个无辜的女人，一种比渴望死亡还强烈的内疚使他无所适从。一刻钟后，冷静下来的他在心慌意乱中跪倒在女人的脚边，呜呜咽咽像一条咬了主人请求原谅的狗一样痛哭失声。他毫无思想、毫无顾忌、毫无保留赤裸裸地将自己的内心世界袒露给了女人，不管女人的嘲笑和冷讽，没有考虑是否能够博得女人的同情和怜悯。这种无助的表白，是他在向女人打一份证明自己已经死亡的报告。可在女人的眼里，他是那样的诚实，那样的脆弱，那样的纯洁。敏感的女人在他颠三倒四狂风暴雨式的发泄中窥见了他的内心隐秘。她站在那里静静地听着，当她听到他夜夜做着美妙的幻梦的时候，女人离开了磨坊走进了里屋。她洗了脸，梳了头，用白色的绸布擦拭了牙齿，换上做新娘时那件红红的棉袄，并在脸上施了薄粉。一会儿，女人重新回到了磨坊打开所有的窗户，五年来她第一次让阳光进入了这座磨坊，风把那些灰串串卷走，撒向了蓝镇的大街小巷，街面上面糊糊的。

他听到了女人洗脸的声音，也闻到了女人的粉香，可他不敢抬头。女人轻轻地摸着他的头，他这时才知道，他所渴望的不是死亡，他所惧怕的也不是死亡，还有比死亡更可怕的东西。

"不要怕，"女人像个男子汉给他打气，"这里有五年没人来过。"女人的话语比外面的风还强劲，可他们什么也没有干成。已婚的女人和他一样笨拙，两个人在磕磕绊绊惊惶失措和毫无欢颜的搂抱之后,怀英向往比死亡更强烈的夙愿终于得以实现,但令他茫然不解的是这种真实的体验倒不如当初朱建新的叙述。他内裤湿了,感觉和梦境中没有什么两样。女人换掉衣裳,在磨坊里给他磨米,她的脸红红的,脸上挂着笑。他透过半开的屋门,出神地看着女人。在他眼里,天底下只有一个女人,她是那样的美,他从来也没见过这么美的女人。他不敢久看,他觉得自己做了一件对不起女人的事,他愧疚得比开始来时发火还厉害。女人很快活,一边给他收拾粮食,一边打听他是从什么地方来的,叫什么名字。他不敢抬头,也不敢答话。当他离开时,他用眼角扫了女人一眼。女人满目都是舍不得的神情,他真想叫她一声妈。女人在她额头上吻了一下,然后粗声地哭了起来。

他回到家中就躲进屋子里,好像他做的事别人都知道似的。他是那样的惶惶不可终日生活在湿漉漉的洞穴里,每当想起这个女人的时候,就觉得自己的身上少了一样东西。他恨自己都恨死了,发誓自己再也不见这个女人,但第二天黎明睁开眼睛,他第一个想起来的就是她。他想念她,想再次见到她,再次让她抱着,再次让她吻他的额头,再次听她说话和哭声,也为她担心,担心她一个人在磨坊里孤单,怕像自己一样坏的男人欺侮她。他拼命干活拼命思考,以此来排泄心中的苦闷。房子竣工不久,朱建新来参观他们这座和蓝镇风格不同的房子,他又娶了一个女人,同样他又有声有色地谈起了女人。他那颗刚刚安静下来的心又被好朋友撩了起来。几天后,他出现在磨坊。这次两个人所做的一切是冷静的,即使女人凄厉的尖叫和痛苦的表情把他吓坏了,也没有不妨碍他在预计毫无良好结果的结局中尝到了男女欢愉中的甜头。

一个黎明,一直生活在亢奋与恍惚中的怀英无声无息地站在哥哥的床头。他梦游一样的神情惊吓得怀礼出了一身冷汗。他与哥哥一起长大,这种超越父亲与伯父仅次于母亲的强烈感情迫使他要与哥哥进行一次交流。怀礼就要与文清结婚了,他觉得有必要把自己的亲身体验和感受到的奥秘作为一种经验传授给哥哥,省得哥哥和自己一样出丑。这种出于友情和信任的坦白,不仅需要爱,而且需要勇气。哥哥对弟弟那样剥掉香蕉皮子式的直接而如临大敌般的讲述一点都不感到局促不安。相反,他认为这种关于男女间私事的秘密仅仅靠想象就可以解决,或者根本就不是弟弟说的那样严重。女人和男人一样,不存在什么神秘,即使是神秘,也没有朱家大院发生的事情神秘。在经过一段时间的工作后,他完全得到了朱家上下的信任和赏识。朱成文没有因婚姻的搁浅而心存嫌隙,相反他把朱家所有的大事小情都交给他来做，吃的穿的用的开销都由他经手。大管家刘权气坏了，这个掌握了朱家财政一辈子的人为大权旁落而心生嫉妒，经常在背后说他的坏话，可没有人相信。让他吃惊的是，朱家一天的费用是他们家盖房子资金的五倍。他们有那么多的乐子，每天都举行宴会，每天都酩酊大醉，每天都会吃掉一座房子，然后扔掉四座房子。可是，不久随着那些道士的到来，他的权力受到了挑战。三个道士对管理繁杂的家庭事务一窍不通，在一个叫清明的道士建议下重新起用了那些曾经被朱成文剥夺权力的朱家长辈。他们的提议立即受到了朱家上下的欢迎，他们重新掌管了土地，可这次他们学乖了，再也没有重复过去的发财之路。他们每天老老实实地把账目交给清明道长，可道士对那些数字不感兴趣，因为在不长的时间内，他了解了女人为什么和男人不一样。那些能歌善舞的女人们把三个道士和孙氏家族中的唐伯、堂叔、堂兄、堂弟、数不过来的子侄们、数不过来的亲戚朋友以及数不过来的管家卫队像蚂蚁们一样聚集到一起，然后淹没在一片灰暗的粉红色的乐声四起的海洋涌起时奏鸣般的泡沫之中。在这片膨胀的泡沫中，女人的神秘荡然无存，因为女人在男人的怂恿下，全成了游泳冠军。

清明道长为此推波助澜，精瘦的面庞泛着青光，说着和朱成文当初一样的话："家里的钱财就应该这样花掉，只要大家高兴。"他忧心忡忡，但没有提出反对的意见，原因是主人愿意如此。

虽然在人们的眼中他的持重和得心应手的处事态度远远地超过了他的年龄，但未脱稚气的年纪以及人类好奇的本性使他决定对弟弟的谈话进行一次深入的探究。他披上衣裳，给身上还沾有晨露的弟弟倒了一杯热茶，然后请弟弟上炕坐在自己的对面嗑着瓜子儿，并热情地聆听弟弟一直说到天亮。第二天晚上，他早早地来到弟弟的房间，可弟弟不在，他就一直等到天亮弟弟回来，然后兄弟俩躺在炕上，抓紧时间进行交流。接连几天，他都会主动来到弟弟的房间。他发现弟弟越来越瘦了。一周后，他对弟弟所有的谈话进行了汇总，他认为弟弟把女人和男人之间这样简单的事情给神化了复杂化了。

他轻描淡写，一语道破："归根到底，那只是一次平常的握手。"

弟弟为哥哥对这样充满激情而神秘的解说而没有达到震撼的效果感到茫然不解。

"哥，"弟弟妄图再次劝说，"那不是握手，是一次火山喷发。"

哥哥一摆手，走了。几天后，他趁到镇里为二十九夫人购买貂皮的便利机会，走进了巧珍的磨坊。

他站在磨坊中间，眼睛一眨不眨盯着门框上的那条红绸布，他是那样的专注仿佛是自己不存在一般。温凉的季风夹杂着浓郁的花香从东面的窗口涌入，又急急地从西面的窗口溜走，他的头发就在风中摆动起来。下午的阳光斜射在磨盘上，将那些条纹勾画得条理分明。那头院子中的毛驴好像并不把他当作朋友，用粗犷的嘶叫来和他比强壮，但被花丛中蜜蜂的轰鸣声淹没了。他走出屋子，站在院子中央，就像刚才站在屋子中央一样。一个女人端着盆子走进来，盆子里有怀英的长马褂。她小心翼翼地经过他的身边，然后把那条马褂晾晒在一条木杆上。他用眼角打量着女人，女人非同一般的长相并未让他吃惊，倒是女人粗壮的腰身吓了他一跳。那时，他还不知道女人怀孕是怎么回事，不过他的内心还是鼓胀起来，这不是因为女人的强壮，而是因为有条有理干净的院落。当女人问他是不是要磨米，他什么也没说，迈步走出了院子。"家里该有这么个女人来打理了。"他一边走一边想，一边决定。

怀英永远不会忘记哥哥晚上面对自己的表情，这种表情和哥哥十几年后坐在大厅中对家里所有人说话的表情一样威严。

"磨坊我买下来了，用了五十文钱。你睡了人家，就该把人家娶回来。"

"大伯和父亲知道了？"弟弟担心地问。

"他们好对付，现在你去陪巧珍。"

赵俊生和赵俊杰正在喝酒，这是哥儿俩多年的习惯，是秀子给养成的。死去的女人在哥儿俩为了她进行一次搏斗后，就规定两个人每天晚上都要在一起喝点酒，否则就死给他们看。女人的做法看上去没有道理，但兄弟二人害怕女人死。现在兄弟二人在一起喝酒与其说是习惯，倒不如说是怀念更确切。

怀礼站在地上，叔叔很喜欢这个侄子，但他知道怀礼从来不喝酒。为此他曾经说男人怎么不喝酒呢？可怀礼反倒劝说叔叔该把酒戒掉。

"家里应该有个女人，"他看着桌子上的饭菜说，"那样你们喝酒也好有个像样儿菜。"

叔叔抬起头，父亲则依然低着头。叔叔立即笑了，眼睛里充满了爱意。父亲端起酒碗，在半空中停留片刻，然后一个决定在脑海中骤然形成。

"明天我去你丈人家，"父亲一仰脖将酒喝尽，"把成亲的日子定下来。"

怀礼靠近了叔叔的身边坐下来。叔叔还认为侄子高兴要喝酒，把酒碗推给了他。他把酒碗推回去说:"不是我成亲,是怀英。"在父亲和叔叔怔愣的当口儿,他已经直截了当地说出了怀英与巧珍的事。

叔叔惊讶还有点忧心忡忡地问:"这个兔崽子,什么时候的事儿?那可是出了名的丑寡妇哇!"

"不是寡妇,是大姑娘。"他纠正叔叔的话,"在怀英的眼里她可是个比陈小妹还美还好上百倍的女人。"

"既然是这样,我找媒婆提亲。"父亲重新倒满了酒碗,"就是不知道那女子是不是同意。"

"这不是问题,他们睡觉了。"儿子说。

"这怎么行,要是成亲也得是怀礼先成亲,有大有小嘛。"叔叔反对。

"要是那样的话,让我和怀英一起成亲,那样也省得再次麻烦。"这时父亲才从儿子的眼神中得到了一个答案,这是儿子在经过深思熟虑后才来这里的原因。赵俊生为难了,他不知道亲家会不会同意这样的安排。没想到,他来到了余平家,余平很高兴地答应了,只是出于关心,对巧珍的长相和曾经嫁人提出一些建议。岂不知赵俊生天生对女人就没有鉴别美丑的能力。

余平与赵俊生为儿女的婚事商量了两天两夜,他们边下棋边喝酒,然后躺在热炕头儿上决定要给儿女们举行一场体面的婚礼。但他们的想法被怀礼否决了,他没有说原因,只是把手掌往地上做了个压了压的姿势。

一个月后,人们怀着惊奇参加了婚礼。即使是怀礼要求一切从简,但这个婚礼还是蓝镇仅次于朱建昌成亲时的场面。在一片热闹嘈杂声中婚礼开始了,却又在不知所措中结束,原因是巧珍的孩子在婚礼最高潮的时候分娩了。她生了一对双胞胎,两个男婴像猫咪那样安静。怀英趁人们的慌乱,跑到磨坊,把门锁上,直到三天后才见了孩子们的第一面。文清换掉了新娘的衣裳,临时担负起护理巧珍的任务。可是不久,余平得知了消息,他一下子就给赵家送来了五个男仆六个女佣。

赵俊生、赵俊杰喜气洋洋,晚上两个人跑到秀子的坟前喝醉了。当天夜里,当全家都被白天的事闹得筋疲力尽熟睡后,赵怀礼才知道弟弟曾经说的不是假话,自己过高地估计了自己的自信,他激动得差一点什么也没干成。

三

家里充满了女人的气息。六个女仆很能干，在巧珍的带领下，把每座屋子都摆设得井井有条，都打扫得干干净净，每个窗户还贴上了一对红色的喜鹊或鸳鸯。巧珍还吩咐怀英带领那些男仆在屋前和回廊的两边都栽上花草和树木，院子后面的山坡上种上了蔬菜，院子靠东墙旮旯里和西墙根下砌起了猪圈和鸡窝。十年后，正是巧珍的努力，赵家的家禽和猪羊充满了整个蓝镇的前山后岭，它们是那样的气势雄壮，以至于那些虎狼犲豹见了也恐惧地怀疑是不是上天一下子派下来这么多的家禽牲畜，是来把它们当作食物。赵俊生皱着眉头，半信半疑，心里却高兴，任由她们去搞。赵俊杰则高兴得像个孩子，在人们的眼里他和儿媳妇的关系就好像是姐弟。文清在家里没有干过一点重活儿，但她有一手好针线活儿，她舞弄的绣针就好像是燕子掠过水面那样轻巧，她还主动地担负起两个孩子的抚养。在孩子一周岁的时候，就已经误以为她是他们的妈妈。她教他们唱歌，还教他们礼节。两个小家伙活泼可爱，麻烦的是他们争强好动的性格。老大比老二身体瘦小一些，可吃亏的总是老二。每天傍晚，巧珍和文清都会端着盆子将一家人换下来的衣裤端到河边捶洗，那里的水清澈得就快赶上文清的眼睛了。直到这时赵怀礼才会透过河边的柳林仔细端详女人的长相。女人长得丰满而匀称，文静而又不失严肃，他心里打鼓，好像有未卜先知的预感——这个女人要么是自己的对头，要么就是自己最得力的助手。一天晚上，这种判断就得到了验证。女人把陪嫁来的箱子钥匙交给了他，他打开又不露声色地关上，然后把钥匙扔给女人。

"这些东西对我来说一点用也没有，要你来不是要得到这些金子，是要你生孩子和操持家务。"

几天后，女人把钥匙又扔给了他。这次他没有拒绝，第二天趁女人去河边的时候，他依靠他超人的力量把箱子搬到父亲的房中。

父亲依然给朱成文赶车，但他很久没有看见这个老朋友的影子了。他对朱家灯红酒绿的生活抱着和儿子一样的态度，不闻不问不参与。好几次朱成文的弟弟朱成武出于热情给他准备了女人，但他在酒后的情况下压住火山喷发般的欲望，挫败了引诱。

"你可真是个怪人，"朱成武调侃他，"都像你这样，天下的女人还怎么活？"与他相反，弟弟赵俊杰在一次又一次的宴会中着了朱成武的道儿，并从此堕落了。他好说好笑好动的性格成了女人的焦点，他也因此寻找到了乐趣。哥哥对弟弟的所作所为不予理睬，只是当弟弟去和女人们寻欢的时候，他会独自坐在秀子的坟前，坦然平静地拔掉坟头上的蒿草，这时他的内心就会涌起独占女人的念头。直到有一天晚上，当怀礼说出要给他和弟弟提亲的事，他才惊诧不已，就是弟弟也因此终止了因荷尔蒙泛滥引起的游戏。

赵俊生在后山洼的松树下，端着烟袋坚决反对儿子给自己续弦的建议，因为他觉得巧珍的未婚先孕已经够离谱的了，现在要是再做出有悖于这里风俗的事，势必会成为这里的笑谈。但儿子的决定不容改变，儿子杀死老虎的目光使他屈服了。此时，他感觉到自己的位置与儿子互换了，好像站在自己面前的不是自己的儿子，而是自己的父亲或者更为有尊严的长辈。他真的不能再等了，时间的流逝灼焦了他的灵魂，痛苦无时无刻不充斥着他的回忆，复仇的愿望随着儿子的长大膨胀得撑破了他的胸膛。夜里的月光与他叙述的语调一样愁惨，他说出了家族的悲惨遭遇。

怀礼坐了下来，静静地听着，即使父亲流下了眼泪，他也没有安慰父亲，就好像是他早已知道了这件事一样，与父亲共同感受侮辱与伤痛。

文清满月前三天的晚上，赵怀礼走进了丈人家。这与他第一次来丈人家的感觉完全不同，他感到丈人家阔气的住宅充满压抑和苦涩的气氛。虽然这里有高大的院墙，迂回的长廊，盛开的花卉，就连门廊上最微小的位置也雕饰着讲究的花草树木，但内院的深幽让他感到生活在这里的几十个人脸上泛着绿光，身上散发着腐烂的气味。这种死气沉沉的气氛被他归结为岳父没有人可以承接家业的缘故。岳父的三个儿子在他期待家族兴旺的关键时刻相继夭折，武松林和陈婆使尽了浑身解数也没有使他再拥有一个儿子，他只得在哀叹命运的不济中接受现实。

岳父正陪着他的三个夫人打麻将，见他到来把位置让给了他，并吩咐仆人给他沏茶。他只玩了一把，就让给了旁边的仆人，然后退到屋子里和岳父谈来此的目的。当说起要买下蓝镇所有磨坊的时候，岳父沉默了片刻并提出了异议。

"那些磨坊可是朱家的呀!"岳父从棕色的椅子中挺了挺身子,站起来,来回踱着步子,"这些东西是他们祖上传下来的呀!"

"他们和我已经谈过了,我也不想买,是他们找上门来的,他们无心经营,我没办法只得买下来。"

"需要多少钱?你说。"岳父还认为女儿的那一箱子金子没有告诉女婿,直接切入正题。

他从岳父家拿走了和文清陪嫁时一样多的金子,他的胆子那样大,只用半箱就把朱家所有的磨坊自作主张地卖给了自己。磨坊所有的管理人员一律不变,只是每月的月底他会亲自收取一个月的租金,然后把租金扔进自家的仓库。年底,清明道长做主褒奖了他。他得到了自家门前从大门口开始至蓝江边的五十亩贫瘠土地的耕种权,他拒绝了他自称没有名目的奖赏。他拿出了当年磨坊的收入,买下了另五十亩肥沃的土地。这个买卖差点成为泡影,朱家第一个反对的是朱建昌,因为朱家还没有卖过土地的先例,朱家永远享有土地的所有权的规矩是比蓝镇建立时还要古老。那阵子,他是那样的焦躁与和蔼。他回家睡不着觉,在地上蹲着学会了抽烟,跑到后山上喝酒,站在蓝江边上呆呆地看着流水。然而,第二天当他出现在朱家大院的时候,他的和蔼几乎令那些以往见了他就害怕的家丁们哭出来。他的笑容比六十岁老人积攒一生的笑容还充满温情,他的话语比叫春的狐狸还有诱惑力,以至于在半个月后他参加朱家的宴会并满怀真诚对曾经反对卖土地的朱家长辈宣布取消自己的荒唐计划时,那些人也站到他的一边共同反对朱建昌。他们不仅同意卖给他,而且价钱低得出奇,就像是在抛售急于出手的旧货。那时,在没有任何正式交接的情况下,便很自然地完成了他与父亲的交接,他成了家里的主心骨。叔叔有什么事都愿意和他商量,有什么心里话都愿意和这个侄子说,有一次他差一点就忘乎所以地把他和哥哥共用秀子的事说了出来。

"你花钱买那些东西干什么?"叔叔满脸忧郁地说,"怀明还在逍遥楼里呢。"

怀明是那样的不着调,他已经在逍遥楼住了有大半年之久。自两位哥哥成亲以后,家里就再也见不到他的影子,他借口为了工作方便搬到了朱家。凭着伯父和朱家的良好关系,他在朱家谋到了撰写菜谱这一轻松而实惠的工作。每天晚上那个罗锅儿管家把第二天的菜谱拿给他,他只需半个时辰即可完成和那些挥舞着大勺的厨师们一样多的工钱的工作。罗锅儿见了他毕恭毕敬,就像所有人见了怀礼一样。他的性格和怀礼完全相反,但长相却又出奇地相似。只是哥哥的眼睛冷静中充满威严，面部表情也显得冷峻，而他充满幼稚和不安分的眼睛即使他在以后生活的漫长岁月中也还是和现在一样没有改变。他的长相给人的感觉与一个记账先生没有一点相符。他继承了父亲的基因，是那样的好奇和随意。他粗手大脚，体格健壮，说话粗鲁，两颊长满了络腮胡子，头发支棱着像头顶趴着一只刺猬，冷眼一看就像一个下山打劫的土匪。他整天嘻嘻哈哈东游西逛，像是和所有的人都相处了比他岁数更久远的时光。他与认识和不认识的女人打招呼，然后油嘴滑舌地奉承女人，即使是长相比巧珍还丑陋十倍的女人在他的嘴里也会变成杨贵妃，而他却不觉得自己是违心和脸红。他给她们朗读赞美诗，这是他在写完菜谱的寂寞中想象出的连他自己都不知道是不是诗的诗。没有一个女人不喜欢他，她们把他当作自己的孩子看，给他糕点和糖果吃，给他自己都舍不得喝的冰镇草莓汁，给他量鞋码做鞋，甚至偷偷地塞钱给他，可他对钱没有兴趣。那些年轻的夫人和小姐把他当成活宝，教他跳舞，他领会舞步的要义比她们教的还快，而他又别出心裁的创造总能使舞步更加神奇。他狮子一样雄健的步伐，海豹一样滑溜挑逗的舞姿，鹰一样注视的眼睛，把那些跳舞的和不跳舞的年轻夫人和小姐弄得神魂颠倒面红耳赤。

"这小子是谁？"一天晚上他在舞会上大出风头，朱家的长辈问。

"是俊杰的二小子。"身旁的人说。

也就是在这个晚上，清明道长认识了他。道长高兴极了，他发现怀礼的这个弟弟比怀礼好玩多了。他要给怀明换个更轻快的工作，可怀明拒绝了，他觉得自己的工作够轻快了，没有必要再换。其实，他是舍不得对门罗锅儿的小妾。小妾比他大一岁，除了有一双流波的眼睛外其他方面并不出众，但这个女人在某一段时间里填补了怀明因盲动而空虚的胸怀。一天晚上，怀明喝醉了，女人扶着并引诱了他。他们一直折腾到天亮他酒醒，他才知道人为什么要分男与女。第二天晚上，他来到了罗锅儿家，女人正在给罗锅儿捶腿，他妒火中烧却不敢看罗锅儿。回到屋子后，他掀翻了账桌，发誓永远不理这个女人。可两天后女人出现在他面前的时候，他把自己发过的誓言全忘记了。一天，他趁着罗锅儿去工作的当口儿走进了小妾的房间。一个时辰后，他怀着愉悦的心情走出了女人的房间，这时他才发现罗锅儿抱着头坐在屋檐下的台阶上。他一下子就斩断了与这个女人的来往。不过，他并没有因此而寂寞。他像蝴蝶一样穿梭在花丛之间，今天与管家的夫人睡一次，明天与家丁的老婆睡一宿，他甚至与朱成文的第二十八个夫人接上了头，但他还没有完全丧失理智。直到他遇见了朱建昌的贴身丫鬟幼儿，他才终止了这种危险的游戏。幼儿拥有着令人恼火的柔曼身材，唯一不足的是她的脸上长满了雀斑。他们是在舞会上认识的，与以前不同的，这次是他引诱了她。他们经常在库房里、院墙的角落里、花园的花丛中、阴暗的祠堂中乃至他的床上幽会，他们是那样的痴迷，以至于在热吻中被朱建昌带领的家丁包围还没觉察。幼儿羞愧难当，当天夜里就投井而死。朱建昌愤怒地要处死他，可他一点也不在乎。怀礼赶来的时候，朱建昌正吩咐手下把他绑在庭前的石柱子上。怀礼知道这个消息后，怒气冲破了他强健的胸大肌直至将蓝江的水面也激起了波涛。"进去的时候什么也不说。"他摸了一下腰刀暗想，"一刀斩下去，要他永远都干不成这样的事儿。"但当他踏进朱建昌的院落的时候，他什么也没说，也没看弟弟一眼，直接进屋坐在朱建昌的对面，静静地看着，那模样就像告诉所有的人——看你们谁敢轻举妄动。

建昌低着头，用眼睛的余光扫视着怀礼，好像做错事的不是怀明而是他自己。但他还是解释："你知道，要是不杀了他，这样的丑事还会发生。遇上这样的事儿，你也会这样办。"

怀礼掏出烟袋点上，深深抽了一口，含在嘴里，烟便从鼻孔中冒了出来："伙计，那丫鬟已经死了，杀了他也于事无补，不如把他交给我，我有更好的办法。"

"就在这里，"朱建昌嘿嘿地笑了起来，"这样我也可以学学你的好办法。"

怀礼从厅堂走出来，从刽子手里拿过大刀，挥手就要向弟弟的裤裆斩去。

怀明喊："哥，你还不如杀了我。"

院子里挤满了人，那些闻讯赶来的女人个个面如土色。怀礼强硬的表情和他的心理完全一样，那一刻，他不是后悔自己的鲁莽来到这个是非之地，而是这里的气氛激发了他蓄含已久的能量。只是这种能量释放的对象不是弟弟，而是朱建昌，要不是建昌的母亲及时赶到，他会因为弟弟而牺牲赵朱两家的友谊。建昌的母亲在丫鬟的簇拥下走进庭院，所有的女人都跪下为怀明求情。

二十九夫人命令给怀明松绑，然后以极其严厉的口吻命令家丁用木棍将怀明赶出朱家大院，并声称怀明永远不得踏进朱家大院。

怀明遵守了诺言，但他是那样地怀念朱家大院的女人们，不得不在逍遥楼满足自己的愿望。不久，他的愿望得以实现，一些朱家大院的丫鬟和女仆们也因怀着和他同样的愿望来到了逍遥楼。

　　逍遥楼名声大震，不得不扩建，越来越多的女人们像鲫鱼一样从遥远的地方游来。余平以一个商人敏锐的目光抓住了商机，要兴建另一个逍遥楼，并决定聘请怀明去那里坐堂招揽生意，可怀明拒绝了他的聘请。武松林的药铺生意好得不得了，一天的收入是原来一个月的收入还拐弯。私塾的学生爆满，张先生那里的学生都坐到院子里了，他只得在露天里讲授课程。赵怀礼这时才意识到蓝镇已经大得没有边际了，而这里只是巨大蓝镇的一个中心点。怀明整天给她们唱歌，朗诵诗，谦和地教她们跳舞，他激情的宣泄激发得整个蓝镇都在发抖。赵俊杰痛苦得要死掉了，他为家里有这么个浪荡公子而没有颜面见蓝镇上的人。他冲进逍遥楼，还没见到怀明就被那里的女人抬出去扔在街上，他坐在地上不顾颜面号啕大哭，可怀明让里面的人送给了他一张字条，上面写着：我是跟你学的。他停住哭声，愧疚地在秀子的坟前默默地祈求地下的灵魂去劝说儿子能够回心转意。

　　怀礼走进逍遥楼，没有一个人敢阻挡，他与生俱来的威严把那些女人吓坏了，她们跪在地上不敢抬头，那时怀明正和几个女人在调情。怀礼把和自己一样高大的弟弟举了起来，目空一切地走出了逍遥楼，走出了蓝镇，直到蓝江边才放了下来。那里早已停留了两匹马，然后他命令弟弟上马。弟弟问他去哪儿。他回答：回家。

　　那是一条几乎没有希望到达的回家路程，可他们最终到达了。他们凭着父亲二十年中只凭着简单的记忆和卓越的想象以及对家乡的无限怀念和对家族强烈复仇的愿望绘制的一张没有把握的地图，踏上了父亲无法实现的征程。他们靠着这张后来证明是蓝镇通往家乡最捷径道路的地图的指引，以顽强的毅力和严肃的使命感一直向北穿越。沿途的女人们早已听说怀明的到来，在路边准备好了热茶和米酒，可他们看见了怀礼就再也没有女人出现过。

　　一路上两个人谁也不说话，怀明恨哥哥。他不看哥哥一眼，哥哥也没有向他妥协的意思。二十天后，他们的面前没有了官道，面临的是充满荆棘和乱石嶙峋的原始森林，怀礼杀死了比他们还消瘦的坐骑，割下了两条马腿在火堆上烘烤。就在这个晚上，他们喝了毫无言欢的闷酒，在森林边上的小溪旁宿营。半夜里怀明被一只觅食的老虎惊醒。怀礼在他还没醒悟过来时，便以惊天的吼声闪电的速度将老虎举到空中，轻轻一抛老虎便掠过树梢重新回到了森林中。早晨，怀礼把所有的东西挂在马身上，拔出腰刀在前面开路。他裸露着上身，砍那些丛林就像机器在割草一样。怀明跟在他的身后，思念着逍遥楼，就在昨天晚上哥哥赶走老虎后，他还在梦中与逍遥楼姿色最出众的小翠相会。一个月前，他答应比自己小一岁的女子去蓝江边钓鱼。女子已经向他很多次表露爱慕，要与他一生相伴，可他拒绝了。现在，他决定只要自己还能回到蓝镇，他会毫不犹豫地答应女子的请求，家就安在蓝江边上他们要去钓鱼的地方。一整天，他都迷迷糊糊，直到哥哥把吊床挂在树上，他才从梦中醒来，急忙卸下马背上的棉袄、棉被、咸菜和最后的一点大米，并把锅吊在两树之间点着了火准备煮些粥。

　　哥哥很疲劳，躺在即将衰败的荒草上，嘴里叼着烟袋，眼睛凝望浩瀚的天空，嘴里嘟囔着说，明天要下雨了。他碗口一样粗的手臂被树枝和荆棘划得血肉模糊，恼人的秋风把他本来就很凌乱的头发吹得像有一片原始森林在他头顶舞动。这天晚上，一只豹子企图趁他们熟睡的时候进行偷袭，可哥哥在酣睡中扭断了豹子的脖子。第二天，果然下雨了，他用眼神乞求哥哥是不是休息一天，可哥哥装作没看见。一周后，雨停下来，可他病倒了。这段时间，他是在火炉和冰窟中度过，心里比森林深处还阴暗。他梦见了他的伯母秀子，伯母坐在一辆马车上，穿着黑色的棉袄，用冰冷的手摸着他的脸，用温存的话语一次次地说："哦，我的孩子。哦，我的孩子。"他叫着伯母，可伯母却让他喊妈妈。他的身体暖洋洋的，恳求伯母把他带走，要上伯母的马车，可伯母惊恐地把他推了下来，他就在呼唤妈妈的惊叫中醒来。他已不能行走，只得让哥哥背着他。一个月后，那匹马死去了，他看见了那匹马弥留之际渴望早些死去的眼神和哥哥忧郁的表情，那一刻他知道哥哥并不是铁石心肠。傍晚，哥哥从草丛中捡回几个鸟蛋煮熟，然后喂了他。他很奇怪，像哥哥这样粗大的手剥起鸟蛋来竟是这样的灵巧。

　　他终于和哥哥说话了，他告诉哥哥他冷。哥哥把所有的棉被全捂在他的身上，还在他身边拢起了一堆火。他出了一身大汗，做了一宿的梦，可一件也记不住。第二天早上，他认为他死了，可从地上重新站起来的时候，他知道自己已经痊愈了。

　　哥哥把那些没有用的东西全部扔掉，只留下两双鞋和两把腰刀。哥哥扔东西的时候好像在表明一种态度，把那些棉袄棉被和铁锅抛得又高又远，末了还冲他笑了笑。两个人从此有了说笑，甚至哥哥和他还谈起了女人，他反倒觉得哥哥说话粗鲁。他给哥哥做饭，还跟着哥哥学起了武功。他很惊讶哥哥怎么就能把三尺多长的腰刀舞动得像缠在身上的银链，连人影也消失了。哥哥一招一式地教他，他进步很快,哥哥甚至夸奖了他的聪明。他要教哥哥舞蹈,反被哥哥臭骂了一顿,说他是不学无术,整天就玩些绣花枕头的玩意儿。这时他才知道,当初自己不与哥哥说话不是赌气,而是惧怕。一天中午,他们正在将一头刚刚猎获的獐子放在火上烘烤,突然听见远方传来的一阵巨大的轰鸣声。他还认为是雷声,可哥哥说咱们就要走出这片林子了。

又经过了两天跋涉,一片无边无际的草原呈现在他们面前。因为即将进入冬季,草原上的野草全枯黄了,那些奔腾在草原上的野马和野牛在狼群的驱赶下发出像闷雷似的轰鸣声。两只老虎正趴伏在那里啃食着一匹野马。三只豹子、一群狼和几只老虎从他们身前经过,它们不把他们当人,也没把他们当作猎物。只有一只巨大的黑熊站起来好奇地向他们望了望,然后向他们走来。怀明很紧张,可怀礼却笑了笑,迎着黑熊走去。人与兽在相隔十几米的地方站定,怀礼突然一声大喝,震天的吼声激荡得整个草原一片混乱,那些觅食的野兽迅速地逃进了森林,就像狂风驱赶着乌云那样迅速。怀明要逮住一匹野马当作坐骑,可是他失败了,因为他跑得没有它们快。怀礼看着弟弟失望的样子,被逗笑了,说不急,还有比马更好的坐骑。两天后,他驯服了一只老虎。他把老虎的嘴用树枝编制的笼子套住,这样弟弟就可以安稳地骑着它了。怀明高兴坏了,说世界上能骑老虎的人只有他们了。怀礼没有反驳,最近他发现他越来越喜欢这个弟弟了。第二天他又逮住了一只老虎射杀了一只山羊。他把羊皮剥下来扔给弟弟,因为天已经冷了。

两天后,他们在风雪中与草原上的游牧民族不期而遇。那些人见了两个骑着老虎的人,误以为是天神下凡。把他们让进帐篷,让他们喝酒御寒。那些人长着扁平的面庞,宽阔的肩膀,还拥有豪爽的性格。怀礼好像很了解这些人,用家乡的话和他们交谈,与他们大碗大碗地喝酒,还和他们比试了力气,最后他把两只老虎作为礼物赠给了头人的孙子。怀明与这里的男人和女人跳舞,这次他甘拜下风。这里的人跳起舞来,就像骤风从草原的草尖上掠过一样急促,而又那样的自然轻快。他们不得不留下来,因为雪一直下。兄弟俩每天骑马和那些牧民们一起吆喝着看管着牛羊,怀明还给他们唱歌。一个月后,怀礼和头人的二女儿柳眉结了婚。自他进入帐篷的那一瞬间,头人就以在大漠中赖以生存的直觉感到,这是一个自女儿出生以来就已经约定好了的婚姻。怀礼如实相告自己已经有了婚配,而且自己在此不能久留。头人满不在乎的劲头就好像是给母马找驹给公鸡配对那

样平常。春天的一个早晨,当阳光普照大地雪水横流在草原的时候,怀礼携着怀孕征兆的妻子走进了头人的帐篷,如实相告了自己的家史。头人低头沉思片刻,便走出帐篷,一会儿头人的儿子柳成率领着十八个彪形大汉进入帐篷。柳成瞪着眼睛大喊大叫,声称要是不杀了妹夫的仇人,他就不回草原。要不是妹妹嫌他粗鲁,用眼神制止了哥哥的喊叫,他还会吵闹下去。

"你把他们都带上,"岳父说,"他们是我这里最好的勇士。"

秋天,他站在山顶看见了父亲生活过的房屋。那是一个破破烂烂的不能说是村庄的村庄,那些用泥土和茅草堆砌起来的房屋与蓝镇那些红砖绿瓦简直就是乞丐与豪富相比。那一刻,他皱起了眉头,连他自己也搞不清为什么,复仇的恶念顿时化作拯救的念头。

他独自打扮成乞丐徒步进入了村子。那是一个比山上看见的还要破败的村子,那里人的穿戴,即使他打扮成乞丐的模样也还是比他们风光,他不得不和那里真正的乞丐对换了衣裳。他披着麻袋片子赤着脚在人们的呵斥中观察这里的一切。他来到了一个牲畜交易市场,这里到处都是畜群的臭气,到处都是苍蝇蚊子,到处都是闹哄哄地粗鲁的吆喝和戏谑的笑骂声,唯一让人愉悦的是四周的参天古树和碧绿的野草。他挨了一个骑着马从人群中横冲过去穿着讲究人的马鞭,挨了一个女人的一顿臭骂,还挨了一个脸上长着横肉的卖马人的一脚。不过,他从这里得到了很多信息,这里依然是赵家掌握的,抽他马鞭的那个人就是赵家的大公子赵怀成。这个花花公子,他还有一个同父异母的弟弟赵怀斌。他们的爷爷就是杀死他爷爷和赶走他父亲的堂兄,可他们的爷爷在十年前就已经死掉了。他来到了赵家大院的门口,这里和他父亲描述的一点没有变,高高的围墙,褪漆的红色大门,门上带着两个大铜环,那对父亲曾经骑过的石狮子还是老样子,装饰几乎和蓝镇的家没什么两样,只是院子里冷冷清清的,好像并没有父亲说的那样兴旺。

两天后,他得到一个消息,家族因和相邻的李家村为争夺一座山的所属权发生了械斗,所有的男人都去了三十里外的飞龙山。天正下着雨,他返回山里,怀明用腰刀给他理了发,他蹲在山溪旁马马虎虎地修饰了胡须,骑上马便进入了镇子。在闪电中他把马拴在大门外的石柱子上,把蓑衣挂在大门上,手按着腰刀大踏步地走进了父亲曾经玩耍过的大厅,把一张家谱和一张画像拍在一个满脸忧愁的老者身前的桌子上。

他望着老者，一字一句地说："我是赵家的子孙赵怀礼，我要见当家的。"

"你是俊生的儿子？"老者看了家谱，抬头审视着他，举起画像，"你回来晚了，他死了，现在我是当家的。"

他沉思一下问："你是？"

"我比你爹大五岁，以前的当家人是我的父亲。我知道有一天你们会回来的。现在，你回不回来都没有用了，就在上午怀成和怀斌在和李家村争夺飞龙山的时候，战死了。"怀礼脑海里立即闪现出那个拿着马鞭抽在自己的花花公子，却想象自己要是在飞龙山的话，一定会征服对手。

"他们在家的话，你是进不来这个院子的。"老者说，"他们都是好汉。"

怀礼站在那里静静地听着，没有任何表情地一招手，那些勇士手执弯刀片刻间将老者捆绑起来，然后把所有的女人和孩子都驱赶到院子里。

老者昂着头，但当重新审视怀礼时，开口说："怀礼，你来做当家的，这是天意。"他说，"这不是因为我惧怕你，而是愧疚。"他加重语气说，"话说回来，当初要是我们不赶走你们，你们也会赶走我们，可能今天回来的不是你们而是我们。"他又审视一番怀礼后说，"你长得太像咱们的祖太爷。不过，你要当家必须遵守三个条件，一是保证我们家人的安全，二是保证我们祖坟的安宁，三是永世不得再提我们过去的恩怨，包括你后世的子孙都不能对我们复仇。这三个条件有一个不答应，我不会把整个家族的权力给你，我们将抵抗到底，我的家人只要有一个活着，即使是一个女人，也要你们这一枝人灭亡。"

怀礼走到大门口，一伸手把一只石狮子从深泥里拔起，举过头顶扔在地上。"我怕了你？"他说。但他还是答应了这三个条件，发了毒誓，并在几天后带领族人击败了李家村的敌人。在以后的岁月里，他以极其强悍的身体和族人一起征服了凡是在这个地区能到达的地方所有山头、村庄和草原，这个结果是他父亲赵俊生没想到的。

四

朱建昌已是两个孩子的父亲。父亲刚执掌家务的那会儿,父亲还会在百忙中抽出一点时间,向他传授一些管理家务的知识,但自从白云道长到来后,父亲便把他这个儿子忘掉了。他整天东游西逛,无所事事。不久,他就懂得了为什么那些长辈和那些弟兄要娶那么多的女人。他两年内娶了四个女人。她们各个花枝招展,温柔体贴,她们的腰身像春风拂动的柳树条子,他便在这些柳树条子中飘来荡去。于是,他得出结论,女人和食物一样,各有不同的滋味。但他还没有完全丧失意识,他已经开始关注家里的事务了,得知赵怀礼欲购自家的土地时,他又惊又怒,就把女人们往边上一扔。长期以来,总有一种潜在的失宠危机在折磨着他,赵怀礼这个充其量来说只是一个朱家的小管家,既没有文化又没有显赫的社会背景,不仅得到父亲的器重和赏识,而且在大院里有如此好的口碑。他在暗地里观察这个比自己年纪小的对手的过人之处。观察的结果与其说是嫉妒,倒不如说是害怕更合适。对手不苟言笑,却长了一副威严的面孔,他办事和他的面孔一样,干练稳重让人信任,且有一种与生俱来的聪明头脑和无所畏惧的勇气。

"这个人呆头呆脑,是一个彻彻底底头脑简单四肢发达的家伙。"他对九夫人说着对手的坏话。他又对姐姐说:"你要是找个牲口,他是最合适的,因为这家伙天生就是一个只知道干活儿不会说话的牲口。"他很惊讶,赵俊生竟然拒绝了父亲的求婚,也很高兴这个意想不到的结局。可是他又疑惑不解,这个论起来是自己长辈的人,除了在婚事提出反对意见外,对朱家的忠诚特别是对父亲的忠诚可以用顺从来形容。赵怀礼要购买土地的时候,他站在了自己的一边。这个车把式甚至在众人面前要用皮鞭抽打儿子,他气急败坏的模样甚至比自己还痛心。当他无力改变儿子的决定来到他的面前,满脸沮丧和愧疚的神情绝对没有一丝虚情假意。如果说那时建昌可以信任的人,赵俊生算一个,另一个就是被父亲临时委任为镇长的陈有仁了。那时建昌这个未来朱家的当家人,在买卖土地的斗争中被架空了。他还年轻并没有感到这是一种危机，而是年轻人的直接感受——一种被轻视的虚荣。他是镇长的家常客，在那里他诉说着对父亲的不满和对清明道长的不屑，寻求镇长的安慰。镇长满足了他的要求，请他喝酒，陪着他抽烟，还让他陪着他的夫人打牌。建昌运气不好，为此他总用怀疑的目光去审视，直到那些女人恼火得要和他吵架为止。他抱怨，但换来的是镇长的微笑，在稍后的推杯换盏的笑谈中化解了他们的不快并言归于好。

　　陈有仁是朱成文第二十三个夫人的弟弟，之所以被临时委任为镇长，除了他的亲属关系外，更重要的是因为他的善良是蓝镇出了名的。他清瘦白净的面庞笼罩在浓浓的书香气中，让人一下子就会与那些成天捧着书本的书生联系在一起。他第一天担任镇长，就身着官服，身后跟着四个卫队员，每个卫队员的腰间都佩戴着一把腰刀。他们在镇子里昂头挺胸晃悠了大半天，便一头扎进了前任镇长那间破旧的办公室。第二天他做的第一件事就是立即打发这些卫队员回到原来的兵营，第三天他就把妻子们接到了镇办公室。他的妻子们知书达理，温柔大方，一点也没有镇长夫人的架子。她们帮助邻里的女儿缝补嫁衣，去探视孤寡老人，还教孩子们唱歌跳舞玩游戏。每天早上，鸡叫头遍镇长就会准时穿好那件紫色的长袍，沿着蓝镇南北走向的大街徒步巡视两遍，继而转入小巷，步伐缓慢用欣赏的眼光去打量每一座房屋。遇见巡夜更夫，明知昨晚平安无事也要问上两句，道声辛苦，看着更夫抽烟。农夫们都很喜欢他的亲和力，因此和他说话就像和自己的长辈说话那样没有顾虑，这时他就会像长辈那样问地里庄稼长势，问家里生活状况，或者干脆拉着更夫去大地里走一遭。遇有早起的女人倒便盆，他便脖子一缩，偷偷地笑，发现他的女人便羞红了脸。太阳升起，他便背着手，脸上挂着笑，去早市看那些小商小贩与购买者在笑骂声中和气地讨价还价。当他来到那些屠夫面前，屠夫们便与他讨烟抽。他便大方地掏出烟，给这个一捏那个装一袋，自己再装上一袋陪着抽。那些屠夫与别人斤斤计较，但与他却慷慨万分，顺手割下一块最好的肉，往案板上一摔，急急装好，往他手里一塞，推着他走。他就面孔一板，然后很斯文地掏出钱，往案板上一扔，快步离开。在蓝镇人的眼中，他温和安静，不愿意管分外的事情，但年轻的镇长更不愿意说话和交往。将近中午，他才会提着肉回到家。女人们早已习惯了他的起居生活，马上给他温酒吃饭，然后扶持他睡觉。直到日头西下，他才会用过简单的晚餐后，进入书房，办理公务和读书。他是那样的尊重自己建立起来的生活规律，即使是清明道长亲自来请他参加朱家的聚会，也被他断然拒绝。

朱家刚刚完成一次家族权力的更替。在这场本来是朱家内部权力的争夺中，受益者不是朱家人，而是那些外来的道士。当没有掌管家务经验的清明道长将那些土地、商店、药房等财产分给朱家的长辈和子弟们掌管的时候，他们把全部的内心感激毫不吝啬地献给了这个手执拂尘飘飘欲仙的道士。他们被上一次的失败吓怕了，把收取的每一文钱都记在账本上。每天晚上，他们不约而同聚集在清明道长的房间里，如实上交。他们勤奋和卖力的劲头证明他们每一个人都没有耍一点花招。但不久，因年终红利分配不均爆发了家族内部的战争，清明道长在这方面没有一点经验是战争爆发的导火索。开始他们吵吵闹闹骂骂咧咧各说各的理，然后互相指责和攀比，最后他们大打出手，乱成一团。结果侄子把叔叔的鼻子打破了，伯父把侄子的牙齿打掉两颗，哥哥和弟弟滚翻在地上，儿子把父亲头发揪下两绺。朱成武先打倒了两个兄弟和企图上来劝架的家丁，然后又揍了一个本家叔叔，当他又要去揍一个指责他的本家弟弟时，他看见了在一旁瑟瑟发抖的三个道士。三个道士脸色苍白，瞳孔都放大了，他们面对如此滑稽的打斗一点都乐不出来。直到这时，朱成武脑海中仿佛从比远古还遥远的缝隙中朦胧地观察到造成这场家庭战争的源头。他如春雷炸响般的叫喊震醒了处于亢奋打斗中的族人，结束了这场可笑的闹剧。于是，族人砸碎了身边的桌椅，手执桌腿和木棍，在朱成武的率领下像一群老鹰抓捕三只小鸡一样，从前院追到后院，又从这个房子里追到那个屋子中。三个道士魂飞魄散，慌不择路。一个道士企图躲进一个鸡窝，结果被威武的公鸡叨出来一只眼睛。一个道士躲进了狗窝，结果被一条刚下崽的母狗咬掉了鼻子。清明道长扔掉了拂尘，灰色的长衫上撕了几道口子，跑得满头大汗，屎尿拉到裤裆里，一边跑一边讨饶，但没有人理他那一套。最后，他不得不把朱成文的炼丹房当作避难所。

朱成文正撅着屁股烧火，偌大的铁锅中冒着蒸蒸白气。听见一阵急促的脚步声，他抬起头看着所有人，直到所有人温顺地站在面前，他的眼睛中才隐隐流露出一丝不耐烦的怒气，这倒不是因为众人的打斗，而是因为他们影响了他的工作。他没有发火，而是以忍耐的极限重新投入到工作中。他将一公斤的芒硝倒入锅中，火苗便蹿起一丈多高，然后从怀里掏出装水银的小瓶子缓缓地倒进锅里，又从身边的箱子中拿起一根像孙悟空金箍棒一样的金棍，一边搅着一边注视着冒起来的热气。他在忙碌的工作中听取了两方的意见，他听得一塌糊涂，但他还是像执掌家务时一样果断。

"这有什么难哪？"他嘲笑，歪着头说，"谁不听话，你也不理他们的话，像我那样把他们捆起来，用棍子抽他们的迎面骨，用皮鞭抽他们的肚皮。"

清明道长没有那样做，他表现出的宽容体现了一个神仙的胸怀，他真诚的话语不仅让朱氏家族消除了误会，而且他在短暂的思考中做出的决定让所有的男男女女惊喜不已。他们聚集在院子的假山脚下，连宿大夜确定了在蓝镇和蓝镇以外的管辖范围。这种讨论虽然在吵骂声中进行，但头缠绷带的清明道长用能融化一座雪山的温和控制住了局势，他的忍耐和口中吹出的气体驱散了弥漫在每个人头顶的乌云，使每个人都拥有了一个完满的结局。他的所作所为在三个月后得到了回报，作为报答，以朱成武为首的朱家人在同乐楼里迎接了清明道长的第一批师兄弟，并为他们举行了盛大的欢迎仪式。这些道士疲惫异常，每个人眼睛里都闪烁着受宠若惊的神情，但他们都具有良好的食欲，而且食量惊人酒量奇大，吃相不雅与众不同。他们被宴会上丰盛的酒菜搞得有些忘乎所以，一拨儿接着一拨儿地醉倒。据清明道长介绍，他的师兄弟们来自人类还没有到达的天边，骑马需要走上一辈子，但这些道士使用了筋斗云和腾云驾雾的本事，眨眼的工夫就来到了这里。就这样，朱家人在清明道长眼睛的一眨一眨中迎来了二十六批道士。那些道士是那样的不安分，他们随地大小便，整天摇摇晃晃嘴里还哼着一些下流的小曲，像小偷一样这里走走那里瞧瞧。一天有一个道士闯进了一个丫鬟的房间欲图谋不轨。清明道长处罚了这个道士。他把这个道士吊在房檐下，然后集中那些道士站在面前，让其中最强壮的道士用开水浇他后背，用木棍打他的迎面骨，用烙铁在他脸上烙记号。第二天，在蓝镇的后山上人们发现了一堆被野兽啃食过的骨头。五个道士当天夜里企图逃出蓝镇，但他们在蓝镇里迷了路，被清明道长捉了回来，他们得到了和第一个道士一样的下场。

清明道长颁布了专门针对道士们严厉的管理规定，规定是他亲自起草和宣读的。条例规定所有的道士晚上一更必须睡觉，晚上不得出自己居住的院子，不得大声喧哗，不得乱说话，更不得随地大小便，遇见朱家的女人要低头垂手站在路旁问候。并威胁每个道士都要尽职尽责，若有失职行为，轻者饿上三天赶出朱家大院，重者将和前几个道士的结局一样。从此之后，那些道士温顺了很多，他们规规矩矩仿佛都变成了被阉割的公牛，但不久还是有一个道士受到了惩罚。他在一个阳光灿烂的早晨服侍二十四小姐的时候，被二十四小姐的具有诱惑的香粉迷惑了。他抬头看了小姐一眼，然后赞美小姐比仙女还漂亮。结果被清明道长令人割掉了舌头，挖出了眼睛。不过，清明道长无私阴冷的举措还是博得了朱家人的认可。他们认为家有家规、国有国法，要管理一个庞大的家族，必须有一整套行之有效付诸行动的规定。与这些道士相比，清明道长对朱家人可要宽松得多，他不仅减少了每年的上交数目，而且和他们天天喝酒打牌。在大大小小的宴会上，飘飘欲仙的清明道长变成了一个酒鬼，他甚至把尿撒在餐厅的角落里。他醉眼蒙眬给朱成文的每个夫人敬酒，给每个朱家的后辈夹菜，甚至和每个朱家的仆人开着不着边际的玩笑。他嘻嘻哈哈的模样完全不像一个寻仙炼丹的道士，倒像是一个性情温和的嫖客。在一段时间里，朱家人甚至佩服起在后院炼丹的当家人有如此锐利的慧眼。他对待那些被派往边远地区有怨言的朱家人好言相劝，赋予重金的报酬，许诺永远不可能成为现实的而又让这些人认为是划算的几年后就能实现的现实，并最后心甘情愿地离任乐颠颠地远赴新的工作岗位。当最后的一个管家，最后的一个家丁，就连赶车的赵俊生和做饭的厨师也被道士取代，最后的一座粮站、最后的一个商店、最后的一个药房被道士接管的时候，即使是最关心家族发展的朱建昌也没有觉察到潜在的危机。一天晚上朱成武刚要睡觉，几个道士穿过月拱门径直来到他的卧室，把他请到了同乐楼的大厅。朱成武还认为是道长请他喝酒，很愉快地答应了。清明道长的宽宏大度让他释解前嫌，并在内心里感激道长对他管理的那些不清不白家务睁一只眼闭一只眼的态度。作为荣耀，他带上他的大儿子。大儿子朱建新对清明道长介入家族事务极其反感，拒绝参加一切的家庭聚会，但这次他还是去了，因为他被父亲骂了一顿。"这是难得的机会，你大了，我老了，你得在人面前露露脸。"父亲说。

  清明道长坐在大厅正中朱成文坐过的椅子中，没有像以往那样吩咐给朱成武上茶，没有客套话，脸上也没有笑容。长期的养尊处优使他的面色红润，他身着灰色衬着白领的长袍，右手的拂尘自然地抱在怀中，气定神闲的模样简直就是一个活脱脱的神仙。朱成武大咧咧地坐在他的身边，像以往一样他一边大声说话，一边自己把烟袋点着。清明道长开门见山，说要收回他管理的土地。当他确定清明道长所说的话不是开玩笑时，他站了起来，凑到嘴边的烟袋静止了，利益把他脸色烧得通红，继而又变成铁青，铁青的脸色把他面部棱角一下子衬托得格外分明。他呼气急促，极度的恼怒使头发把帽子都顶了起来。

  清明道长对他的表情变化无动于衷，就好像是请他来就是专门要看他发怒的表情似的。更不害怕，因为在他身后站着六个虎背熊腰的年轻道士。他冷冷地看着情绪激动的对手，嘴角流露出一丝冷笑。

心里的怨气无法让朱成武重新坐下，他握紧拳头一步一步向道长逼近，鼻孔里发出吐吐的声响，眼睛里烧着比哥哥炼丹还旺盛的火焰，就像一头发情而又得不到宣泄的公牛一般气势汹汹。极度的愤怒使他失去了对自己的控制，他唾沫飞溅，语速奇快，语无伦次，与其说是在阐明道理，倒不如说更像是骂街撒泼更确切。他说自从他管理这片土地，庄稼从来没有这样好的收成，前年每棵苞米秸上都长出了四穗棒子，去年这片地收获的高粱够全镇人吃两年，喷出的香气把逍遥楼的女人都熏倒了，至于今年更不用说，那里的大豆榨出来的油可以解决镇子一年的吃油问题。当他说到明年要把这片土地种上谷子时，从大厅的偏房里出来三十几个手执棍棒的道士。当他说到将把全部收成的一半上交家里的时候，大厅的大门关上了。他还要说下去，朱建新发现了不妙，但为时已晚。道士们还不等清明道长发令，就蜂拥而上将父子二人按倒在地。

"牛鼻子老儿，你有胆量就杀了我。只要我不死，朱家就不是你的。"他终于看出了道长的企图，高声叫骂。

"不要恨我，"清明道长站起来，一摆手中的拂尘说，"要恨你就去恨你哥哥，是他让我这样做的。"

朱成武被囚禁在清明道长早已准备好的地牢里，那里的臭气和黑暗让他闭上了嘴。他的夫人还认为丈夫喝醉了，直到第二天夜里才打发用人去清明道长那里打听，可清明道长矢口否认见到过朱成武。他吃惊的表情和焦急的模样令所有人都相信他没有说上半句假话。他吩咐所有的道士以及发动所有的蓝镇人在蓝镇的山川河流、森林山洞和凡是目光触及得到的地方翻了个遍。最后，面对痛哭流涕的清明道长，一个道士胆怯地站出来说朱成武前几天就已经约好要到东面的海边去寻仙了。清明道长松了一口气，但他怒骂了那个道士，还要用皮鞭惩罚那个道士，但被二十九夫人阻止了。对于这个说法，朱家人大部分持怀疑态度，因为朱成武对于寻仙炼丹深恶痛绝，他曾经扬言要发动朱家子孙去捣毁哥哥的炼丹房。不过，事情提前败露了。

就在所有人要忘掉这件事的时候，一个负责送饭的老道士受朱成武的委托，走进了武松林的药房。武松林静静地听完道士的诉说，便失去了以往的沉着和冷静的表情。等到道士说完，他就从账房里拿出一包银子，要道士别声张。"这是一件要出人命的大事。"他毫不掩饰自己的紧张。老道士要逃走，他却要求道士还回去送饭，并让他告诉亲家和女婿不要惹清明道长生气。道士走后他就进入了赵家大院，这是他得知朱成武处境后的最初也是最后的决定，因为赵俊生是他以及朱家最可信赖的人。

当清明道长以仁慈面孔和带着关心委婉的语气说出辞掉赵俊生的缘由时，赵俊生不惊讶也不存在怨恨的情绪。与那些吵吵闹闹满腹牢骚的用人相比，他是唯一一个平静地离开朱家大院的用人，也是唯一一个拒绝清明道长给他好处的人，他无动于衷近于麻木的表情致使清明道长在怀疑和不安中度过了三天三夜。自从朱成文沉迷于炼丹工程后，赵俊生对那架华丽的马车便失去了兴趣。这段时间他所关心的不是朱家，而是他的儿子怀礼和侄子怀明。两个年轻人的命运搞得他整夜睡不着觉，直到此时他才后悔自己不该把家族的秘密抖搂出来，更不应该让他们去寻仇。他在牵挂和自责中有一种不祥的预感，便忐忑不安，只得去找陈婆想用自己欺骗自己的手段聊以慰藉。陈婆手指翻飞一番之后，用三个字回答了他的问题：在路上。对于陈婆的回答他开始很高兴，接着他感到这是一种含糊其辞神秘的回答，是一种渺茫的回答。于是他郁郁不乐，寡言少语，闷头干活儿。很多次在地头儿休息或者在自家的牲口棚里，他的思维就会活跃起来，但这种思维暂时的亢奋每次都没有好的结果，结果是他在无边无际想象中推测，是不是他画的那张地图出了问题，或者干脆是自己把两个亲人送上了永远不可能到达的返乡之路。雨季里的一个中午，他听着急促的雨声，长期的失眠发生了奇迹，他躺在牲口圈里的草垛上睡着了，却被一场噩梦惊醒。他梦见了儿子走在去家乡的路上，一群怪模怪样的野兽鬼鬼祟祟地跟在后面，他要提醒儿子，可发不出声，他要追赶儿子，腿却迈不动。他蹒跚地跟过去，却发现自己已经身处那条熟悉的简陋的带着童年气息的巷子里。在左右摆着两个石狮子的大门外，他不仅见到了儿子，还见到了自己的父母。他们衣衫褴褛，满脸愁苦。他的堂伯正指挥这一群族人挥舞着刀枪向他们杀来。曾经被他寄予厚望，集勇敢和智慧于一身的儿子此时的表现很让他失望，一会儿便被族人砍得鲜血淋漓。这种梦境与其说是惊惧倒不如说是折磨更确切，他望着屋顶良久，然后一边穿衣裳一边思索，待他走向院子里的时候，他在朦胧的思维中得出结论——少年的那次旅行不只是出于被逼无奈，而是出于软弱。他稳定了一下自己的情绪，步入栽满海棠花的长廊。长廊里有些阴暗，但他还能看得清。文清和几个女佣在给孩子们编织装蛐蛐的草篓。长廊的对面，怀英那对双胞胎儿子和自己的孙女正在忙碌砌一道小水坝，他们满身脏兮兮的却个个健康壮实。他们"嘎嘎嘎"的嬉笑声没有给他心里带来一点感染，反而使他心里更加空落。他顿足片刻，便毫无遮拦地走在雨中。雨更大了，但街上很热闹。这时他才注意到，不知什么时候蓝镇有这么多的乞丐。一个老女人一只手里端着缺口陶钵一只手牵着一个小男孩站在饭店的门口，被一个道士赶开了，他知道那是朱成文家的饭店。一个中等个儿的年轻人被两个道士用棍棒赶出了粮店，站在大门口大声抱怨为什么米又涨价了。一个道士正对着一个彪形大汉大打出手，那个大汉蹲在墙角发出像狗一样的哀鸣，旁边还有两个小贩正在吆喝着卖糖饼豆腐。一个剃头的和一个磨刀的从他身边走过，那个剃头的曾经给怀礼剃过头。一个满身污垢的补锅人和他老远就打招呼，这家伙手艺不错，他家的锅都是他补的。逍遥楼这里的人最多，但都不是寻欢取乐的，那是镇长出于怜悯为那些老弱病残的乞丐们开设舍饭的地方。秩序并不是井然有序，那些手里端着钵子和泥盆的孩子们光着身子互相拥挤，他们的惊叫和哭喊声就像铁锅里上下翻滚的粥饭一样充满被死亡吞噬前发出的孤独的呻吟声。

他顿足良久，直到眼睛润湿，在焦躁中走向了逍遥楼的后面，他要让具有神秘的超自然的陈婆再次为他占卜一下儿子的命运。屋子里坐着一位模样陌生、脸颊娇艳的中年女人。女人穿着暗红色的长衫，乌黑的头发在头顶高高挽起形成一个巨大的发髻，鬓角上装饰性地佩戴着一朵用红绒布剪切成的小花，嘴上叼着陈婆的那杆长长的烟袋，但脸上没有施粉，屋子里更没有香水的气味。她除了没有陈婆诡异锐利的眼神外，行为举止几乎和陈婆如出一辙。女人令人发抖的妖艳让他局促不安，他站在地上小声说他要见陈婆，然后将一摞铜钱码在炕上。女人没有看他，当一缕青烟从口中喷出的时候，她挪了挪身子，然后用眼睛的余光扫了他一眼。

"婆婆说了，"她把烟袋凑到嘴边，"布谷鸟叫起来的时候，怀礼就会回来。"

"陈婆呢？"他问。

"走了。"女人回答，并抬起头注视着来客，然后以拨开云雾那样缠绵的口气暗示，"你应该待在家里喝酒。"

他一愣，接着认为是一句玩笑话。他走出屋子的时候，他听见了一声只有来自大地深处那种遥远而陌生的叹息。不过他的这趟造访不虚此行，不可预测的结果还是安慰了他，而他觉得这简直就是一场久旱的及时雨，以至于在他路过逍遥楼的时候欢喜地留意起那些妓女发出的怪叫声。可他什么也没听到，那些以往的

调情浪笑声,老鸨发出的欢快拉着长调的唱喏声,嫖客们酒后发出的轻薄癫狂的大笑声以及纤细如丝的琴箫之声都好像一下子消失在茫茫的原始森林的背后。这时,他莫名地想起了怀明,他甚至有了一个荒唐的想法,要是怀明能够顺利地回来,就依着他的心回到逍遥楼。天上有一些微风,雨下得更大了。他舍弃了近路,绕过了舍饭的地方。

进入院子,他的脸上露出了笑。三个孩子已经把小水坝修整得像些样子了。他饶有兴趣地蹲下来,把孩子们聚在一起,孩子们有些怕他,可还是表现出一种血缘上的亲近。他吩咐用人抱了自己的孙子并取来了糖果和点心,让他们自己挑选。他有两个多月没有看孙子一眼了,小家伙是怀礼返乡正走进那片原始森林时文清生下的。父亲的强大基因在他的身上体现得淋漓尽致,他和父亲一样拥有着一双深沉的眼睛,一双粗大的手掌和脚掌,并具有赶超父亲的势头。从来没有人听见他哭上一声,也没有人能轻易逗笑他,他表现出的沉稳和严肃是与生俱来的。与别的孩子相反,他一点都不惧怕祖父,刚把他抱在怀里他就去扯祖父的胡子。祖父嗔怪的表情逗得他"嘎嘎嘎"地大笑。

赵俊生心里一激灵,眼睛酸了起来,觉得对不住孙子,但他控制住了自己的情绪。巧珍已经离开了门廊,文清正教镇长的妻子们刺绣,她们是在来蓝镇不久就被文清精巧的刺绣迷住的。但她们显然在这个方面不是个天才,不过她们都很勤奋,现在她已经能把天空飞的蝴蝶成功地绣在一块绸布上了。他突然想起了镇长,于是把孙子送到用人的怀里,然后背着手走出了院子。晚上,在淅淅沥沥的细雨中,在镇长作为证人,文清抱着儿子向朱建昌磕了三个响头,朱建昌便成了孩子的义父。怀礼的迟迟不归和为孩子找个靠山是赵俊生抱起孙子那一刻诞生这种想法的主要原因。朱建昌很乐意做这个义父,岁月的流逝和赵怀礼的离开消除了他对赵怀礼的隔阂。酒过三巡菜过五味,在热热闹闹的交杯换盏中,赵俊生给怀英的那对双胞胎起了名字,哥哥叫赵德勤,弟弟叫赵德俭,也给自己的孙子起了名字,叫赵德治。待要给孙女起名字的时候,镇长开口了。镇长在下午的舍饭中已经疲惫不堪,不苟言笑的父母官在进屋的那个瞬间就一直打量着这个瞪着一双杏仁眼,眼里含着一丝温情大于调皮的特殊神情的女孩。她玉琢一般透明的肌肤从印堂一直延伸到她的脚面,她淡雅的举止把她慧质与纯洁掩藏得严严实实。

"你这个孙女的名字,"镇长停了停,然后又毫不谦让地表示,"我们就叫她赵洁吧。"

得到镇长的垂青，是整个家族的荣耀。赵俊生毫不掩饰自己的喜悦心情，可又不知如何表达。弟弟赵俊杰看哥哥的孙子认了朱建昌为义父早已眼馋得受不了，这时便提出要怀英的两个双胞胎儿子认镇长为义父，可镇长笑着拒绝了。与愁眉不展的哥哥相比，赵俊杰度过了人生中最得意的一段时光。赵怀礼没有说服父亲续弦，但对于叔叔他是有把握的。他很有办法，办法也很简单。一天，在一个比较简单的仪式过后，女人便在文清的陪伴下进入了洞房。晚上，赵俊杰躲了。全家人全成了热锅上的蚂蚁，尤其是赵俊生更是要带着人要出去找弟弟，却被赵怀礼阻挡了。第二天早上，人们看见他走出了新房，身后跟着满脸绯红的新娘，他们亲昵的模样让人想起了戏水的鸳鸯。新娘叫兰花，比赵俊杰小五岁，是蓝镇岁数最大的黄花闺女。她嫁不出去不是因为她不够美丽，而是因为她不愿意。用她的话说，她一直在等待她生下来就一直也在等待她的男人。她温和厚重和从不多言多语的性格很快给家里注入了新的活力，孩子都愿意和她在一起，都亲热地喊她奶奶，坐在她腿上让她讲故事。她也很快溶入了家庭生活，她打理家务是一把好手，她麻利的动作让赵俊生误认为是秀子还活着。这是不可否认的，在怀礼、怀英、怀明、怀仁的心里，他们从这个女人身上重新找到了母爱。尤其是怀明对继母的依恋是人所共知的，即使是在逍遥楼那阵子，他也会隔三岔五地回家，为的是看一眼母亲。为此，赵俊杰让女人去劝劝这个儿子，让他改邪归正，可是被女人笑着拒绝了。

"你们女人真让人弄不懂，就眼睁睁地看着他在火坑里烧死呀！"

赵俊杰虽然那阵子为怀明焦灼，但在别人眼里谁也无法改变他乐天派的性格，他继续和这个说说笑话，和那个逗逗乐子，唯一改变的是他学会关心起家务了。他的工作繁杂而没有规律。他劳作在自家的田地里，比那些长工还卖力。他帮助怀英打理磨坊生意，帮助文清和巧珍洗衣裳，抢着帮助兰花打扫屋子里的卫生，那些女佣们看他来了就急忙装着闲着，否则他会抢着帮助女佣们洗内衣。晚上他敷衍了事地完成与哥哥的对饮后，就迫不及待地来到前院，那里是全家人饭后最热闹的地方。在落日的余晖中，他送给每个孩子一个亲吻，然后在说着笑话中观察女人们每一个刺绣的细节，不久他就被刺绣这活儿搞得坐卧不安。起初，兰花还认为丈夫像大伯子一样在惦记着怀明呢，待男人道出了隐衷她被惹得哈哈大笑。她告诉丈夫，自古以来刺绣这活儿老天就安排给女人做的，没有男人对绣花这活儿感兴趣，也没有男人敢干这活儿。她想让丈夫知难而退，把刺绣的针线扔给了他。在无数次意念中经过刺绣磨炼的他，只在最初的笨拙中停留片刻，那条银闪闪的绣花针便像阳光洒向大地那样合理自然地上下翻飞。两天后，他的绝活令所有的女人目瞪口呆。他精湛的技艺轰动全家并争相求教于他的时候，哥哥像训小孩子一样训了他。可是，怀英为父亲解了围，他在逍遥楼的正对面开了一家绣庄，名字是用女人的名字，叫兰花绣庄。几十年后，赵家正是靠着刺绣，打通了与北边邻居的贸易往来。

赵俊生没有干涉弟弟的胡闹不是因为看到了绣庄的可观收入，而是因为他现在必须去见见自己的老朋友。当武松林说起朱家的事时，他惊讶的不是朱家发生的事，而是惊讶自己的脑海里怎么会突然闪现出最后一次与朱成文在一起的情景。那一天傍晚，袅袅炊烟飘浮在蓝镇的上空，朱成文的眼睛像落没在山峰后的最后的一抹阳光一样愁惨，他哆嗦的右手打着眼遮去追逐着那山后的太阳，后来赵俊生知道那是他的朋友最后一次巡视自己的庄稼。

为了避免引起怀疑，两个人没有同时前往。当赵俊生穿着只有出席重大场合的那件蓝长衫出现在朱家大门口的时候，他马上意识到，以他现在的身份要进入这座他生活二十多年的大院并不是一件容易的事。几个道士守卫在大门口，他们长相粗俗，懒散蛮横却脸色红润，嘴里说着下流话。一个高个子长着络腮胡子的道士来驱赶他，就像呵斥一条狗一样。他站在那里不动，眼睛还轻蔑地看着他们。不过这只是一瞬，他心里知道自己担负的使命是不允许他发火的。他说他要见朱成文。几个道士面面相觑，反问他朱成文是干什么的，谁是朱成文。他从他们的眼神中判定，他们没有说假话。他就不再言语，蹲在大门旁的柳树下掏出烟袋，一边往烟袋里装烟末一边思考对策。一袋烟抽罢，二十九夫人坐着轿子从墙角处迎面走来。女人兴致不高，没有和他打招呼，但还是被他叫住。他脸色真诚，说他很久没有见过朱成文了，很想念他，可把守大门的不让进。二十九夫人被他的憨直逗得"哧"的一声笑了，接着脸色便阴郁起来，她说她有两年没有见到丈夫了。但她还是把赵俊生带到了院子里，并说她丈夫还住在原来的地方。

这一座隐藏在假山后面的四合院是几代朱家当家人居住过的地方，这里风景迷人环境幽雅，加上朱成文父亲生前经过无数次精心改造，是天下少有的冬暖夏凉的最有品位的好居所。门口是两个年轻的道士把守着，他手中的银子很快让他达到了目的。刚进院子他就惊呆了，这座他喝过茶聊过天最忙碌的时候要一天二十次驾着马车出出进进的地方，如今已经不成样子了。院子里到处堆放着木炭，就像摆着一个个坟堆的坟场一般。破碎的窗户纸在微微的晨风中发出瑟瑟的抖动声，以往红白分明的墙壁在长期的烟熏火燎中变成了模模糊糊的黑色，那些雕有花草的棕色的立柱变成了斑痕累累的黑紫色，门前那棵在种植白菜时供全家人聚到这里品尝的樱桃树也在长期的木炭熏烤中枯死，十几口大锅架在冒着浓烟的烈焰上，锅中的液体像海啸一般上下翻滚，发出浓烈的臭味。他置身于院子中，仿佛自己也变成了黑色。一个人在十几口大锅旁跑来跑去，由于由衷地敬佩使他在脑海中寻找在蓝镇第二个能有如此敏捷的身手和如此敬业的人，可是他没有找到。他走上前去，那人还认为他是送炭的。"明天再送两车。"那人吩咐。他说他要见朱成文。那人一边往灶坑里放木炭，一边回头打量一眼。这时他才从那人的眼睛和被炭灰覆盖的脸部轮廓中找到了一点点要拜访人昔日的影子。和几年前的那个朱成文相比，现在的朱成文更为精干。他高大肥胖的身体变得像麻秆一样纤细，那件深蓝色带白领的长袍如今与木炭一个颜色，套在身上就像一个玩杂耍的小丑光着身子套在麻袋中那样滑稽。被炭灰覆盖的面孔就像原始森林里长满苔藓的石头，浓密的旺盛的常常让他喜欢不已的胡须已经荡然无存。后来赵俊生发现，老朋友也没有眉毛，他才断定那些眉毛胡须是被炭火烤焦了的。唯一不变的是他的头颅，他三盆一样的头颅覆盖着的头发稀稀疏疏，已经无法在头顶挽上一个成功的发髻。他说话的腔调嘶哑而疲惫，眼睛里却仍燃烧着执着的火焰。他看着老朋友心疼地哭了。可朱成文无动于衷，过分地投入和痴迷让他忘记了老朋友的长相和姓名。他不耐烦地挥挥手，然后投入到了工作中。赵俊生不死心，他用过去的友谊和在寻仙那段不平凡的经历来开启他记忆的闸门，可他用嘲笑老朋友的方式表示他没有时间来听他胡编的天方夜谭。赵俊生又提起了武松林，他却问武松林是不是也精通炼丹术。当赵俊生说起武松林是个郎中的时候，他愤怒地吼叫起来。

"天下最没有用处的就是郎中。"他脸色穿透了那层黑色，变成紫红色，"他们都是骗子，他们要是能治病，还要我们干什么？"赵俊生没有在意，他想要恢复老朋友的记忆，除非是有奇迹发生，这时他想起了"当头棒喝"的典故，他端起一盆水，当头泼下去。

"又下雨了。"老朋友抹着脸说。

赵俊生绝望了，他只得跪下抱住老朋友的腿，哭喊着将来此的目的说了出来。朱成武名字出现的那个瞬间，朱成文迟疑了一下。清明道长得到了报告，进入院子正赶上赵俊生在苦劝朱成文。"把这个疯子赶出去。"朱成文恼火地命令。

五

　　七月最后的一天，经过无数个昼夜艰苦探索和奋战的炼丹工作暂告结束。红得像樱桃大小像黄豆的丹丸在清晨温凉的空气中，在熹微的晨光里散发出诱人的香气和诡异的光芒。像第一次一样白云道长无法压抑那份潮水般涌动的兴奋，如果还能用单调的肢体文字来描述他复杂心情的话，那只能用四个字——手舞足蹈。与前二十四次失败的探索相反，朱成文这一次没有像以往那样瞪大期望的眼睛，也没有那样由于过分的激动而如坐针毡，这不是他出于怀疑，而是由于长期的艰苦劳动已经使他无法体会成功后的喜悦，那种胜利就像是一个征服所有敌人的寂寞王者发出的最后的一声叹息。在他看来，这是一次无论是计算与用料的精确度和火候的掌握都最符合程序的一次。即使是他日后走出了这个迷宫重返生活，在忧郁的黄昏中沉思，他也认为这是人类有史以来最接近与神交往的一次。他站在院子里的炉鼎前若有所思，白云道长说了什么他一句也没听见。半晌，他才蹲下来默默地收拾那些摞起来有一人高的炼丹心得笔记和各种资料，并系统地归类，用油纸里外三层地包裹好搬到屋子里，然后他把所有炼丹用的器皿统统归弄到屋檐下。他重新坐到桌子边上时，打开铂金盘子，盯着丹丸一声不吭面陈似水，眼睛里含着只有他自己能感觉到的一丝安慰的笑意。他的冷静令人敬佩，以至于当他把丹丸逐个用银筷子轻轻地毫不颤抖地装进金葫芦，白云道长还没缓过神来。他把余下的十粒丹丸往道长面前一推，把金葫芦用黄色的绸布包好，小心地放在胸口上。当天夜里，白云道长失踪了。他找遍了整个院落，只找到了一把拂尘杆。这并不妨碍他睡了五年来质量最佳的一觉，可是一个梦让他在黎明时分就无法安睡。他梦见了白云道长浑身放射金光站在云端，微笑着向他招手。令人费解的是，这个出家人身边站着三个女人和六个孩子，但不一会儿他就把这费解忘记了。直到此时，他才感到这个梦暗示着一种大功告成的结果。他的手颤抖起来，走向院子里的脚离开地面有三尺高，但院子里刺鼻的气味还是让他打了三个喷嚏，这种敏感是以前没有的。他在院子里飘来飘去，抑制不住的兴奋使他对那些炼丹器皿爱不释手，嘴里还自言自语些只有牙牙学语的孩子们才能说出的话。最后，他在院子的角落里用生满青苔的水洗了五年来最正经的一次脸。

院子外传来驾车声音的时候，两个把门的道士送来了早餐。早餐是两个馒头，两个小菜和一碗稀粥。他狼吞虎咽的吃相使两个道士惊慌失措地跑去报告清明道长，可清明道长赶来的时候，他已经走在蓝镇的大街上。

大街上昔日那些郁郁葱葱的树木只剩下粗壮的光秃秃的树干昭示着曾经的辉煌，充满乡土气息的甜细细的潮湿空气被左右横飞的腐臭气味所取代。逍遥楼门前的大灯笼经过无数风雨的浸泡业已全部褪色，挂在那里像两个面目狰狞的骷髅。在那条曾经锣鼓喧腾南北走向的大街上，人们无精打采地走着，就像是散了架子的钢琴奏出的毫无韵律的乐曲。朱成文好像早已对这些衰败的景象了然于胸，因为他到这里来不是要看镇子是怎么变化的，也不是来赶热闹或者是愉悦心情，而是他行将成为神仙前，重温一下作为凡夫俗子所经历的痛苦和快乐。人们像看着怪物一样对他指指点点，甚至有些他透过模糊的记忆还有些许印象的人竟然上来问他来自何方。三年前就没有一个外乡人来蓝镇了，人们很惊讶怎么还会有人跑到这个穷地方来受罪。基于此在他和武松林相遇前，还是没有人认出他来。自从赵俊生探访朱成文后，清明道长便对所有的道士进行了拷打式的盘查。结果他如愿以偿，那个老道士不打自招。当天夜里，一群道士捣毁了武松林的药房。临时镇长对这件事很重视，可苦于没有足够的证据，最后只得不了了之。郎中是个坚强的人，没有被道士们吓倒，第二天就重新开张。他是蓝镇为数不多的敢对道士们说不的人。可是，几天后一场莫名的大火焚毁了他的全部家当。镇长是第一个赶到现场的人，他指挥人们立即灭火，但大火像一条火龙一样从这个屋顶蹿到另一个屋顶。郎中幸免于难，可他付出了妻子、两个儿子、一个儿媳和一个孙女全家人生命的代价。余平气愤异常，扬言第二天就要在这片废墟上重新为郎中建一座新药房。黎明时分，余家后院文清曾经住过的小绣楼顷刻间也被大火吞噬了。镇长再也坐不住了，他羞红着脸声明，要对此事追查到底，可通往县城的山路被全副武装的山贼把守着，在与山贼的交锋中同去的十个人九死一伤，他也差一点儿丢了性命。晚上，他惊魂未定的时候，接到了一封关于死亡的匿名恐吓信。但镇长体现了作为一个父母官的强硬，他请来了张先生起草了悬赏缉拿纵火犯的告示，张贴在蓝镇的大街小巷。

赵怀英那时是家里的顶梁柱，他顶住了全家人的压力，对此事不予理睬。巧珍更是不能理解丈夫，与之大吵了一场。以娇惯孩子出了名的赵俊杰发了火，在自己的田地里当着长工们的面狠狠地掴了儿子两记耳光。

"你是个狼心狗肺，要是没有郎中，在你生下来三个月还有你这个人？"

也不是毫无热情。几天后的一个深夜，当家人熟睡后，怀英来到了郎中新搭建的草棚内，将一包银子塞给了郎中，但被郎中友好地拒绝了。"它可以走遍天下，"大难后的郎中从容地取出一根银针说，"只要我还活着。"第二天早晨，人们看见他重新背起了药箱，走在蓝镇的大街上。

朱成文在蓝江边上的那条已经荒芜的小路上与郎中不期而遇。在此之前，他去了自家的药房、粮店、旅店和商店，但都被那些道士当成乞丐给撵了出来。他很生气，质问那些道士这些药房、粮店、旅店和商店是谁家的。道士们说是朱家的。他又问他们朱家谁说了算。他们说是朱成文。他就有了一丝缓和，问他们自己像不像朱成文。那些道士的回答是一样的，他们说他不像朱成文，倒像一条流浪狗。他气得受不了，真想从怀里掏出丹丸，当着这些侮辱嘲笑他的道士们的面吞下去，让他们见识一下这个身着褴褛的乞丐是怎样踩着祥云腾空而去的，但他控制住了自己。走完了自家最肥沃的一片田地，踏上这条小路时，他已经把那些不愉快的往事全部忘记，他也把心变成了一泓波澜不惊的湖水。这是一种只有在死亡变得完全从容完全成熟的情况下才能做到的最高境界。经过这种最高境界的锤炼后，一个奇迹在悄无声息中发生——他的记忆渐渐从遥远的天宇传来了隆隆的雷声。当无名的风暴荡涤了记忆阴霾的最后一个角落，他想起了老朋友赵俊生。作为一个朋友，打认识那天起，他就觉得两个人被一种无形的纽带捆绑在一起，他也不知道为什么会有这种感觉，莫名的感觉就好像是生活多年的妻子不了解自己的丈夫一样。但他始终认为，两个人的相识是在很早以前，又好像是昨天，也或许是并不遥远的童年。正因为如此，他觉得他们的友谊与生俱来根深蒂固。可是不巧，迎面遇上了武松林。两个人的苍老都令对方大吃一惊。更令武松林吃惊的是曾经性格豁达多言多语的朱成文与现在相比完全变成了一个相反的人。但他还是打开了话匣子，他把蓝镇几年来发生的事情用无形的语言以山洪冲出山谷那样的激情宣泄出来。他没有说自己的不幸，而是说地租比原来涨了十五倍，商店饭店和药房都要黄铺了，因为没有人能买起商品和草药。那些道士蛮横无理，催租逼死了镇西头老张头儿的全家人，其中有一个还是五岁的孩子。原来蓝镇五成的人都被迫走出蓝镇到还没有开发的地方要饭去了，有的没有饭吃，吃了树皮和观音土，最终自己杀死了自己。逍遥楼是蓝镇生意最好的地方，可是现在饿得连寻欢作乐的心思也没有，那里的女人饿死了一半。他又说起了朱成武被囚一事，他本认为他会从地上跳起来，可这一切丝毫没有拨动老朋友的一根神经。老朋友麻木的表情近于超然。

"这群杂种。"末了，出于一种敷衍，他骂了一句，然后轻拍了一下老朋友的肩膀，站起来，又坐下来，再站起来，又坐下来，消瘦的颧骨上绽出了一丝得意的傻笑。他从怀里掏出那个金葫芦，让郎中伸过手来，小心翼翼地倾斜葫芦底部，一粒丹丸在郎中的手心里散发着银色的光芒。"你要是嫌烦，就吞下这个，狗咬人一口，人能咬狗一口？"他说。

作为旅程的最后一站，他还是没有放弃探望赵俊生的愿望，可他怎么也找不到去赵家的路。他被那些既熟悉又陌生的街道搞得五迷三道。直到傍晚时分，他像在迷宫里摸索一样靠着简单的记忆和本能的自然反应回到家中。与他早晨走出家门不同的是守门的不是道士，而是当初他寻仙归来为他打开大门的赵老大。在他的启发下，赵老大在惊愕中半天才认出主人。他把赵老大的惊愕表情误解为他在成仙之前一种形貌变化的征兆。他像要做恶作剧前的孩子那样命令关上大门，并亲自检查了大门是否锁死。可赵老大提醒说道士们还没回来。他很奇怪赵老大怎么在这个时候会提起道士。赵老大解释说道士们整天都在寻找他。这时，他才想起一天中碰到的十几批道士，他们像油锅里沸腾的油一样流淌在世界的每个角落。清明道长得知朱成文走出家门后，立即坐不住了。他聚集了所有的道士倾巢而出，一定要找到这个痴迷的主人，以便使他继续痴迷下去——重返炼丹房。

朱成文哈哈大笑，他的笑声唤起了赵老大和在场几个人的亲情。"连你们都认不出来我，"朱成文俏皮地说，"他们还能？"果真如此，清明道长忽视了这一点，很多道士甚至还没有见过朱家大院的主人。

朱成文坐在逍遥大厅曾经坐过的椅子里，慈祥中带着一份超然的自信。那件被炭灰染成黑色的蓝袍已经换下，但他的消瘦使他无法穿起过去的衣裳体面地坐在众人面前，人们在一片慌乱中找来了弟弟朱成武的衣裳。朱成武的三个夫人不失时机地跪倒在他的面前，在哀号中道出了家中的不幸。没有臆想中的震怒，他

安静得令人恼火。但人们很快就自己浇灭了这把火,因为当他得知他的十三个夫人二十六个女儿已经病死,五个妇人十五个女儿已经饿死,他也是那样的安静,就像他早已知道了一般。

"这不是什么难事,"他轻描淡写地说,"只要把她们画在纸上,一会儿你就会见到她们。"

人们还没缓过神儿,他就吩咐点亮所有的灯笼。在只能听见灯笼里蜡烛发出丝丝的嘈杂声中,人们把注意力集中到他的身上。他站起来,像对待鸡卵那样小心地捧出怀中的葫芦,然后他双眼微闭,右手托着葫芦,口中念念有词,左手拂尘便在空中虚劈数下。一盏茶过后,他命令熄灭灯笼。他拔掉了葫芦上的塞子,一道银色的光芒像手电筒一样射向了大厅的顶棚,在光芒的尽头,那里有一只蜘蛛正在结网。人们忘记了惊呼,对他说过的话更是确信无疑。直到丹丸发到二十九夫人手上的时候,她才蓦然想起了儿子建昌。她像疯子一样冲出了大厅,又像疯子一样冲回大厅,她为儿子错过这一与神仙结缘的机会痛哭失声。她哀求丈夫等一下儿子,可丈夫拒绝了她的哀求,因为这个时辰是他早已预感好了的,建昌没在现场是因为他与神无缘。

九夫人出来给圆了场,声称把自己的丹丸留给建昌。她的这一无私的举动令所有人感动不已,甚至连朱成文那一刻也觉得自己这样的自私枉做神仙。

第一个服下丹丸的是朱家辈分最长的一个老人,他微笑捋须的模样就仿佛自己已经成为神仙。第二个服下丹丸的是一个年轻的后生,他身强力壮,听说他不久就要去遥远的南方管理朱家的土地。他在地上蹦跳吼叫,上蹿下跳的模样好像一个猴子,他说他的内心有一把火。朱成文是最后一个服下丹丸的,那时整个逍遥大厅只有他一个人在笑对整个大厅的混乱,他把这种混乱理解为人转变成神的一种必要的蜕变过程,就像蛇蜕皮一样,应该经历这种自然的痛苦过程。为了提早成仙,他把剩下的五粒丹丸全吞下去了。这是可以理解的,因为他自己也觉得自己应该第一个成为仙人。但事与愿违,他没有第一个飞上天空,也没有看见一个人飘然而去。打从服下丹丸起,他就在与自己的内脏在进行殊死的搏斗,剧烈的疼痛和模糊的意识使他产生了幻觉。那些朱家的男男女女蹦跳与呼喊,就像自家以前盛大的舞会一样,只是这次更疯狂了些。

两天后,他苏醒过来,武松林救了他的命。建昌双眼红肿,面容憔悴,这倒不是因为他劳累所致,而是因为父亲在这次充满迫切成仙的实验中,他失去了十位母亲、十八个姐姐、四个妹妹、七个伯伯、十五个叔叔、三十三个伯母婶娘和六十五个本家兄弟和侄子侄女。好在他没有在家,那时他正在镇长家与镇长的仆人因打牌而争吵呢。

朱建昌在处理这次家庭变故中显示出他性格独特的一面。在人们还在惊慌失措和痛哭流涕的时候,他已经让守门的赵老大请来了郎中。镇长早已获知朱家的不幸,他请求镇长带领为数不多的蓝镇卫队守住了大门,以防道士们进入院子。接着他连夜派人去那些遥远偏僻的地方召回了朱家族人。三天后,在送葬的哀声中,正是这些族人的哭喊声昭示了朱家曾经的辉煌。所有的蓝镇人都参加了这声势浩大而冷如秋雨的葬礼,朱家族人的号哭激发了他们的怜悯之情,朱家的悲惨遭遇暂时化解了他们几年来窘迫的困境和心中的怨气。对于这一切,张先生看得最清楚,直觉告诉他,所有的这些表面现象,只是蓝镇人为了表达内心的失望情绪,或者是说出于一种人类良知本性的无奈和接近崩溃边缘的体现。

葬礼拒绝了道士们参加,清明道长更是不敢露面,他们被朱家人当成家族惨变的罪魁祸首,如果不是忙于葬礼,他们早被朱家人扔进炼丹炉,去尝尝升天的滋味了。

也就在这个时候,一则消息不胫而走,人们纷纷传说那些道士根本就不是什么真正的道士,而是清明道长用诱骗之术招来的乞丐。这批乞丐中有游手好闲的无赖,有外债累累的赌徒,有被逐出家门的不肖子孙,更有无处藏身的凶徒。为了维护朱家的尊严,这次成仙灾难的幸存者九夫人站了出来,她严厉地强调,所有的这些都是蓝镇人在编造子虚乌有的谎言,意在别有用心想趁机搞垮这个刚刚经历灾难的家族。

"假如他们是恶徒,你的父亲也是恶徒。"她对要惩罚道士的朱建昌毫不隐讳地说。

朱建昌对九夫人的话感到震惊,因为在自己家族中至今还没有人敢说父亲是个恶徒,即使他现在眼圈泛着青光,全身浮肿,但他的神志还没有完全清醒。

族人们没理会她那一套,当天夜里,蓝镇人在朱建昌的默许下揪出了躲在地窖、鸡窝、马棚、米缸、磨坊、狗窝、妓院、山洞、江水中的道士们,用棍棒和大刀将他们消灭在潮水澎湃和恼人的秋雨中。但这样的行动并未让蓝镇这颗久受煎熬的心脏安静下来,他们提着灯笼像蚂蚁一样寻找在这次驱赶道士的战役中遁化了的清明道长。他们重新寻找了地窖、鸡窝、马棚、米缸、磨坊、狗窝、妓院、山洞、江水中。最后，镇长的卫队在搜查到第五百二十一个山洞时，发现了一具永远不会腐烂的尸体。郎中亲自去辨认，他一眼就失望地确认，这是白云道长的尸体。除了他的脸是绿色之外，他的衣衫完好无损。他周身罩着一层子弹无法穿透的绿气，以至于饥饿的野兽都无法靠近他。二百年以后，当人们想看看先人的模样与他们有什么不同的时候，必须花上几十元钱才能睹其遗容，收钱的人是张先生的第七代玄孙。

又一个春天来临的晚上，人们从朱家的一个侍女口中得知，清明道长藏在九夫人的壁橱内。时间的河流没有淹没人们的愤怒，在朱家族人拎着棍棒闯进九夫人房中之前，清明道长给自己想出了一个妙计，他扮成仆人的模样叩开了朱成文的房门。

这扇被朱成文又一次痴迷而封锁起来的房门，自他进入的那天起，人们就已经把它当成了一座坟墓。他把自己锁在屋子里，在门上留出了一个只有猫能钻进去的小洞，以便仆人们把饭菜递进去。人们普遍认为他是在进行一次，也是最后一次的终身忏悔。就普通人而言，这种猜测是善良而符合情理的。没错，起初他确实无地自容痛苦万分，甚至没有独自生活下去的勇气，完全沉浸在过错的泥潭中不可自拔，除了接受痛苦的自责外，再也没有什么更有效的办法疗治精神上的顽疾。但不久，他便从痛苦的泥潭中挣扎出来，他不但忘记了在泥潭中挣扎的痛苦，而且他为这种痛苦挣扎找到了理由。他欣慰地认为，自己曾经挣扎的泥潭本来就是一湾清澈见底的泉水，而他只是在进行一次尘垢的彻底洗涤罢了。那天，在人类固有高傲的征服欲望的本性驱使下，他重新开启了那些油纸。这次，他既没有像以往那样迫不及待，也没有像以往那样充满激情，更没有想用这些破烂（他自己也认为这是破烂）来进行一次新的探索打算，打开油纸只是出于寻找失败原因。打开油纸的那个瞬间，他的心在不停地颤抖，这时他才知道自己的心依然挚爱着这份工作，可手上的动作又在心的指挥下极其粗野，他一下子糊涂了。那些炼丹秘诀和关于炼丹程序的书和自己的心得，他看了两页就恶心起来，直到被一本关于生命起源的书吸引之后，他才安静下来。这本书是一本小薄册子，以前他看过几页，他曾经当着白云道长的面嘲笑过这本书。

清明道长费了好大的劲才在屋顶垂落灰穗的窗幔后面找到了他。他坐在曾经被他注入无限希望而又令他无限失望炼丹书籍堆里，蛀虫的撕咬声发出一片瑟瑟发抖的呻吟，他孤独的表情，骷髅一样的面容，长满根须的身体，像一具装在棺材里的腐尸，散发出阵阵的恶臭。他对清明道长的造访浑然不觉，但清明道长知道自己很有耐性，他爱这个老古董，更不在乎充满臭气的空气，因为他曾经从这个充满臭气的老古董身上尝到过甜头。于是，清明道长围着朱成文的身体绕着圈走了三天三夜，诉说着自己的不幸，他的眼泪把屋子都浮起来了。他以小猫舔食主人手指那样的令人爱怜的表情，以小狗讨好主人那样令人喜欢的行动，以狐狸讨好乌鸦那样的语言，终于达到目的。当朱成文穿过时间的隧道重返现实的时候，他久久地注视着道长。这时，他说了一句话："人是死不了的。"

然后，他站了起来，让清明道长坐好，像清明道长围着他那样转着圈子，像老师对学生一样认真，又像是学生交毕业论文向老师证明一样，用证据和推理反复阐明自己的理论。他语言丰富，语气铿锵，语音低沉，语速快捷，但思路清晰，口齿凌厉，就像走在蓝镇那条大街上一样畅通无阻。当一缕阳光突破了残败的窗格照在阴暗牢笼的角落里的时候，他以一个哲学家的敏锐和以一个数学家的概括力，将自己的理论汇总。

"人是有思维的动物，有思维就有思想，而思想就是人的灵魂。"他注视着角落里的阳光，那是一种舒适的近乎自慰的注视，"果真如此，根据物质不灭定律和能量守恒定律，我们就可以得出结论，人是死不了的。人的躯体可以化作尘埃，也可以化作云烟，但人的思想不会死，灵魂作为有形的物质将永远存在，因为能量是守恒的，物质是不灭的。反过来说，如果人没有灵魂，那么人就没有思想，没有思想就没有思维，没有思维的动物就不是人，也就是说世界上不存在人这种动物。"他看着清明道长笑了，"那我们又是什么？我们难道不是人？我们是人，是实实在在的人。可见人的灵魂是不灭的，当百年之后，我们将以另一种别样的形式存在于另一个世界，就像我和我的母亲还会在另一个旅程中见面一样。或者将以另一种形式再现于这个世界，那时的阳光和现在一样灿烂，大地依然美丽，江水依然绵延，高山依然耸立。"

他的这些理论清明道长一句也听不进去，但他呆坐在那里的神情被朱成文误认为是被自己的理论所陶醉和征服，他坐在那里实际上是心里记挂九夫人现在的处境。几年前的一个黄昏，当他第一眼见到这个女人的时候，一下子就被女人特有的风韵迷住了。确实如此，九夫人来到朱家的时候，人们就确定无疑地认为，这个女人将是朱成文最后的一个女人。女人不仅具有能把冬眠的熊闹醒的活泼性格，而且还有薄削的肩膀丰满的胸脯和面条一样的腰身。可朱成文心思不在女人

的身上，那时连朱成文自己都承认，只要给他生个儿子，即便是一头猪他也情愿与其缠绵。果然不出人们所料，她为朱成文生了三个女儿，是朱成文二十九个夫人中生育最多的女人，也是众多夫人中与朱成文相处时间最长的一个。而今九夫人虽然年纪将近四十岁，但看上去就像二十几岁一般，她笑起来像微风吹动风铃那样清脆，走起路来比癫狂的蝴蝶还有煽动性，说起话来简直能在男人的胸膛上砸开两扇小窗。她穿着红色的紧身衣裳，这样不会把她天然的凹凸曲线浪费掉。据说，每天早上几个年老的仆人都得到她窗前去打扫那里的成堆苍蝇和蚊虫，她固有的爱美天性使她在胭脂的配方方面极其讲究，那些苍蝇和蚊虫没日没夜地往这里聚集，但从来没有一只能穿过比钢铁还坚固的欲望之墙，或者确切地说它们还没有接近这座墙，就已经醉死在墙外。在那美好而漫长的日子里，清明道长失眠了，这是他在世三十年来从来没有过的事，即使在后来被朱家族人撵得东奔西跑的时候，他也未曾失眠过。他夜夜祈祷日日盼望，寻找一切借口到女人的房中干那些又脏又累的活儿，只求能看上女人一眼。可每次看见女人的身影，激动之中就伴随着一种担心，那是几乎近于绝望的渺茫，用他自己的话说，这种希望就好像要把太阳搬到自己家当灯使一样困难。但不久朱成文的决定让他不知所措而又惊喜不已，他枯萎的胸膛里重新燃起了明灯。他掌管家务的当天夜里，就把朱家的所有人聚集在逍遥厅里，名义上是要认识一下朱家人，但他自己知道所做的一切只是为了九夫人一个人。他做的第一件事是给女人们买胭脂，他喜欢看九夫人像桃花一样的笑容。一个月后，他偷偷地给女人送去了一盒胭脂，那是他派人从被赵怀礼赶出那群货郎的手中买来的。他在女人的房间中没有停留，女人没有说话，他却像贼一样逃跑了。三天后，他给女人送去了一盒香粉。女人背对着他，说了一句话，他的心跳几乎把自己震倒，那片刻的煎熬比他在几年中思念的煎熬还要多。十天后，他给女人送去了一身红色的紧身衣裳。女人让他坐下来，可他没敢看女人的脸，倒是女人没话找话和他东唠西扯地说上了十几分钟。半个月后，他给女人送去了一对金钗。他在女人的房间中坐了半个时辰，他看了女人的脸却差点给女人跪下，女人对他笑，而他却想哭。二十天后，他带着所有的胭脂来到了女人的房中，女人热情地接待了他。这次他下定决心要细心打量一下女人，这除了爱慕的因素外，也是出于好奇，他要探明这个女人究竟在什么地方让自己魂不守舍备受煎熬。可他没有这个勇气，坐在椅子中"呜呜"地哭了起来。女人窥探到他内心的隐秘，也跟着他哭了起来。女人修长的手指插入他的头发，他扬起了头，于是女人的眼睛喷出的火将他融化在充满香气和缠绵的呢喃之中。当第二次他们还清醒的时候，他望着女人，女人望着他，他们得出了一个简单而直接的结论，他们都是彼此身上的一块肉。这天晚上，他留在女人的屋子里，他沉重的呼吸声把女人搞得晕头转向，女人的呼吸声把他搞得神魂颠倒。那段时间，他们是那样感激炼丹的发明者，他们是那样感激朱成文，并商量即使世上真有什么长生不老的丹药，他们也决定放弃这一人人羡慕的成仙机会。他们祷告上苍，保佑朱成文早日炼丹成功，期待蓝镇成为一个两人世界。

这种祈祷和祝福是一厢情愿的事。当蓝镇人到处抓捕道士的时候，两个人躲在壁橱里，并约定两个人最坏最后的结局——死也要在一起。那天，清明道长刚刚从后门出去，人们便蜂拥而进。女人早已做好了准备，她脸上施着情人的胭脂，头上插着情人的金钗，身上穿着情人给买的紧身红夹袄。她端坐在床沿上，表情镇静得近乎麻木，就像站在荒野上的羔羊一样等待猎物的到来。

吵吵嚷嚷的叫骂声被屋子里的香气淹没了，没有人愿意对这样的女人动手。在短暂的静默后，九夫人站起来走到院子中，从容地要求把自己捆在树上，那时一片片金黄的叶子正飘落下来。

"你们永远也别想找到他。"

女人的坚毅被族人理解为不知廉耻的得意，为此他们大为光火。几个年轻的后生上去把绳子勒得紧些，又在她身边拢起了一堆火，那架势就像在大牢里审问犯人一样。开始，族人中几个长辈轮流劝说诱供，那完全是出于对当家人的尊重。接着，女人被饿了两天毒打了一天，就在族人根据族规要把女人架上干柴堆的时候，朱成文出现在他们的面前。

朱成文的出现不是偶然。清明道长是他新理论的第一个崇拜者。"没有灵魂怎么能有梦？"道长赞同地说，"梦就是灵魂的再现。"当他确认清明道长在他的启发下终于开启了灵智的清光之后，他为发现这个秘密的理论而激动得像当初抱起朱建昌一样扭曲了面孔。他迈出屋门的脚步既不像当初寻仙路上那样雄健，也不像炼丹成功那样沉稳，而是像一条跳跃在山间的小溪，那是怎样的超凡脱俗，又是怎样的自然轻快呀！在他的内心中，天地不复存在，烦恼和欢乐不复存在，所有人间的一切都被他这把无形的利剑削切成整齐的白纸规规矩矩地排列在那里。他仰望着初升的太阳，他听见心脏的跳动声像阳光发出的声音一样清脆。他伸了个懒腰，深吸了一口空气，几年来的浊气一下子便被排放出去。那一瞬间，他才感到，人活得充实是多么重要哇。他的形象让人刻骨铭心。他站在那里像一片冰雪中的枯叶，但他的余威不减当年。族中的几个长辈诉说了女人不可饶恕的罪过。看起来他是那样认真地听着，其实他像在听一件与自己毫不相干的事那样心不在焉。族人按捺不住愤怒的情绪，将清明道长掀翻在地，然后架到了柴堆上。人们把目光一起投到他的身上，征询他如何处置这对奸夫淫妇。他轻咳一声，嘴角露出一丝令人难以理解的笑容。他用手势命令给他们松绑，然后一起走进逍遥大厅。得到消息的朱建昌早已恭候在那里，人们要给当家人换衣裳，可被拒绝了。那时的朱建昌已经把家打理得又像点样子了，他的努力几乎已经赢得了族人的信任和蓝镇人的谅解，但他搞不懂自家的磨坊怎么一下子全成了赵家的了。他派人探问过赵怀英，赵怀英理直气壮地告诉他，那些东西几年前就姓高了。他与堂弟建平在充满蜘蛛网的账房里找到了一份残缺不全的契约，上面写了七个字：磨坊……一千……朱成文。他试图解开心中的疑窦，去请教在迷宫中穿行的父亲，但父亲说的那些近乎天文数字的话语比契约还残缺不全。现在，他很高兴父亲能从迷宫中重返生活。父亲以轻快的步伐走到大厅的尽头，他没有坐下，站在那里端起了茶杯一饮而尽，说出了令族人目瞪口呆的话。

"我都忘了酒的味道，"他以怀念老朋友的口气说，"也很久没有看戏了。"

他脸上没有一丝怒气，人们怀疑当家的被气糊涂了，忘记了今天到这里的主题。建平误解了伯父的话，还认为伯父要用清明道长的心肝来告慰父亲和哥哥的在天之灵。他早已准备好了刀子，只要伯父一声令下，他就会挖出仇人的心肝。朱成文被人们奇怪的表情逗乐了，他命令摆放酒席，还让九夫人和清明道长坐在自己的两边。建平哭了，他跪在伯父面前不肯起来。

"别再为这些事烦心了，"他安慰侄子说，"生与死只是概念不同而已。"接着他端出了他的理论。他像一把银光闪闪的万能钥匙一般，开启了一把又一把生锈的锁头。人们对他的理论半信半疑，但很不幸最终还是大部分人相信了这种荒唐的理论。那时，他是那样的有成就感，他的笑容像一个躺在地上撒娇弄痴的孩子蹬起的脚。

"人是死不了的，"他再次安慰侄子，"你能说你现在是死了还是活着？"

建平很倔强，一定要清明道长交出父亲和哥哥。清明道长满足了他。但当他伙同怀英来到后院打开臭气熏天的地牢的时候，那里一个人也没有。他们在地牢的角落里找到了一个洞，那是只有在想象荒漠的尽头才能找到的凄惨之洞。

"这是一个蜘蛛洞。"怀英说,"他们都被大蜘蛛吃掉了。"

但是,怀着对亲人无限悲怜和巨大亲情力量的支撑下,两个人击败了想象中巨大蜘蛛的恐惧。他们点亮了火把,靠着不灭的心灵明灯,沿着洞一直往前爬,一直往前走。两天后,他们被一条黑色的黏糊糊的无边无际的河流挡住了去路,这时两个人共同认为他们来到了地狱,而这条河流就是人类传说中的冥河。若干年后,正是从这里朱建新渡过这条河流重返蓝镇的。

六

朱建昌永远不会忘记,那天早晨父亲坐在屋子里的情景。一缕初夏无力的阳光像一条流动缓慢的河流毫不张扬地流淌在暗红色的墙壁、深棕色的桌椅和父亲苍白枯瘦的手指上。这座朱家祖辈留下来的房屋在一个月之前还几乎是在它面前不敢使劲呼吸的建筑,如今焕然一新。那时,墙壁早已大片剥落暴露出的砖石犹如历尽沧桑的额头,窗格上的纸简直就是一个年老的乞丐披着的棉袄,就连那根根直立的顶梁柱也流露出哲人的冷峻。这片曾经是朱家最华丽最考究的居所自朱成文炼丹后就变成了猪窝马棚。要把这样一个垃圾场恢复成原来的模样确实是一个巨大的工程,那些日子几乎所有的蓝镇和蓝镇以外的能工巧匠都会聚于此,他们中有很大一批是朱成文父亲那个时代的老工匠,而负责这项工程的是清明道长。这个决定是朱成文做出的,他顶住了包括儿子在内的所有朱家族人的压力,他的借口是清明道长是一个精明能干的好管家,而真正原因无外乎清明道长是他荒唐理论疯狂的崇拜者。

这时,清明道长还沉浸在巨大的情感失落之中。就在朱成文重返生活的当天夜里,九夫人在羞惭和愧疚之中离开了朱家。她没有与任何人告别,也没有带走一件朱家值钱的东西,只在她的床头放下了一封谁也读不懂的信。朱建昌是在几天后才接到报告,他带领族人沿着胭脂的香气进行寻找,直到在江边那股醉人胭脂味消失,他们才断定她是因无地自容而自寻短见。其实,这个女人连她自己都不知道自己该去何方,也不知道自己会最终在思念中安静地病死在鲜花遍地的森林中。让人们无法想象,这个爱情的忠诚者是在老虎、豹子、野猪、狍子、猴子、蟒蛇和雄鹰祈祷的歌声中离开了这个世界。那天,蓝镇下了一夜的大雨,四溅的雨水到处弥漫着一股胭脂的香味,清明道长在雨中站了一夜。雨停的时候,巨大的工程在淡蓝的晨曦中宣告结束。在这个巨大的工程中,房屋被恢复原貌并不令人惊奇,真正让人惊奇和感到庆幸的是那些花草树木。那些曾经因炼丹摧毁而荒芜的花草和颓然枯死的芙蓉树被清除后，重新换上了它们的后代，仿佛是它们从来也没有荒芜和枯死过一样，又好像它们的容貌告诉人们，曾经根本就没发生过什么炼丹寻仙的那档子事儿。它们焕发出来的精神颠覆了时间概念，推倒了记忆之墙的阻隔。这里的一切只能让人更加新奇，以至于当朱成文走进院落的时候，他根深蒂固的理论思想几欲陶醉了他自己——清明道长是不是父亲投胎转世。那座曾经被灰尘吞噬的房屋，如今纯得就像山涧里流出的清泉。这里的情调是那样的富有，以至于走进这个房屋就使人想起了酣梦中的情人。富丽堂皇的床饰，橘黄色的窗帘，高曼的帷幄，悬垂的灯具，无处不唤起朱成文对遥远温情的怀念。他对这里的摆设大加赞赏，岂不知这里的一切只不过是九夫人房间里的翻版。他看着那些曾经日夜相伴精巧的茶杯和茶壶，就像从来也没见过这些小玩意儿一样。他看着窗台上的花盆，就像一个久居在繁华都市来到大草原那样惊奇。就是那些曾经他不以为然的桌椅，此时他都表露出自卑的不敢坐上去的表情。可是不久，他的理论就把他解救出来。

"我们为什么不高高兴兴地过着自己喜欢的生活呢？"他很正常地说了半句，接着他又说，"既然人死不了，我们还等什么？"

于是每天凌晨，朱家的仆人们就得顶着星星忙碌欢庆宴会，而他们的主人此时才刚刚进入梦乡，说着醉话。那时朱家所有的人几乎都过着黑白颠倒非正常人的生活。宴会一般是在中午开始的，也只有在这个时候，主人们才会重新精神抖擞，投入到新一轮的宴会战争。宴会总是围绕朱成文展开，他的食欲从来没有这样好过，他暴饮暴食的样子把时间推到了年轻时代，夺回了他因炼丹寻仙浪费掉的时光。开始，宴会只局限于家庭式的欢聚，那时宴会还会在逍遥大厅里进行，但是不久他们不得不把宴会摆放在花园里，可是他还是嫌家里人聚会时不够喧闹和狂野，便整天愁眉不展唉声叹气。清明道长第一个揣摩出了他的心意，几天后他去请巧珍的时候，即使他许诺重金也被赵家挡在门外。巧珍站在大门口，她的身体在生育孩子后更加粗壮，说话更加瓮声瓮气，这一切都源于她的力量，据说蓝镇最强壮的公牛的力量也只是她的一半，但她与生俱来的母性温柔在她成为母亲后与她的力量刚好相反。

"这简直是荒唐，"她坦率地说，"假如他要我报恩的话，请你告诉他，我在内心里已经是他的女儿了。"

这并不能形成打击，清明道长有的是工夫。不久，他没费多大劲儿就找到了

日升日落

一个可以与朱成文酒量相匹敌的人。她就是陈婆的弟子鱼儿娘。这个名字是她来蓝镇人们给她起的绰号,因为当人们请她治病的时候,她的身体不能像陈婆那样凌空飞起,而只是会像被捉住的鲶鱼那样在地上跳动。这个女人不是因为她的巫术而是因为她的酒量早已名扬蓝镇。一次,她在给一个孩子施展巫术的时候,一下子就喝下去一瓦缸赵家的烧酒,据她说之所以喝下去这么多酒是因为大象的神灵附体。不过,不久就没有人相信她的巫术了,因为她来到蓝镇还没治好过一个病人。可是她的生活并没有因此窘迫,那时逍遥楼已经露出衰败的迹象,原来的老鸨把生意寥落的妓院转让给她。无论人们怎么不相信她的巫术,还是把她的酒量与她所从事的职业联系在一起。公开的传说比陈婆的巫术还充满神秘色彩,而且得出了一个确定无疑的结论——她是花神和酒神的女儿。这一点朱成文在见到女人的第一眼就不得不佩服人们的观察能力是多么的符合实际。女人穿着和赵俊生第一次见到她一样的装束,这身打扮一直伴随她进入坟墓。

那天,女人像一只燕子掠过水面那样敏捷地进入赵家,但坐下来后人们发现,女人安静得分明是一个大家闺秀。那种高雅的修养与现在所从事的职业毫不相干,因为女人笑起来矜持得连牙齿都不露出来,但朱成文把女人这一极正常的表情理解为蔑视和挑衅。早晨院子里就聚满人群,这完全不是讨要一杯酒喝,而是要亲眼见识一下矛与盾哪个更厉害。像以往一样,宴会开始前,朱成文开始为他的理论做了极有煽动性的演讲。女人在狂热的支持者的鼓噪声和朱成文的亢奋声中默默地接受了这一理论。女人微微含笑颔首博得了主人的好感。当主人坐回那张为这次酒宴特备巨桌旁的时候,因极度的兴奋而产生的疲劳使他的额头渗出了一层油汗。女人坐在他的对面,互相友好地对视着,但他们内心就像一对斗鸡脖子上抖动的毛发一样。清明道长作为这次酒宴的裁判,还没发话,朱成文已经喝下了两坛赵家的烧酒。女人补上了它。这时朱成文吃下了第一口菜。他示意女人用菜,女人妩媚地笑着解释说她喝酒从来不吃菜。所有的人都停止了喝酒,也停止了喧哗,并共同见证了女人喝下了第五坛酒,并在他们的惊呼声中,女人的左脸颊上升起了第一朵桃花。与女人相比朱成文就显得粗鲁得多,他大声说话,脱掉上衣露出长满毛的胸脯。不过,他面不改色,就像没喝过一样,他还出于礼节绕过桌子,主动给女人斟酒。在他的内心里,在经历无数沮丧的失败后所获得的成功,直到此刻才得到完美的发泄。他频频举杯,可女人的举杯完全是出于对主人的尊重。女人右脸颊上升起第二朵桃花时,人们开始担心,朱成文的癫狂模样将在一个女人面前出丑。朱成文承认人们的判断，他心里在佩服的同时也得出了一个清醒的结论。虽然这个女人是他喝酒以来最强劲的对手，但就目前的状况来看，要分出个高下还为时尚早。他根据女人脸面的大小，布局出桃花的朵数，他换算出女人能喝下两瓦缸的酒，这也是他酒量的极限，鼓舞他的不仅仅是自己的理论，还有人类与生俱来的征服欲望。

"走着瞧，"他想，"看咱俩谁能更早再生。"

他开始出汗，汗水像洗淋浴那样顺着他的头顶、胸脯、大腿和脚面流到大地上。他脚下有一条蜿蜒的蚂蚁群正在搬家。当女人在前额上再添上一朵桃花的时候，女人发出了和她职业相关的浪笑，同时要求休息二十分钟。朱成文还认为自己的判断出了问题，是不是过高地估计了对手，他在失望之余充满怜悯："要是不舒服的话，咱们改日再喝。"女人被他逗得"咯咯咯"地大笑起来，那笑声既野蛮又妖媚。这种本能的自然反应被朱成文理解为一次新的蔑视和挑战。当又一轮酒宴开始的时候，东方升起了月亮，清明道长请来了蓝镇最负盛名的王家戏班子，锣鼓和戏子的喧嚣声感染了两个人。他们换上了大碗，并大口地吃着肉，还彼此调笑。子夜时分，观战的人群因为疲劳渐渐散去，和朱成文预料的没错，两个人的酒量都剩下了两缸酒的最后一杯，那时女人的脸被七朵桃花渲染得犹如天边的红霞。他们互相看着，都想哭，他们很清楚自己最后一杯的共同结局。出于惺惺相惜的原因，两个人达成了共识。他们谁也没说话，静静地注视着，在满眼忧伤中笑了，然后在期待中放下酒杯。朱成文没有忘记吩咐清明道长用他的轿子送女人回去，但女人拒绝了他。女人是在左右飘摆中飞回逍遥楼的，这个消息是他在三天后知道的，那时他还认为女人是不想让他出丑才这样做的。他吩咐清明道长给女人送去五十两黄金和两件自己最喜欢的玉如意。建昌跳出来坚决反对，因为旷日持久的宴会已经透支了家里的开销。那时朱成文走起路来还左右摇摆，他盯着儿子，冷冷地说："这个家要说还说了算的话，应该是我。"两天后，清明道长取代了建昌的位置，朱家人拥护了他的决定。朱成文对此表示满意，并一再声明，这不是他的意愿，而是顺乎自然的安排。

一条消息在蓝镇蔓延，那是关于反对朱成文理论的不利消息。消息的起源来自张先生，这个备受蓝镇尊重的长者，乍听朱成文的理论便心存疑窦，不久他以敏锐的洞察力确定朱成文的这套理论是站不住脚的，其根本原因是这套理论没有事实根据做基础。他说如果人要是真的死不了，真的有灵魂的话，那么人的灵魂将以有形的方式存在于这个世界，可到目前为止还没有人见到灵魂是个什么样子。朱成文得知这个消息，很是恼火，但很快他就冷静下来，否决了一群狂热崇拜者要捣毁张先生学堂的主张。他决定用事实的根据来征服张先生。他什么也没说，把自己锁在屋子里。七天后，他走出屋子，吩咐清明道长买来一个巨大的放大镜和一批濒临死亡的病人。他的吩咐让清明道长丈二和尚——摸不着头脑。但他还是愉快地照办了。他的卧室简直就成了停尸房，屋子里到处弥漫着恶臭的死亡气息。他拒绝别人的帮助，面对这些病人他是那样小心，就像一个孝子在伺候父母那样精心。所有的病人不分尊卑在这里都受到了前所未有的悉心照料，并且他们的家属会得到一笔数目不菲的安葬费，他的美德不久就被人们传遍了蓝镇。他对这些赞颂充耳不闻。他整天与在死亡线上挣扎的病人进行交流，病人的幻觉曾令他兴奋不已，但每次在用放大镜扫描病人全身时，预想中的兴奋结论都会令他在失望中一无所获。他又重新邋遢起来，又像以前一样蓬头垢面，不思茶饭，探索灵魂的繁重脑力劳动所付出的绝不亚于他的寻仙炼丹之路所付出的心血。一天，完全出于一个意外的灵感，这与他坚韧不拔的脾性密不可分。他让清明道长买来了一个巨大的天平，然后他把一个只剩一口气的裸体病人抱上了天平的左盘，接着在右盘放上了砝码使天平平衡。在废寝忘食中不断增减砝码努力使天平平衡，两天后的子夜时分，病人咽下了最后一口气。他没有为病人的死亡而悲伤和祷告，而是在病人咽下最后一口气的瞬间，惊喜地发现天平发生了倾斜。他在既兴奋又害怕的复杂情绪中记下天平倾斜的数据，然后在以后的数月中又做了十类同样的实验后，这种兴奋和害怕便顺理成章地变成了一种无懈可击的理论根据。

"女人的灵魂有二两重，比男人重一钱。"他自言自语。

那天屋子里挤满了好奇的崇拜者，他派人请来了张先生，在五类同样的实验中征服了老朋友。

"人不仅有灵魂，而且灵魂是有重量的。"他像了却了一桩心愿，像个学者一样无足轻重地说，"女人要比男人重，肉体可以腐烂，但灵魂将作为一种形式永远存在这个世界中，它是唯一不灭的物质。人——是死不了的。"

歉意的张先生为老朋友的理论推波助澜。他像个传教士一样挨家挨户游走，令那些曾经怀疑这种理论的人宽然释怀。当他来到赵家的时候，家丁提前得到了怀英的吩咐，将他拒之门外。他像条癞皮狗一样在门口一蹲就是一整天，最后怀英出于对怀仁和曾经是自己老师的尊重让他进了家门。

"我们很清净,"他拒绝与老师见面,"人要是不会死,那就让我们活下去,何必为活着而折腾呢?"

赵俊杰骂儿子不礼貌,亲自接待了老朋友。那段时间,赵俊杰最亲密的朋友就是张先生,由于哥哥生死不明,他担负起了怀仁的婚事。怀仁已经长大成人,他不仅能写会画能唱能弹,而且他乐仁好施的品行备受人们的称赞。张先生对这个未来的女婿很放心,在他还少不更事的时候就让自己的掌上明珠与他朝夕相处,他是蓝镇有史以来唯一尝过自由恋爱的人。女儿惠予已经出落成一个少女,脸红得像熟透了的苹果,皮肤白得像羔羊,整天"叽叽喳喳",像鸟儿一样从这个枝头跳到那个枝头。她的母亲是个知书达理温柔贤淑的女人,她对自己能遗传出这样一个女儿而迷惑不解,因为丈夫也是一个沉稳厚道受尊重的人。直到几年后,丈夫对朱成文理论崇拜如狂的时候,她才得出一个结论——丈夫的胸膛里有一把火。惠予到了青春期,更依恋怀仁了,这种男女间的正常反应被母亲理智地警觉为一种危险,于是她限制了女儿与怀仁的接触次数,即使接触,她也会时刻监视着他们的行动。后来,她发现这种限制和监视的效果适得其反,因为她白天限制女儿与怀仁接触,女儿总是在晚上偷偷跑到怀仁的房间里。当她责问的时候,女儿的理由很充分,她去拿白天忘记在怀仁屋子里的书,拿忘记在那里的笔,拿忘记在那里的手帕,拿忘记在那里可能忘记的东西。一次,女儿在怀仁房间里的床上很不雅观地仰躺着,被她当场拿获。女儿被母亲紧张的表情逗弄得"咯咯咯"地笑,这时她才从女儿单纯的笑声中发现,女儿还只是个会拉屎吃饭的婴儿。但后来放任女儿自由来去的并不是这个原因,而是怀仁的稳重,怀仁的书生气给她无比的信任感。要不是赵俊生突然失踪,他们的婚期早就定下来了。就在最近几天,赵俊杰会同余平来到了张先生家,准备一起商量一下怀仁的婚事,但登上门张先生就没让他们开口。赵俊杰反对了张先生为朱成文理论摇旗呐喊,这倒不是他对朱成文和张先生有成见,也不是他对朱成文的理论进行了细致的研究而得出了可以推翻的结论,而是对清明道长使哥哥下落不明的怨恨。两个老朋友为此争论得脸红脖子粗,差一点动了手,要不是余平从中出来做了和事佬,两个人几乎当场就要解除婚约。过后,赵俊杰有些后悔,觉得这样对不起哥哥,也对不起侄子,几次登门拜访,但张先生那时正走在蓝镇以外的地方为朱成文服务。两个人冰释前嫌,与其说彼此能够谅解,倒不如说是各自怀着一种目的

更为确切。目的不同的两个人达成共识的结果只有一个，彼此妥协。刚开始，赵俊杰对与亲家的这套理论及其反感，他默不作声地听着极力地控制着自己不要发作，这完全是为了达到目的。当张先生用低沉的语气条理清晰地诉说到一半的时候，他消了气，并渐渐被迷住了。当张先生说完的时候已经是深夜时分，他愧疚得想哭。张先生是黎明时分离开赵家的，他虽然三天三夜没有睡觉，但生与死都可以忽略，还考虑什么睡眠呢。

赵家第一批相信这个理论的是女人们，就连巧珍也受到了这种理论的蛊惑，鼓动怀英也像朱家一样举行盛大的酒宴。那些家丁长工们和仆人们更是受了这种理论的影响也停止了工作。那时蓝镇的大部分土地几乎没有人再去看上一眼，长起来的荒草像强盗一样一队队地穿过街道，包围了房屋商店药房粮店和逍遥楼。人们那样穷，仅能靠一点点余粮来打发日子，可是都无忧无虑。人们都在期待死亡快些到来，以便使自己过上另一种形式的生活获得幸福。

唯一长势良好的便是赵家的土地，那时赵家已经拥有了蓝镇的三分之一的土地，那些土地都是因朱家巨大的开销由清明道长做主廉价地卖给了赵家。怀英在全家的反对和人们的嘲笑中买下了一片又一片土地。

"人只要活着就要吃饭，"他在人们的冷嘲热讽中，恼火地说，"人死不了就要干活。"

但没有人听他的，由于他与家里人关系紧张，当初怀礼交给他的权力在风雨中飘摇。不久，由他的父亲牵头，所有人通过的情况下，准备在家里举行一次盛大的酒宴。酒宴举行前的几天，他们就把请柬送出去了。他们请了朱成文、张先生、余平和鱼儿娘，还请了赵家公认的冤家对头清明道长。赵俊杰去请镇长的时候，却被镇长拒绝了。"他可真是个怪人。"他心里想。他到那间破旧草棚中去请郎中的时候，才得知郎中早在一年前就离开了蓝镇，没有人知道他的下落。他们还仿照朱家的庆典模式，在大门口搭设了临时戏台，请来了那些饿得要死的王家戏班子。简直像是在嫁女娶妻，整个院落里都挂满了红灯笼，窗户贴上了文清的剪纸，道路的两旁摆满了花篮。孩子们已经长大，他们从来没有遇见这样的喜庆日子，兴奋得满院子里嬉戏。巧珍扬言要与朱成文和鱼儿娘在酒量上较量个上下，却被怀英狠狠地骂了一顿。这个院子里最痛心的人是怀英，因为这场酒宴将会花掉他惨淡经营钱财的十分之一。那些日子他总是做梦，总是梦见哥哥在一片云海里飘摇，身后还跟着一些金甲勇士。醒来后，他就沮丧地断定，哥哥自踏上那条寻乡的路程就是踏上了比朱成文寻仙路程更遥远的路程。他怀念哥哥就像当年思念巧珍那样迫切和失望，他重新陷入了孤寂之中，仿佛把自身按进了回忆的泥潭。他想起那个雨夜走进哥哥卧室的情景，想起哥哥细心聆听他爱情之苦的那个夜晚，想起哥哥走进自己房间自己毫无廉耻地向哥哥透露他和巧珍的细枝末节，想起哥哥临走的那个下午对他说过的话。

"无论这里发生什么事，都要等我回来。"

哥哥坚毅的眼神几次让他产生幻觉，误认为哥哥根本就没有离开。于是，在父亲指挥人们搭建戏台的时候，在妻子指使长工们在院子外面砍掉树木盘垒锅灶的时候，当巧珍带领那些女佣把窗花贴在窗户上的时候，他就会怀着一丝怒气和幸灾乐祸的情绪想象哥哥见到这里的一切会是什么样的表情。那时家里只有一个人能与自己进行心灵沟通，那就是侄女赵洁。自家里忙碌的那天起，侄女赵洁就搬到了余平家，问她为什么，她用一种孩子的天真坦率地告诉大人，她很想爷爷赵俊生和父亲赵怀礼。她每天都会去叔叔那里并跟着叔叔怀仁躲在书房里练习那些琴棋书画。怀仁很惊奇，不是惊奇侄女的聪明，而是惊奇在他往往还没有表达出心中的意思，侄女已经在他要指导的地方画上了鸟儿的眼睛。惠予对未来的侄女疼爱有加，给她拿来糖果和糕点，领她到山上采野花，还怂恿怀仁带着她去江边钓鱼，可每次钓上来的鱼都被她放掉了。没有词来形容她的可爱，假如硬要定义她的可爱，那只能用比喻，她是一个天使。用怀仁的话说，小女孩超然脱俗的性格来自天性，是任何污浊的事物都无法靠近她的。于是，他与惠予说出的情话从不避讳小女孩，有些热辣辣的情话令单纯的惠予有时也难为情。可小女孩则说，他们的话语她听上去比叔叔弹出的琴声还好听，就像是地球刚刚出现生命时掠过地面的微风。多年以后，一位眼睛清明的不沾一丝灰尘的女子坐在绣楼的窗口，远眺烟雾缭绕的蓝江，她才完全理解那个时候为什么是叔叔和婶婶最快乐的日子。

那个布谷鸟欢叫的早晨，怀英孤独地牵着牛扛着犁耙带着种子来到了自家的耕地，那时家里忙碌得简直乱了套。院子里摆满了酒缸，桌子从院子里一直摆放到蓝江边，食物散发出的香味吸引来一批又一批的老鼠，市民们不一会儿就踏平了摆摆样子的花篮。这些市民与其说是前来为酒宴捧场，倒不如说是饿疯了。他们眼睛里冒着绿光，露出白厉厉的牙齿，好像秋风扫落叶一般扫荡着食物。他们大口吃肉大碗喝酒，嘴里还发出只有动物争食时才发出的吼吼声。好客的主人一点没有嫌弃客人们的粗鲁,因为他们有足够的食物让客人们享用。鱼儿娘带来了蓝镇所有的女人,以壮大自己的声势。那些女人狂浪的笑声和身体散发出的浓郁的香气,使不请自来的苍蝇们晕头转向。她们风风火火分坐在蓝镇最有名望的人们的身边,当一位女人坐在赵俊杰身边时,她的夫人兰花也仅仅笑一笑来表示嫉妒和大度。

酒宴在中午的时候几乎达到了高潮,朱成文慌了神,因为以往的经验告诉他,巧珍的酒量是深不可测的。当鱼儿娘的左脸颊爬上第二朵桃花的时候,宴席上的酒浪被一阵铿锵的马蹄声震动得上下翻滚,就连在耕地里孤独耕种的赵怀英也感到大地在翻肠倒胃。人们像那些苍蝇一样六神无主。所有的人都把目光投向了镇子的那条宽阔的大街上,只见十九个勇士簇拥着一个骑着青色骏马的彪形大汉风驰电掣而不失庄重地向这边奔来。他们身上穿着灰色粗布长袍,外面罩着夹袄,手腕上戴着黑色铁锭护腕,身后背着弓箭,头发一半剃掉一半留着,比怀礼驱赶出的那些货郎还诡异。没有比赵俊杰再恐慌的,也没有人比他再清楚这帮人的来历。他坐在酒桌上心想,自己在经历了二十几年的安宁之后,还是无法逃脱仇家的追杀。

那大汉直到大门口才勒住缰绳,他脸色疲惫但目光炯炯有神。他就在马上扫视了一下人群,然后跳下马,径直走到院子的酒桌旁,端起一碗酒一饮而尽。这时,赵俊杰才从来人的步伐中断定,这个人是自己的侄子赵怀礼。怀礼没有问家里为什么要摆这么排场的酒宴,他还认为家人知道了他的归来,这酒宴是接风洗尘的。与走的时候相比,他的面部表情更加冷峻更有威严更加粗犷,他的目光更加锐利,以至于他目光所及的人群,他们身上的汗毛都站了起来。那十九个勇士站在他的周围,像在他四周覆盖上了一层铁皮。他们就站在那里面无表情地喝酒,连身后巨大的弓箭也不放下来。人们纷纷询问他这些年都去哪了。他回答:打猎。朱成文还认为怀礼受了自己理论的感召,因为那时他的理论已经传播到蓝镇以外很远的地方。可他从怀礼的眼神中断定,他什么都不懂。他试图解说,可怀礼不理他那一套,只顾喝酒。他又把自己的理论说给那些勇士,可哪些勇士说着和他不一样的语言,最后把他弄糊涂了。朱成文不死心,临时决定第二天举行一次酒宴,名义上是为怀礼接风洗尘,实际上是借这次酒宴让怀礼重新诠释生与死的含义。没想到,酒宴还没开始,怀礼就赞同了他的理论,同去的怀英对怀礼的做法大惑不解乃至失望。怀礼的归来重新保证了怀英在家里的权威,当叔叔向他灌输生与死的理论的时候,他就站在屋子地上的中间不动声色地听着。赵俊杰讲到一半,他的眉头微微地挑动了一下,叔叔的满腔热忱立即被侄子犹如顽石的表情所冻结。那十九个勇士,从他的表情中读懂了其中的含义,他们冲上来将赵俊杰按倒在地,可被他制止了。他命令那十九个勇士捣毁了院子中的巨大饭桌,扔出了院子中的花篮,将灯笼塞进了仓库,只保留大门外那些锅灶。

这是一个阳光明媚的早晨,鹅黄的嫩芽在枝条上微微颤动,酒宴在人们的骂骂咧咧中开始了,因为酒宴与昨日赵家的相比要寒酸得多。朱成文没觉得难堪,也没有什么能使他感到难堪的了。赵俊杰还认为侄子经过一个夜晚的思考,领会了朱成文的理论,于是高兴得东跑西颠。将近中午,酒宴进行到了高潮,天空中飘来了一片乌云,一道闪电点燃了同乐楼。雷电引起的大火在同乐楼的楼顶跳来跳去,就像陈婆鬼神附体发出那种飘来飘去的动作一样诡秘。这场大火不是人力所能扑灭的,鱼儿娘试图用她荒废已久的巫术来灭掉大火,可人们看到的是蹿跳的火舌比她跳动的身体还激烈。在人们的慌乱恐惧中大火烧了三天,同乐楼在一阵深沉叹息中化作一片残垣断壁。秋天来临的时候,当人们鼻孔中还残留着一丝焦煳味,一座新的同乐楼重新拔地而起,那里重新布置和原来一模一样的桌椅,而且在建成之日同样举行了盛大的酒宴。为了建这座同乐楼,可忙坏了清明道长,因为建设同乐楼这么一笔巨大的资金就现在家里的状况根本没有来源,那时家里连吃饭都成了问题。他想用增加地租来解决这笔开销,可已经没有人种地了,他们现在要做的是祈祷自己怎样在来世做个富贵人。他打起了那些商店、粮站、药房和当铺的主意,可没有人愿意问津这些对生命毫无意义的东西,更没有人能拿出这些钱财。那天,他在田地的地头找到了怀英。怀英听了他的来意,一口答应下来,不过他说他要先和哥哥商量一下。

怀礼听了弟弟的汇报,眉毛急促地上下挑动几下,脸色却是无可奈何的样子:"咱们现在可不富裕呀!"

晚上,怀礼走进了镇子边缘一个不起眼的小酒馆里,同去的还有怀英和几个蓝镇德高望重的长辈,怀礼还特意请来了镇长。清明道长刚刚开始就感到这是一场和预期的结果相反的谈判。

"这可不是落井下石,"怀礼说,"你们那些东西可不能和当初的相比了呀。"

"可这已经是最低的价了。"

"你还是找别的买家吧。"

"等一下。"清明道长站起来挡在怀礼的身前,"再加上一条蓝江和朱家所有的山。"

"那些东西对我们一点用也没有。不过,我们和朱家是世交。"

就这样,随着朱成文重新肥硕了的那颗斗大的脑袋,在族人的欢笑声中,在族人饥饿的呻吟里,在族人怨恨的死亡气息中,自家那些长满荒草的大片土地都变成了赵家的肥沃田地。他从来没有这样富态,长期的暴饮暴食使他走路的时候只能抱着自己的肚子,人们不得不给他定做了更为宽大的座椅,但他精神饱满,就像又回到了年轻时代。旷日持久的欢闹酒宴不仅耗去了他的钱财,而且使他对现实生活失去了判断力,他被这些东西搞烦了。一个飘雪的早晨,他站在窗口想起了年轻时候的往事。也是这样的一个早晨,他被他的二十九位夫人在笑声中按在雪堆里,她们是那样的调皮,往他的脖子里塞雪球,就连长他十二岁的大夫人也参与了这种孩子们的游戏,可她们现在全在另一个世界生活了。现在这个院子里冷冷清清,他甚至能听到雪花飘落几十米外树枝的"嚓嚓"声。他的那些女儿不是已经死去,就是远嫁他方,就连建昌因为阻止买卖土地也被他威胁要赶出家门作为惩罚不得不做出妥协。不过这个儿子令他头疼,和所有人家一样,父子对立的关系即使他用最确切的理论也无法征服自己的儿子。

傍晚时分,雪更大了,屋子外刮起了风。他在百无聊赖中穿好了衣裳,戴上毡帽,抱着肚子走进了逍遥楼。逍遥楼的生意从来没有这样红火过,这与他的理论广泛传播有关。那些嫖客来自四面八方,他们在这里寻欢作乐也在这里制造混乱,他们不吝惜生命或者根本就觉得生命毫无价值。一次,两个嫖客为争一个女人而大打出手,一个嫖客用尖刀刺穿了另一个嫖客的胸膛。

"谢谢你。"即将死亡的嫖客弥留之际说,"这样我可以提前回到年轻时代。"

还有一次,两个女人因为无法忍受卖身的艰辛生活吊死在逍遥楼的门廊里。在她们留下的遗书里留下了这样一句话——这样我们在来世就可以不当女人了。这种现象引起了镇长的重视,他下令凡是进入逍遥楼的男人都不准携带致人死亡的武器,倘若发现将被赶出蓝镇,这才阻止了悲剧的继续发生。

朱成文站在门廊里瑟瑟发抖,他对这里既陌生又熟悉,要不是清明道长及时赶到,他会在这里站一宿。鱼儿娘亲自接待了他。那些女人得知朱成文的到来,纷纷撇下自己的相好聚到一起表示愿意无偿为自己崇拜的人服务,却被清明道长挡在门外。

"他们在谈大事哩。"清明道长说。

这是一间谈不上华丽的屋子,但屋子里的火炉和弥漫着浓郁发霉的香味充满了整个空间,令人作呕而又散发着温馨的气氛。鱼儿娘亲自给他斟满了酒,这时鱼儿娘告诉他,她独自一个人从来不喝酒。这与其说是坦白倒不如说是感激更确切。当鱼儿娘两面脸颊各爬上一朵桃花的时候,他知道他们今天绝对不仅仅是在酒量上分出胜负,而是将用另一种方式代替酒精来解决他到此毫无先兆的目的。外面的风吹得山摇地动,屋内的炉火烧得噼啪作响,四只眼睛便将火炉熔化了。三天后,风停了,朱成文走出了屋子。他对这次本认为是无聊的造访而意外的收获惊喜不已。长期的寻仙炼丹和旷日持久关于生死理论的宣传早已消耗掉了所有的激情,使他忘却了男女交欢的乐趣。现在鱼儿娘的张狂使他重新焕发了青春的激情,他对自己在行将就木的晚年还能有如此的精力感到惊喜。两天后,他再度走进逍遥楼。

"真吓死人了。"鱼儿娘面带歉疚地说,"再折腾我和你连酒也喝不成了。"

那时逍遥楼最红的女人要数小玉梅,鱼儿娘把她推荐给他。他沉默良久,然后用挑战的目光接受了这个推荐。小玉梅拥有一双狐狸的眼睛、熊猫的面庞、鱼的腰身、长颈鹿长腿和发情母猫一样的声音。半年后,他走出逍遥楼的时候,他没有腆着肚子出来,人们又看见了寻仙炼丹历经艰辛那个时期的朱成文。清明道长投其所好,从南边弄来了两个道姑,她们是一对双胞胎姐妹。这一对活宝既张狂又无耻,她们把朱成文当成了自己的坐骑,只要她们高兴,她们就会像魔术师一样颠覆时间观念和模糊地理位置。不久,朱成文又拥有了和以前一样多的女人,不过,没有一个是他的夫人。长期的无节制的纵欲耗去了他仅存的一点精力,他躺在床上,活像一头积劳成疾的公牛。清明道长弄来了滋补身体的药物,可他怀疑是曾经的那些丹药,现在他对那些东西一点也不相信。他把那些女人叫到身边,看着她们笑,看着她们胡闹,然后就陷入了无边无际的沉重回忆之中。

七

阴历八月十七，朱成文死在自己的房间里，身边没有一个女人。半个月后，清明道长给朱建昌送去第一个女人。朱建昌命令堂弟朱建平带领族人将清明道长用木棍打死在同乐楼里。那是一场能令他父亲复活的凄惨场景，他们把清明道长曝尸三天，然后沉入深井。他们封闭了所有消息，对外宣称清明道长是追随朱成文的理论而去。朱建昌挑了那对双胞胎道姑和另外受宠的三个，剩余的女人都分给了族人。那时，人们并没有因朱成文的死而淡漠他的理论，相反对他的理论更加崇拜如狂，因为人们看见一张面带微笑想象中就是这样快乐死去的脸，其实没有谁比朱成文更清楚自己的死因。

那是一个阴雨绵绵的午后，朱成文在病榻上，从遥远的只剩下想象的江边和山坡上，他透过记忆的荒原听到从赵家大院传来的阵阵的喧闹声中，遂想起了今天是中秋节。他试图用手臂支起枯瘦的身体以便看看烟雾缭绕的雨幕，可是他失败了。他就躺下来，望着屋顶，想着寻仙走过的每一条路径，蹚过的每一条河流，翻过的每一座山。他想得那样仔细，想每个人说过的话，每个人的表情，每个人走路的姿势，以及他自己当时的面容，甚至连那些路面的沙粒和枯黄的叶片也没有漏掉。他没有想为什么要想这些东西，只是觉得这样的回忆让他很舒服，懒洋洋的舒服让他暂时忘记了病体带来的痛苦。他在愉快中怅惘，他想起赵俊生随他寻仙归来进入蓝镇时说过的话："日子过得真快呀，孩子们都有孩子了。"他不愿意去想那些荒唐的炼丹日子，虽然他有强有力的理论作为支撑，但他还是不愿看见那些因为丹药而失去生命的亲人们的痛苦表情。但记忆之神和他作对，他越是不愿意想起那些往事，那些鲜活的人影越是在他面前跳来跳去。如果不是清明道长进来暂时打断了他的回忆，他真不知道怎么收场。清明道长是来请示他中秋节如何过。清明道长还告诉他赵家正在杀羊宰牛，还告诉他门外等着大批没有地方过节的人群。"让他们去乐吧，"他抬手的力气也没有了，但没有丝毫嫉妒，

"这么芝麻绿豆大的事儿也来问我。"

还没等清明道长再开口，回忆就无法阻止地重新回到了床榻上，他只看到清明道长嘴唇一张一合却什么也没听见，眼前却出现那年将金银堆放在自己窗前和族人对他战战兢兢的情景，他想起了他的决定曾经给蓝镇带来从未有过的欢乐，他想到这里好像自己不是躺在病榻上，而是坐在赵俊生驾驶的马车上，那些欢呼声和卫队的脚步声令他的胡须上下掀动。他一边点着烟，一边想着那些在狂欢中孩子们的脸，就好像这些脸长在自己的身上一样天真。但这种念头只是一瞬，当烟熄灭的时候，他看见了鱼儿娘游鱼一样的身体在旺盛的火炉旁战栗，当战栗的身躯在狂热的焚烧中，他终于看见了女人爬上脸庞的第七朵桃花，当时他断定这个女人才是自己身上的那根肋骨，她才是自己有生以来最自由的真爱。他还记得自己的胡言乱语，他要女人跟他回家，令他始料不及的是，女人宁愿待在逍遥楼也不愿意去冷冷清清的朱家大院。这种碎片式的回忆有几分愉悦的忧伤及至使他潸然泪下，极度沉重的回忆使他意识到只有年老的人才会这样在垂暮的黄昏中沉思。但他还是摆脱了这种无聊荒唐的忧伤，他甚至认为是这种回忆误将自己安置在一片荒滩上。他就这样躺着，虽然两天什么也没吃，但他并不觉得饿，也不觉得心慌气短，更没有惧怕死亡在一步一步地逼近。当他无法阻止地要进入下一个回忆之海的时候，建昌进入了房间。最近几天儿子总是在下午的时光中来探望他。他一点都不喜欢唯一的儿子，因为这个儿子总是和自己作对，他的理论能征服别人却无法征服自己的骨肉。不过，他也很为儿子感到凄惨，因为儿子先后生了五个儿子都夭折了。"你还年轻。"他有时安慰儿子。他冲建昌笑了笑，不带丝毫忧伤，他能看见儿子很吃惊，然后是苦笑掠过嘴角，就好像是他炼丹失败后的苦笑一样。建昌离开后，他感到有些疲倦，就在再次回忆来到他身边的时候，他睡着了。他做了一个梦，梦中的情景和他的回忆毫无二致，他梦见那次在探险的路上遇见的一条鳄鱼正张开大嘴将自己吞噬。但这样的梦境并没有把他从噩梦中惊醒，反而他感到了一种安宁。于是，他又进入了下一个梦乡，他梦见自己坐在一个阴暗的角落里，那里到处都是蜘蛛网，一只巨大的蜘蛛正向自己爬来，他有些害怕，躲在墙角里不敢作声，但蜘蛛突然变成了一个獠牙的巨兽向他扑来。他就惊醒过来，身上出了一身黏稠的冷汗。他胸膛像着了火，伸手拿过桌子上的茶杯，可茶杯里没有水，他想喊可又发不出声。于是他惊恐地意识到，此时回忆像乱糟糟的葛藤死死地缠住了他，他想摆脱这种折磨却又无法摆脱。他叹息一声，接着又从头回忆起过去的时光。雨停的时候,他用感激的目光看着走进屋子里的人。"我是怀仁哪,"当他搜索了整个记忆中也无法将来人认出来的时候,来人说,"我是赵俊生家的怀仁哪。"在大脑短暂的空白之后,记忆的利剑穿透了一道道的往事之墙,他从怀仁的脸上看见了秀子的脸庞,便微笑着点了一下头证明他记起来了。他掀动了一下腰身,表示他要坐起来。怀仁帮助了他,还给他倒了一杯水。水把刚才还陷在回忆泥潭中的他冲洗得干干净净。他说他什么也干不了了。也许出于怜悯,怀仁安慰了他。"你会好起来的,"怀仁说,"我们还在家里等着您喝酒呢。"可他根本就没把喝酒当成一回事,便习惯性地讲起了自己的理论。怀仁好像被弄蒙了,可他觉得自己的口才从来没有这么好过,也从来没有这样要表现自己的欲望,连怀仁要插嘴的机会都不给。他不厌其烦地讲解,直到掌灯时分,怀仁才露出了惊讶的表情。他把怀仁的惊讶当成了豁然开朗的顿悟,便让怀仁给他倒了第二杯水。

"人的灵魂就是思想,思想是思考和想象,思考和想象是由大脑和内心工作来完成的。"怀仁说。他端着水点头表示同意。

"一个死人,当然心脏和大脑也死亡了,自然就没有了思考和想象,那还有什么灵魂?灵魂不存在了,还谈什么再生?"怀仁进一步说。他望着怀仁,他听见他手中的茶杯落在地上"啪"的一声,然后他示意怀仁他要躺下来。他望着屋顶,觉得屋顶在一直往下压,一直压得他喘不过气来。"我是朝廷命官。"这是他临终前最后一句话语。唯一让他在墓穴里还能安宁下来的是,建昌没有追随他的理论。这一点他完全错了,建昌之所以没有追随他的理论,是因为他像天下所有儿子一样都有与父亲作对的叛逆性格,其实他并非百毒不侵。

朱建昌重新执掌了家族的事务,把心思重新用在土地和寥寥无几的财产上。之前,他像父亲当初执掌家务一样,收回了家族经营的所有权力。为这件事,他与堂弟建平几天几夜没合眼。让他惊奇的倒不是他们制订的计划有多完美,而是堂弟在持家务业方面的才能、无与伦比的口才和能将钢铁揉碎的铿锵声音。

建平只用半个月就让人们回到了现实中,并使他们摆脱了朱成文的思想枷锁。"处理复杂的事,要用最简单的办法。"他说。他把那些痴迷的朱家信徒集中到一起,为他们举行了酒会,然后把这些人关进后花园的地牢。"既然你们觉得死亡比生活更亲切,吃饭对你们已经没有意义。"他站在地牢的门口讲解给蓝镇闻讯赶来的人们听。这种示众的结果是可以预料的,当面临死亡边缘的时候,他们在悬崖的边缘急勒马缰，任由那些幻想的信念随着马蹄飞上了天空。"生命的诱惑永远大于死亡。"他总结。人们耕种在自家的土地里，一扫往日对再生的渴望神情。他借用了伯父当初持家的韬略，重新赢得了人们对朱家的信任。又一年来临的时候，人们甚至在落日余晖的响嚆声中愉快地谈论起朱家鼎盛时期的那架马车，还有那座曾经被雷电焚毁的同乐楼。当然，人们谈论最多的是建平新娶到家的媳妇陈小美。确切地说，还没有人能够很正经地看上一眼陈小美，人们所说的看见，只是凭借感觉的触角偶尔的一次伸缩。她的父母因为女儿的长相深感不安，曾动过把女儿送进逍遥楼的念头，但这个念头还没有实施就被鱼儿娘拒绝了，原因很简单，女子的到来必使生意兴隆的逍遥楼一落千丈。传说这个女人的长相，能挖出所有男人的心肝，能改变蓝江潮水的规律，能让所有森林向着一个方向生长。这正是朱成文当初没有动这个女人念头的原因，不过他给侄子订下这门婚事并不是出于对这个女人的仰慕，而是由于当时侄子反对自己思想开的一次非理性的玩笑。但他完全错了，侄子根本就不存在被这尤物引诱的问题，更不知侄子天生就有能驾驭这种惊艳女人的能力，就好像上天创造这个女人就是因为他的存在。两个人皆大欢喜的结局也是人们公认的合理结果。女人能歌善舞，还有一手过硬的本领——刺绣，她的刺绣中的蝴蝶就像她的舞姿一样能提醒人们这就是她的灵魂。看过她刺绣的女人们开始在暗地里议论和设想，如果让怀仁抚琴，让怀明与其共舞将是一番什么景象，可是她们失败了，因为那种景象已经超出了她们的想象范畴。不过男人们暂时没有工夫去琢磨什么舞技，他们刚从狂热的泥潭中失望地走出来，又不得不坠入另一片雄性与生俱来的征服欲望的汪洋之中。这种征服欲望的缘由来自怀明回到蓝镇的那个雨季。那天是夏季里最大的一场雨，街头站满了女人，就是鱼儿娘也关闭了逍遥楼，可怜的女人们任由雨水冲掉了胭脂湿透了华裳，她们站在那里的景象就好像是一张描绘战火中难民的黑白图画。但她们的期盼和她们所得到的结果正好相反，她们失望的原因是怀明的服饰发型和表情。怀明前额的头发已经剃掉，长长的辫子坠在脑后，下巴上还有一绺浓密的胡子。他的表情也不像原来那样天真逗人，脸色阴郁冷漠得像铅色的天空。他的表情告诉女人们这样的事他见得多了，就像他从来没有经历过的那样平常。他的身后跟着看不见边际的男男女女，男人们的发式和怀明一样，有的骑着和怀礼进入蓝镇时那十九名武士一样的高头大马，有的赶着马车牛车，车上坐着老人、女人和孩子，他们手中端着泥盆、水瓢，倚在花花绿绿的行李上唱着听不

懂的歌曲向女人们招手，在队伍的最后头是成群的牛羊和鸡鸭。他们的欢闹声惊动了天庭，傍晚时分在太阳"咔嚓嚓"的照射中，西边的天空飘起了一片火红的云彩。怀礼在赵家大院的门口接待了族人，并把族人们按等级安置在事先准备好的房屋中。每户都分到了一块赖以生存的土地和牲口，就是那些跟随来的邻居也得到了一片土地，不过他们是租种的，每年要向赵家交比朱家少五成的粮食。朱家的那些租户羡慕得要死，纷纷来到赵家租种土地，怀英去请示哥哥，哥哥毫不犹豫地同意了他们的请求。这些租户来到朱家大院，要求解除地契。建平掏出烟袋端在手中告诉他们明天他们将享受和赵家一样的地租。怀礼是在夜里知道这消息的，那时他正把五个夫人安置在刚刚搭建起来的草棚中。文清站在房檐下静静地看着，直到此时才得知自己并不是为丈夫生过儿子的唯一女人，丈夫又多了两个儿子和两个女儿。从丈夫走进院子那一刻起，文清不是像普通女人那样涌起的是久别的惊喜，与其说是陌生倒不如说丈夫自然流露出的威严更让她局促不安。这样的情绪，使他们久别的温存成了一次没有激情的家常便饭。她没有流露出委屈的表情，但她还是停止了刺绣和剪纸的工作。她坐在窗前，注视着那些女人和孩子。她还没有和那些女人中的一个说上一句话，但孩子们已经很熟了。他们光着脚板拍打着院子里的积水，不时发出欢叫。半个月后，得出的结论令她欣慰——那五个新来的女人和她的感受一样。不过不久她就发现，丈夫的女人中那个叫灵灵的女人，她不仅年轻漂亮，而且能说会道，但她没有为丈夫生下孩子。丈夫实在是太忙了，他不仅要管理那条购买过来时即将干枯而今重新恢复激动的蓝江，而且还要打理蓝镇四周的山峰，那里的野兽、昆虫和花朵据说已经有恢复原始状况的势头。这些固然让人欣喜，但也有烦心的事。朱建平让他头疼，那些大片的土地因为朱建平的降低地租使蓝镇人更愿意为原来的主人效力，造成这种结果的是因为人们的怀旧情绪。

　　他再也不能小视这个比自己小十岁让他无法忘记的孩子了。那时的建平还只是个十岁的顽童，但确切地说他并不顽皮。他之所以还能记住他是因为他的安静和自己的严肃不相上下。这个看起来毫无关联的共同点是他教他放风筝的那个下午偶尔发现的，并使他有种说不出的不安。那是阳春里刮着风的一天，他正路过同乐楼下。孩子一遍一遍地想将风筝送上天空，但那只能是一种妄想，因为风筝的规格根本无法使他实现。他记得建平那时长相纤弱，一双眼睛落落寡欢，只有上翘的嘴唇显出一丝倔强和执着。他走过去时天上多了一只风筝，不过他即使是后来建平提醒，也忆不起当时做了什么。

"那些磨坊朱家人又干上了，就连巧珍的那个磨坊也开张了。"怀英说。

他用比弟弟还惊疑的目光看着弟弟。事实上，那些磨坊一开始建平就怀疑是赵怀礼暗地里搞的鬼。他在那座被蜘蛛和蟑螂蛀空的仓库里找到了那本破败的账本，以使怀礼屈服。怀礼对那些所谓的账本看都没看一眼，因为那些磨坊属于他的财产不是因为那些证据，而是因为他的心里。

几天后，在逍遥楼旁边的小酒馆里，两个人激烈地争吵起来，但结果却是完满，原因是两个人都做出了让步，赵家拥有蓝镇三分之一的磨坊，其中包括巧珍的那座磨坊。两个人喝着酒，建平竟然提起了放风筝的事，在一阵战栗的温馨中拉近了两个人的距离。可是不久，在处理蓝江边的那片土地的时候，矛盾的产生是不可调和的。建平的理由很充分，那些土地的拥有是在盘古开天地的时候就已经注定是朱家的财产了，现在是以后是将来更是，绝不会因为距离赵家近而有丝毫的让步。他带着家丁日夜守候在土地上，他的决心就好像是朱家没有了这片土地就无法生存了一般。那些家丁简直就是一堆破铜烂铁，刚刚与赵家的十九个勇士进行了一次接触，就溶化成任意横流的汨水。建平站了出来，他的目光清冷冻结了勇士们的热情。怀礼站在土地的边缘，直视着这个身材纤柔的对手。对手用同样的目光回击着。蓝镇从来没有发生过这样的事，出于义愤而不是好奇的人们一起站在了建平的后面，他们手中握着棍棒，就像当年支持怀礼赶走货郎那样支持建平。赵俊杰听说侄子在与朱家殴斗，气得要死，但他在侄子面前什么也不敢说。巧珍因为怀礼是大伯子，说话不方便，去找文清。文清正在给孩子们讲故事，这是她新近为打发寂寞时光的新方法。文清放下手头的书，看着江边，幽幽地叹了一口气："那是早晚要发生的事。"还是余平清醒，他请来了镇长。镇长已经好久没露面了，他还和原来一样和蔼，不见一点衰老的迹象。他甚至没和任何人打招呼，就拉起了两个人的手，走进了他的办公室。十几年未使用过的办公室空气清新窗明几净，两个对手坐在桌子的两端，他坐在中间。他掏出烟袋不紧不慢地按上烟末点着，就好像在盛夏的傍晚在大树下乘凉那样悠闲。他的神情马上让建平和怀礼意识到，蓝镇的最高长官并不是一个花瓶作为摆设。当镇长第一口烟喷出来的时候，也同时宣布了判决的结果。他强调了判决的理由，他说据他了解，这片土地虽然自古以来为朱家所有，但以往那些都是一些荒漠的土地，是赵家近几年的耕种才使原本贫瘠的土地变得肥沃，因此这片土地应该是朱家和赵家各拥有一半。建平对这种和事佬的判决提出了异议,他认为这种判决是一种概念不清的糊涂判决,土地是朱家的,不存在什么肥沃与贫瘠之说,只存在归谁所有的说法,赵家近几年无偿使用土地朱家没有收取租子这本身就是一种恩赐。"我将向主人建议解除你的镇长职务。"建平临走的时候说,"因为你是个糊涂的人。"

"你看,镇长大人。"怀礼摊了摊手,脸上露出了苦笑,"这是一种土匪行为。"其实,他在来办公室的路上就做出了决定,只有把整个土地都判给了他才能满足他的愿望,他无法忍受朱家人在自己的门前跑马走犁。这是一种意义,意义的关键是征服的驱使而不是土地的价值。在这种各怀异愿的判决中,结果是可以预料的。没有人怀疑接下来要发生的事情。建昌插手了,他没有解除镇长的职务,却将卫队的指挥权交给了建平。他命令建平率领刚刚武装起来的家丁和为数不多的卫队守候在江边,显示捍卫土地的决心。这种决心被赵家视为一种公然的挑战行为,第一个感到侮辱的是怀明。怀明跟随哥哥的几年中,已经具备了哥哥的几分胆气。他与那些愤愤然的勇士和赵家族人聚集在门前,盯着朱家人在自己的门前走来走去,不过,在没有哥哥出现的情况下,他没有贸然出击,他把内心的激情化作了一丝怨怪埋在了心底。但他从来没有怀疑过哥哥的胆气,这种心理一直伴随他走过了余生。怀礼不是对这件事不关心,而是他认为暂时不必去理会,因为距离秋收的日子还很遥远。他现在最主要的任务是怀仁的婚事,怀仁的婚事在去年冬天就定下来了,两个人已经到了婚嫁的年龄,但怀仁对于婚姻的事并不热衷。他的观点在平常人看来有几分荒唐,因为他觉得这种结婚充其量来说是一种形式,他还强调两个人要是好的话直接搬到一起就算了,何必让所有的人都知道呢。怀礼没有理会弟弟的见解,相反他表示婚礼的盛况将是空前的。怀仁对哥哥的决定无能为力,因为家里人都站在哥哥的一边。尤其是叔叔赵俊杰,打从婚期定下来的那天起就已经在内心谋划自己该干什么。到婚礼举行的那天,他呕心沥血的刺绣成功地张挂在殿堂正中的墙壁上。刺绣上大片花朵招来了成群的蜜蜂,人们不得不用拂尘一次一次地驱赶。巧珍正指挥女佣们将文清剪的窗花贴上窗户,怀明则重操旧业,教起了族人们舞蹈,他的舞技一点也没有荒废,招来了一群又一群的蝴蝶。怀英早在一个月前就天天指挥着仆人们打扫院子布局花坛,到婚礼这天院子里开满了成片的百合和玫瑰。怀礼的几个夫人被婚礼的这些摆设惊呆了,她们一点手也插不上,只得用心来默默祝福一对新人的幸福。张先生还没有从朱成文的理论中完全醒过来,他染上了和朱成文一样的毛病,喜欢自言自语，但当他的夫人准备礼服的时候，他用脑际最后的一点灵光，为他们写了一副对联，但因内容荒唐未被采用。结婚那天，赵家的族人根据描述仿造出朱成文那样的马车，虽然有一定的差距，但这辆马车还是引起了轰动。马车经过大街，所有人都为轿门里的新娘祝福，他们燃放鞭炮敲锣打鼓，就好像在庆祝自家的女儿出嫁一样。而惠予坐在马车里，直到此时她才知道终结少女岁月原来需要一场欢乐的庆典。怀仁戴着礼帽，穿着蓝色的长袍，胸前还佩戴一朵大红花，他拒绝哥哥的建议用本族的风俗迎接心爱的女人。婚礼一直持续到深夜才达到了高潮，建昌和建平带着丰厚的礼物走进了赵家大门，这是人们共同期望的结局。惠予的到来改变了家里的严肃气氛，她百灵鸟一样的笑声和与生俱来的活泼天性给家里注入了一股清新的空气。没有人能想到这个长着娃娃一样的脸庞的女人，生活居然很有规律。她每天早上起来都领着孩子们晨读，将近八点把饭菜端在丈夫的面前，和妯娌们一起做女人们的事情，傍晚会陪着丈夫散步，然后听一会儿丈夫吹奏的葫芦丝，十点准时睡觉。妯娌们都喜欢她，而她与巧珍的感情尤其深，与文清的交往比较少。文清虽然长得文静清秀另有一股子少妇独有的气质，但与惠予相比就显得古板阴郁，这正是她与丈夫和儿女无法融合的主要原因。她已经忘记男女交欢的乐趣，也好久没有和儿女见过面了，她甚至忘记了他们的长相。也不是没有收获，这段时间，她重新关注起家里的各种开销。这种关注是在悄无声息中完成的，以至于她把每天开支的情况交到丈夫手上的时候，怀礼还认为是他让她做了这些事。"家里得有这么一个人来管家。"丈夫说。就这样，她成了家里的财政部长，大到收取地租，小到买一把牙具，款项的收支都要经过她的手，她把家里打点得井井有条，父亲经商的基因在她这里不仅仅得到了延续，而且还被她发扬光大。其实，与其说她热衷于此事是因为她获取权力的乐趣，倒不如说没日没夜的忙碌帮助她从寂寞的殿墟中解放出来。她过得不错，因为她居然跟着怀明学起了舞蹈，虽然她腿脚笨拙令人发笑，但谁也不敢笑出来。她进步很慢，但不久还是入了迷。她学得很专心，怀明教得也很用心，有时他会待在嫂子房间里整整一个下午，只为一个简单的动作。怀明从嫂子的身上体会到了古人为什么要造坚毅这个词，也从嫂子身上找到了久违了的女性温柔。舞蹈搭建的平台很快让他们无话不谈。在舞蹈间隙的时候，两个人开始还相隔五步远的距离进行谈话，后来就窃窃私语起来。"你还是娶个女人吧，看看怀仁都结婚了，你还在那里独挑。"她说，"你看上哪家的女子就告诉嫂子，嫂子给你办个体面的婚礼。"

"谁也不找，就这样挺好。"怀明心不在焉地说。"你总不能这样浪荡一辈子吧。"嫂子更加语重心长，"鸟儿总得有个窝的。"开始，怀明觉得嫂子类似这样的话就是母亲，可是在后来相处的日子里，怀明害怕起来，他觉得自己在经过无数的风花雪月之后，此时他才为爱情找到了归宿。那些日子，他不敢见女人，也不想见她，可他又想迫不及待地见到她，即使在她身边坐上一小会儿一句话不说就嗅嗅她身上那股独特的味道，看看她那幽潭一样的眼睛。女人好像根本没有觉察他的变化，相反把他们谈话的距离重新恢复到了五步远的地方，不过谈起话来更加高兴。一个清冷的雨夜，女人像平常一样在屋子里等着他，只是脸上施了薄粉，眼神中也有了几分流转。嫂子没有让他教跳舞，而是让他陪喝酒。他喝了。然后，他放肆地瞅着嫂子的脸和胸脯，就一跃吻了嫂子的脸。嫂子挥手给了他一记耳光，但脸上的感觉告诉他，女人是借着耳光向他表达温存的爱意。他借着酒劲将女人掀翻在床幔之中，女人也借着酒劲撕扯着他的衣衫。与他相比，女人更怕在打斗中弄出声响，因为在他还没有完全丧失理智之前，女人在打斗中甚至还为他梳拢了两下头发。他使出了在逍遥楼里学来的一切手段，很快让女人就趴伏在他的身上。这时他才感到，女人焦渴起来比女人庄重起来更为狂野，他不得不用被角塞住了女人的嘴，以免她发出狂呼乱叫搅扰了家人的休息。激情的狂浪中，爱情的魔力让她忘记了丈夫的存在，让他忘记了哥哥的存在。当酒香和蜡烛的"嘶嘶"声重新将两人唤回到五步远的距离时，两个人都能感觉到彼此内心的恐惧。他们互相对望着，羞涩被无措代替了，接着就是一种负罪感。

"这是第一次，"女人说，"也是最后一次。"

两天后，怀明听到一个消息，文清正张罗着把自己的妹妹文娟介绍给他。得知这个消息后，他还认为是开玩笑，可是不久在家人面前证明消息属实。怀礼很高兴，让文清一手去张罗这件事，他现在可没有工夫去管什么婚事，因为秋天到了。

门前朱家的那片土地侍弄得不怎么样，高粱穗子像缺氧的孩子又小又瘦，大豆秸子上的大豆比干枯的豆秸还凄惨，但赵怀礼还是在一个月明星稀的夜晚指挥着族人将所有的粮食收回了家中。

"这些庄稼放在一起也不敌咱家一亩地的收成，何必为这点粮食去得罪朱家呢？"叔叔谨慎地提醒。

"就是全是草我也要收回家。"

"咱可是世交哇！"

"那是过去。"

第二天蓝镇就开了锅，那些租户相继找到了朱家寻求保护，朱建平第一个跳出来，可是朱建昌阻止了弟弟的行动。那时，朱建昌身边有了几个贴身的侍从，他们的任务是当主人不开心的时候给他注入快乐之泉。其中，有一个叫董凡的年轻人最得建昌欢心，他不仅有一张巧嘴，还会给建昌弄女人。

董凡在大门口接待了这些佃户并给他们出主意，他让这些佃户去赵家要粮食，赵家要是不给就去镇长那里告他们。赵怀礼对这一招早有防备，他让怀英以宾客的待遇接待了他们，并用鸡鸭鱼肉和赵家的高粱酒款待了他们。临走的时候，怀英遵照怀礼的指示给每个人带上了足以付清地租的粮食，条件是过年必须租种赵家的土地。

朱建昌得知这个消息后，哈哈大笑并说着反话："赵怀礼这小子是个高人，这不等于是他赵家往咱们朱家交租一样吗？"他夸奖了董凡，并赏给他一个鼻烟壶。建平没有哥哥这么乐观，他来到了哥哥的房间分析，说要是蓝镇的人都给赵家干活，咱们的田地谁来打理。建昌也担心这个问题，但他草率地把这个问题忽略了。

其实建平长得一点都不讨人喜欢，过于严肃的表情和冷漠的语气即使建昌见了也感到腻烦，但堂弟恢复家族兴旺的骄人成绩是不争的事实。更令他不安的是，他已经从族人的口中或多或少地得到了一些信息，家里已经在私下里议论一个假设，如果让建平来管理这个家，朱家的中兴一定会来得更早。

建平可没有工夫去听这些，他的追求永远都是一些事实存在的现实世界，对于那些虚幻的缥缈的幻境没有一点兴趣。他不修边幅，穿戴也不讲究，甚至在与陈小美做爱前脚掌上还粘着院子里的黄土，他身上的汗臭可以与炼丹时期的朱成文相比。"要知道他是这个德行，我宁愿去嫁个叫花子。"陈小美常常这样抱怨。好在他很少出现在女人的房间，因为他有比与女人做爱更具诱惑的事要做。自从与赵家打斗后，他就无时无刻不在考虑一个问题，朱家需要一群和赵家一样的家丁。他把他的想法说了出来，建昌支持了他。那段时间，他在蓝镇和蓝镇以外网罗了几百个壮汉，他又根据赵家那些壮汉的特点，创建出一套克敌制胜的拳法。这些壮汉在他的调教下创建不出半年，家丁和卫队员们个个皮肤黝黑，骨骼上挂着一串串肌肉。当这些家丁列队走在蓝镇的大街小巷的时候，雄壮的步伐让人们产生了朱成文复活了的幻觉。

　　脚步声在赵家的门口停止，因为赵怀礼早已把自己的队伍排列在门前。建平没有看赵家的家丁是怎么摩拳擦掌，也没有与怀礼打招呼，而是跳下马走进了自家的田地。他观察得那样细致，就像技艺高超的厨师在焖一锅东坡肉。一个时辰后，他来到怀礼面前，严肃地说："就是草，你们也无权来收取一棵。"怀明站在哥哥的身后，他以荷尔蒙爆发时的冲动回击道："这是赵家的土地，没有我们的允许谁要是再跨进一步，我就打断他的狗腿。"怀礼阻止了弟弟的无礼举止，但他用更严厉的眼神告诉对手，他支持弟弟的观点。建平用同样的眼神表明了自己的立场，并手一挥命令家丁们站进了田地。

　　余平打第一眼看见建平带着全副武装的家丁向江边走去，就知道赵朱两家的争斗不可避免。他派仆人去找镇长，可仆人回来说镇长两天前和赵俊杰去山里捉鸟去了。他又去找张先生，可张先生很可怜，他满嘴胡言乱语，还在朱成文的理论的泥潭中挣扎。他就直接来到了赵家，当他看见女婿的眼睛时，他在路上想好的话语和准备发出的一声惊雷般的大喝都消失得无影无踪。他只能走到建平的身边，弓着腰说："难道除了殴斗就再也找不出什么更好的解决办法？"

　　于是，一场摔跤比赛开始了。这是怀礼先提出来的，他说既然朱家有胆量到赵家的门前要威风，那么就有勇气和赵家的壮汉们比试一下跤法。建平欣然接受了挑战，但他提出了摔跤比赛的规则——共五场，必须是一对一，且一人只能赛一场，谁能赢下三场，赵家门前的土地就是谁家的。

　　蓝镇的人们听说了这个消息，像当初涌进朱家喝酒那样兴奋，同时怀着一种好奇。人们围拢在跤场的四周，嘻嘻哈哈地将一场类似于战争的摔跤比赛当成了一场娱乐游戏。赵家第一个出场的是怀礼，怀礼以他的眼神让朱家的壮汉瘫倒在地。这时人们才知道，怀礼的眼睛不仅仅局限于辨别事物，还蕴含着一种超自然的能力。怀礼哈哈大笑，在他的笑声中，赵家的壮汉被朱家的家丁摔倒在地。他惊疑地打量着建平，并立即要求暂停比赛。在与自家的家丁耳语一番后，比赛重新开始。就这样，剩下三场比赛的几对壮汉都闷在那里，就像牛在较力一般，瞪着眼睛，嘴里吐着白沫，最终不得不以平局收场。建平提议加赛一场，怀礼同意了。于是，双方约定，三天后还在这里，进行一次分出输赢的比赛。对于这个约定怀礼和建平心里都有把握，怀礼将输赢依仗在弟媳巧珍的身上，因为他见过巧珍曾经把两头顶架的公牛用两只手轻易地分开，这样的力量连他也无法做到，而建平则把希望寄托在董凡的堂弟外号叫马奎的身上。这家伙走南闯北，说话粗声大气，脚板有滑雪板那样长，手掌有小簸箕那样大，腰板比铁塔还结实，力气大得简直不能用吨位来衡量，据他说，他在南方热带森林里迷路的时候，曾经杀死两头大象来充饥。建平不相信这些，让他的家丁来试他的力气，结果他一个手里提着五个家丁的脖领把他们扔进了荷花泡。他是五天前才来到蓝镇的，他之所以还没引起轰动是因为他一天都不能没有女人，他甚至不知廉耻地说他在一个荒岛上度日的时候，曾经和黑猩猩交配过。那天，他在朱家粗鲁地用完餐后，就迫不及待地一头钻进了逍遥楼。

可是，这场加赛很快就流产了，原因是怀礼自动放弃了比赛。那天夜里，怀礼来到了弟媳的身边，他刚说明来意，就被巧珍拒绝了。她对哥哥说，这种毫无道理的摔跤比赛不仅荒唐，而且没有一点意义。

"我可不想给后人留下笑柄。"末了，她歉意地说，"我毕竟是个女人家呀！"

怀英气得受不了，动手打了巧珍，巧珍哭了。最后，他竟然要用休了巧珍相要挟。怀礼看不下去了，臭骂了弟弟一顿。

"算了，不用摔跤，我们同样会赢他。"怀礼安慰弟媳说，"地一定是赵家的。"

建平乍听到这个消息还认为是造谣，据他了解的怀礼绝不是轻言放弃的人。直到怀礼把他约出来，在蓝镇最大的酒店酒过三巡之后，他才确信消息属实。经过一场纷争之后，两个人竟有一种英雄惺惺相惜之感。

"为了这块只长荒草的破烂地，而伤了咱们两家的和气，不值得。"怀礼感慨地说，"咱们不能再让人们笑话下去了。"

从此之后，朱家和赵家和睦相处，到了冬天怀明与文娟结婚的时候，他们的关系又恢复到了朱家和赵家最好的那个时期。怀明和文娟在文清的撮合下终成正果，但婚事还是费了一番周折，父亲是这桩婚姻的最大阻碍。余平当初不同意无外乎是怀明的人品，因为蓝镇的人没有一个不知道他是个拈花惹草的浪荡公子，用他的话说，他不能让自己的女儿嫁个整天滚在女人堆里的淫棍。不过，他说的不算，文娟早已目睹了未来丈夫的风采，并为之神魂颠倒。打从姐姐回家提起婚事之后，她就停止了喝茶，因为茶叶是晾干的烟草。她也停止了吃饭，因为吃饭会占去她很多想象时间。余平急坏了，一个礼拜后他就决定把女儿嫁出去。婚礼那天，漫天的大雪飘落下来，雪花有婴儿巴掌那样大，人们不得不清除积雪让新娘的马车通过。出于尊重，朱家在建平的主张下，派出了卫队以壮声势。震天的鞭炮声和热闹的唢呐声响彻山谷，欢庆的笑声让蓝江上的冰面融化了，并荡起了一道又一道的涟漪。朱建昌和朱建平都未参加婚礼，建平拒绝了赵家的邀请，建昌没有参加是因为他和赵家的芥蒂，不过他还是派董凡代表他出席了婚礼的庆典。怀礼热情地接待了他，就像朱建昌亲自来了一样。他把董凡让到了首座，没在乎董凡及同来的几个人的傲慢，为他们倒酒夹菜，甚至让新郎为他们表演了舞蹈。晚上，怀礼把酩酊大醉的董凡扶进了自己的卧室，两个人并排躺下，品着五夫人亲自端上来的龙井茶。怀礼说了朱家给赵家的恩惠以及父亲和自己与朱家的渊源，然后和董凡商讨蓝镇的未来设想。他说，蓝镇要重新修缮那条南北走向的大街，东西走向也要开辟一条这样的大街，这样更方便人们到商店或药房等场所购买东西。路旁还要种上银杏树和花草，为了使花草树木拥有充足的水分，他打算从蓝江边开凿一条水渠，水渠一直通往镇子的中心，那里将有一个水上花园。但这些设想只能是设想，因为以上的这些设想只为他的话做个引子。

"我已经和建平商量好了，"他欣慰地说，"明年就动工，他确实是朱家的顶梁柱。"

董凡对怀礼的设想同样不感兴趣，倒是对怀礼的这句话感兴趣。晚上，他同样像是在怀礼的床榻上躺在建昌的对面将怀礼的话一句不漏添油加醋地说了一遍。

"他至少要和你商量一下，你是管家。"建昌沉默了一会儿说，"更应该让我知道，朱家暂时我说了算。"

"家人现在可都是把他当作主人哪，这个家里，大家只知道有朱建平不知道有朱建昌。"接着，董凡自轻自贱地说，"我在他面前就像一条狗。"

第二天早晨，朱建昌坐在同乐楼里，麻木的面部让人们想起了头狼要发出攻击前的表情。建平是最后一个进入同乐楼里的，建昌没容他坐下来就下达了命令。十个家丁用麻绳牢牢地将他捆住。他没有反抗，只是头抬得高高的，质问哥哥为什么捆他。

董凡向众人宣布了抓捕建平的理由，说他在执掌家政期间侵吞了地租并接受了赵家的贿赂，致使赵家白白地种了那么多年的地。

"这是莫须有，"建平大声骂起了哥哥，"你简直就是糊涂蛋，这个家早晚会败在你的手里。"

几天后,董凡带人去抄建平家产的时候,居然让他也同情起这个对手了。他从这里带走了一双建昌赠给建平的靴子,两套棉大褂,一顶建平结婚时的帽子,家里甚至没有一个铜板。陈小美穿着粗布衣裳站在角地上,浑身发抖。他的身体也跟着发抖,然后他就无心再拿别的东西了。

建平被关在当初关他父亲的地牢中。建昌决心重新掌管家务,可是两天后他的毅力就被繁重琐碎的家务击垮了。他把那些账本和仓库的钥匙往董凡的面前一推,就去和董凡弄来的那些女人捉迷藏去了。他对族人恳请释放建平的呼声置之不理,并指示董凡立即采取措施。董凡把那些恳请的人集中到一起,然后一起将他们打出了蓝镇,让他们自寻活路。

建平在地牢中每天都盼望哥哥的反省,在此期间,他练就了一种排除关于对他种种不利传闻的干扰,此时他由衷地发现,原来自己的性格和牢房里的空气是一对孪生姐妹。也不都是消沉,他在牢中居然找到了破解赵怀礼神秘力量的办法。他对那条他和怀英共同寻找父亲的隧道不感兴趣,他还不想这么早去那个黑暗世界。有时,当月光在地牢中央投下一孔碗底大忧郁的亮光的时候,他会想念一下妻子,但妻子的身影和面庞在他的大脑中只存在一个模糊的轮廓。他想等他从这里出去后,他们应该有个孩子。

"总有一天,我们还会像祖辈那样行走在蓝镇的大街上。"这是他每天醒来要说的第一句话。

他的幻想在第一年后得以终止,因为人们已经忘记在地牢中还关着一个犯人。他能用怨恨和失望来填饱他的肚皮,可是他的肚皮却无法击败死神。那天正是马奎走进陈小美房间的日子,他不知欣赏只知发情的弱智情商帮了他的忙,使他的情商达到了最高境界,以至于无法领略陈小美美艳的惊惧。他动作粗鲁而不失敏捷,风月场上的历练早已使他失去了耐性。可是物极必反的效果,却使陈小美享受到了交欢的甜头。

"下雪了。"外面的人喊。

"天哪,六月雪。"她一把推下了身上的磨盘,"他死了。"她透过窗口向外望去,雪花连成一片,像一条条白帆布似的从天而降。

马奎是董凡去逍遥楼请来的,是让他来担任朱家这帮家丁的头领。马奎拒绝了这个充满诱惑的头衔,他觉得逍遥楼里是他一直追求和向往的地方。为了这个

地方，他游走了大半个世界。堂哥的啰唆让他很不耐烦，攥着小钵一样大的拳头警告堂兄，要是再来搅扰他的安宁，就让堂兄尝尝油盐酱醋的味道。可是两天后，堂兄就让堂弟屈服了，他不仅甘愿担当头领，而且保证永远不离开朱家半步。

"真是不可思议，"他说，"天下还有这样的尤物，她拥有了逍遥楼所有女人的优点，还说爱我。"

八

龟裂的大地，干枯的河流，尘土飞扬的街道，饥寒交迫的人群，这就是蓝镇的现状。老天好像有意要考验人们的承受能力，白天一轮骄阳，晚上一轮明月，致使蓝镇夏天像火炉，冬天像冰窖。持续的高温让空气也像开水沸腾起来，而酷寒又让空气变成了一坨透明的冰块，大旱持续了两年零三个月。在此期间，极度的干旱枯死了大片的山林，饿死了老虎、野猪和麋鹿，田地已经成为除了在上面行走时，期待的无用的东西，因为所有的田地全部绝收。人们后悔春天下到地里的种子，因当初的侥幸心理而浪费的粮食，他们早就预测到天不会下雨。粮站只不过是摆摆样子的空壳，所有的商店全部关门，满街的招牌幌子在热浪的激发下左右摇摆，像坟地里的招魂幡。成群结队的狼群无视人类的强大，向蓝镇发起了一拨又一拨的进攻，但它们的进攻是人们所期望的。当最后一个狼群出现在蓝镇大街上的时候，人们甚至不用进攻就可以把它们作为充饥的食物，因为狼们宁愿被人吃掉，也不愿意再挨这受饿的日子。开始，在青黄不接的季节里，赵家在镇子的北面设立了一个粥点，朱家在镇子的南面设立了一个粥点，两家都用当初举行盛大酒宴时的大锅煮玉米粥和高粱米粥，翻腾的稀粥和饥民争抢的场面熔化了沸腾的空气。赵怀明因为当初和逍遥楼的渊源，主动承担起了那些妓女的粮食供应。逍遥楼的生意一落千丈，妓女们个个面黄肌瘦、骨瘦如柴，不过也不乏苦中作乐之徒，他们只需一碗粥就可以与这里最美的女人单独相处两个时辰，后来谁也不来了，因为那样太耗精力。余平腰缠万贯，但现在和那些饥民一样穷，他的那些金银甚至连乞丐都不愿意要，好在他有两个好女儿。怀仁和惠予去接张先生，可张先生不愿意，还大喊大叫说他哪也不去，他说他很庆幸自己的青春岁月提前到来。

朱家的舍饭只坚持了三个月，其实当初朱建昌之所以舍饭也就是摆摆样子，他是看着赵家这样做才跟着做，内心却心疼得受不了，因为他希望同乐楼里的女

日升日落

人们永远像浇了水的鲜花那样娇嫩。当南面的饥民都涌到了北面的时候，赵怀礼毅然决定接纳这些饥民。当天晚上，赵怀英受哥哥的委托来到朱家。当他说起要在蓝江边开凿一条水渠来灌溉田地的时候，建昌欣然接受了这个建议，并责成董凡协助怀英工作，工程的费用由赵朱两家各出一半。工程就这样开始了，自然灾害让敌人成了朋友，让女人成了男人，让老人青春焕发，让孩子提前长大，就是逍遥楼里的女人们也倾巢而出。巨大的工程原本计划在五个月后才能完成，结果他们只用了一个半月。当第一批庄稼破土而出，在人们抛却忧虑的欢笑声中，天空巨大的轰鸣声即使像赵怀礼这样具有超常定力的人也惊恐万状。铺天盖地的蝗虫顷刻之间将禾苗、树叶和衰败的野草收拾得干干净净。蓝镇的哭号声盖过了蝗虫的轰鸣声，人们争相将女儿送到赵家的门前，为的是女儿有一口饭吃。不久，蓝镇传出一个可怕的消息，说一个哥哥杀死了自己的弟弟暂解饥饿之苦。还听说，一个母亲不忍幼小的女儿饥饿时看自己的眼神，花掉十两银子雇人将其掐死。一天傍晚，人们看见从赵家抬出了一具尸体。巧珍死了，超出常人的饭量使她选择自己结束生命。这是蓝镇自古以来最悲壮的葬礼，饥民们自发跟在棺木的后面，送葬的队伍站满了蓝镇的大街小巷，没有悲哭喊叫，没有言语表情，因为在饥荒的年月死亡已属正常现象。待巧珍的坟头添上最后一锹土，待人们看见赵怀礼的脸上露出了一丝苦笑，人们知道赵家已经做了他们力所能及的事。他们把矛头直指朱家，他们认为是朱家的自私才让蓝镇这么多人饿死。愤怒的饥民拿起棍棒农具，在乱哄哄的叫嚷声中向朱家开发。就在这时，车轮碾压大地怀着几分疲惫忧郁的声音从遥远的蓝镇对面的山谷中传来。镇长坐在车上，没有和欢呼的人群打上一句招呼，他好像是被车轮的声音搅扰得麻木了，竟至来到了赵家的大门前，然后对前来迎接的赵怀礼抱了一下拳，就走进怀礼的卧室。赵怀礼命令族人卸车，然后开始做饭。

其实，在朱家刚刚停止开灶周济灾民的时候，镇长曾经先后三次来到了朱家，可朱建昌拒绝见昔日的老朋友。镇长对这个铁石心肠的老朋友没有半点埋怨的话语，而是独自站在门口沉默良久。

"这样是要遭报应的。"镇长最后说，"我该考虑镇上的治安该由赵家维持了。"

从这天开始，赵家接管了蓝镇的治安。朱建昌乍听到这个消息后哈哈大笑起来："这个镇长，还这样愚，他认为他有多大的权力呀，我还用他是因为我们以前的交情，也好，就把那些卫队给他，看他给他们什么吃，他也不想想，在蓝镇，谁还能像我们朱家的家丁这样强壮，个个赛牛犊。"他说的不是假话，那些卫队员谁也不愿意回到镇办公室，因为那里什么也没有。就这样，五百个家丁因能填饱肚子，早已把父母兄弟妻子儿女忘在了脑后，有的甚至与朱家的丫鬟和用人另成了一个家。

"如果说哪里现在还像个世外桃源，这里就是。"董凡对朱建昌说，"你要是哪天想在大街上逛逛，镇上的治安我们随时拿回来。赵家那些饿鬼，能撑得住？"

赵怀礼不仅撑住了，而且做得有模有样。他把族人和饥民中的青壮年集中起来进行选拔，分成八支队伍，日夜巡逻在蓝镇的大街小巷，以阻止人吃人的现象。镇长对赵怀礼大加赞赏，这正是他把粮食交给他的原因。朱建昌得知镇长将粮食全交给了赵家，火冒三丈，决定去找镇长讨个公道。那天，他坐着他父亲的那辆破旧的马车招摇过市，马奎剃着光头手里握着一把禅杖走在前面，偌大的脚板拍打着地面与家丁的口号声合辙合拍。他坐在车上洋洋得意，就像巡查一样，居然没注意到蓝镇几年来破败的变化，就是那些饥民排起的长队他也觉得是一群与己毫不相干微不足道的蝼蚁。他和身边的两个女人喝着甜酒谈笑风生，他胖起来的样子有几分像他的父亲。令他不快的是，他的旅行被赵家的卫队中断。赵怀礼站在巡逻队的前面，长期饥饿使他的脸色黑里泛着青光，头发也有些蓬乱，嘴唇有几道干裂的口子。他走上前来，傲慢地抬起头，眼睛里射出一道足以使朱建昌身边女人惊声尖叫并抱住了男人的胳膊，同时也使朱建昌的身体跟着颤抖起来的光芒。他慢慢地转过头来把目光对准了马奎，然后也不说话上前扭住了马奎的肩膀。那时，饥民们也停止了吃饭，人们要见识一下一宿要睡掉逍遥楼里女人的马奎厉害还是一个人击败了五百个货郎的赵怀礼厉害。结果，他们很失望，他们期待持久的打斗瞬间即告结束。马奎吼声震天，可刚一出招就被怀礼像当年将老虎抛进森林那样摔倒在地跌破了额头。后来马奎总结，这次失败并不是输在力气上，而是输在心理上，怀礼威严的目光使他惊慌失措。

"那眼睛像老虎，"他过后说，"我是稀里糊涂被摔倒的。"

建昌默认了这一事实。"用不了多久，"末了，他好像安慰自己，"他就会手无缚鸡之力。"

他的预测不幸被言中。镇长和赵怀礼两个人没有想到灾荒持续这么久。第二年春天，镇长又来到了朱家的大门口以镇里的名义征收朱家的粮食，因为运来的

粮食已经所剩无几。和前三次一样,朱家没让他进大门,朱建昌甚至在门楼上摆上酒桌,怀里抱着女人来嘲笑镇长,气得怀礼要率领卫队攻打进去,可是被镇长阻止了。镇长再次踏上寻粮路,怀礼不放心,担起了护送的任务。于是,两个人在走之前安排了镇子里的事宜。怀英负责继续在粥点舍饭,只是由一天的两次改为一天一次,而怀明负责训练卫队和维持治安。怀仁对哥哥们的善举称赞有加,并积极地投入到了重新修缮水渠的任务。他亲自上阵并指挥族人和饥民们将水位下降的蓝江成功地引进了每块田地,只等着镇长和怀礼拿回种子即可播种。

这种等待是焦心的,饥民们每天吃完只有几粒米的稀粥后就自发地来到村口眺望,他们的热望比天上的太阳还热烈。但还是有一些生活乐趣的,张先生自从来到了赵家,不知道是饥饿还是怀仁的话起了作用,他再也不整天嘟嘟囔囔六神无主了,但还没有完全恢复常态。不过,他已经能在傍晚闹哄哄的热气里和余平和赵俊杰下下棋打打牌了。赵俊杰对儿子和侄子很放心,对家里的事从不过问,只是想起巧珍的时候,才会把孙子德勤、德俭搂在怀中。余平也把家搬了过来,他把家里的金银财宝一半分给了文清一半分给了文娟,可怀明要求文娟把那些金银财宝全部交给文清,夫妻俩为这件事吵了一架。虽然文娟对嫁给怀明称心如意,但她对怀明与姐姐之间的微妙关系还是有一些觉察。那全渊源于一只鹦鹉,鹦鹉是文娟除了怀明之外最心爱的宝贝。这只玩物从文娟出生的时候就来到了余家,它和文娟一起长大,据说长久与人类接触,已经具备了一个孩子的智力和语言能力。一天晚上,怀明走进文清房间的时候,鹦鹉接踵而至。说实话,它并不是有意跟踪怀明,而是出于主人对自己的冷落和对文清的嫉妒。第二天早上它就惹了祸。这家伙蹲在大门口对进出的每个人一会儿男声一会儿女声喊叫起来。

"色鬼,你怎么又来了?"它用女声嘀咕。

"想你了嘛!"它用男声调皮地回答。

"文娟就在对面的屋子里呢。"它扑腾着翅膀咯咯地娇笑起来。

"才不管她哩!"它说着便用嘴去咬扯自己的羽毛。

然后,它一会儿在地上打滚,一会儿在远墙上抖动翅膀,一会儿学喘气的声音,一会儿学女人尖叫的声音。所有的人都顿足聆听哄笑。开始,文娟还认为这宝贝是传扬她和怀明的房事。"该死的东西,"她爬上门楼,"等我捉住你,看不拔光你的毛割掉你的舌头。"可是,不久她就从鹦鹉的声音中感觉到那笑声和尖叫声是姐姐的。她冲进姐姐的房间,大吵大闹,冲动使她昏了头,忘记了自己和姐姐的关系。

"你坐下,"文清严厉地说,"捉奸拿双,一只鸟的嘴巴就让你胡说八道,不嫌丢人。"

"是我不嫌丢人,还是你不嫌丢人?"

怀礼对文娟的做法很生气,出于让别人觉得这是子虚乌有的事,他对怀明委以重任。这种信任对怀明和文清来说是个打击,两个人都暗暗决定——有生之年再也不越雷池半步。不过,怀礼从此再也没有进入文清的房间,家里的一切也委托灵灵管理。这个年轻的管家什么也不懂,丢三忘四闹出不少笑话,但贪欲强烈使她刚一接手就把所有的金银财宝搬进了自己的房间。对于文清来说并非不是好事,那几位夫人聚集在文清的房间,外表上是安慰,添油加醋的态度证明她们嫉妒的心理在作祟。

"我还不愿意管呢,"文清说,"这样我可有时间绣花了。"

她说到做到,坐在屋子里给怀礼绣坐垫,给每个孩子绣虎头鞋,给每个女人绣围巾,她甚至给灵灵也绣了一个装账本的挂包。她又恢复了刚嫁到赵家时的文静模样,给孩子们讲故事并和孩子们在后院捉蝴蝶,只有在傍晚时分才走出院落,在江边和附近的地里走上一下散散心。她对妹妹曾经的大吵大闹一点不在意,好像从来没有发生过什么不愉快,她确实像个大姐姐的样子对妹妹问寒问暖,以至于连文娟也感觉自己冤枉了姐姐。只有怀礼感到不安,怕自己的预感成为不可更改的现实,但他已经在考虑对付女人的办法。怀明简直不能自制,顺从和狂野尘埃落定之后,女人的庄重和超常的平静重新激发了他的性欲。所以,当哥哥刚离开了蓝镇,弟弟就迫不及待地闯进了女人的房间。昏暗的烛光下,女人正把绣花针扎向牡丹花的花蕊。

"滚开。"女人绷着脸说,但并没有推开他的手臂。他把脸凑近女人的面前笑。他怪诞的笑脸让女人莞尔一笑。于是,他站在地上为女人跳了一段舞蹈,嘴里还哼着关于思念的情歌。当他再次抱紧女人的时候,女人也拥抱了他,女人拥抱的力度告诉他,女人比他的思念更悠长。

"鹦鹉。"女人调皮地说。

在两个人昏迷前,他们的脑子里可没有什么鹦鹉,但哥哥的眼睛成为弟弟的心悸,妹妹的眼睛成为姐姐的障碍,这倒是不争的事实。不久,当这种心理障碍全部消失的时候,文娟又冲进了姐姐的房间大哭大闹。

余平实在待不下去了,带着家人重新回到了老宅,发誓就是饿死也绝不回来。就是向来以娇惯孩子的赵俊杰也对儿子的大逆不道发起了火,他甚至暗示儿子家里家外的女人那么多,为什么单单要和这个女人纠缠得不清不混。怀明没有说什么,他心里盘算着等哥哥回来该说什么。而怀仁却不同,他一改宽厚的面孔,严肃地斥责哥哥和嫂子。他言辞激烈和他奏出的音乐声一样有威力,但结果却恰恰相反。家里人都失望了,他们只能等待怀礼的归来看一场扭断脖子的悲剧。

一个月后,当赵家所有的粮食只够两顿吃的时候,在人们焦灼的等待中,一阵清脆的马蹄声来到了赵家门前,赵家的主人回来了。他面容疲惫,满眼血丝,身上还中了刀伤。还没等人们问他发生了什么事,他就说和马奎打了一架。原来朱建昌得知镇长去拉粮食,就派出了马奎在半路伏击。马奎对怀礼心有余悸,朱建昌给他出主意——不要看怀礼的眼睛。他们没有想到,蓝镇以外根本没有什么粮食可寻。他吸取了上次的教训,确实没看怀礼的眼睛,不过在一番较量之后,他明白自己要击败怀礼需要的不仅仅是力量,更需要一种勇气。当怀礼又一次把他摔倒在地的时候,他跪地求饶。怀礼没有为难他,但提出了一个要求——他有生之年再也不允许踏进蓝镇一步。怀礼刚刚一进院就大喊大叫,要找怀明。赵俊杰吓得脸色煞白。怀礼则说,他在与朱家家丁打斗中与镇长走散了,要怀明快集中队伍出去寻找。怀明得知哥哥进了家门,就急急地去了一趟文清的房间,然后就躲在没有人知道的角落里愧疚与祈祷。怀礼没有理会,接着又大喊着饿,他已经三天三夜没吃饭了,要怀英拿吃的来。怀英犯了难,因为家里确实没有现成的饭菜供哥哥食用。家里简直乱了套,他们对当家人的归来是既兴奋又害怕,生怕主人的愤怒转嫁到自己的身上。这时,文清的房门打开了将怀礼迎进房间。文清打开自己的柜子,从里面端出了糕点和一坛赵家自制的高粱酒,这让怀礼惊诧万分。文清解释,说这些东西早在灾荒之前她就准备好了,只等他的到来。

怀礼吃着糕点,喝着酒,情绪又恢复到以前的模样。他的持重和威严以及若有所思的神态一时让文清忐忑不安。

"你过来,"怀礼指了一下身边的椅子,"今天夜里我留在这里。"接着他打量着自己的发妻,这个外表文静庄重的女人没有因饥荒而销蚀自己的美貌,相反倒像久旱荒漠中的胡杨愈加出落愈加有味道。他仿佛看见了那个把钥匙塞到自己手中的新娘,那个他在去家乡路上思念的少妇的脸,那个他因传言而冷落的眼神,那个他再也没有兴趣的胴体,那个他感到失去了也无所谓的心灵……最后他在万般无奈中从女人依旧清澈的眼睛中找到了对手的眼睛。

"明天还由你来掌管这个家。"他喝下了最后一碗酒,然后就一头栽倒在地上。

"我还认为他喝醉了呢。"第二天早上,文清万分悲戚,大喊大叫。而怀明却宣告,哥哥是饿死的。

怀礼的尸体停放临时搭建的凉棚下,尸体上盖着红布,一缕香烟飘摇直上,案板下一盏忽明忽暗的长明灯上下跳动,赵德治和三个弟弟跪在灵前焚香烧纸。与家人和饥民们哀声震天相比,赵洁没有掉一滴眼泪。她走近父亲,用纤细的手指挑开红布,注视良久,然后就不允许任何人将红布盖上。

"他还没死,"她轻轻说,"你看,他还在笑着呢。"

人们对她的话语目瞪口呆,因为在场的人没有一个看到怀礼的笑容,相反死着的怀礼比活着的怀礼除了更加威严外又加上了可怕。赵洁不管这些,拉着母亲去看父亲,可母亲说什么也不靠近,倒是德治走上前来摸了父亲的脸庞。

"你就在这守着,谁也不准把红布盖上。"赵洁吩咐弟弟,"我去找郎中,他一准能让父亲坐起来说话。"

真的没有人再过来盖上红布。自从赵洁到了十五岁的年龄,就拥有了与往日活泼好动相反的性格。她整天把自己圈在闺房中阅读张先生抛弃的书籍,她专注的模样既文静又庄重,与其用睡莲或者是雪莲来比喻她,倒不如用月亮来比喻她更确切,其实用月亮来比喻不如用平静的海面来比喻更深刻。没有人轻易进入她的房间,除了怀仁和惠予来她的房间外,父亲偶尔也来此小坐,且也仅仅只是小坐而已。女儿让他局促不安,因为女儿拥有一双清澈无比和浩瀚深邃的目光,他总担心女儿这双眼睛能洞察他的隐秘。她能吟诗作画,她做出的词早已被怀仁谱成曲子在蓝镇传唱。她有一副融化冰雪的好嗓子,她的话语就像春风拂过面庞那样轻柔,但她从不轻易唱歌。这个家里,她最能谈得来的人既不是她的父亲也不是她的母亲,而是她的继奶奶兰花。她说继奶奶身上的东西就好像是泥土里散发出的清香,到什么时候也不会改变。她的美貌简直让人不敢看上一眼,所有见了她的人都有同感,即使陈小美也不例外,所以人们所说的看见她,那也就是自己的感觉而已。陈小美乍听说这个消息很不服气,决定驱驾前往。临走的时候,她做了有生以来最繁复的化妆,以至于她出现在赵家大门口的时候,那些饥民扔掉饭碗为其抓狂。可是，很快她就离开了赵家，回家后就大病一场。

"我想摸一下她的胳膊，可是不敢。"她气喘吁吁地说，"会碰破的。"

赵洁就这样走出了家门，她拒绝怀明派卫队保护，她觉得那简直是多此一举，因为她确信这个世界上没有什么东西会伤害她。女儿的固执让文清既害怕又生气，但又期望女儿快点离开以便丈夫能在地下早些安息。怀英对哥哥的死表示怀疑，但这种念头只在脑海里一瞬就被近期接连失去两个亲人的悲痛消灭了。家里人也在私下心里嘀咕，但怀明已在家里的每个角落布置了卫队，原因是成天都有大量的饥民前来吊唁需要维持秩序。只有怀仁得知哥哥暴毙的消息心里不能平静，但他温厚的性格使他只能沉浸在忧郁的愤慨之中。哥哥下葬之后，他闯进了嫂子的房间，吹奏了一曲让怀明和嫂子无地自容的曲子。然后，就领着怀孕的妻子和还处在梦呓之中的岳父离开了赵家大院，并发誓有生之年再也不会踏进这个院子。

家里沉浸在一片悲痛之中，人们在短暂的怀疑后，就主动站出来赞成自然死亡之说，这把原本要质问儿子的赵俊杰都搞糊涂了。家里只有文娟一个人说这是个阴谋。她清楚的分析和灵活的头脑几乎触摸到了事情的真相，可大家谁也不相信，都说她疯了。结果，她真的疯了。她整天自言自语又哭又笑，在久旱之后第一场雨的前一天夜里，她饿死在蓝江边上。她骨瘦如柴，让想分食她尸体的饥民们无处下手。灵灵是怀礼死后哭得最悲伤的一个，也是对文清最温顺的一个。怀礼出殡的当天，她在文娟的吵骂声中将所有库房的钥匙和账本用文清给她绣的那个挂包装着，放在文清的面前。

怀礼死后，文清和怀明就没有再见面，两个人像约好了似的，其实是巨大的阴影罩住了两个人的热情，他们彼此都惧怕毫无羁绊的情话牵动地下的冤魂。文清像做管家的那个时候一样忙里忙外，很快就把家里打理得和原来一样井井有条，而怀明则带领一部分卫队到处寻找镇长。只有在劳作的空闲时，他们才会注意到没日没夜从朱家传来的呼喊声和金属相撞的铿锵声。

这种声音早在怀礼下葬的当天就发生了。饥民们在掩埋了怀礼的尸体后，黑压压的人群聚集在朱家的大门旁。他们在酷热难耐的空气中哀求哭喊了一天，在饥饿难耐中辱骂了一天，第三天他们去找怀明，要求他率领卫队去攻打朱家。赵俊杰站出来阻止。

"赵家和朱家是世交，我们就是都饿死了也不会去朱家大院拿一粒粮食。再说了，赵家的卫队是维持治安的，怎么能去扰乱治安？"

于是，饥民们在一个屠夫的带领下准备用圆木去撞击朱家的大门。他们还没接近就被漫天飞舞的利箭射死在门外。他们又制造了云梯，可是朱家的家丁个个膘肥体壮，一个能打他们十个。男人们屁滚尿流，女人们抱着孩子仰面祈祷。后来他们跟着赵家的族人一起吃树皮野草，有的孩子则用观音土充饥。一天傍晚，怀明实在饿得受不了了，他想起了朱家同乐楼里的糕点，他集合了卫队。可是就在这个时候，江面上犹如闪电划破长空——一个大汉踏浪而来。他面如冠玉，美髯飘胸，身背长剑，脚踏软靴，口中高唱李白的诗篇，在人们的惊诧中站在了饥民中间。在经过短暂的寂静后，人群中爆发出一阵欢呼。他就是蓝镇老辈人经常提起的流云剑客，他在深山里居住得太久了，以至于在场最年老的人也没见过他的面容，但剑客根据每个人的长相准确无误地说出了他们祖辈的名字。这简直太神奇了，人们立即像见到亲人一样诉说着各自的悲惨遭遇。三更时分，他听完了所有人的诉说后，蓦地拔出身后的宝剑，弹剑长啸，飘然入院。喊杀声震耳欲聋，一道道银光闪耀在蓝镇的上空，黎明时分在人们忧虑的等待中，大门打开了。流云剑客站在门里，身边没有一个朱家的家丁。人们顺着几个曾经在朱家管仓库的饥民足迹，找到了粮仓。他们又怒又喜，朱家的粮仓里贮存着足以供全镇百姓吃半年的粮食。他们簇拥着流云剑客来到了同乐楼，于是他们就在朱成文经常举行宴会的地方开灶做饭。有人想起了赵家的好处，便去请赵家及族人一起前来用餐，可文清却吩咐怀英用马车拉走了足以让赵家维系到秋天的粮食。赵俊杰对她的这一决定评价为她不是个落井下石的小人，从此消除了对她的敌意。我敢说这是蓝镇有史以来最热闹的场面，这并不是因为场面如何宏大，而是因为人们的吃相，他们的吃相滑稽而奔放，就像非洲草原上饥饿的狮子，吃得那样贪婪那样粗俗，以至于一批人在饱餐之后不得不和自己的亲人说永别，但他们的脸上露着笑。流云剑客和众人一样席地而坐大吃大喝，他的身边坐着鱼儿娘和逍遥楼里的女人，这时人们才知道，剑客的性格与他的外表恰恰相反。他大喊大叫并不断地和身边的女人调笑，就像从来没见过女人似的，他毫无忌惮，根本不必管什么众人的目光。他大声朗读诗篇，又放声歌唱，但他的歌喉像是破锣，使进餐的人们翻肠倒肚。在人们的一阵哀求声中，他停止歌唱，但他又大声问大家。

"你们觉得干什么最好？"

众人齐声回答："过年。"

他同意了。他提出了要天天过年的条件,他说要天天过年就必须要找到朱建昌。于是,在没有号令的情况下,人们分成了几队,那气势比赵家的卫队还雄阔,人数竟然是赵家卫队的两倍。他们没有找到朱建昌却找到了朱建昌的女人们,她们个个貌若天仙楚楚动人。不过,在陈小美来到他面前之前,他还知道他是谁。然后一挥手,所有的女人都被送进了同乐楼。其实,他不了解陈小美,要是了解了,他就会释然于怀,因为这个女人天生具有一种本能,她永远都是好奇大于她的情愫。在与马奎相处一段时间以后,她想飘飘欲仙的剑客才是她心灵宁静的最后归宿。陈小美见到他震惊的原因不是剑客和她想象中的人如此相像,而是为什么老天这么快这么及时就把他派到了身边。所以,在剑客还在拘谨的时候,陈小美已经在给他唱歌了,并在他耳边诉说了仰慕与思念。他也不是无动于衷目瞪口呆,为了回报女人,他吟诗舞剑,直到部下汇报发现了朱建昌。他还没来得及询问,外面刮起的狂风吹得同乐楼左右晃动,轰隆隆的奔雷震动大地,一道道闪电裂开昏暗的长空,倾盆大雨从天而降。

朱建昌吊死在后山的大树上,那棵树是他高祖父在朱家最兴旺的时期种下的。人们一起拥到后山,在雨水的泥浆中人们嗅到从建昌遗体上发出的一股思念的气味。事实证明,人们的嗅觉判断是正确的。就在朱建昌将脖颈伸进绳套的时候,他脑海里闪现的既不是他的父亲,也不是朱家偌大的家业和曾经拥有的辉煌,更不是那些给他空虚的灵魂中充填愉悦的美女们,而是他的几个夫人和他的几个女儿。他已经有几年没有见到她们了,即使是在蓝镇的饥民在大门外号哭连天的时候,他也没有动一下去过问家里人的念头。那个他最心疼的小女儿,大概也有十岁了,可在他脑海里存在的影像居然还是那个张开手臂让他拥抱、他举上天空那张稚嫩的小脸。至于他自己做主和曾经侍候过父亲而今成为他夫人的几个女人,她们整天打打闹闹争风吃醋,简直让他腻烦极了,现在他觉得她们就像自己的孩子把自己当成了抢手的玩具。他痛骂起建平就好像痛骂自己一样,然后骂着骂着自己也觉得是建平在骂他。至于他的对手赵怀礼和老朋友镇长,他居然抱怨起他们来,为什么在自己最孤独的时候不在他的身边。当那阵狂风撩起他的发丝,当第一声奔雷在他耳边炸响,当第一点雨滴打湿他的面庞,他觉得冥冥之中早已注定他的吃喝玩乐原来只是一场关于孤独与膨胀的游戏。他蹬倒了凳子,大脑一阵昏沉,但脑际还能闪出一丝亮光,他问自己,是不是这个决定有些草率和愚蠢,他否定了对生的留恋。

剑客没有为难主人失去生命的身体，因为他已经得到了这里的一切，他对尸体没有兴趣。他大度地命令一个小时前任命的侍卫长厚葬朱建昌，并将他的夫人女儿安排到蓝镇最好的房屋中，分给她们种子和土地让她们独自过活。他的举动震撼了整个蓝镇，那不仅仅是关于善举，而是关于对新生活的憧憬。那些朱家的家丁也纷纷返回朱家大院，这与天天过年一样的吃货毫无关系，但剑客拒绝了董凡的加入，他向众人宣告，蓝镇饿死那么多的人是和这个人有着直接的关系。那段时间，蓝镇的铁匠炉重新上火，每个人身上都以背着一把宝剑为荣耀。朱家的大院里挤满着黑压压的人群，人们在大雨中跟着剑客练剑，然后都自愿加入了剑客组成的卫队。十六支队伍的呼喊声惊天动地，盖过了雷声，盖过了喧嚣的雨声，盖过了赵怀明的担心声。

怀明的担心在大雨停后的第三天不幸成为了事实。充足的雨水一扫人们忧愁的神情，欢声笑语充溢在田间街头，人们忙碌在自家的土地里，从此再也不必为自己的肚子担心了。剑客走在蓝镇的大街上，不时问问这里问问那里，当得知这里的粮站、商店、药房和土地原来都是朱家而今有一部分是赵家的时候，他停住了脚步。

"这些东西还要是朱家的，"他望着面前的蓝江，用手又指着附近的山峰说，"赵家原来在哪来的现在还应该回到哪去，蓝镇的秩序应该由蓝镇人自己来管。"

怀明又惊又怒。从剑客说这话开始，怀明就把哥哥经常佩带的腰刀挎在腰上，还命令那十九个勇士率领卫队日夜巡逻在蓝镇的大街小巷，并命令，只要剑客有一点轻举妄动，他们就和这个狂人较量一番。可是，剑客说完这句话后，像把这句话忘了，直到第十八天马奎回到蓝镇他们也没有和同乐楼的新主人见上一面。

马奎是来接陈小美的。他得知赵怀礼的死讯，就日夜兼程，可他得到了令他心碎的消息——陈小美被剑客霸占了。马奎仰天长叫，就像大象死了伴侣那样撕心裂肺。他用肩膀一下就撞开了朱家的大门，倒提禅杖见人就打，见东西就砸，那些训练有素的剑客卫队在他面前简直就是婴儿，他们都被这个昔日的头儿用手抓起来摞在一起，像农民秋收后将秋秸叠在一起那样高。

剑客正在给陈小美吟柳永的《雨霖铃》，害得陈小美为分别而流泪。他突然停住吟诵，凝神聆听，然后拔出长剑飘然而出。陈小美简直不能自制，剑客的动作和神态哪里是饮食人间烟火的俗物，分明是飘飘欲仙的二郎神。

马奎得知赵怀礼死后,就认为在当今的世界上再也不会有什么人会战胜自己。

"狗屁。"当人们对他说起剑客的时候,他轻蔑地说,"绣花枕头,草包一个。"

他错了。两个人见面谁也没说话,在短暂的对视后,都发现了彼此之间有着不可调和的矛盾,因为他们在对方的瞳孔中都发现了陈小美。这种判断是完全正确的,这确实是一场关于美人的生死决斗,他们都无须用嘴巴来说明理由,真正决定美人和自己命运的是拳脚。马奎气冲斗牛,大呼大叫,大手大脚上下翻飞,嘴里还骂着一些连毛驴听了都感到难为情的脏话。而剑客则神静气闲,温文尔雅,长剑指东打西,剑光好像缠在马奎身上的一条银链。这种打斗惊心动魄但也不乏趣味,以至于人们看着看着产生了幻觉,他们看见的不是两个人在较量,倒像是一头海象和一个黑猩猩在打架。一个笨重如牛力大无穷,一个轻灵闪躲奥妙无穷。可是他们的激烈打斗又不乏美感,以至于让在场看着的人们如痴如醉,但人们早就看出来了,挥汗如雨的马奎的失败是注定的,差的只是时间问题。让人们惊愕的是,眼看剑客的长剑就要剖开马奎胸膛的时候,在人们的惊呼声中剑客收起了长剑,完全是出于一种戏弄,他微微一笑告诉对手明天再来。

马奎这一次比败在怀礼手下还沮丧,他去镇里想喝点酒排除心中的郁闷,可是没有一家酒店开门营业。他想起了逍遥楼,可是逍遥楼里的女人早已不营业。他就在江边坐下来脱下衣裳消消汗,迎面走来了怀明。他吓了一跳,还认为是怀礼没有死掉。直到怀明将怀里的馒头摆在他面前,用陶瓷大碗给他倒上了赵家的高粱酒他才醒过神来,同时一场交易开始了。

黎明时分,马奎便来到了朱家的大门口,像上次一样一下就撞开了大门,向剑客高声叫阵。剑客气冲冲地出来,他生气不是因为被辱骂,而是因为粗汉的大嗓门惊扰了他和陈小美的美梦。他这次没留情面,上来就让对手手忙脚乱大呼小叫惊恐万状。这时人们惊叹,剑客的剑术已臻化境,武功已经深不可测。在玩一阵猫捉老鼠的游戏之后,剑客决定给这个情敌致命一击。这时,大门口涌进了十九个壮汉。他们在怀明的率领下,向海啸一样滚向剑客。他们使用的弓箭和弯刀神出鬼没,已经得到了怀礼的真传。剑客被这些奇装怪服的人搞蒙了,乱了章法。不过他很快镇静下来,并渐渐恢复了风度,不过这只是一次回光返照。怀明加入了战团,他手执弯刀粘住了剑客的长剑并随之翩翩起舞,他的刀法和他的舞步一样精妙，一时那些剑客组成的卫队竟为自己的敌人叫起好来。这时马奎才明白自己只不过是一个井底之蛙。剑客是带着伤踏着波浪遁入深山。后来人们盛传，剑客其实永远都保持三十九岁的精力，他已经得到了神仙的垂青，他之所以来到蓝镇也是神仙安排的。不过，这只是传说而已。

　　那些剑客的卫队成员们吓得要死，担心怀明会杀了他们或者将他们驱逐出蓝镇，便秘密计划组建起一支队伍进行对抗。可是，他们的秘密早已被怀明洞察了。怀明当即宣布，赵家之所以要驱除剑客是因为剑客逼死了朱建昌霸占了朱家大院，朱建昌是赵洁的干爹，所以才这样做。然后保证，所有人的过错都既往不咎，哪个人在哪块土地上耕种还在那块土地上耕种，且免租三年。三年后，赵家代替朱家收受地租。最后他提出了一个强硬的条件：所有人的佩剑必须上交，并当众销毁。第二天，人们执行了这个决定，他们集中在铁匠炉，将自己的佩剑变成了犁铧。一个月后，蓝镇人发现，那些奇装怪服的赵家族人骑着马在自己茁壮成长禾苗的土地上骑着马跑来跑去，每跑完一片，这片土地就拥有了一个新的主人。

　　怀明兑现了他的诺言，允许陈小美重新回到马奎的身边，但陈小美却拒绝了这个痴情男人的乞求。这不光使马奎感到吃惊，就是怀明也始料未及。马奎哭得像个孩子，让人错觉陈小美不是他的女人，倒像是他的妈妈。就这样，马奎不得不离开蓝镇，省得他见了这个女人就伤心憔悴，他去一个偏远的地区，那里是怀明早已为他准备好的土地。

　　与此同时，关于陈小美的传说在蓝镇散布开来，人们根据这个女人来到朱家，从建昌、建平的死到剑客和马奎的离开，甚至把几年的大旱也与她联系起来，证明她不是个尤物，而是个不祥之物。在赵家搬进朱家大院前，一个雨夜她离开了蓝镇，没有谁知道她去了何方。

九

中秋节这天，赵家人入住朱家大院，他们对镇里的非议置之不理，就好像是他们理应拥有这座豪宅似的。第二天，张先生从荒谬的理论中解脱出来。不过，长期的思索和挣扎搞垮了他的身体，他脸色苍白，恰像神话中的白无常，走起路来也摇摆不定，样子和陈婆跳神的时候差不多。他没有工夫理清自己的思路，就集中了他的十几个得意门生，迫不及待地闯进朱家大院，那时怀明正指挥仆人将一张老虎皮铺在正对同乐楼门口的座椅上。

卫队企图阻止，但考虑张先生与赵家的特殊关系，没敢动手。张先生没有理睬怀明的招呼，直接走上去扯下了座椅上的老虎皮扔在地上，然后指责怀明和赵家的所作所为是强盗行为，并要求赵家人立即搬出大院。他这个学生没有挦他那把胡子，在他还没有慷慨陈词的时候，怀明已经挥了一下手，就像怀礼当初挥手时一个模样。那十九名壮汉每人抓着一个人将他和他的学子们扔出门外，但他并不孤单，因为赵俊杰就站在他身边。他的怒火被赵俊杰悲痛欲绝所取代，赵俊杰站在门口骂起自己的儿子就像农夫骂惹祸的牲口那样难听。赵俊杰又哭又闹，不仅骂儿子是强盗，而且还骂儿子是流氓、小偷。可是，没有人理睬他，骂声持续了三天，辱骂的广度波及赵家的每个角落，其深度也是横贯亘古。到最后，赵俊杰觉得他所骂的东西转了一个圈后，居然他像个精神病患者在无休无止地辱骂自己。

三天后，他们明白了一个道理，要想把赵家人从大院里赶出去，这些嘴头上的便宜是永远办不到的。他放弃了这一愚蠢的行为，在无限的失望中来到了秀子的坟前静默良久，遂决定离开蓝镇回老家去。他宁愿死在荒僻的衰败的山窝窝里，也不愿意待在这个繁华的世界和无情儿子的身旁，免得余生在愧疚中度过。

搬进朱家大院的第一件事是谁做这里的主人——没有人怀疑怀明将是这里的主宰者。但那十九位壮汉中的九个坚决提出了反对的意见，其中卫队长柳成甚至扬言，如果不是妹妹柳眉的儿子德功做这里的主人，他将集合卫队进行一场与驱赶剑客相似的战斗。他说到做到，在怀明还认为他是在发发义愤的当口儿，他已经完成了卫队的集结。怀明对此大为光火，也集中了赵家族人。一时间朱家的大门里外剑拔弩张，慌得文清不得不派人找来了怀英。人们从来没见过怀英这样威严的面孔，其实一生中这是他唯一一次拥有这样的面孔。他命令柳成放下武器，率领卫队去镇里巡逻。

"要是赵怀明当了这里的主人，我就带领卫队将他赶出蓝镇。"柳成说，"要是你当这里的主人，我没意见。"

"滚开，这是赵家自己的事，没有你说话的份儿。"怀英严厉地说，"家里人会研究这件事的。"

会议是在同乐楼里举行，与会者是家族中几个德高望重的长辈，怀英派人去找怀仁，可是怀仁去了山里。一位老者首先发言，他说他支持怀明，他列举了理由——怀明在赵家搬进同乐楼的过程中赶走了剑客，征服了马奎，功劳最大，没有他赵家族人是住不上这么漂亮的房子的，怀明担任这里的主人是实至名归。一个老者立即反对，他支持怀礼的儿子做这里的主人，他说没有怀礼，赵家在蓝镇就没有这么尊贵的地位。讨论从开始就已充满了火药味，并很快分成了两派：一派支持怀明，一派支持怀礼的儿子。就在他们争吵辱骂并渐渐走上前去准备用拳头来让对方赞同自己意见的时候，一阵忧郁的马铃声把赵家族人从欲望的睡梦中唤醒。

人们一起拥到大门口，只见一个脚穿牛粪色皮靴，头顶遮住半边脸的圆顶帽子，披着暗褐色的蓑衣的中年男子出现在蓝镇的南路口。他骑着一匹黑色干瘦的母马，身后还跟了两个瘦得像两条狗的马驹，原本很好猜测的蓝镇人理应猜到这是一个来自遥远的外乡人，可现在就是吃屎的孩子也不会这么愚蠢去认为他是一个外乡人，因为按照人们的经验，这个人不属于这个世界。这是源于他土灰色的面庞和失魂落魄的眼神，使人们一下就想起了受惊吓的幽灵。他穿过弄巷，路过低矮的草房，在一阵"嗒嗒嗒"缓缓的马蹄声中来到了蓝镇的大街上，在经过了逍遥楼和走向朱家大院的路口时，人们听见了他的第一次声音，但也仅仅是声音而已，因为这个是发自大地深处的一声叹息。他没有和任何人打招呼，也不回答任何人的问话，好像早已知道自己要到达的目的地。母马在朱家大院的门前停下，他在人们的注视中跳下马，拍打了一下身上的灰尘，将坐骑拴在门前的柳树上，然后走到眼露惊恐的马驹旁边，深情地注视了好一会儿才转过身，摘下帽子在手中摇动着驱走身前的苍蝇。"我要见你们的主人，我要见赵怀礼。"他对守门人说。守门人是两个膀大腰圆的小伙子，他们被身前幽灵般的中年人吓呆了。于是，中年人在门人的注视下走进了朱家大院，一直走到赵怀明的身前也没有人阻挡过。赵怀明坐在同乐楼里，见一个肮脏的陌生人出现在面前，不由得怒火中烧："你是谁？谁让你进来的！"

中年人从怀里掏出一个用油纸包裹的里三层外三层的红色布包，最后抖落出一张金黄色的纸张。他小心翼翼的动作和毕恭毕敬的表情，简直令赵怀明恼火到欲冲上去扯起他的肩膀将他扔出院子的程度。

"赵怀礼，圣旨到，接旨！"中年人高喊。

"我不是赵怀礼，我是赵怀明，是赵怀礼的弟弟。"

"赵怀礼呢？"

"死了。"

"这里暂时谁说了算？"

"我。"

"赵怀明接旨。"来人再次高喊。

蓝镇的人还没有听说过圣旨是什么玩意儿，也不知道圣旨所具有的威力，和怀明一起大笑起来。只有文清和中年人没有笑，文清站在屋檐下，静静地望着中年人。

"疯子，一个疯子……"怀明笑够了说。

"在一个布满纸屑的大房子中有一个小铁盒子，小铁盒会告诉你们圣旨的威力。"中年人慵懒的语调让赵家族人相信，也许有一线希望，自己或自己的家人成为这里主人的可能。

于是，赵家族人在谁也没有发话的情况下返回家中，到处翻找。他们翻找的目的明确，却一无所获。好像有一股潜在的外力，让赵怀明在朱成文曾经收藏炼丹心得的那个充满腐烂味道的屋子山墙下面证实中年人是个诚实的人。

铁盒子大小像个饭盒子，但弄开它是个难题。人们在用手扳用牙啃用石头砸用斧头砍都无济于事的情况下，中年人走过来，他像要就餐那样往桌子前一坐，盒子就自动打开了。盒子里藏着几张和他手中金黄色的纸一模一样的纸，在这里蓝镇每个人都知道朱成文和朱建昌曾经是这里的主人，是冥冥之中早就确定的。

这时，中年人在宣读圣旨的时候，就连赵怀明也恭恭敬敬跪在地上磕头。

"我赞同大哥的儿子做咱家的主人。"一直没有说话的怀英表明了立场，并用眼睛瞟了一眼弟弟，"我看就让德治来做这里的主人。"

怀明愉快地答应了，他笑着说："我也是这个打算。"

"可他还是个孩子呀。"一位老者说。

"在他没长大前，我和怀英扶持他管好这个家。"怀明说。

中年人饿坏了，他一边喝着赵家的高粱酒，一边诉说着自己的来历。他说他已经一百多年没有吃饭没有睡觉了，在接受了朝廷的派遣踏上到达蓝镇的这条充满荆棘险恶的长途跋涉，他因为在与飓风和猛兽、洪水和暴雪、魔鬼与自己的搏斗中耽误了时间，没能赶上赵怀礼的生前时光。

"只要有个好领导，只要人人互相关爱，只要人人都勤劳肯干，这里将是世界上最幸福最无忧无虑的地方。"他好像是提出希望，又好像给身前的赵家族人打气。

这天晚上，逍遥楼只剩下一个因为崇拜赵怀明而来到逍遥楼的坚守者。女人因为思念变得和中年人一样干瘦一样忧郁，她曾经是在这个行当里没有办法再混下去的失业者。中年人却喜欢得受不了，喊她宝贝，给她唱忧伤的歌，把她当成世界上最美的女人来对待。第二天早上，中年人不顾赵家人的挽留，坚持马上就要离开。怀明给这个短暂的冤家朋友准备了丰厚的礼品，他命令仆人用两个麻袋将黄金白银搭在一匹蒙古马的脊梁上，还用一个袋子装上了价值连城的玉器，可他的美意被中年人拒绝了。

"我还骑那匹老马，它不嫌弃我，我怎么能舍弃它呢。"他看了看麻袋说，"对我来说，这些东西一点用也没有，你想想，我回到朝廷还需要一百年，这些东西还没等花销，我就死了。"怀明愣在那里不知说什么好。那个女人站在人堆里含情脉脉地看着他，他牵过那匹蒙古马，走过去，把缰绳塞在她的手中。女人哭了，表示马上离开那个龌龊之地，并发誓要用这些金银来养活肚子里可能有的孩子。

这个结局很圆满，当人们听说这个消息的时候，大门外立即停止了呐喊。小德治对自己做了家里的主人既烦恼又好奇，他天不亮就要起床，然后打着哈欠坐在大厅正中的椅子上听大人们讨论地里收成的好坏、商店药店的经营情况、蓝镇的治安状况、山上打下来的兽皮、江里打的鱼虾以及家里每天的开销等等。他很迷惑，为一些事不关己的琐事大人们经常争论得面红耳赤，就像谁抢了他们的饭碗一样。最后，没有人征求他的意见就决定了争论的结果，他也不理会争论的内容，更不必去理会什么争论的结果。往往他坐在椅子中打着哈欠伸着懒腰，就想起了骑在枣红马上风从耳旁呼啸而过舒爽的声音，拉开弓箭命中靶心箭身发出的颤抖声，脑子里不停地思考怎样才能把哥哥德勤、德俭摔倒在地，打算怎么和两个弟弟德成、德功合伙捉弄教书法和教《论语》的两个老师。这两个老师是张先生的学生，他们都参加了老师要求赵家搬出朱家大院的行动。怀明不计前嫌，让怀英的同窗胡兆麟教德治书法，让他的同窗刘章教德治四书五经和古诗词。据说这两个人的书法和诗词造诣已经超过了自己的老师。他们教得确实不错，可几个孩子的顽皮却无法让他们达到和自己一样的水平，他们以对职业的忠诚容忍了孩子们的嘲弄。相对而言，武师要幸运得多，因为孩子们爱玩的天性使他们个个对舞刀弄枪的玩意儿都具有浓厚的兴趣。和两个文科老师一样，怀明摈弃前嫌，找来了他的对头柳成担任德治的武师。柳成开始不同意，可怀明说明了原因，说无论是武艺还是人品在蓝镇再也找不出来像他这样更能胜任这个位置的人了。柳成深受感动，他武艺精湛、严厉细心，孩子们很快就有了长足的进步。德治喜欢柳成，因为柳挥舞起来的大刀就好像是父亲重新活了过来。不过，他从来不为老师喝彩。

德治像他父亲一样不苟言笑，身体却没有他父亲强壮，但他有一张他母亲一样清秀的面庞。他和二叔怀英很能谈得来，但对于三叔怀明却是既敬又怕。

怀英重新干起了老本行——经管整个蓝镇的商业和农业，用他自己的话说，他干这些事就像在自家饭桌上端起酒杯那样轻车熟路。几场及时的雨水滋润了大地，秋天来临的时候，即使往年歉收的土地也报道着丰收的喜悦。人们欢声笑语，互致问候，因为他们再也不愁没有衣裳穿没有饭吃了。到了冬天，蓝镇似乎有了恢复往昔繁盛的迹象。人们把三年饥荒的艰难岁月忘在脑后，因为逍遥楼里已经有人在进进出出了。逍遥楼重新开张，灯笼重新点亮，鱼儿娘脸上重新泛起了红色，那些靠身体糊口的女人个个体态丰盈浓妆艳抹。

这段时间赵怀明过着充满欢愉而毫无寄托的糜烂生活。在那个皎洁如昼的夜晚，当族人在陌生荒芜的大院中鼾声如雷的时候，他怀着焦渴难耐而欲火焚烧的激情来到文清的房前，院落中熟悉的摆设一下子浇灭了他心中的欲望。那口井依然坐落在院子的墙角下，他没有看见的幼儿是怎样跳下去的，但现在那个曾经和他缠绵令他如痴如狂的曼妙身材就在他的眼前飘来飘去重复着跳进井里的动作。这样的动作简直让他无所适从而又令他抓狂,他喊来了家丁,亲自监督将水井填上。然后,用激情的余烬懒洋洋地敲响了文清的房门,文清没有给他开门。没有人再阻挡两个人的来往,但这种便利让他失去了刺激和新鲜,这可与哥哥的死毫无关系。现在,他站在屋檐下,突然怀疑女人和自己拥有一样的心态。他连续敲了三次后,愤愤地冲出院子,他故意将走路的声音弄得"嗵嗵"直响好让女人感觉到他很生气,并以此宣称这个责任并不在他而是在女人。他索性一干到底,像个孩子一样赌气走进董凡曾经给建昌推荐过的女人的房间,第二天早晨他明白了为什么朱建昌那时只听董凡的话而不听镇长的话了。他把这些女人集中到一起,给她们好吃的吃,给她们漂亮的衣裳穿,比当初宝贝幼儿宝贝文清还要宝贝她们。这些宝贝个个美艳绝伦功夫绝顶,她们可以让他在毫不费力的情况下进入心醉神迷的状态之中。

文清现在可没有工夫搭理关于怀明的闲嗑碎语。正像怀礼当初猜测的那样,从进入朱家大院的那刻起,尤其是她得知儿子是这里未来的主人,一种责任感促使她完成一系列的工作。她亲自上阵并动员其他的几位夫人带领女佣擦拭了门窗框,重新摆设了桌椅,在春节来临前所有的窗户都换上了新的窗户纸,贴上了红色的剪纸,那些剪纸可真漂亮,有鸳鸯、鲤鱼、梅花,还有像活着的娃娃在窗户上跳舞。他们又在大门上悬挂了红色的灯笼,灯笼日夜长明,即使在狂风暴雪中也没有熄灭过。待又一个春天来临的时候,她监督仆人清除了院子中的腐叶和荒草,朱成文曾经炼丹留下来的那些炼丹炉和工具作为破烂被锁进后院的屋子里,让它们自然腐烂。所有的土路铺上了青石板,那样即使在雨天里鞋底也不会粘上泥土。道路两旁朱家留下来的那些柏树和树墙统统保留下来,为的是在盛夏人们好有一条幽静典雅的乘凉处。巨大的装修工程很快让人们尝到了甜头,当春风席卷大地的时候,每个院落里都拥有一款考究的天然的绿色的地毯。唯一让人们感到发愁的是,大群蜜蜂的"嗡嗡"声和蝴蝶翅膀的"扑哧"声搅扰了人们的午睡,不过这只是一种瞬间的玩笑,搞笑的烦恼便被早晨婉转的鸟鸣声和阵阵沁人心脾的花香覆盖掉。当有人建议将大门上方标有朱家的牌匾换成赵家的牌匾时,文清否决了这一提议。这样,在三年中,文清很顺利地将装修经验成功地推广到了蓝镇的每家每户,以至于在很多年里,人们都是在花香的巨浪里滚来滚去,孩子们都是在铺满石板的溪流中嬉戏玩耍,老人们都是在酷暑的树下下棋喝茶。

人们对文清的赞誉使怀明很不服气，为了寻找歉疚的平衡和报复的快感，怀明写了一生唯一的一封信，他在信中首先对嫂子说了一些尊重的话，接着就说他是怎样快乐，又是怎样摆脱的忧愁，最后他说了刺激女人的话：现在才明白，男人的愉悦不仅仅需要男人自己去努力，女人也可以使男人达到同样的效果。

文清含笑仔细地将这封信看了又看，就像收到了一封日夜思念的情人的来信那样爱不释手，然后用几个字作为回答：你要小心鹦鹉哟。作为回击，文清选择的方式别具一格，她吩咐仆人进入怀明的居所，在那里的房前屋后栽种了大量的海棠花和兰竹，并给他的每个宝贝都送了一只雪团一样的波斯猫。果然，怀明被激发得白天不睡觉，晚上也能及时地率领卫队去镇里巡逻。

自从柳成担任德治的老师后，怀明就兼任了卫队长这一要职。那时，那十九个壮汉因为怀礼的死始终对他充满敌意，他很快就扭转了这个不利的局面。上任的当天，他没有集合卫队，而是领着这些人像游山玩水一样寻找了镇长，可是镇长消失得无影无踪。于是，他推断镇长要么是被饿死了，要么是被野兽吃掉了。他决定让德治暂时担任了镇长，又擅自做主让那十九位壮汉骑马在蓝镇四周跑来跑去，他声明跑过的土地一律归他们个人所有，他们的子孙后代将永远拥有土地的使用权，而且赵家将不收取任何的租费。当天夜里，他邀来了柳成和那十九位壮汉一起喝酒，从此再也没有人对他担任卫队长一职提出异议。

并不都是和谐。一天，不是出于冲动而是出于一个蓄谋已久的计划，怀明在镇里的大街小巷的墙壁上张贴告示，要求全蓝镇的人都要梳和他们一样的发型，穿和他们一样的衣裳，若有抵抗，赵家将收回土地。受尽饥荒之苦的人们一时议论纷纷，但大部分人还是屈从了。张先生是第一个站出来反对的人，他带领学生撕下了那些告示，并号召蓝镇人民一起起来反对暴政。怀明没有给老师一点情面，他集中卫队驱散了人群，抓住了正在鼓动的老师和他的同窗好友。正在他准备清点人头收回闹事人土地的时候，怀仁出面了，并主持了一个家庭会议。会议是在镇长的办公室里举行的，参加会议的只有怀英、怀明和那十九个跟随怀礼来到蓝镇的壮汉，即使是掌管家里开销的文清也不在邀请之列。怀仁脸色阴沉，开门见山，他声明举行这个会议既不是为了他的岳父，也不是为了赵家，而是为了全镇百姓不再饥寒交迫。他毫不客气地指出，赵家现在的所作所为是一种违背天理的野蛮行为，是对居民人身权利赤裸裸的剥夺，是对道德观念的罪恶挑战。他预言，这样下去，用不了多久，朱家大院居住的将不是姓高的，将是姓李或者是姓赵的什么人。他还发誓，如果怀明一直这样坚持下去，他会组织起一支新的卫队与他们战斗，直到怀明放弃这个念头为止。怀英听着，一直不吭声。怀明则脸色煞白。那十九位壮汉则不敢看怀仁的脸。

"现在趁事情还可以挽回，立即放弃这个荒唐念头。"他最后说，"我们不是让镇里更混乱，而是希望镇里像十几年前那样宁静。"

怀仁早已对自家人的所作所为感到失望，早在哥哥还活着的时候，对那些摔跤和争夺土地的把戏就厌烦透顶，唯一使他安慰的是赵家在蓝镇饥荒的岁月里周济了饥民，但不久他就猜测哥哥的所作所为无非是为了孤立朱家采用的先退后进的策略。待哥哥死后，赵家入住朱家大院，这种猜测便得到了证实，这更坚定了他永远不登家门的决心。

没有人知道怀仁召开会议的前一天正忍受着巨大的痛苦——惠予死了。这个天性活泼的女子，在和怀仁共同度过两年美好的夫妻生活后，死于难产。怀仁自从离开家族生活后，就和惠予独自生活在江边一处不显眼的草屋中。他们生活清苦，但自得其乐。已为人妻的惠予一改昔日娇小姐养尊处优的性格，为人更加谦慈并以人们遭受的苦难为己任。她背着怀仁偷偷试吃一些不知名的野菜，结果她吃了有毒的灰菜弄得全身浮肿，在剑客离开时她几乎找到了处理后能食用的毒野菜。用这些野菜，她和怀仁收留了灾后的孤儿。那时，白天怀仁教男孩子如何种田，晚上教孩子们读书识字，而她在家里教女孩子们做饭缝补衣裳种植蔬菜，还给孩子们唱歌。孩子们叫怀仁先生，而则叫她妈妈。到了她怀孕时，女孩们已经能煮饭织布绣花了。那天，他从田里回来，惠予倒在血泊之中，他失去了以往的沉着和冷静，惊慌失措地跑出去找来了智光禅师。智光禅师法力无边，但没有起死回生的本事。他要做的事是，他诵经，怀仁埋葬，孩子们痛哭。

智光禅师早在朱成文寻仙炼丹的时期就来到了蓝镇，据说他能预测人的前世今生。起初朱成文对他崇拜如狂，但不久他就对慈眉善目的老和尚失望至极，因为老和尚阐释佛学的妙义和那些诵经的声音令他心烦。人的前世今生都有因果报应，人要真诚、善良、宽宏，要施舍戒淫欲不杀生做善事等等，只有这样死后才能到达西方极乐世界。这与他只要结果不要过程以及所追求的逍遥自在的理念相悖逆，他唉声叹气地得出结论：照老和尚的说法，他要穷尽一生的时间和精力去完成成仙的梦想，更何况他从来就没想到死。出于礼貌，他潦草地将老和尚安排到朱家大院的一个偏僻的角落里让他独自念经去，就是后来道士们将老和尚驱赶出朱家大院他也不知道。

起初，怀仁和惠予是在挖野菜时发现这里有一个大门，他们小心翼翼地清除表面上生满青苔野草的大门，生怕弄破了大门，因为从外观上判断，这扇腐朽的大门至少有他们岁数这样多的年头没有打开过，当然他们也不知道这里是一座庙。据他们所知，从来没听说在蓝镇这个地方有什么庙。可是，很令两个人意外，大门不仅结实，而且门里别有天地。一条幽静的铺满树叶的小路直通到庙门口，门前种植着的大片白菊沾满了露珠，两棵菩提的树冠下面是一座有三间房那么大的庙舍，庙里干净整洁，清爽怡人。进门就能看见一座闪着金光的释迦牟尼佛像，香炉中虽没有香烛燃烧，但两个人都明显感觉到一股浓郁的香气袭来。两个人拜了佛，然后怀仁推开东屋，惠予推开西屋。东屋里摆满的经书一尘不染，怀仁很快被迷住了。惠予对西屋里的木鱼感了兴趣，敲了几下，当她顽皮地伸手去摸坐在地上佛像的大耳朵时，立即惊叫起来。

"怀仁，快来。"她喊道，"这个佛像还热着哩，耳朵细软的呢，脸还润红润红的，像活着似的。"

"本来就是个活人嘛，"怀仁先是埋怨，接着向地上的佛像作揖赔礼，"大师莫怪，赵怀仁有礼了。"

和尚慢慢睁开眼睛，长长的白眉毛掀动了一下，面含微笑注视着怀仁。他的双眼令怀仁暖洋洋的，盛大的目光像初升的太阳照在辽阔的大海上。

"我好像在哪见过您。"怀仁喃喃道。

"我在这里坐了二十年零一个月。"和尚站起来，理了理灰色僧袍的衣领说。

怀仁和惠予惊讶得半天没有缓过神来。和尚僧袍简直像刚洗过似的，微笑时满口都露出洁白的牙齿，还有他的秃头，让人无法相信他在这里一坐就是二十年的人。

"我才不信，"惠予心直口快，"你不出屋院子里的花是谁种下的？小路上怎么不长满野草？二十年哪，这里的野草足以将你的房屋穿透。"

"阿弥陀佛。"和尚双手合十，"出家人不打诳语，花应该开在该开的地方，路是用来走路的，不是用来长草的。"

"你不吃不喝？"惠予更加好奇更加怀疑。

和尚微微一笑："是这个样子。"惠予还要问，怀仁用目光制止了她。和尚对怀仁很有好感，他告诉怀仁他的法号叫智光。怀仁渊博的知识和仁厚的见解很快使两人席地而坐,到了中午,两个人已经成了无话不谈的朋友了。和尚叫怀仁为施主,给他讲解禅理,怀仁惊人的理解能力令他露出了惊愕的表情。而怀仁则喊和尚智光禅师,给他讲这几年蓝镇遭受的苦难,和尚居然一无所知。

"阿弥陀佛。"他将目光投向了天空,然后预言,"天要下雨了。"

怀仁无法抗拒失去惠予的痛苦,他将孤儿们交给了岳父,去见过了哥哥怀英,然后向山里走去。几天后破烂的私塾就焕然一新,怀英要给张先生配备仆人,可是张先生拒绝了。那时,这位老先生还是蓬头垢面,孤儿们惊恐地怀疑是不是怀仁要他们跟着老乞丐重新踏上乞讨之路。可是,不久他们就打消了这种顾虑,在怀英把粮食和衣物送进私塾前的一天,老先生穿上了蓝色的长袍,瘦高的身材走起路来一颤一颤活像是一支微风中的凤尾竹,但他脸色严肃、少言寡语以及手中的戒尺很快让孩子们意识到应该努力完成自己的学业。他没有辜负女婿的重托,他在晚年痛苦思考和对女儿的无限思念的孤独中成功地将这些孤儿培养成蓝镇最优秀的人才。他拒收赵家的孩子到这里读书的原因全在怀明身上,他始终无法原谅这个学生当初要求全蓝镇人都梳和他们一样的发型,穿他们一样衣裳的做法。

要是怀仁知道现在怀明最佩服他的话,他一准会再得到一份和失去惠予一样的痛苦。直到此时,怀明才深深佩服弟弟的远见卓识。三年中,在赵家的艰苦努力下,他们的处世态度和管理能力已经获得了蓝镇人的认可。有一段时间,有些人效仿起赵家族人的发型,开始试着穿戴他们的衣物和饰物,虽然大部分人觉得那发型看起来别扭,衣物穿起来也不太好看,但他们觉得梳着这样的头型和穿戴这样的衣物会给他们带来好运。果然他们交了好运,他们这身打扮首先赢得了赵家人的青睐,结果在很长一段时间内这种青睐居然流行成一种时髦。榜样的力量是巨大的。不久,连赵怀明都吃惊,他觉得那些人是在不知不觉中自觉地变得和他们一个模样,就是那些曾经反对过他的同窗好友也乐意如此。到了有一年的中秋节,人们在庆祝丰收的喜庆气氛中,赵家仆人当着庆祝人群的面,将朱家大门框上的牌匾换成了赵家的牌匾,居然没有人觉察这一变化。因为那时蓝镇每天都有变化,除了所有的商铺都开业外,街头小贩也重操旧业,那些挑着担子推着木轮车的吆喝声,铁匠炉打铁的"叮当"声,饭店里的喝酒令声以及人们欢快的脚步声充斥着每条铺满青石板的小路。春节这天一场瑞雪从天而降,道路的不便没有影响人们的快乐心情,人们燃放爆竹礼花,舞龙耍狮子,唱京剧,贴对子,就

是逍遥楼里的女人们也在鱼儿娘的带领下加入了游行的队伍当中。游行的高潮是在中午，德治坐在马车上，那十九名壮汉在左右簇拥着，马蹄的"嘚嘚"声、卫队的脚步声和人们的欢呼声激荡得飘雪失去了原有的方向。站在角落里的张先生心情复杂，一股酸溜溜的滋味在胸腔中转来转去，一时使他失去了悲喜忧伤的分辨以及对现实的判断力。

三年的免租期已过，正在人们担心赵家将会收取多少租子的时候，赵家门墙上贴出了一张告示让他们安下了心——他们需要交的租子比他们预计的要少得多，而且还规定蓝镇所有的磨坊将免费为居民常年加工粮食，但他们也同时得到一条消息——为了地租的事，赵怀明和那十九位壮汉闹翻了。

那天怀英提议地租收取方案的时候，那十九位壮汉中的两个首先提出反对意见，接着就是族里的两个长辈也站了出来，原因很简单，照这样的收租方式他们的生活几乎与那些租户收入差不多。

怀明坐在德治的下首，一直没有吭声，在一阵乱哄哄的争吵声中，他拍案而起，把矛头直指还没说一句话的柳成。他命令卫队将柳成捆起来连同他的家人一起赶出蓝镇，这个变故大出人们的意外，但谁也不敢说话，因为那时谁都知道，这里真正的主人不是德治而是掌管了卫队的怀明。接着他坐下来，恢复了往日的神态，略略提升了地租后强调，之所以驱赶柳成是因为他在这里作梗才使族人有怨言，但谁心里都明白他是要报三年前的仇。然后，他用眼睛瞪着德治，严厉地要求他签署命令。德治还是个孩子，被叔叔的神态和拳头吓蒙了。他拿笔的手哆哆嗦嗦，最后不得不在叔叔的按压下签署了命令。几天后，当怀明要将姨娘柳眉和德功驱逐出蓝镇的时候，德治不干了，他哭着说，要是谁把自己的弟弟赶出蓝镇，那这个主人和蓝镇镇长的职务就让他来干。他又哭又闹，怀明只得放弃了这个念头。

怀明已经娶了五个女人，但没有一个女人怀孕。他已经腻烦了整天滚在女人堆里的生活，那些女人虽然个个细皮嫩肉光彩照人，但她们也只能是一时博得他欢心的尤物罢了，往往在寻欢过后，他会备感空落。有时，他睡不着觉的时候，他会莫名地想起文清，这个女人时远时近，就像山岚一样飘忽不定。他搞不明白有些发福的女人为什么到现在还让他如此牵肠挂肚，他排除了女人在肉体上给他满足的可能，因为经过与无数女人的肉搏之后，他几乎尝到了所有情况下别人无法想象的柔情蜜意。一天深夜，月光通过窗口洒落在他的床前，花香飘进来可他嗅到的不是花香，而是中年女人身上业已发涩的味道。夜莺叫得他心烦意乱，这种心情在他还是处男的时候曾经出现过。他再也无法抵御孤独的煎熬，假装去女人的房间里看一下今年药店和酒店的收入账本，而这些账本白天他刚看过。女人一下就看穿了他的心思。

"你家里那么多女人，还没疯够？"女人一动不动地看着他，直到他默认自己是在撒谎，女人才起身给他倒了一杯茶。这时，他才突然觉得女人既不是他的情人也不是他的嫂子，而是他的母亲。他"呜"的一声哭了。

那天晚上他和女人躺在床上整宿未眠，在皎洁的月光里，在温湿的夜风里，在黄莺的啼鸣中，他们柔情蜜意说着悄悄话，俨然是一对蜜月里的夫妻那样忘乎所以。后来他经常回忆令人难忘良宵，他找到了令自己满意的答案，真正激发他欲望的不是女人的身体，而是女人的智慧和女人的话语。他的答案完全正确，自女人进入新家后，她无与伦比的理财功夫显示出她的智慧，即使怀英也佩服得五体投地。女人的精干和事必躬亲的工作作风令仆人们心生敬畏，即使怀礼另外的几个女人和她说话也细声细气。

家里唯一敢顶撞她的就是她的儿子德治，这个孩子已经渐渐长大，有时她突然冒出一个奇怪的念头，希望德治永远不要长大。为此，她甚至乞求老天爷保佑，别让儿子知道家里的烦心事，也控制着自己别做出对付丈夫那样的傻事。"天哪，快把这些念头赶走。"她经常在心里这样说。可老天爷保佑她也没有用，更何况这样的事老天爷是不保佑的。

其实，在德治很小的时候，他就已经感觉到母亲和叔叔之间被一种让自己茫然无措的事情联系在一起，只是孩子贪玩的特性占据了他思考的时间，使他忽略了这种东西的存在。随着年龄的增长，这种东西让他恶心，并渐渐转化成一种折磨，到后来也不知道什么原因这种折磨竟然与父亲的暴毙纠缠到了一起。他既愤怒又苦恼，他恼恨叔叔，更恼恨母亲。作为一种报复，在母亲督促他读书的时候，他就不让一个字钻进脑子。出于同一心理，在叔叔来看他骑马射箭的时候，他就故意摔下马来或者把箭射偏。他害怕叔叔，不过，叔叔的训斥他倒感觉到一种慈爱。即使如此，他也暗自打算，等叔叔年老力衰的时候，他将不顾母亲的伤心一定要把这个在家里说一不二的叔叔赶出蓝镇。在他的记忆里，这个家里没有温暖，即使在父亲活着的时候他也感觉不到。三年饥荒的时候，没有人问他的饥饱，母亲给他拿来的食物就像对待陌生人一般，他不得不躲在角落里拣食一些蝗

虫充饥。德勤、德俭这对活宝顽劣异常，经常合伙捉弄欺侮他和他的弟弟德成、德功，即使他做了这里的主人也没有改变。真正融化他心灵冰山的是他的武师柳成，这和柳成让他当上这里的主人没有关系，因为那时他还没有意识到这个令人垂涎位置的重要性。从一开始他就对这位肌肉虬突的壮汉充满好感，武师不仅拥有父亲一样的大手，而且说话也和蔼可亲，与那两位唯唯诺诺的文职老师截然不同。武师蒲扇一样的大手托起他把他安放在马鞍上的感觉，使他感觉到这应该是父亲才能做出的事。武师离开蓝镇的那天晚上，他在练武场骑了半宿的马射了半宿的箭，他没有落一滴眼泪，因为他知道他迟早会将武师请回蓝镇。

十

一个夏日的黄昏，夕阳斜照在颤抖的花瓣上，浓郁的芬芳弥漫在院落中的每个角落，微风轻送的鸟鸣声悦耳清脆，文清坐在池塘边逍遥自在，而荷叶下的两只鸳鸯又让她呆呆出神。这时一个身影从月牙门风风火火闯进来，他身材修长，目光炯炯，话语铿锵。

来人用低沉的声音招呼："哦……您在这儿呀。"然后，就悻悻地转身离开。

她望着儿子的背影，直到此时，她才从粗重的男中音中意识到儿子已经完成了从少年到成年转变这一不争的事实。

"看着看着就大了。"她不无惆怅地自言自语，"就知道有一天会这样的。"

她的惆怅是有根据的，正像她当初期望的那样，这个孩子永远都不要长大，永远停留在小时候像个猫咪那样依偎在自己的怀里，永远都用奶声奶气的童声呼唤她妈妈，永远都用肥嫩的小手抚摸她的脸庞。而自从这个孩子进入少年后，就表现出和她一样的性格——好强好胜，不甘于屈服。有时，她会观察一下儿子的行踪，她敏锐地发现令她打战的秘密，儿子居然是一个多情种子。这让她怀疑起自己来，是不是自己在怀孕期间就在潜意识中钟情怀明造成的。

"有什么可抱怨的。"她经常这样责怪自己，"都是自己做的孽。"

这样的烦心只是一瞬，她没有时间去琢磨这些琐事，这些琐事被她管理家族的事务淹没了，特别是儿子正式做上了这个家族的主人后，她不得不帮助经常与她顶嘴而没有足够的管理经验的儿子。几年中，怀明的身体被女人们搞垮了，那些女人像使用牲口那样使用他，可没有一个女人为他生下一个孩子。他声音沙哑，头发花白，别说是跳舞就是走路也需要有人帮助，交出辅佐权力对他来说，就是解脱。她已经不想这位老情人了，因为她觉得他们的感情即使达到了边缘而又达到了融合的最高境界——那是一种至高无上的真爱缔造的坚固壁垒。

她从来没有这样精力充沛过，她打理家务，过问商店药房和卫队的事，有时还去佃户的地里看上一眼当年的收成。就在一个月前，百忙中她还顶住全族人的压力撮合了灵灵和怀英的婚事。现在她决定，再做一件大事，给德治娶个女人。

　　她立即行动，在谁都没有觉察的情况下，就已经决定了儿媳妇的存在。那是她的远房侄女。小女孩只有十二岁，但长着比同龄人更粗壮的四肢证明她与同龄人的不同，可那双惊恐的黑溜溜的大眼睛又会让人想起多年前的自然灾害。谈不上清秀的面容，但也还算周正，据女孩母亲证实，早在两年前女孩就已经长大成人。族里没有人提出反对的意见。因为他们从来没有看见女人哭过，即使在怀礼冷落她和怀礼死去的日子里全族人都悲伤欲绝的时候，也没有见过她掉过一滴眼泪。在多次重大事件中，族人早已领教了这个说一不二女人的厉害。他们佯装欢喜的样子，同来道贺，不出半天，整个蓝镇就沸腾了。只有德治郁郁不乐，其中的原因连他自己也搞不明白，但他对母亲的决定无可奈何。那是蓝镇自饥荒以来最盛大的婚礼，礼品堆积如山，就是身处边远地区的马奎也派人走了一个月的路程送来了一对玉如意和一车黄金白银。这天天空飘下了大雪，但这不能妨碍婚期的如期进行。身着锦缎的卫队在前面开路，他们雄壮的步伐煽动着脚边柳絮一样的雪花就像一台自动清雪机。王家戏班子奏出高亢的乐曲，人们喊哑了嗓子，震天的礼炮声改变了飘雪的固有轨迹。黄色的锦帐和红色的旗帜弥漫了天空，使身披红缎骑在马上的德治和坐在八抬大轿里的新娘感受不到这是一个雪天。德治被这欢乐的气氛感染了，在没有进入家门前，他竟然回头看了一眼身后的轿子。

　　队伍是在中午时分到达家门口的，那时他还没有时间去打量坐在同乐楼前的母亲，他被结婚的繁复程序弄得晕头转向，直到他和新娘拜了天地准备拜高堂的时候，他才抬头看见坐在堂上身着盛装的母亲。母亲笑容满面，他很奇怪母亲这张严肃的面庞笑起来居然这样慈祥。母亲左边坐着二叔怀英和灵灵，右边坐着消瘦得有些脱相的三叔，这样看起来俨然是两对夫妻，突然他找到了自己为什么郁郁不乐的原因了。他像应付差事一样完成了拜高堂和夫妻对拜的仪式。晚上，他把新娘丢在新房里，一头钻进书房再也没有出来。

　　文清是在一个月后才知道这对新人还没有圆房的。开始，她把这对夫妻理解为害羞或者年幼无知。直到有一天新媳妇来到她的房中哭哭啼啼，她才意识到她必须介入到小两口的私人生活中去了。其实，这不是出于怜悯，更不是出于母爱，而是出于一种较量。德治自掌管族里的事务起，已经体现出独当一面的气质，他不仅在短期内了解了家族每天的收支情况，而且已经完全掌握了卫队的指挥权。他把所有土地管理权都交给了二叔怀英打理,把镇里的治安巡逻交给了那十九个壮汉中的两个负责,谁都知道,王益善、赵庆一最忠于怀礼。他还亲自走进那座破旧的余家大院,拜见外祖父。余平虽然年过花甲,但外孙的造访令他受宠若惊欢喜不已,当即答应出山管理赵家在蓝镇所有的商铺粮站。她能想象出,如果是武松林在蓝镇这儿一准会请他来管理药店。据说,儿子还去了张先生的私塾,要张先生出山管理全镇的教育,虽然被张先生拒绝了,但这个老古董还是将怀仁推荐出来,不过他到处寻找了几天没有找到,只得作罢。所有的这些都证明儿子不仅遗传了自己的精干,而且遗传了丈夫的胆量,她既欢喜又害怕。不过,儿子毕竟是一个半大孩子,她不愿意也不放心这么大的一个家族的良好势头再出什么闪失了,即使儿子对她涉足家庭事务心存不满。

德治比她预想的还要固执。那天早晨,她走进儿子房间的时候,一种苦涩的滋味就在她心头荡漾,因为这个站起来个头和他父亲差不多的小伙子,居然就像是从一个遥远而陌生的地方冒出来的陌生人。与她相反,儿子对于她的到来先是惊讶,接着是热情,然后就猜出母亲到这里的目的。儿子的住所是当初朱成文曾经住过的屋子,那些摆设一点没变,只是墙上悬挂的弓箭和弯刀证明现在的主人已经改变。丫鬟和仆人们很知趣地退出了房间,娘儿俩先谈了些家庭琐事,然后她书归正传,把昨天晚上早已想好的话想说出来,可是现在她全忘了。于是,她使用极温和的语调,为的是避免引起儿子的反感,她谈起了连她都觉得难为情的夫妻间的事。儿子在母亲长达半个小时的喋喋不休中,没有说一句话。只有当母亲渐渐失去了耐性生气后,他才说了第一句话。

"妈妈,"他企图搪塞过关,"不是我不喜欢女人,而是现在家里的事太多。"

可在冬季,既没有租子可收,也没有账目可理,更不需要他这样的人打理什么家务,这分明是当着她的面与其是撒谎倒不如是捉弄更确切。她不能接受这样的愚弄,说话声证明她已经很生气了。可令她更伤心的不是儿子的沉默,而是想起了为儿子这几年操心劳苦,连一个整夜觉都没有睡好过,就是有时睡着了也被噩梦惊醒。现在,儿子大权在握,却对她无动于衷,更何况这门亲事是她做主的,还是她的侄女,这不是公开向她叫板吗?这样以后的日子,她在家里还怎么抬头?她唠唠叨叨,像个平庸的女人一样语无伦次。她唠叨的结局很糟糕,德治在沉默寡言中做出了一个冷酷的决定。作为更为有力的报复,第二天他就派人把新媳妇抬回娘家,并让人转告岳父岳母,她女儿还是个处女。要是能忍受岁月风霜的折磨，等过个五六十年他会派人来迎娶她的女儿，要是无法忍受清苦寂寞，可以自行处理。面对这样的奇耻大辱，岳父岳母找到了文清。文清几乎要拿起藤条来使儿子就范，可德治的地位让她软了手。

那段时间，她总是日夜开着窗，不然她就会觉得喘不过气了，结果把屋里的鲜花都冻死了。她经常在深夜里听着山坡上野狼的嗥叫声入睡，又在不久的雄鸡报晓的寒风中醒来。她又重新拿起绣针，一针一针地扎呀扎，直到扎花了双眼，麻木了双手，疼痛了心灵，厌烦了神经。

一天早晨，她刚拿起绣针，一个熟悉的身影从月牙门里走进来——怀明来了。她很为怀明的苍老感到震惊，那个曾经舞步轻灵揽住她的腰就像一只巨螯钳住猎物那样有力的虬髯大汉，而今却像一头衰老的公牛拉着一架破车那样吃力。不过，这个古老的情人还是勾起了她遥远的记忆，在一阵温情的回忆中，她把身前的人幻化成了那个浪漫的年轻人。她依偎在他的怀中，像个受了委屈的小女孩向母亲诉说自己的不幸遭遇。她的情人听得津津有味，在情人不停的颔首中，她仿佛看见这个击败剑客征服马奎赶走柳成捆绑起老师的虬髯大汉一点都没有衰老。他心智那样年轻，条理那样清晰，决策那样果敢。

从这天开始，一个心照不宣的计划就开始了。到了来年春天，蓝镇又恢复了几年前的状态，文清又重新整理账本，怀明没有费劲就让王益善回家种地，赵庆一去给怀礼看守坟墓，而他又重新率领卫队巡逻在蓝镇的大街上。家族里对这一变化觉察敏锐，他们不仅积极协助两个人的工作，而且有人居然建议让文清嫁给怀明。但这一建议，被怀明和文清同时拒绝了。不过，怀明在文清的房间里住了下来。余平发誓永远不帮赵家做任何事，就是怀英也放弃了土地的管理权。这一结果给年轻的德治上了人生最深刻的一课，现在他担任着一个有名无实的主人和镇长的虚职。他在逍遥楼里寻乐酗酒，但他以他母亲的性格担保，他没有颓废。

这一空闲时间里，他和外祖父建立了深厚的感情。他经常去外祖父家下象棋。他们在空旷的院落中央的石桌边坐在褪色的藤椅中，不厌其烦地对那三十二块子搬过来搬过去，直到老鼠像棋迷一样围在他们的四周打瞌睡的时候，他们才会罢手。余平是蓝镇最负盛名的棋手。通常他是不和人对弈的，长期的胜利已经使他厌倦了，与其说德治的到来使他重操旧艺倒不如说这个外孙给了他新的寄托。他待这个外孙如同己出，完全不管女儿与外孙之间的关系，而只管外孙与自己有四分之一的血缘关系。像所有动物一样，对遗传基因延续的渴求触发了他心灵角落里的自私念头。为了达到这个目的,他对外孙做出的风流事,也予以骄纵和强有力的支持。

"好男占九妻嘛。"他总是这样讨好地说。

外孙的眼睛没有离开棋盘。他已经用不着用眼睛就能觉察外公的心理。

"等我娶了女人,"外孙承诺,"就生一堆孩子,拣一个最好的给你,来继承你的香火。"

为了这个承诺,每次下棋的时候,外公总是让外孙多赢几盘。但有一天,他发现外孙到这里并不是单单为了下棋,也不是单单为了陪伴他这个老棺材瓢子,而是来向他学习经商之道。他震惊于外孙的城府,同时感到了欢喜和害怕。他仿佛从外孙身上看见了那个率领十九位壮汉走进蓝镇的女婿,也看到了那个管理家务精明强干的女儿。他不由得打了一个冷战,几天里下棋都心不在焉。

"您这是怎么了,外公?"外孙提醒,"你把马当车用了。"

"我可以教你所有的东西。"最后,外公实在憋不住了,"你得向我保证,你妈到什么时候都是你妈妈。"

"你说什么呀!"外孙语气郑重地说,"母亲就是母亲,永远是母亲。"

粮食上仓地租收缴后,赵家大院突然紧张起来,从怀明的房间里传出消息,这个实实在在的赵家掌权者病了。据说,怀明在打猎时坐骑被冲出来的野猪惊吓脱缰,怀明从马上摔了下来,伤了膝盖骨。其实,那只是一点用不着大惊小怪的皮外伤,但谁也搞不清楚为什么这位壮汉竟一蹶不振。有了前一次的经验,族人还怀疑这个赵家的辅佐者借受伤的借口在进行一次新的试探。他们小心翼翼,如履薄冰,生怕被这个赵家的掌权者抓住把柄,重蹈柳成和王益善、赵庆一的覆辙。那时,那十九名壮汉中有一个名字叫隋亮的人,他以惯常溜须拍马察言观色而著称,以厚颜无耻引以为荣,又以见风使舵心狠手辣而在族人中臭名昭著。当初德治掌家的主意就是他给出的,后来他又为怀明的重新掌权而推波助澜,现在他又以他惯常的伎俩揣摩出了主子的烦恼。

"我们需要有一个名副其实的主人和镇长。"他在同乐楼的大厅里向怀明建议,"您应该把怀英的儿子德俭过继过来担任这一职务,这不是因为德治不够聪明,而是因为德俭更聪明。"

怀明感到震惊,这倒不是因为他的大胆,而是因为他恰是时候地找到了他长期郁郁不欢的症结。

他的女人们没有给他生下一个孩子，他在无尽的怨恨中咀嚼苦涩，但他丝毫没有把这一责任推给女人。有一段时间，他在泛滥的蟋蟀叫声中，在喧闹的黎明，在金黄的傍晚中，在遥远的狼嗥声中，他无时无刻眼前都浮现着武松林的面庞。他坚信，只有这个表情坚硬的郎中才能打碎他心头的硬结，了却一个作为雄性动物的心愿，但他失败了。他派出的一队队人马找遍了所有有可能人类所能达到的地方，结果回来的人报告说，他们在北面又发现了一个和蓝镇一样大的镇子，那里的人个个金发碧眼，高大魁梧，说着和他们不一样的语言，但他们喝着吃着和自己一样的食物，感受和自己一样的痛痒。他对那些几乎是神话的东西没有兴趣，因为他现在需要的不是朋友而是儿子。当然也不仅仅只是等待，在此期间，他用皮鞭抽打过十五个巫婆，用棍棒打死了二十一个饭桶郎中。他甚至去了逍遥楼，但不是为了寻欢取乐，而是去找鱼儿娘。可是这个女人肥胖的身体早已失去了鱼一样扭动的灵活性，说话也颠三倒四。

"都是朱成文干的好事。"她说着他不明白的话，"是他染给我的肥胖。"

那时，镇子里已经有了关于他生理问题上的传说，人们根据他高超的舞技和美妙的歌声推断，他其实是个长胡子的女人。他无法容忍这种无中生有的侮辱，逮住了传播这种消息的两个人，不经任何审问就连同他们的家人一起赶出了蓝镇。他每次与文清谈起这件事的时候，还大为光火。

现在，隋亮的话提醒了他，他觉得自己确实应该有个子嗣来接替他的这支香火了。他说干就干，并且做好了哥哥拒绝他的对策。晚上，他吃了有病以来最饱的一顿饭，就像当初要将剑客赶出朱家大院那样精神抖擞地踏进了哥哥的大院。怀英是唯一没有进驻朱家大院的赵家人，他依然住在赵家的老宅中。老宅只有一个变化，门外的锅灶已经全部拆除。唯一让怀明感到变化的是那些仆人和丫鬟，他们早已得知了消息，都肃立在道路的两旁。没有回家的感觉，相反老宅中的一切使他看见了那个被记忆封存起来的雨季和古老而遥远的家乡。他心头一悸，哥哥怀礼就站在他的面前。他没有勇气看哥哥曾经住过的房屋，便直接来到怀英的房间。怀英起身对弟弟的到来表示亲近，可他觉得哥哥的举动暴露了他们之间的距离。哥哥的两个儿子站在父亲的身后，他们长着铁塔一样的身材，阔嘴大眼，猪鬃一样的头发，完全继承了母亲的长相。不仅如此，他们说话瓮声瓮气，食量也遗传了母亲的基因，干起活来简直不用家里的牲口，他们的力量已经超过了伯父和母亲。据隋亮说，德勤一个人与五十个卫队员拔河，结果赢了五十两银子，而德俭又与哥哥比赛,将那五十两的银子揣进了自己的腰包。哥儿俩都已娶妻生子,他们一天结婚,同样都是同时各娶两个女人,因为蓝镇谁家都不敢冒险将自己的女儿单独嫁给犀牛一样健壮的小伙子。他喝着龙井茶,眼睛瞟着德俭,这时他找到了自己不喜欢两个侄子的真正原因,他们与他要求的那种温文尔雅的继子相距太远,要不是现在事情已经到了不是他喜不喜欢愿不愿意别无选择的地步,他才不会过继这样粗鲁的汉子来接替他的香火。他敢肯定如果不是赵家的富有和地位,这两个丑小子会和他们的母亲当初在磨坊的结局一样。

弟弟打量儿子的温情眼神感动了怀英,家里已经很久没有这样的气氛了。他吩咐两个儿子重新给叔叔倒上茶水,于是两个人便谈了一些家里的事情。哥哥亲自查看了弟弟的伤情,而弟弟则嗔怪哥哥不该自己带着家人在田地里劳作。"你岁数也不小了,身体是大事。"弟弟说。他们都有意避开了一些敏感的话题,所以彼此都觉得在他们相处的几十年中这是一次最融洽最深入的谈话。末了当弟弟谈起来这里的目的时,哥哥毫不犹豫地答应了。

"你喜欢他们俩谁?"哥哥说,"德勤性子柔一些,德俭性子刚一些。"

怀明最终选择了德俭,因为德俭的性子将会决定赵家将来的走向。"家里需要一个有气魄的人来管理。"他自言自语,"镇里也需要一个有胆识有决断的人来打理。"

文清很快知道了怀明这个决策,是怀明的贴身丫鬟月红告诉她的。她沉静的表情甚至没有让月红觉察她的惊愕,直到此时她才如梦初醒。她把账本往前一推,就急匆匆地向情人的房间走去,在路上她就已经决定自己该做什么该说什么。这是她有生以来第一次踏进情人的房间。即使如此,情人家里的摆设与她想象中的并无二致。门前两棵垂杨柳,门廊里月季、百合和玫瑰花香四溢,门廊的上方挂满了灯笼,每个门槛上方都悬挂着一个鸟笼,但鸟笼里的鸟没有一只是鹦鹉。正厅里摆放着古色古香的桌椅和玉器翡翠玛瑙,靠北面的墙壁上悬挂着王羲之的墨迹。厅里有一股浓重的烟草味,想是这个地方经常聚集了家族中的长辈和族中的精英议事的地方。情人卧室是在正厅的斜后方,卧室的摆设和她的房间完全一样。猩红色的床幔,褐色的茶具,暗紫色的壁柜,雕有花饰的桌椅,窗台上摆设几盆君子兰和茶花,而他卧伏的床边,是她刺绣的床巾。从踏进情人的房间那一刻起,她就确凿无疑地认为,要情人改变决定并不是什么难事。屋子里挤满了人,他们是族中的长辈和隋亮以及另外的六个壮汉。她站在屋地的正中央,没向任何人打招呼，而是眉头微微动了一下，那些人就自动退出了房间。

怀明掀动了一下身体要坐起来，可是她急忙上前按住了他，给他理了理凌乱的头发，然后坐在床边默默流下泪来。在抽泣中她问了情人的伤势，问了情人的睡眠，问了情人的饮食，然后抹去泪水去了自己的屋中取来了两棵千年人参，亲自清理，亲自下厨，亲自端着参汤来到情人的床前，用嘴唇尝试参汤的冷热程度，一口一口地喂着情人喝下去。接着她坐在床边像个丫鬟似的给情人捶腿按背，给情人抹头揉肩，给情人洗脚擦脸，直到情人进入梦乡还牵着她的手。她把那些账本搬进了情人的房间里，在情人睡觉的间隙，她以惊人的速度工作着，当情人醒来的时候，看见女人在昏暗的灯光下伏案疾书，他的眼睛润湿了。他知道女人的性格是怎样的刚强，当初家里传出他和女人闲话的时候，他知道女人受了多少指责和非议。为了他，女人和妹妹成为仇人，和父亲翻脸，冒着失去生命的危险与丈夫进行周旋，忍受着怀英和怀仁的奚落，甚至那些仆人女佣也在背后对她指指点点，可女人从来没有在他面前抱怨过。他在愧疚的同时也佩服起女人来，他不知道这个女人究竟能承受多大的压力才能把她压垮。他很庆幸老天把这样的一个女人赏赐给他，即使他心怀对哥哥的负疚他也不后悔。他很清楚女人来到他房间的目的，但不久就被自己迷惑了，即使女人怀有一种不可告人的目的或者对自己的一切都是虚情假意，他也不会责怪女人肮脏的心灵，不为别的只为获得暂时的快乐和久违的温情。他的决定是值得的，女人见他醒来，莞尔一笑，像一个情窦初开的少女来到他的床前，问问这问问那，那种关心的表情溢于言表，以至于使他怀疑起自己是不是错怪了女人，辜负了女人的一片深情。他歉意地笑了，然后他就静静地听着女人说着两个人以前的事。那是多么美好的回忆呀，就像天空飘下来的雪花，轻轻飘落，轻轻飞扬。女人也不会想到她的情话威力竟然如此巨大，在她还没有使出撒手锏的时候，情人已经投降。

"我病了，病得很厉害。"怀明说，"家里和镇子里还是由德治和你来打理吧。"

文清马上回到自己的住处，派出所有的仆人和用人去找德治，那时德治正在镇子里和一个乞丐在斗蛐蛐，他已经厌烦了象棋那种玩意儿。得到这个消息，德治这次没有怠慢，他扔掉了蛐蛐，也很乖巧地听从了母亲建议，来到叔叔的房间给叔叔问安，他已经从上次的失败中吸取了教训。

几天后，怀明在族人中宣布这里还是由德治来当家的消息，当天夜里，一乘小轿将他抬回老宅。秋天来临枯叶满地的时候，他仰躺在病床上，腿上的疼痛让他彻夜难眠，而回忆注定是他最好的朋友。岁月的溪流已经销蚀了他内心仅有的一点激情，如果还能重温往日的激情聊以自慰的话，那就是每天早上他在疼痛中醒来的时候，想干的第一件事就是透过浓厚的尘埃去寻找他一生所有的经历过的轨迹。那是充满了美好和苦涩的回忆，几近使他落入地狱和天堂忽冷忽热的深渊。那些死去的女人整天在他面前跳动，而那些活着的女人却整天在他头顶盘旋。像刚进入老宅的时候一样，每天早晨德俭都会领着一双蹒跚学步的儿女来给他请安，坐在他身前的木椅上说着他已经不感兴趣的家里和镇子里的事。很意外，这个长相丑陋的义子，具有和他一样的情怀。太阳照到他床边的时候，女佣陈嫂来给他洗脸，接着他拄着双拐支撑起沉重的身体，忍受着腿部的坠痛和腋窝着力点的撞疼去院子里小便，在长达半个小时的排泄中，他没有一点畅快可言。也就是在这个漫长的过程中，他觉得自己的一天刚刚开始就已经度过了一半时光。他的脑筋依然有条不紊，此时他会将一天的工作日程做个简单的安排——不是做而仅仅是想想而已，这完全没有使他沮丧，相反这种回忆从某种程度上给他增添了生命的乐趣。在此之前，他已经重温了与罗锅儿小妾偷情的欢愉，与那个满脸长着雀斑身材曼妙的丫鬟幼儿死去活来的初恋，与那些管家家丁夫人们的调情，按照日程的进展，今天他的回忆应该在逍遥楼中度过。早餐很快就结束了，喝了一杯茶后，丫鬟扶着他躺在床上，就没有人再来打扰他了，于是他望着窗外的梧桐树上飘落下来的叶子，便很自然地落入了诡异的沉思之中。那是一个多么纯洁的小姑娘啊，她才十六岁，还是个处女，当他裹入怀中的时候小姑娘浑身战栗，看见他私处的时候居然惊叫着嚷嚷起来。她刚来逍遥楼才两个时辰，她到这里既不是因为家境贫寒，也不是死了丈夫，而是因为她的母亲对他崇拜如狂。她长着一双亮晶晶的眼睛，柳叶眉，黄娇娇的头发，嘴角微翘，但没有一丝的挑逗。这个女人在他离开逍遥楼后，也随之离去，后来嫁给了镇子里的一个做年糕生意的商贩，据说她现在已经是五个孩子的母亲了，但他从此再也没有见过她。不知为什么，自从陷入回忆的沼泽中，他就期待有一天曾经和他有过肌肤之亲的女人领着孩子突然闯进他的房间，对他说这是你的孩子，可他明明知道那是一种妄想。他拿起身边的烟袋点着，就把回忆落在了另一个女人的脸上和身体，但那些女人的面庞就像覆盖了一层千年失修房屋里的蜘蛛网，愈是清除愈是朦胧。于是，他决定跳出这个这个魔圈，可是很快无法挽救的怀念就像那些蜘蛛网，他看

日升日落

见了一只苍蝇挣扎在蜘蛛网的中央。将近中午,深秋的太阳延伸到雕有花纹门板上的时候,他叫来了在外屋的陈嫂,本来他想问问最近镇子里的事,可是他放弃了。陈嫂问他要做什么,他说他要吃燕窝粥。陈嫂面露惊诧,因为主人自搬进老宅后就没用过午餐。在用午餐前,他突然想起了文清,正是去年秋天女人曾经亲手给他做过一碗燕窝粥。自他搬进老宅后,女人就没有露面,他不由得怀疑起女人对他感情的成色了,他嘴里一丝苦涩地掠过舌根传递到了胸口,但他没有丝毫的怨怪,相反当这种苦涩变成甜蜜的时候,他对女人有了更深的透析,女人与其他的女人没有什么两样,或者干脆说所有的女人都一样。他这样想着,就看见粘在蜘蛛网上的苍蝇飞走了。他突然觉得自己轻松起来,坐起来不用陈嫂喂食,几口将一碗燕窝吃了下去。陈嫂笑了,说他已经快痊愈了。他表示了感谢,并用行动证明陈嫂所说的话是正确的。他起身下床,拎起躺椅,不用拐杖也不用陈嫂的搀扶来到院子里将躺椅安放在草地上,那时一轮巨大的太阳就在他的头顶。没有一丝风,湛蓝的天空中一行大雁排成人字形向南方飞去。他躺在躺椅上,闭着眼睛仰面对着太阳,轻声吩咐陈嫂给他打来一盆热水。他撩起裤裙,那丑陋的伤腿已经使他无法穿正常人的裤子了。黑红的左小腿肿胀得有水桶那样粗,使他无法感觉到一点水温,但直射到头顶的阳光弥补了这一缺陷。他突然想起,也是这样的季节,也是这样的阳光,也是这样的寂寥,他和哥哥怀礼骑着老虎走在回家乡的路上,想起当时的快乐,他猛地一阵战栗,巨大的恐惧使他坠入了比回忆还混沌的深渊。那是一种比野兽还凶猛无形的进攻,他发现自己重新获得了年轻时的激情,一把沉重的巨锤正在捣碎自己的躯壳。他感觉不到一丝的痛苦,相反这种虐击倒给了他无尽的快感,要不是他听见陈嫂喊叫,这种虐击一直会持续下去。大街上已经吵翻了天,陈嫂也向月牙门跑去。他忘记了腿上的伤痛,居然站起来像好人一样向门口走去。一个传说中的夜叉进入了他的眼帘,夜叉金发碧眼高大魁梧,皮肤白里透红,脸上还有一个巨大的鹰钩鼻子,穿着和他不一样的服装,但说着和他们一样的语言。那大汉身边围着一群男男女女,他们在询问他是从哪来的。那大汉高声回答:北面。人们又问他叫什么名字。大汉告诉人们,他叫汉斯。人们又问他是怎么来的。他老实地说他是在大海中迷失了方向乘风来到这里的。几个巡逻队员跑过来,问大汉是谁派他来的。大汉庄重地宣布,是上帝派来的。他觉得面前的这人是个满嘴胡说八道的疯子,他无心听说,就折身进了院子,腿脚居然和出院时一样灵便。本来他想再躺上一会儿,任凭巨锤继续捶打他的胸口，可是天公不作美，一阵阴冷的秋风刮过，乌云布满了天空，一盏茶的工夫，大雨倾盆而下，他想拿起身边的躺椅，可是那条伤腿已经使他无法站立。他摔倒在地，但没有喊陈嫂，因为他知道所有的用人都涌到了大街上。他匍匐前行，当爬到门口再也爬不动了的时候，突然想起还有几个至亲至近的没有回忆，这几个人有他的伯父伯母、父亲和哥哥怀英，还有那个死去的妻子文娟。陈嫂进入院落就看见一条丑陋的左腿搭在门廊的台阶上，雨水落在水桶上，发出"噗噗"的声响。

十一

悲痛之源从赵家老宅中涌出,几天里已经酿造了五场悲剧,那些对怀明崇拜如狂的女人们用极端的方法来表示自己的哀思。她们有的抹了脖子,有的跳了蓝江,还有一个撇下了两个年幼的孩子选择了上吊。为了阻止悲剧的继续发生,德治决定立即将叔叔下葬。葬礼在冰冷的秋雨中举行,但这并不失悲伤的激情。人们穿着孝服站满了大街,拉着灵柩的马匹全部选择了白马,由三百名卫队护卫着。王家戏班子奏着哀乐,女人们哭喊震天,燃放的鞭炮将天空的乌云都炸开了一个窟窿,逍遥楼的女人们站在门前全变成了泪人儿,那些得过好处和没有得过好处的将死者生前做过的坏事全部忽略不计,唯一美中不足的是怀明没有葬在赵家的祖坟里。这是德治的决定,谁也没有反对,即使怀英也没吭声。起初,当文清得知儿子这个决定的时候,她走进了儿子的房间,他们没有争吵。充满火药味的屋子在温情的谈话中,母子二人心照不宣互相做出互有条件的让步。母亲答应儿子不管叔叔的事,儿子答应母亲可以重新为他娶一个女人。但当母亲建议把那个休掉的远房侄女重新抬进赵家大院的时候,遭到了儿子的顽强抵抗。

"除了她,你就是抓个猪仔来,我也和她睡。"

这在以后的岁月中证明,德治是一个给自己话做主的人。女人冬天就进入了赵家大院,开春的时候,文清得到消息,女人怀孕了。女人是卫队里一个小队长的女儿,名字叫月儿,她长得娇小玲珑,性子温顺得简直就是一只小鹿,你让她往东她绝对不会往西,你让她往北她绝对不会往南。她整天没有一句话,除了吃饭和睡觉,几乎没有一刻闲着,即使是她生育的前一天,她还在帮助厨娘们洗碗。

"天生的贱命。"德治出于同情,对女人说,"那些事,是仆人做的,你来是给我生孩子的。"

文清则不喜欢,她把儿媳的勤劳理解为一种奴性,用她的话说,像这样的女人生下来的孩子注定个个都是供人使唤的笨蛋。于是,她擅自做主又给儿子娶了一个女人。那还是她的一个远房侄女,名字叫玉儿,才十五岁,是一个刁蛮小公主式的人物。德治与其说是没有反对倒不如说是他没有工夫去琢磨这事更确切,因为他正为巩固赵家在蓝镇的地位忙得不可开交。他找回了柳成,让他担任卫队的队长,又召回了王益善、赵庆一担任了柳成的助手。他对于在关键时刻动摇的人绝不手软,甚至不管族人的非议,将隋亮和几个族里的长辈处死,并将与其有瓜葛的人赶出蓝镇。他派人四处寻找叔叔怀仁,可是他失败了。二叔怀英又干起了老本行,德治把德勤、德俭分给了他,让他们协助叔叔管理土地、商店、粮站和药房。他的思路如此清晰,待德成、德功走进账房接管了文清的账本的时候,文清心里没有悲哀却掠过了一丝安慰。余平虽然已经老态龙钟,但他的热情弥补了他的年纪,待德治将他第二个儿子过继给外祖父时,老人已经把蓝镇所有商店做了一个系统的计划提交给了外孙,这份计划为二十年后蓝镇的繁荣奠定了基础。可是,很不幸,那个过继的婴儿在牙牙学语时不幸夭折。这一打击对一个年迈的老人来说是个灭顶之灾,他三天不吃不喝与命运进行较量,结局是在他想吃食物的时候已经无力下咽,最后自己饿死了自己。张先生主持了葬礼,他洋洋洒洒一万字充满柔情的祭文或叙或颂达到了余平一生的每个角落,以至于使送葬的文清洒下了眼泪。德治根据这篇祭文赞颂张先生是蓝镇最有骨气的人。作为回报,在外祖父下葬的当天夜里,他对私塾进行一次视察,并当场决定扩建私塾,给每个学子发放土地,并请求张先生掌管私塾。张先生非但没有反对德治的决定,而且又推荐了他的两名学生出来协助他的工作。这两名学生都刚刚成年,一个叫赵林,一个叫吴国芳。据张先生介绍,这两个学生有周瑜孔明的才能,有岳飞文天祥的忠诚。

"你是说他们有经天纬地之才啰。"德治俏皮地说,"那就用他们,你说了算。"

所有的一切看起来都是那样的完满,即使是文清也是这样认为的。她觉得儿子在经历了一次挫折后,变得聪明多了听话多了。明显地表现在他的侄女——德治的第二位夫人玉儿已经怀孕了。其实,她看到的只是表面现象,这次怀孕只是个意外,即使是德治也感到吃惊,他没有想到新婚之夜心不在焉的房事居然完成了一次生命的孕育。这个女人不能不使德治腻烦,她不仅不识礼节,而且刁蛮成性,最令德治厌烦的是她有个爱扯闲话无风起浪的毛病,即使是自己的丈夫也不放过。她仗着姑妈的权势欺压用人,还漫无边际无中生有散布老实得像只温顺的猫的月儿的谣言，说月儿在厨房里偷吃豆腐，在客厅里偷吃婆婆的点心，还偷了她的肚兜兜，甚至当着众人的面羞辱月儿是个只知道下崽的母猪。"那我就是公猪了。"德治说。她显然还没有尝到男女交欢的甜头，因为她说自己的丈夫是个只知道让女人痛苦的恶棍。文清听见这些话，还认为这孩子太小，暗地里觉得好笑。不过，作为答复，她与德治进行了一次长谈。德治再也无法忍受，要不是顾忌母亲，他真想将这个变态的女人按在地上狠狠地揍上一顿来解解气。他被这个女人和母亲唠唠叨叨的埋怨闹得整天郁郁不乐，为了躲避，他整天泡在镇长的办公室里自得其乐。那些日子，上午他处理家里和镇子里的事务，中午午睡一个时辰，下午把自己反锁在屋子里，背诵唐诗宋词，吃完晚饭拿起胡琴拉上一段，天长日久他的琴艺据说仅次于他的叔叔怀仁。晚上他会派人请来张先生喝茶聊天指点他的书法，临睡觉前还要捧起《老子》《庄子》和《论语》，结果他从书中的妙义中参悟到了为人处世和治家治国的方略。每半个月，他绝对不是出于赌气，派人用轿子接来月儿住上一宿，以至于这个温顺的女人给他生了三男一女。玉儿受了冷落，她恼恨地去找姑妈，文清这时可没有时间去管她的事。用她的话说，她现在比什么时候都忙。德治的三个儿子和一个女儿在生下来后就由她全权抚养，这些小宠物整天"叽叽哇哇"逗得她失去了对权力的兴趣，在这孙子和孙女的身上她找到了比权力更有诱惑力的东西，那是一种温情，一种寻找古老的根深蒂固的血脉源头的温情。

  如果不是那天中午发生的事，德治和她母亲的生活也许会永远这样周而复始地持续下去。一个炎炎烈日的中午，德治正在午睡，蓝镇的街道上仿佛从天边传来的清脆的铃铛声惊醒了他。他知道如果这些年蓝镇最安静的时刻是什么时候，那就是中午。人们在丰衣足食的生活中，找到了享受生活的安逸。街上站满了人，即使张先生也带着学生站在私塾的门前，他们像当初迎接父亲的那些族人一样庄重。起初他还认为，又是从北方的某个角落因航向的迷失过来的外乡人，可是当清脆的铃铛声停在他面前的时候，他简直目瞪口呆，从那头漂亮的小驴身上跳下来的女孩子更让他吃惊。在醉人的铃声还在天际飘荡的时候，他们彼此心灵做了一次感应式的接触。他们互相打量着，就像看着自己的化身一样。这种只有两个人能感觉到的深情对视，达到了人们无法发现的境界。人们的观察否定了女孩来自北方的猜测，于是他们把女孩锁定在来自南方、西方和东方。人们围住女孩，问她从哪里来。女孩说她来自来的地方。人们问她要去什么地方，她说她要去去的地方。人们问她为什么到蓝镇来，她说因为世界上有蓝镇这么个地方。她的回答令人恼火，但所有人都忘记了恼火，因为她的面部表情说明她这样的回答是最合乎情理的回答。女孩面孔上有着人见人怜的五官。她笑起来像哭而哭起来又像笑无法让人不抱着一颗同情的心去呵护她。直到人们问她叫什么名字的时候，她才做了一次正经的回答。她说，她叫婉柔。德治说话了，他毫不吝啬地赞扬，只有这个女孩才配用这个名字。人们也有同感，因为女孩说话的声音婉转得像黄鹂鸟在歌唱，女孩的步伐和腰肢的扭动像春风那样轻柔，她舞动的手臂简直就是水在流动。一直站在大门口的张先生嘟囔着："你是陈有仁的女儿。"婉柔一呆，然后反问："你是张先生？"于是这场关于来历的游戏终于结束。她确实是镇长陈有仁的女儿，是奉父亲的命到这里传达消息的。她拿出一张纸交给了张先生，并让张先生当面宣读。那是一张委任状，委任赵德治为蓝镇的镇长。委任状上还要求德治与张先生共同起草蓝镇的法律，以保证所有人都享受拥有法律的好处。文清第一时间接见了镇长的使者，婉柔简直让她喜欢得受不了，马上让怀英亲自出马去请张先生。张先生很愿意做这个媒人，可是当他向婉柔提起这件事的时候已经晚了，因为德治与婉柔相见的那一刻起，就已经被一种至死不渝的爱情纽带紧紧地连接在一起。这是一个皆大欢喜的结局，几天后德治就搬回了赵家大院举行了一场盛大的婚礼。没有人再怀疑，爱情的火焰更会煽动德治的激情做个更好的镇长。不久人们的猜测得到了验证，白天德治集中叔叔怀英、卫队长柳成、张先生和镇子里几个德高望重的长辈到办公室讨论公事，他在张先生的建议下又建立了两个私塾，分别由赵林、吴国芳管理，为的是让镇里所有的孩子都能看书识字懂得礼节。他把德勤、德俭两个堂哥调到卫队协助柳成维持镇里的治安，两个儿时的堂哥现在变乖多了，两个人围着他，就像两只小老鼠给一只大狸猫梳理毛发那样温顺。而那两位同父异母的弟弟也重新安排了工作，德成、德功在叔叔怀英的手下打理土地、商店、药房和粮站事宜，德成还兼任了家里所有进出开销的账本管理工作。用怀英的话说，德成对账本的热衷就像父亲对土地的热衷一样充满了天分。每当逍遥楼的灯光亮起，德治才会回家，在途中他会留意一下庄稼的长势，每家每户飘起的炊烟，小贩们叫喊声和书馆里传出的欢笑声。有时，他会特意去一趟章家戏班预先订个座位，以便晚上和婉柔来听听戏。回到家里，他会和婉柔一起进餐，然后两个人弹琴、写书法、画画，读李白和李商隐的诗，吟诗作对互相品评，或者两个人倚在一起看着窗外的月光说着悄悄话，或者

日升日落

两个人干脆就坐进院子里，听蛙声虫鸣喝茶聊天。女人笑起来带着苦涩，哭起来又带着甜蜜的表情总能把德治逗得不知所措哈哈大笑。可婉柔对丈夫日夜只陪着她一个人深感不安，在她含蓄的暗示下，德治恍然大悟而又迷惑不解。不过，他还是按照婉柔的指示做了。自此以后每个月中，德治都会到月儿和玉儿的房中过上一夜。宽容的力量是巨大的，即使玉儿也被婉柔的善良所同化。她那时最喜欢的就是和婉柔下围棋，虽然她棋艺不精，但她乐意输给这个妹妹。没有人怀疑，这个大家庭和谐的气氛会持续将来的岁月中。德治深为自己的过去感到痛悔，他想起了自己的第一个女人，他觉得一个男人因为自己的偏见而对一个女人的冷落是怎样的罪过。一天，他走进了母亲的房间，他双手互绞着表明了自己的来意。母亲正在给几个孙子孙女讲女娲补天和阿当寻火的故事。

"什么？你要接她到家中来？"母亲吃惊地问，"她已经嫁给了别人。"

"我不该对她那样，她本来就没有错。"德治说。

文清深受感动，她想不到一个女人的力量巨大得能改变连自己都无法改变的亲生儿子的性格。当天晚上文清亲自安排了一场自进入大院以来的第一次酒宴，蓝镇有头有脸的人物都在被邀请之列，但张先生是唯一的拒绝者。他依然操守着自己的坚贞，独自战斗在已经陈腐的消亡的过去的那块无名高地上。宴会上，德治和婉柔坐在文清的身边，德勤和德俭进行了力量表演。兄弟两个站在空地上，两侧各站着五十个精壮的卫队勇士，他们将用自己的力量来告诉人们，德勤和德俭的力量究竟有多大。一百个人轮流上来抱住德勤和德俭的腰身，结果哥儿俩身体只一抖，这些勇士就像是熟透了的桃子一样从树上滚落下来。王家戏班子表演了戏剧和杂耍，德治的四个儿子云鹏、云飞、云森、云林跟着小丑的身后要看看他们到底是真猴子还是假猴子。当德治弹起琴弦，婉柔跳起舞的时候，文清这时才知道，她给孩子们所讲的天女散花的故事并不是什么神话。那时所有蓝镇的夜空都被晶莹剔透的芙蓉花瓣熏耀得熠熠生辉，一直照耀进人们的心窝里。这次宴会意义是重大的，影响也是深远的，它使暴躁的丈夫从此知道了该如何去疼爱自己的女人，使刁蛮的女人从此知道了该如何去温柔自己的男人，使不孝儿女从此知道了如何去孝敬自己的父母，使哥哥更爱弟弟，弟弟更亲近哥哥。张先生甚至提议，在蓝镇的法律中加上了保护妇女儿童权益的条款，包括保护逍遥楼中女人的权益。没有一个人提出反对意见，因为谁都不想自己的恶劣表现传到婉柔的耳朵中而无地自容。

初夏里的一天早上，赵家大院传出了一个令全镇嫩绿的柳树叶子变成灰色的消息，婉柔死了，死于伤寒。出于哀伤和怀念，文清吩咐家人保留了婉柔房间里所有的摆设，以至于很多年后，赵家的子孙在阴历四月二十二这天也会聚集在这里像祭奠神一样祭奠这位长辈。巨大的哀伤控制了整个蓝镇的生活秩序，那些在土地里劳作的人们自发停止劳作，张先生命令私塾里的学子们停课一周，小贩们停止了呼喊，就是逍遥楼里的女人们也停止了喧闹，王家戏班子把乐器搬到蓝镇大街上奏出了低沉的哀乐。德治不接受失去娇妻的现实，任娇妻出现在他笔下的宣纸上，琴弦奏出哀婉的乐曲中，回忆的烟雾中和床榻温馨的气息中。没有人能阻止他寻觅的脚步，因为他确信娇妻的死去只是一种暂时的告别。他的脚步踏遍了蓝镇四周的群山，蹚过了所有的河流，他去了朱成文当初寻仙的山谷，目睹了一只老虎和蟒蛇的搏斗，也去过家乡，结果在那里他遇见了赵俊杰，得知就在老家的北方也有着一群长着和汉斯一样的大汉，他甚至去了很多年前被父亲赶跑的那群货郎的村庄，要不是德勤、德俭两个人的力气他会作为那些货郎的盘中餐。他喊哑了嗓子，哭干了眼泪，人憔悴得让人们想起了十几年前的灾荒。突然有一天，他用沉默代替了过去，这仿佛是一种改观，但只有文清知道儿子已经达到了崩溃的边缘。不出她的所料，德治重新住进了办公室，不言不语，用美好的回忆聊以自慰。人们真不知道，这样的折磨要持续多久才是个尽头。

完全是一次孤独的旅行，没有一点预兆，他推开了智光禅师的庙门。这是一个自然发展的过程，是秋天午后的阳光指引他这样做的。他沿着喳喳作响的阳光，行走在蓝江边，那里的江水泛着婉柔一样的笑容，看着笑容他经过了逍遥楼，那里的女人们忧郁的表情就像他失去婉柔一样的忧郁，走上蓝镇大街，卫队向他行了军礼，经过赵家大院门口的时候，他嗅到了一股腐臭的气味，于是他向左边拐，经过一个土坡，涉过一条小河，穿过一片柳树林子，踏上用石子铺设的小路，这里的阳光都被头顶的树冠切割成细碎的斑点印在地上，这时他的脑海里出现了婉柔穿着带着白色斑点的红色旗袍。他身边的鸟鸣变成了婉柔的歌声，这种歌声到老宅的门前戛然而止，他使尽了一切办法也无法将其复原。门口站着的叔叔怀英冲他说话，可他只看见叔叔的嘴巴一开一合，一句也没听到。他看着老宅在黏糊糊的黑流中扭曲成一个暗红色的沼泽，他不敢确定这就是他童年生活的地方，也不是他想驻留的地方。他沿着大墙的外侧小心翼翼地走着，生怕脚步声震倒摇摇欲坠的房屋，再转过一个山脚，私塾就在眼前，那些学子们正高声朗

读:"有朋自远方来不亦乐乎……"的句子。他在短暂的茫然后就肯定,如果蓝镇有一个人还有骨气,那一定是张先生。当他脚步轻快地登上山坡的时候,阳光照进了他的胸膛。这时,他忘记了母亲,忘记了两个夫人和五个年幼的孩子,忘记了自己的地位,甚至忘记了怀念他最爱的女人婉柔。他胸膛里的阳光照射出来,就像手电筒的光束指引着他走进了庙门。那条幽静的铺满树叶的小路、门前菩提树和那片白菊花沾满的露珠、古朴的庙舍、金光闪闪的释迦牟尼佛像、香炉中的香火和东屋里摆满的经书以及西屋里的木鱼几欲使他潸然泪下。他觉得过去的一切简直就是在玩一场荒唐的游戏。

"我感觉到我前世就在这儿,"他卑微地说,"这里窗明几净,气氛庄重,木鱼敲出的声音是朝圣者的天籁之音,这是世界上最伟大的殿堂。"

当他向智光禅师说出这番话的时候,智光禅师站在他的阳光里微微一笑。这种笑不是出于被赞赏和得意,而是他被德治的眼窝子里的缘分感动了。打听到镇里传来一片哭声的那一瞬间,他就预感到一个比自己更有佛缘的人物将出现在自己的面前,他期待这一瞬间,就像当初他期待怀仁到来一样。不过,他没有想到,来的人还是赵家人。他们一见如故,从中午一直谈到了第二天早上,他们谁也没有感觉到疲倦。从此每个下午,德治就来到山上,听智光禅师讲解佛经,然后第二天早上回镇里。他没有因为熬夜憔悴了面容,恰恰相反,他食欲大增,红光满面,步伐矫健。半个月后,在简单的仪式上,智光禅师给他做了剃度。当两个人重新坐在对面的时候,两个人相视大笑,因为德治看见了一个光头的和尚,而智光看见了一个光头的镇长。就在德治自得其乐的时候,蓝镇开了锅,文清更是为此大为光火,放下了几个孙子孙女带给她的乐趣,集合了家族中的长辈和柳成共同商讨对策。她以智光禅师用妖术迷惑了德治为借口,命令柳成率领卫队去将庙宇焚毁。德治挡在庙门前将柳成训斥了一顿,并命令他将卫队撤回蓝镇。文清亲自出马,她以尊长和年轻时的强悍剥夺了儿子的镇长权力。要不是怀仁的及时出现,恐怕谁都无法阻止一场悲剧的发生。没有人知道怀仁早已剃发为僧,而且就在他们的眼皮底下。怀仁稳健的步伐,清明的双眼,让嫂子怯了手,不过她并没有认输。他们僵持了三天三夜。最后,德治投降了。他和母亲达成了妥协——他重新蓄起头发,而母亲则答应儿子不会再来搅扰这里的安宁。

一场规模空前的天花瘟疫袭击了蓝镇,黑色的魔鬼带走了德治的三个儿子两个妻子,带走了卫队成员的一半,带走了逍遥楼里三分之二的女人,带走了赵家族人的老人和孩子，以至于使蓝镇每个家庭都残缺不全。每天早上，人们都会看见麻木的送葬队伍忧郁地走在用石子铺设的小路上，黑色无形的魔鬼使人们麻木了悲痛。那时，人们放弃惊恐，任死神随意摆布。赵家大院在一次次送走亲人后，没有人再愿意理睬那些土地和商店。现在，金钱和权势与生命相比简直无足轻重。所有人都认为这场比灾荒更可怕的瘟疫来自蓝镇不久前的一个传闻。有一个牛倌放牛时，听见了一阵"咕咕咕"的叫声，每叫一声黑色的云雾就会在蓝镇的上空滚过一次。德治暂时忘掉了怀念，他亲自率领卫队巡逻在蓝镇四周的山头上，而怀英则认为魔鬼来自水中，他率领赵家的家丁日夜守候在蓝江边。他们的结局几乎一样，武士们每天都会带回被捕杀的熊瞎子，而家丁们每天都会带回一马车鱼虾。他们就这样折腾了一个月，瘟疫不但没有退去，反而来得更加凶猛。当镇里第五户人家全部死光的时候，瘟疫再次光顾了赵家大院。人们第一次看见了女主人的恐怖表情，她双眼绝望，面孔扭曲，颤抖的双手举向天空，大声祈祷让灾祸降临在自己的身上，以便不要再夺去唯一的孙子和孙女的生命。黑色的魔鬼在她身边打了一个转，同意了她的请求，但无法空手出门，就把灾祸降临在德治的身上。病已经不用治疗了，因为在此之前，蓝镇所有的郎中已经黔驴技穷。他已经神志不清，全身布满了红色的斑点，不分昼夜地呼唤着婉柔的名字，有时居然喊出了他和婉柔房中的私话，让一直守候在他身边的母亲都难为情。极度的高烧让他有时也发着牢骚，他说当初知道母亲和叔叔之间的关系后，他恨母亲，恨叔叔，更恨自己。他谴责那些盲目崇拜叔叔的女人，说他们都是笨蛋和色鬼。他极力赞赏张先生的气节，说他是蓝镇的脊梁。他又哭又笑，大喊大叫，让黑色的魔鬼也望而却步。文清宽恕了儿子的胡言乱语，并在三天三夜的守护中默默流泪默默忏悔。三天后的傍晚，德治突然从床上坐起来，看着忧伤憔悴的母亲淡然一笑。

"妈妈，你还生我的气吗？"他瞪着赤红的眼睛，攥住了母亲的手请求原谅，"我看见了父亲和婉柔，他们在天上，身边还有你那三个孙子。"

"不要胡说，"母亲温和地说，"你是我的儿子，我怎么能生你的气呢？"

"要是能和他们相聚，死也不是什么坏事。"

"你会好起来的，"母亲安慰着儿子，像抱着婴儿那样抱着儿子说，"妈妈在这里，你什么也不用怕。"

文清亲自去了逍遥楼，那里的女人们因为极度的恐惧而忘记了鱼儿娘曾经是

一个巫婆。鱼儿娘体态臃肿,坐在那里活像一尊弥勒佛。她企图拒绝文清的请求,但文清说服了她。

"我已经好久不干那种事了。"

"死马当成活马医。"文清哀求道。

事实证明,鱼儿娘确实是个名副其实的巫师。她的巫术一点也没有生疏,她从床下带有花纹的箱子中取出了带铁环的单面鼓,刚擎在手中,鼓声已经震撼了整个蓝镇。鱼儿娘像风一样飘进了赵家大院。同乐楼大厅中央的几案上已经放满了酒肉,香烟缭绕,巨大的烛光照耀得大厅明亮刺眼。所有的男人全部退到屋外手执兵器骑在假马和假虎的身上,女人身着素服,表情严肃心无杂念,手执单面鼓,恭敬地伫立在几案的两旁。鱼儿娘在腰部系上一个短裙,抱起一坛高粱烧喝了下去,然后一条腿弯曲,另一条腿在地上旋转,嘴里念念有词,可没有一个人能听懂。人们看见的再也不是鱼儿扭动的身体,而是上蹿下跳的猴子。突然,她身体腾空而起像有一股无形的力量将她举在空中,一阵阴风便将大厅的蜡烛吹灭,屋里屋外一片漆黑。一时,由远及近怪异的号叫声、屋外男人们的喊杀声、大厅里女人们敲起的鼓声、鱼儿娘大声喝问或温和的商谈声夹杂在一起,形成既诡秘又雄壮的战场。半夜时分,大厅重新恢复了平静。人们点亮蜡烛和灯笼,发现屋子外共被杀死了九只狐狸、一只狸猫、两只黑熊、五条巨蛇和六个纸人。在狼藉的酒肉中,人们看见鱼儿娘将长着六只脚和斗大脑袋的怪兽用簪子杀死在角落里。她身上溅满了绿色的血液,脸上却布满了七朵桃花。勇士们抬着怪兽把消灭瘟疫的庆祝演变成后半夜的狂欢,仅剩下五人的王家戏班子走在队伍的前面,人们暂时忘记了失去亲人的痛苦,并用唾沫淹没了黑色的魔鬼,但第二天早上,人们就发现这种庆祝为时尚早,因为镇子铺满石子的小路上照常行走着一队队忧郁的送葬队伍。

"我认输了,"鱼儿娘对文清歉疚地说,"我本来就不是一个称职的巫师。"

文清不相信鱼儿娘的话,她私下分析昨天晚上的那场旷世之战至少能遏制魔鬼的继续肆虐。她多么希望踏进儿子的房间的时候,看见儿子跳下病床,行走在去镇里的样子,可是德治的状况与她希望的正好相反,同时她很吃惊病入膏肓的儿子居然把后事安排得如此清晰周密。没有人比德治再清楚鱼儿娘的巫术是一场闹剧,他灵魂的深处早已告诉他,死神已经给他披上了另一次远行的外衣。就在屋外喊杀声刚刚平静下来的时候,柳成、赵林、吴国芳奉命来到了他的窗外,他又请来了张先生并让其亲自起草遗嘱。遗嘱上规定，柳成统帅蓝镇的卫队，仍由德勤、德俭辅助其工作。赵林担任赵家大院大管家，德功、德成辅助管理赵家在蓝镇所有的商业店铺。吴国芳接替叔叔赵怀英管理赵家所有的土地和税收，赵怀英只担任催租的工作。张先生不是受宠若惊，而是感到责任重大，德治不仅要他继续管理整个蓝镇的教育工作，而且德治恳请他亲自教授儿子云鹏和女儿清馨的四书五经和为人处世的原则。直到云鹏成人，能独自管理这个家的时候，他们再结束遗嘱上规定的本职工作。遗嘱的最后一条大胆而匪夷所思，他严厉地规定，任何女人从此以后不得参与赵家的管理工作。他好像和自己赌气一样诅咒，女人重新掌管了赵家的时候，就是赵家从此败落的时候。族人们知道了这个遗嘱的内容后，没有一个心里是舒服的，但谁也不敢反对。

"你这是重复朱成文和朱建昌的管理模式。"怀英不满地说，"你只不过是把道士换成了武师和读书人。"

"你说怎么办？"德治严肃地问。

"你应该用用德勤、德俭、德功、德成这哥几个，血浓于水。"

"你还想让我的儿子去重复我的经历？"德治毫不客气地说。

文清看毕遗嘱怒火中烧，但母性的力量熄灭了胸中的怒火，她闯进了屋中，抱起了儿子，大声说："就按遗嘱上去办。"

"妈妈，"德治哽咽道，"会传染的。"

"那就让咱娘儿俩一起死。"文清哭着说，"为什么老天让我一个老婆子活着却让我儿子这么年轻就去死？"

"妈妈，妈妈。"德治嘴角掠过一丝笑容，"人死只不过是早晚的事，不是什么坏事。"

全镇人为德治举行了火葬，他们穿起了孝服，哭声震天，但没有一个人流下眼泪，他们都被亲人榨干了泪水。

一周后的中午，德勤急匆匆来到了文清的房间，惊恐地说父亲、继母灵灵和家里的六个男仆三个女佣都患上了天花。

"魔鬼早晚会进这个家的。"文清并不惊讶，"直到整个蓝镇的人都死光。"

可是，她的预言在傍晚时分被打破了。一阵凤凰和鸣的声音从蓝镇上空掠过，人们纷纷打开窗户，即使是卧病在床的赵怀英也探出脑袋聆听这一天籁之音。在声音的下面，一个年轻的郎中牵着一匹高大的枣红马矫健地通过当初赵俊

生、赵俊杰来到蓝镇的那个山口，绕过了镇长办公室，路过了逍遥楼，径直走进了赵家老宅。这时从马上跳下来一个女子，她庄重的步伐和飘香的躯体，让人们一下子从形体上就认出这个人是赵洁。

"天，快挡住他们，别让她靠近我。"赵怀英对侄女的到来不是欢喜而是惊恐，"快告诉他们，让他们从哪里来还回到哪里去。"

赵洁微微一笑，冲郎中点了一下头。郎中好像回到家那样熟知，直接走进了赵怀英的房间，给赵怀英诊脉后，从口袋里掏出纸笔，画了一个草叶，然后吩咐德勤、德俭领人到大西山的悬崖下采药草，赵洁则与女佣们给大门外那些大锅生火添水。消息像长了翅膀迅速传遍了蓝镇，人们对赵洁具有救世主的才能深信不疑，但也不乏持怀疑态度的绝望者，他们到这里只是想在临死前看看圣洁的公主来作为生时的心理满足。最具怀疑者是文清，没有什么原因，而是出于本能的高傲。不过，她自己也暗地里承认，她不是不想去见女儿，而是不敢去见女儿。这种原因太清楚了，清楚得让她战栗，让她不需要什么原因那样清楚。

据德勤、德俭后来回忆，他们按照郎中指点顺利地找到了药草——那是一种宽叶的植物，谁也不知道叫什么名字。后半夜，德勤、德俭将十大麻袋的药草倒进了沸腾的大锅中，药香味让整个蓝镇打了一个巨大的喷嚏，就像预示着黑色的魔鬼业已逃之夭夭。人们按照郎中的吩咐，每个人都喝下了一大碗药水，奇迹在人们还没觉察时就发生了。所有的病人不但跳下病床，而且参加了狂欢。这可是一次真正的狂欢，地点在赵家老宅的大墙外。只是有了前一次的经验教训，狂欢变得有些矜持。

在狂欢的高潮中，男人将年轻的郎中抛上了天空，冲破了天空浓重的云霭。女人们跪倒在赵洁面前将感激和怀念的泪水倾洒在父母丈夫儿女的魂灵里。为了达到感激的效果，鱼儿娘保证，逍遥楼的女人们将永远向郎中提供无偿的服务。柳成汇聚了赵家族人，商量将如何回报对郎中的感激之情。这是个不是问题的问题，话题刚一开始族人就一致同意，郎中在蓝镇将享受终生的津贴。所有的一切全被郎中拒绝，他用一句话说明了理由。

"我不聋不瞎，四肢发达，头脑灵活，自己能养活自己，为什么要用别人来养活我。"他面色冷峻地说。

"他是活菩萨或者是神仙。"文清折服了，"我要亲自去拜见他。"

文清和张先生带着云鹏来到赵家老宅，张先生一眼就认出了郎中。在人们的一片混乱惊叫声中，张先生大声赞扬："武松林是这个世界上最伟大的郎中。"

十二

　　文清简直气得要死，因为赵洁要嫁给武松林。从赵洁启程那天她就为自己定了一条遥无归期的路程，她遗传了父亲的执着和母亲的坚强性格，使她成为一个坚不可摧混凝土式的人。她圣洁之美声名远播四方，沿途的人们原来只想一睹她的芳容，可马上他们就意识到要是不帮助她，那无疑就是犯罪。于是，无论她到达哪里，人们不仅提供给她食物和住宿，还主动帮助他打探武松林的踪迹。那些年轻的稳重的和张狂的后生，整天跟在她的身前身后甘愿为她效犬马之劳；那些年轻的文静的和风骚的女人们，也围在她的身边，为的是让自己在想象中也成为她的模样；就是那些豺狼虎豹见了她也远远避开，为老天造物而惊叹不已。原来预计是一场充满艰辛和危险的寻找，却变成了一次愉快浪漫的旅行。十几年间，她骑过毛驴、骆驼、骏马、野牛和坐过狗拉的雪橇，路过了小桥流水的南方，穿越了青藏高原，见过和汉斯长相一样的大汉和金发碧眼的美女。那些美女皮肤像雪花，胸大腰细臀翘与传说中的美人鱼一点不差。她见过被父亲赶出蓝镇的那群货郎，他们的女人们头发高挽呈圆弧形蓬起，跳起舞来轻轻巧巧，唱起歌来软软和和像鸭绒床。她还见过佛光普照的印度人，那里美丽的女郎们给她表演了肚皮舞……最后，一条大白鲨驮着她经过一个月的航行来到了天涯海角，那里一群土著人正围着一个老人在跳舞。老人苍白的头发和粗糙的皮肤让人一下子就想到荒漠上干裂的土地和孤独的胡杨树。赵洁打第一眼看到这个老人，直觉告诉她能使这个人活下去的勇气是他眼睛中射出的那一道不屈的光芒。据土著人们的身体语言告诉她，老人的到来使他们从此告别了亘古以来疾病的困扰，他们在为神而舞。这种解说确证了赵洁的猜测，这个人就是武松林。

　　武松林对赵洁的到来感到局促不安，这倒不是因为赵洁的美貌，而是因为要拒绝这么一个美人的邀请简直比登天还难。于是，他放弃神仙一样的生活，告别四季如夏的海岛，告别椰树茶花，告别还没有被人类的自私侵染的土著人，决定立即返回蓝镇。但他的苍老是不争的事实，他担心蜗牛一样的步伐斗牛一样的喘息会是他返程的障碍，这种担心只困扰了他最初的两个月。两个月后，他身轻如燕目光如电喊声震天，这一结果即使赵洁也惊诧不已。开始赵洁还认为是郎中高超的医术在暗地里起的作用，可是郎中神秘地向她透露，致使自己返老还童的原因，仅仅是一个奇异的梦。那天夜里，一个慈祥的老人光顾了他的梦乡，引领他走进一座华丽的宫殿，在一池弥漫着薄荷香气温和的泳池中，完成了一个神话般的奇迹。几天后，他脱落了花白的胡须，退掉了干裂的土地，舒展了孤独的皱纹。他害怕了，因为重返青春的种种预兆显示，他不仅喜欢玩耍游戏，而且小腹的骚动告诉他，他可能还是个处子之身。但他不敢对赵洁有一点非分之想，他想有这样的一个美人相伴，他宁愿做她的儿子。赵洁可不这么看，郎中严肃的表情，棱角分明的五官，一度使她神情飘逸，为之倾倒。

"我要嫁给你，"一天，赵洁大胆地说，"即使你反对。"

"这是不可能的，"郎中吓了一跳，"论年纪我能做你的爷爷呀。"

"这是上天的安排，"赵洁说，"你看你现在的模样，就像一个天使。"

文清经过几天强硬的反对后，就再也没有坚持自己的主张，因为那样势必会造成孤立无援的境地，全镇人都赞成这桩婚姻，但她无论如何也不能接受这一无法想象的事实。从这天起，她就决定，自己再也不想见到这个女儿和那个看起来年轻实际年龄可以做自己父亲的女婿。赵洁和郎中婉拒了怀英让其搬进老宅的好意，也婉拒了鱼儿娘建议在逍遥楼举办一场盛大体面的婚礼。于是，镇里的年轻人在一天之内，在郎中授意下，扒倒了老宅，重新盖起了一所药房。晚上，郎中和赵洁在还弥漫泥土香味的新房中，举行了简单的婚礼，但盛况却是空前的。除了文清没参加之外，所有的人都参加了婚礼。云鹏下达了作为赵家继承人以来的第一道命令，要卫队为姑姑姑父举行一次盛大的游行活动，但被赵洁拒绝了。文清没有坚持自己的主张，因为那样势必会造成孤立无援的境地。

人们都有劫后余生的感觉，他们都想哭，但又不知道为自己哭还是为死去的亲人哭。人们默默地在自家屋内的北墙根下放上一张桌子，上面摆满了饽饽、水果和香烛，墙的正上方供奉着一串死去亲人的名字，日子便这样安静了下来。初春的柔风再次席漫蓝镇的时候，人们像约好了一样聚集在田地里，他们跑马走犁的样子和过去并无二致。柳成很尽心，每天早晚两次率领卫队巡逻一次。事实证明德治是有眼力的，赵林和吴国芳将家里家外管理得井井有条。大管家赵林中等身材，拥有精明的脑袋、严厉的嘴巴和一张公私分明的面孔。起初族人没有人相信这么一个文弱书生能管好这一大家子，但不久族人发现赵林的形态举止几乎与怀仁一模一样，只是怀仁不擅经营，而这个学生的经营之道几乎与怀仁奏出的音乐一样令人拜服倾倒。私塾里飘出了琅琅的读书声，那些天真的童音给劫后余生的镇子重新注入了新的活力。文清很高兴。那时每当傍晚的余晖里，女佣们说说笑笑在绣着针线活。她就像看见以前自己的影子一样。不过，她现在可没有工夫去和她们玩什么刺绣，她把心思都放在云鹏的身上。

小云鹏已经八岁，不仅是因为这个孩子现在正是汲取知识的年龄，更主要的是他将主宰着整个赵氏家族的命运。云鹏是长孙，打他一生下来文清就喜欢，可是这个孩子曾经使整个蓝镇为之惊恐，因为云鹏生下来就会说话。"小心点，碰着我的眼睛了。"他喊。结果接生婆吓得昏死过去。因此，有几个赵家的长辈建议德治将他杀死，原因他是妖怪，会给赵家带来灾难。文清、德治母子坚决反对。他百天时就满地飞跑，手里还提着两个盛满水的水桶。当人们都毫无怀疑地认为他的神力，会将赵家推向顶点的时候，却发现他的不足——他是个笨蛋。他到了八岁还背不出一首唐诗，而他的陪读们已经能背诵上百首李白和白居易的诗了，连四书五经都开始学习了。虽然他天生神力，但他的个头还没有同龄的孩子们高，站在那里就像一棵豆芽菜。不过，这并不代表他不强壮，瘟疫那阵子，全家人都为他担心，岂不知黑色的魔鬼因为惧怕躲开了他。他的长相没有一点像父亲和祖父，倒是与祖母有几分相像。族里人一致认为，这是文清喜欢这个笨孙子的根本原因。云鹏生下来就被祖母接了过去，从此每天晚上他们都会聊上一会儿。也就是德治下葬后的第三天晚上，文清在孙子面前流下了眼泪。当云鹏洞察了祖母的悲伤并不全来源于父亲的死亡时，安慰的话语差一点让文清笑出声来。

"我要读书，我要习武，我要做最有学问的人，我要做最强壮的人，我要做这里最好的镇长。"

他确实做到了。几十年后，他的子孙已经遍布蓝镇的每个角落。他一生中共娶了一百五十六个妻妾，给他生育了一百三十九个儿子、九十八个女儿，以至于后来给孩子们取名字都成了问题。但他记忆惊人，他可以毫不迟疑地喊出任何一个儿女的名字，即使那六对双胞胎的儿女也不例外。他成功地将蓝江的水引入蓝镇，使原本破旧的村镇变成了一个繁华的水上都市，使这里的人口急剧增加，并使这里的人民过上了富足的生活，体会到了天上人间不是虚幻的，到他寿终正寝的时候，蓝镇控制土地达到了蓝镇历史的极点。他被公认为天下无敌的武林高手，但一生中谁也没有看见他真正出过一次的手。

"不会的话，我就背诵一百遍，然后再默写一百遍，看是我击败它还是它击败我。"他对张先生说。

"没过关的话，我就练一百遍，直到你满意为止，我就不信练不会。"他对柳成说。

他鸡叫就起床，练习骑马和射箭。两个小时后，书房里传出他的朗读声。随着岁数的增大他变得温文尔雅但又不失威严。好像父亲的死触动了他的某根神经，已经知道自己的使命。除了每个星期二下午到姑姑家外，他一刻也不闲着，不是读书就是练习武艺，其实就是到了姑姑家他也没闲着，他每周都要向姑父武松林学习中医理论和针灸技术。赵洁已经有了一对儿女，她像喜欢自己孩子一样喜欢这个侄子，从侄子身上，她好像有一股穿透时间的尘埃看到了人类固有本性的眼光——仁厚和爱。云鹏甚至像个大人似的讲起了自己将来的打算，他说他要让每个孩子都受到教育，让每个孤寡老人都有赡养的地方，让每个人在蓝镇都享有一样的权利，即使是乞丐和妓女。他还饶有兴趣地预测，将来这里的山峰和江水将是个什么样子。这些话出自一个孩子的嘴中，使武松林目瞪口呆。而文清对孙子的行为是既担心又害怕，这种担心是没有用的，害怕也是不必要的，因为孙子没有因为繁重的学业损坏了身体，相反他的身材愈来愈高大愈来愈强健，只是他的面皮白皙有些像书生。直到有一天，他亲眼看见孙子因过度的劳累而口吐鲜血的时候，她哭了起来。

"咱不学这些东西，也不学这些劳什子的武艺，咱更不想当什么镇长。"她好像自己做自我批评，"知道这样当初就不该让你学。"

这些话被云鹏听了，也只是笑一笑就算了事。他依然鸡叫时起床，深夜时休息。他的认真和耐力让张先生敬佩不已，而让柳成很绝望。柳成一点也不喜欢这个徒弟，他认为这个徒弟不仅是个笨蛋，而且长着一副不是练武人的身架骨。开始出于对赵怀礼、赵德治的尊重，他耐着性子还能仔细教一些武艺，但后来气得吹胡子瞪眼，言语也铿锵严厉，甚至要伸手扭徒弟的耳朵，但理智告诉他不能这样做。于是他强调，是不是该考虑换一个人掌握将来，以保证赵氏族人的繁荣。他的建议刚一提出立即遭到了张先生、赵林和吴国芳的强烈反对。他们指责他的这种行为是一种忘恩负义的无耻行为，而他则从此把他们当成了敌人，并在同乐楼里公开指责师生三人的行为是一种合伙的另有企图的霸权行为。

德勤、德俭、德功、德成当天夜里在七里香酒店宴请了柳成，表示对他的支持。当德勤、德俭知道了哥哥临终前的遗嘱后，立即就以年轻人的鲁莽和真男人的性格要去质问哥哥。他们生气的不是哥哥把家族的权力给了儿子，而是把家族的权力让给了外人。哥儿俩哇哇大叫，他们的怒气将浓重的瘟疫乌云撕开了一道裂缝，连黑色的魔鬼也不得不暂时让路。父亲挡在他们面前，此时父亲的威严胜过了魔鬼。他寒光闪闪的目光、冷峻的神情、挺直的腰板和微微发抖的双手让两个儿子肃然起敬，因为他们长这么大还没见过父亲发火。在他们的印象中，父亲除了像在田里劳作的老黄牛那样卖力、管起账来像只雄狮进食那样精确外，其他的时候父亲所表现出来的性格特征与温顺的猫咪没有什么两样。现在，父亲的表情让他们想起了伯伯赵怀礼。

"都什么时候了，还去争那些虚东西。"父亲对怔愣的哥儿俩说，"用不了多久，瘟疫将夺去所有人的生命。"接着又说，"别看我去说，我说也只是出于一个长辈所尽的责任。"

德功、德成则不像那对孪生兄弟那样鲁莽，他们虽然心里不满，但表面却是拥护。他们整天擦眼抹泪，就像他们自己要死了一样，以至于德治感动得差一点儿改变主意将家族的将来交给他们其中的一位。等德治死后，赵林和吴国芳接替了兄弟两个的位置，他们甚至有一种幸灾乐祸的心理。

"等着瞧吧，看这个家能乱成什么样。"他们说。

但赵林和吴国芳没有辜负德治的重托，并用实际行动征服了所有的人。他们在惊讶的同时，便有一种酸溜溜的东西从舌底钻出，那是一种无奈和嫉妒的混合液，但他们将这些酸溜溜的液体硬吞了下去。

柳成听到他们的赞扬，心里舒畅，但像有一块鱼刺卡在嗓子里，一时让他说不出话来。当听明白哥四个建议他举行一次像赵怀明当初驱赶他那样去对待文清和云鹏的时候，他激灵地打了一个冷战。

"不，绝不。现在这样不是很好吗？要真是那样的话，我们的良心都将受到无休无止的折磨。"他断然拒绝了这个建议，好像是宽慰惊慌不已的哥四个，"不过，你们对我什么也没说。"

文清也听到了柳成那些狂妄的话，但没有马上把他招来，而是让人找来了怀

英。怀英刚进屋,她就哭了。就这样默默地对坐哭诉,直到怀英喝干了桌子上的茶水,站起来走出屋子。晚上,怀英带领德勤、德俭、德功、德成来到她的面前,文清像对待儿子一样热情地接待了他们。怀英命令四人并排跪倒在女人的面前,请求女人的责罚,并让他们当面保证永远不要做出对不起女人的事。女人亲自扶起了晚辈,让他们围坐在自己的身边,让他们感到就像小时候围在她的身边听她给他们唱歌讲故事那样温馨,还给每个人都倒了茶水,并吩咐用人准备了一桌丰盛的酒宴,同时责怪怀英小题大做。

"说到底他们还是孩子。"她像对受伤的小动物似的,怜悯地说,"他们不仅是你的孩子,也是我的孩子。"

酒宴开始时,很少喝酒的文清也倒上了一杯,但她不胜酒量,刚喝一口就满脸绯红。这时,怀英用眼角不经意地瞟了嫂子一眼,顿时明白了弟弟喜欢嫂子的原因了,也明白了自己唯命是从的原因并不是完全出于对哥哥的尊重和情意,还出于对嫂子智慧的敬畏。年近半百的嫂子,如果不是微微发福,谁都会相信她还只有二十几岁。

"我们都老了,"女人看着怀英,然后转过头说,"你们才是赵家的顶梁柱。"

她说话的语气,就像眷恋黄昏的晚霞那样沧桑,又像遥远的天边飘来的白云那样孤独但又不失潇洒的风度。她的伤感完全来自对生活的感悟和对生命的感叹,不想竟激起了五个男人的怀念之情。她索性放下酒杯,像当初给他们讲故事一样诉说起来。她讲了当初赵俊生、赵俊杰和婆婆秀子亡命天涯和来到蓝镇的艰难,赵俊生是怎样给朱成文赶车挨打,头是怎样流血不止的,赵俊杰是如何给朱成文倒尿壶的,婆婆是如何给朱建昌当奶妈洗尿布的;怀礼在朱家是如何给扛货累得吐血的,怀英是如何因为朱建新的引诱而大病一场的,怀明是如何仅仅是因为记错了一个数字被朱建昌羞辱的,然后又如何卖进了逍遥楼。她的嘴唇像机关枪的枪口,有几次怀英想打断她说明不是这么回事,但都未能如愿,而四兄弟为未知的家庭秘密感到震惊和好奇。于是,她继续讲述了怀礼当初是怎样去了荒无人烟的北方,如何认识了德功、德成的母亲,又怎样率领柳成回到蓝镇,使赵家原本地无一垄房无一间的情况下拥有了大片的土地。怀英又如何抵制朱建平收回土地的无理要求和抵制朱成文的歪理邪说。"赵怀礼,你们的亲伯父。赵怀明,你们的亲叔叔。"她喝了口酒说,"我们向来是以德报怨的,难道不是吗?赵家为了保护朱家不受侵害不惜牺牲了自己的利益赶走了剑客,厚葬了朱建昌,就是现在我们还在给他们保护着所有的财产。可他们是怎样对待咱们这些孤儿寡母的，咱们在他们眼里连那些道士都不如，不，连那些乞丐都不如。"

"嫂子，你喝多了。"怀英实在听不下去了，"你说的不是那么回事。"

文清没有理睬他，而是赞扬起和自己断绝关系的父亲。她说她的父亲是这里最大的财主，他的钱财能买下两个蓝镇这么大的地方，能建起上万个同乐楼，可是为了她，为了赵家，他献出了余家几代人的积蓄，才使赵家像点样子。她又说起了巧珍，说当初所有人都不同意她进入赵家，是她怂恿怀礼去说服了公公和叔公，才有了德勤和德俭这对活宝。

"那时你和哥哥还不认识呢。"怀英郁郁而语。

"你怎么知道？"女人反问。

她喝干了杯子里的酒，说她在很小的时候就已经和婆婆来往了，还是孩子的时候就与丈夫成为两小无猜的青梅竹马。她讲了婆婆怎么喜欢她，如何教她刺绣，又如何给她讲女人的事。说着说着她又把话题扯到怀英、怀明、怀仁的身上，她说他们是如何尊重她这个嫂子的，怎么把她这个老嫂子当成妈妈来对待的，接着又夸赞了德勤、德俭、德功、德成对她是怎样爱戴的，最后她说起了自己在夜深人静的时候就会暗暗愧疚，觉得对不起这些对自己有恩的人。她讲得那样的详细那样的有条有理那样的情真意切，怀英却听得稀里糊涂，有些事连当事人怀英也搞不清楚了，好像从古至今蓝镇本来就是赵家掌握的，和什么朱家李家或者其他家根本就没有什么瓜葛，也好像赵家的兴旺不是某个人的功绩，又好像不是大家的功绩，而是河水流过河床那样自然形成的。哥四个深感愧疚乃至痛哭流涕，自此对女人的话深信不疑，一是因为这些话出自一向严肃让家族所有人都敬畏的长辈口中，一是因为当他们离开女人的住处一起问叔叔事实的可靠性，叔叔毫不迟疑地证实，女人说过的话，没有一句是假的。

赵家大院被一群孩子搞得乌烟瘴气，但文清一点都不生气，反而站在同乐楼门前被逗得笑弯了腰。这群孩子们有德俭、德勤、德功、德成的儿子女儿，有德高望重赵氏家族的后代，也有和怀礼一起来到蓝镇那十九个勇士的孙子孙女。文清很热情，她吩咐仆人给孩子们拿来水果、冰糖和核桃酥，给男孩子每个人配了弓箭骏马，给每个女孩子都做了件粉色的旗袍，还手把手地传授刺绣的技艺。当这些女孩子坐在炎热夏天正午的树荫下绣花的时候，以至于人们误认为夏季结束的季节应该是桃花盛开的春天。本来当初孩子的父母们对孩子来到大院中感到担忧，但当那些轿夫抬着文清的轿子将她们接进大院里的时候，她们完全确信，以往关于文清的恶劣评价都是谣传。她们不仅得到了文清赠送的头饰、玉镯和香粉，而且和她们唠家常嗑，还给她们撑腰。"有什么委屈尽管说，"只有这时她才会表现出一个长者的严厉，"我给你们出气。"她这样说了，也这样做了。德勤的一个小妾被丈夫扇了一记耳光。第二天她问侄媳妇的脸是怎么肿的。女人不敢说。她叫来了德勤。她命令德勤脱光衣裳，让女人抽侄子一百鞭子。要不是众人的说情，德勤可真要羞死了。那些男孩子吃完喝完就在宽阔的同乐楼门前跑马射箭摔跤，结果德俭的儿子一箭射偏射穿了从大门外进来的爷爷的耳朵。德功的儿子耍大刀片，由于力量过大，大刀脱手飞出，结果削掉了她的一绺头发。她毫不为怪，还大加赞叹，这时人们才感受到与女人的胸怀相比，大海是怎样的狭窄呀。与那些男孩子相比，女孩子更调皮。她们早上起来的吵闹声盖住了树上鸟儿的喧闹声，她们抢着为这位祖母梳头，争着去院子里采摘鲜花插在老人的头上，还给老人施了薄粉。当月亮升起的时候，女孩子的浪漫情怀开始袒露，她们嬉闹唱歌，将羞怯抛到九霄云外，直抒心中的爱恋。为此，由文清亲自出马，成全了六对有情人。怀英和族人们深感欣慰，就是灵灵也深深喟叹，他们仿佛看见一个坚不可摧辉煌的家族将永远主宰蓝镇的命运——直至千秋万代。怀英被嫂子的情绪所感染，离开老宅进入了赵家大院。他对嫂子的吩咐唯命是从，担起了每周请族人喝一次酒的重任。当他迈着趔趄的步伐穿梭在酒桌之间，人们这时才感觉到，原来他的体内也流动着父亲的基因。

　　自从与自己一般大小的孩子进入了大院后，云鹏就没有离开过自己的小院落，这倒不是因为他孤僻而是因为他的勤奋和沉静的脾性。这段时间，除了祖母外，还有一个人经常出入这座雕有花纹的月亮门，那就是金发碧眼的汉斯。汉斯高大的身材粗犷的外表一度使云鹏对这个外来者的学问有所怀疑，但当汉斯在他面前侃侃而谈的时候，他才体会到以貌取人的害处。汉斯则觉得，身前坐着的前倾着身子的人，哪里是个孩子，分明是个知识渊博的学者。他跟他学习他们的语言，还学数学和力学，跟着做化学试验和画几何图形，也学天文和地理，并成功地预测出日全食和月全食的日期。不仅仅都是做学问，他们还经常聊天，每当这时汉斯就不厌其烦地诉说自己的经历。他说他十岁就跟着父亲周游世界，其目的只有一个，就是让全世界的人都知道上帝的存在。他说他每到一个地方都会娶一个女人，这些女人中有金发碧眼的，有皮肤黝黑的，有白若凝脂的，有高的有瘦的也有蠢笨如牛的，有活泼的，有文静的，有张狂的，有矜持的，有公主也有妓女。他说在蓝镇的西面还有好几个像蓝镇这么大的村镇，东面也有一个小村落。他说他亲自看见了一个镇长被愤怒的居民押上了断头台，他还说他亲自被北面镇长的姐姐召见过。

"离这里大约有三个月的路程，"他说，"那个镇长和你一样大。"

"这么说他们距离我的老家赵家村只有一个月的路程，"他饶有兴趣地询问，"我们应该和他们友好相处。"

"你最好和那个女人好好相处。"汉斯说，"那里现在是那个女人说了算。"

张先生很久不来这里了，因为他觉得这个学生根本不用教授什么东西，学生自悟的本领超过了一切古板的传统知识。有时，他甚至佩服起自己的高明耻笑起柳成的愚蠢。这个面皮白皙说话温和的学生，根本在娘胎里就已经是一个懂得当敌人袭来时如何抵挡的高手，而与柳成想象中的恰恰相反。当他意识到这一点时，他就一头扎进了屋子里做他自己的事情了。他从此不管学生，学生的事由吴国芳来管。现在，他要研究一下武松林为什么重新焕发了青春。

这与他的地位和身份极不相符，他简直成了一个投机取巧偷懒耍滑的家伙。他天不亮就来到了武松林的药房，开始借口买药，后来干脆像个无赖，不顾礼节打扰武松林和赵洁的好梦。他整天泡在药房里，像个小伙计帮助整理店铺，打理草药，还对每个购药的人点头哈腰。每当武松林给病人切脉的时候，他就会献媚地给曾经的老朋友倒茶添水。他不止一次小心翼翼地询问武松林重新年轻的原因，武松林耐着性子如实相告。可他一点都不相信武松林的年轻是渊源一个什么奇异的梦，更不相信老朋友对天起誓发咒的言语。他的坚忍令人敬佩，他不言不语，整天忙东忙西，谁都知道他所做的一切意欲感化老朋友道出心中的秘密，可他却觉得自己的行动很隐蔽。

大约是半年后的一个夏日的午后，武松林在诊毕一个病人的闲暇里，透过正午闷热的空气，看见一个将欲腐朽老人凄惨的面孔，怜悯才使他违背了自己的意愿决定对老朋友撒上一次谎。他说之所以自己重新焕发了青春，是因为自己吃下了二十五服中药。于是，他开出药方并亲自给老朋友抓上包裹好，叮嘱老朋友如何服用。

张先生如获至宝，提着药包像踏着青云的孙猴子。"如果真是这样，我可不会像郎中那样自私，我要让全镇的人都得到这个好处。"他一边走一边想。一切都往好的方向发展，在最初的半个月中，张先生的头发变黑了，牙齿放出了亮光，脸色也红润了。待二十五服中药全部服用完毕，他不仅步伐矫健，而且恢复了久违的男性功能。他欣喜若狂的同时，很为自己羞涩。他的夫人已被瘟疫夺走了生命，可他硬是用理智的利剑斩断了激情的金链。可是不久，他就发现这种年轻是虚假现象，因为他的面容与一个月前并无二致，他的皮肤依然粗糙如初，更为可气的是那些老年斑没有减少反而增多了。他重新踏入了郎中的药房，严肃地盯着郎中，以至于郎中不得不费了很多口舌再次赌咒发誓。郎中光洁的皮肤，清澈的双眼，乌黑的头发，让他火冒三丈。谁也不会想到，像张先生这样德高望重的老者居然做出了与他性格完全相反的决定。他去镇里调来了卫队，包围了药房，强逼郎中交出重获青春的秘方。要不是赵洁及时出现，失去理智的老先生真不知道能干出什么傻事。赵洁的出现决定了张先生一生的最后结局——他疯了。老人不相信郎中的话，却对赵洁的话深信不疑。他透过时间的薄漪好像看见了一个熟悉的面孔，朱成文那些荒唐的理论在记忆的灰烬中得以复燃。他站在污垢的街面上，为朱成文的理论干裂了嘴唇喊哑了嗓子，可是没有一个人记得蓝镇曾经有过朱成文这个人。烈日下，他满身灰尘面黄肌瘦，蓬乱的头发像个鸟窝，干瘦的身躯套着一件辨不出颜色的长衫。他一天一天也不吃一顿饭，强烈的追求欲望使他失去了饥饿感。他对那些关心他的人置之不理，即使文清来到了他的面前他也无动于衷。在经过三次的劝说后，文清得出了一个结论：他的欲望和他的忠诚一样值得人们尊重。

  镇子里的人被他狂呼乱叫的吼声惹烦了，那些孩子（有的曾经是他的学生）向他投掷石块，就是逍遥楼里的女人们也因为他的狂叫大声呵斥。立冬这天下了一场小雪，他怀着委屈和失望在朱成文的坟前伫立良久。午夜时分，那颗不死的心驱使他鬼魂般地踏进了郎中的药房。药房的后面，赵洁早已为他准备好了弥漫着薄荷香气温和的泳池。泳池缓解了他的痴狂，他露出了孩子般的微笑，仿佛在雾气缭绕的水蒸气中重新获得了想象中的自由与快乐。

十三

阳春三月，阳光明媚，通往蓝镇那些由石子铺设的小路上，嫩幽幽的小草已初现美好未来的征兆。与此相反，整个蓝镇如坠冰窟。这里的人们不缺吃不愁穿，却个个无精打采，那模样和以前经历的饥荒瘟疫的表情不相上下，就是重新焕发活力的逍遥楼此时也变成了无人问津的场所。赵家大院那座漂亮的建筑——同乐楼——裹着一层坚冰似的外壳，即使归来的燕子在繁忙地筑巢和不停地歌唱，也无法融化人们如冰的思想。所有人都嗅到了一种气味，但谁也说不清是什么气味。其实，危机在去年冬天就爆发了。这种危机也不是人们嗅到的什么气味，而是充满了血腥的一场战斗。那天傍晚，柳成昂首走进赵林的账房就表明了一种态度，必须把这个与赵家毫无瓜葛的人赶出蓝镇，或许用更坚决的办法让这个人永远闭嘴更好。作为一名武士出身的他，从来没有如此大胆而果断。他虽然表现出一种气势，但见了和自己拥有一样权力的大管家，还是表示出了足够的尊重。他从对手的眼神中确定，这个对手与几年前相比除了精明外，又外加了几分倔强与干练。赵林对他怀有敌意的拜访已有觉察，但他还是像对待普通的拜访一样让他坐在对面，然后吩咐用人给他斟茶倒水。在两个人共事的几年中，他们单独相聚不谈赵家的事也不喝酒几乎在天长日久中形成了习惯。他们要谈的大部分是镇里的新奇事和儿女们的事，只有在张先生、赵林、吴国芳和他会齐的时候，他们才会一起商讨决策性的事情，然后为能达成统一而畅饮一番。但今天除外，他明明知道他提出的要求对方不会理睬，他还是毫无顾忌地提了出来。

"这不行。"赵林严肃地说，"卫队自建立以来所拨的钱都是这些，你现在要的数额是原来的两倍，比大院里一年的花销还多，即使要拨你也要有一个充足的理由，而且还要大家一起研究决定。"

他停止了凑向嘴边的茶杯，并把茶杯放在桌子上，用眼睛盯着对手的眼睛。

"明天将有另一个更有能力的人接替你来管理这个家。"

"真是好极了。你来管这个家,我去管卫队,我不多要一分钱,虽然我手无缚鸡之力,但管得肯定比你好。"赵林毫不妥协,语气略带嘲讽。

云鹏已经参与家里的一些事务,虽然他还没有完全控制整个家族的能力,但他已经从柳成快速的语言、暴突的脖筋和无视他的存在,间或挥舞强有力的手臂大呼小叫中感到了一些苗头。他已具备了一些气质,他先后九次拒绝撤销赵林大管家的请求。他无法掩饰自己的厌恶之情,在奶奶的面前发泄着不满情绪。没有比文清更早更清楚家里在发生和家里未来将发生的事了。她的冷静令孙儿佩服和担心,而她的言语更令这个从小就依赖于奶奶的孙儿惊叹不已。

"对内要以静制动,对外要以动制静。男人不仅要勇敢,更要冷静和充满智慧。"

因此,当柳成第十次来到面前挥舞着拳头大喊大叫的时候,云鹏微微一笑算是表达了他的观点。然后,他躲进朱成文曾经炼丹的那座院子,召集三十几个精壮少年,整天玩起了摔跤和射箭游戏,即使赵林被没收了家产投进了他曾祖父曾经住过的那座地牢,他也浑然不觉。在这次具有家族政变性质的行动中,德勤、德俭、德成、德功充当了帮凶。那天,德勤、德俭带着卫队闯进账房,像拎一只小鸡一样将大管家扔到院子里,像农夫打惹祸的牲口一样用皮鞭抽他,还用烟头烫他的鼻子,逼着他吃发霉的豆渣。柳成将赵林的罪状公布出来后,赵林的夫人走进了赵家大院,可卫队不让她见文清。在大门口,柳成和女人见面了。

"你说他啥都行,就是不能说他侵吞了赵家的财产。"女人平静地说,"你到家里看看,我们家有些什么?"

柳成什么也没说,掉转马头,亲自来到了赵林家。他不管孩子们的哭喊命令卫队将他们赶到院子里,也不查看屋子里的东西,更不管女人的叫骂,而是亲自拿起了一支火把,将同僚的家付之一炬。

与赵林相反,吴国芳自德成、德功进入屋子的瞬间,就改变自己预定的计划,他以商人的眼光和以读书人的敏感,意识到摆在面前的不是皮鞭和烟头,而是智力上的较量。他主动交出了土地、商店、药房和山林及蓝江上大大小小的船只的管理权,主动要求担负起蓝镇教育的重任。他想要扭转当前的局面,只得等待他的学生了,可他失算了。不买他的账不仅是他的学生,就是那些学生的家长对他的软蛋行为也极其鄙视。

柳成对吴国芳的做法大加赞赏,称赞他是遵循了德治的遗愿为赵家做出比他还突出贡献的人。在他的支持下，那些学生的家长都闭上了嘴巴，因为柳成以镇长的名义贴出了告示，要是谁家孩子不读书将被视为放弃租种赵家土地的象征。不仅如此，他同样以镇长的名义贴出了告示，将原来的地租提高了三倍，将商店药房的商品价格提高了五倍。每个家庭都在暗自流泪，但都不敢有怨言。几个胆大的去找鱼儿娘。鱼儿娘试图用荒废的巫术改变局面。事被柳成知道了，他声明，这些妓女伤风败俗，是朱家留下的余孽，必须取缔。他不管逍遥楼的妓女们叫苦连天，将她们赏给在这次家庭政变中有功的人，成为他们取乐用的工具。还命令他的两个儿子亲自去逍遥楼拖出鱼儿娘，用狗血浇她的头，用皮鞭抽打她的屁股。鱼儿娘肥胖的身体像红雪球一样在大街上翻滚，直至滚进了那座巫婆的房子。

怀英坐不住了，他先是闯进了镇长办公室，痛骂了两个将脚搭在桌子上的儿子，然后闯进了两个接替了赵林职务的侄子的账房，他的怒气将账房冲击得一团糟。他去找柳成的时候，柳成开始没有和他理论。后来怀英痛骂他的行为是禽兽行为的时候，他终于无法忍受，和他对骂起来。

"要是早知道有今天，当初我就让怀明杀了你，省得你在世上祸害人。"

"所有的这些都是为了你们赵家，为了赵怀礼和我那个弱智的学生，我没往自己腰包里装一文钱。"

"赵林也没有。"

"他是外人，我不能让一个外人来管着家里的事，现在不是很好嘛，所有的权力都在赵家人的手里。"

当初怀明所做的一切事也是他所不耻，可是现在却要站在怀明的一边。而当初他站在柳成一边，现在却要站出来反对他。这种敌人与朋友的互换把他搞糊涂了。他去找嫂子释解心中的疑窦。文清愁容满面，苍老得像暴风雪后的企鹅。她缩着脖子坐在炕里边，深深地叹了口气，有气无力地说："也许这就是男人吧。"不过，她还是决定召见柳成。

柳成见了文清表示出了极大的热情，他像见怀礼那样尊重了女主人。可当文清提出改变提高地租和商品价格的时候，柳成冷冷地说："你可别忘记了德治当初定下的规矩，女人是不允许插手赵家的事务的。"

"现在赵家的财产不是赵家的，是柳家的。"柳成走后，怀英说，"这是一个野心勃勃的家伙。"

文清走进了云鹏住所的时候，云鹏穿得破衣烂衫，简直就是一个乞丐，正带领那三十个少年在逮蛐蛐。他们充满好奇的笑声让文清心惊肉跳，那一刻让她为当初说过的话痛悔不已。她甚至认为，被她寄予厚望的孙子是她亲手培养起来的，也是被她亲手毁掉的。不过，她没有丧失希望，当着孙子的面说起了家里的事，可孙子的反应如同呆鸟。

文清回到了自己的房间，透过窗户呆望着院子里一群群嬉闹的少女们，流下了眼泪。这完全不是对青春的怀念，而是对孙子的焦虑。直到泪水朦胧了她的眼睛，她才感到自己很久没有痛痛快快地哭上一场了。意识到这一点，她马上停止了流泪，并深深自责起来。"这可不是你的风格。"她自言自语，然后深深地叹了一口气，"这孩子是不是读书读愚了。"她的预言在一炷香之后就得到了证实。在一阵吵闹声中，卫队将家族中的几个老人赶出了院子。这些人是赵氏家族中德高望重的长辈，他们的辈分有的超过了赵怀礼，他们是云鹏签署命令后被赶出赵家大院的。云鹏令所有蓝镇人失望至极，并普遍赞同了柳成的观点，他们的镇长是一个纨绔子弟、花花公子或者完全是一个十足的傻瓜。在这种情况下，柳成再次提出更换赵家的主人和镇长这一建议时，就再也没有人说什么了。德俭、德勤、德成、德功立即赞同，但心里却打起了自己的小算盘。文清没有提出反对意见，甚至以矮人一等提出可怜的请求。她亲自来到柳成的家里，颤颤巍巍地坐在柳家的客厅里，卑微地要求柳成将孙女嫁给他这可怜的徒弟，因为在蓝镇没有一家愿意将自家的女孩送给一个傻瓜做媳妇。文清的可怜相让柳成动了恻隐之心，他想起了老主人，他以献身者的忠诚欣然接受了这门婚事，并毫无思想准备地做出了牺牲唯一孙女的幸福来表明自己的态度。他的孙女叫菲菲，是他的掌上明珠，长得像初绽的茶花一样娇滴滴的。这个孙女虽然如花似玉憨态可掬，却让柳成伤透了脑筋，因为这个孙女到了婚嫁的年龄什么也不懂，整天叽叽嘎嘎，和云鹏的傻样没有什么区别。

这桩婚姻虽然在镇里没有引起什么轰动，因为人们没有心情去为一个傻瓜镇长和一个独裁者摇旗呐喊，但还是在赵家大院激起了温馨之情，那些女孩子为自己能逃出与云鹏命运的联系而欣喜若狂，她们给新人编制花环并准备了祝福新人的歌曲，就是为自己打着如意算盘的德俭、德勤、德成、德功也暂时放下了争斗和倾轧，一门心思要为侄子举行一场体面的婚礼。委顿的云鹏乘坐在朱成文当初游行的那辆马车上，对路旁的人群浑然不觉。然而，文清注重的并不是婚礼是不是隆重，也不去关注孙媳妇的长相和性情，更不去关心孙子被人耻笑的傻样，她的目光落在柳成的脸上，这时她才发现一脸横肉的亲家原来和她一样慈祥和蔼。她预料得没错，柳成再也没有提起更换镇长和赵家主人的话题。文清现在要做的，就是让孙子快些给他造出一个新生命，哪管是这个新生命比孙子本人还傻也好，这样家里就会重新有一个新主人了。她的这一愿望没有实现，而她的另一愿望却顺利实现。春天来临的时候，赵家大院重新焕发出昔日的青春，那些油光光的石子小路两旁鸟语花香，那些少女们就奔跑在这些小路上，她们的歌声和欢闹声与蓝镇里发出的沉重的叹息声形成明显的反差。菲菲充当了这些少女们的头，她总有很多新花样。她让那些中意的少男少女们模仿她和云鹏结婚时的样子玩起了结婚游戏，结果弄假成真，不久就有两个少女怀孕，更为可悲的是两个少女居然不知道肚子里孩子的父亲是谁。德俭为此大为震怒，因为这两个少女中有一个是他的女儿。他直接去找菲菲，菲菲觉得这种事情不可思议，她甚至纳闷，自己与云鹏日夜躺在一起怎么没多出什么也没少了什么。但她还是被瞪起的红眼珠子吓怕了，让德俭去找她爷爷。

　　柳成知道这件事后，没有搭理德俭，却把德俭的女儿撵回了老宅，还斥责德俭家教无方。怀英没脸去找柳成，抱着孙女，孙女的委屈使他感同身受。他的痛苦穿越了时空，在暗夜西风帮助下传递给了柳成，使自己的对手整夜未眠。这种煎熬在柳成抓起赵林的那天晚上就一直在折磨着他，他不明白自己为什么会有这样的胆量去做出这么多违背常理的事。他每天夜里都做梦，梦见赵怀礼走进了他的房间，让他跪在脚下，让他忏悔。他就会惊醒，出一身冷汗，然后回忆就成了他的最大敌人和朋友。他想起当初跟随赵怀礼的岁月，一次赵怀礼在跟邻族激战了三个昼夜，要不是他及时赶到，恐怕就没有现在的赵家了。他还记得有一次怀明把一个癫狂的女人赏给了他，他喜欢癫狂的女人，也正是这个女人给他留下了两个儿子，不过后来他弥补了怀明的情意。一次在跟另一个部族进行战斗的时候，他带领另六个勇士，在敌阵中杀了三进三出；他架开砍向怀明头顶的大刀，挡开射穿怀明胸膛的利箭，从死神的手里夺回了怀明的生命。也正是这一次，他被升任为卫队长。"我这个官职可不是借你的力量。"他总是这样对妹妹柳眉说。他好强，年轻时涌动的激情使他一直坐到天亮。日久天长就变成了一种痛苦的习惯。一天夜里，他终于无法忍受这种习惯，走进了郎中的家中，想找张先生说说话，给他指点迷津。张先生依然泡在泳池中，回忆使他白白胖胖天真可爱，嘴里

唠叨着一些他自己才懂的词语——那是一些只有牙牙学语的婴儿才懂的憧憬未来的幻想。他没有找到为自己解惑的答案，却找到了他为什么如此胆大妄为的理由。他恍然大悟，自己之所以这样胆大妄为，是他与张先生得了几乎一样严重的病症，只不过症状不同。张先生为了重新获得青春活力，而他则是怀着可怕的内疚去获得无可救药的权力。他不敢去拜访郎中和赵洁，因为他断定赵洁一眼就会识破他的企图。他心乱如麻，走出郎中药铺的时候，竟然不知所处。他的威势将大街上的行人扫除干净，让他感觉到孤家寡人的孤独。他屏退跟随他的卫士，独自登上了蓝江边上，打着眼遮眺望村口，想起了当年跟随赵怀礼踏进蓝镇的情景，内心里便刮起了一阵战栗的风暴，就像当初被赵怀明赶出蓝镇那时一样的感觉。

"这是不靠谱的事。"他觉得荒唐。

他就站在这里，看着大片的土地，看得细致入微，直至呆愣。这些土地原来是朱家的，现在是赵家的。突然，他意识到一个让自己吃惊的问题，现在这些土地说是赵家的是不确切的。那一小片是赵家族人的，那一大片是他大儿子柳龙的，这一大片是二儿子柳虎的。难道真是这样？赵家几乎所有的土地归自己所有？他的两个宝贝儿子被他娇宠坏了，在蓝镇早已声名狼藉。为了这些土地，他的两个儿子可谓丧尽天良。他们既没有经过他，也没有经过云鹏就私自处置了第一个抵抗收购土地的赵家长辈。在没有人敢提出反对意见的情况下，他们的气焰就更加嚣张，他们整天骑着马，在这片土地上跑上一圈，在那片土地上跑上一圈，第二天这片和那片土地就是他们的了。后来他们跑腻烦了，就去那些租户的居民家，去威逼利诱那些良家妇女。最近的一次连他也看不过眼，柳虎居然相中了一个孕妇。蓝镇的居民愤怒了，他们自发地聚集在赵家大院的门前，才阻止了禽兽行为的发生。他回家训斥两个儿子一顿，但也仅仅是训斥一顿而已。现在，他站在蓝江边上，眺望山峰，心里竟然涌起感激儿子恶劣行为的奇怪念头。不可否认，连他自己也承认，站在权力的巅峰上，确实是件惬意无比的事情。不过，他从来没有想要取代赵家在蓝镇地位的念头。

"说到底我也仅仅为赵怀礼暂时管理一下他的财产，为我那傻瓜徒弟做一件自己都觉得不聪明的事情。"

他的儿子们却不这样想，他们觉得为自己的女婿看护家产是他们义不容辞的责任。二月里，当柳龙走进账房柳虎走进镇长办公室的时候，德勤、德俭、德成、德功暂时放下了新主人的争夺，一起将矛头指向了外来人。可他们的矛头刚刚露出锋芒，就被机灵的敌人觉察。要命的不是敌人有多么强大，而是健壮如牛的两个卫队长其实是两个只知道喝酒取乐的两个笨兽。德勤、德俭在柳成摆设的酒宴上喝得烂醉如泥，德成、德功像两只受惊的小老鼠躲进了文清的房间瑟瑟发抖。第二天，没有宣布却人人皆晓，柳虎当上了大管家，柳龙当上了卫队长。当柳成来到文清房门前的时候，文清早已在菲菲的搀扶下恭候多时。此时，柳成才意识到，自己干了一件违反自己本意的事情。

"我向你保证，"他脸上掠过一丝愧疚，"我向赵怀礼保证，只要我还活着，赵家大院还是赵家大院。"末了他又无可奈何地重复了自己的理由，"说到底我也仅仅为你们暂时管理一下财产，为我那傻瓜徒弟做一件自己觉得都不聪明的事情。"

蓝镇简直被搅得乌烟瘴气，成群结队的居民因为无法忍受欺凌和昂贵的地租被迫投向蓝镇边缘马奎那里去了，据说马奎那里的地租要比这里少一倍。那段日子，柳龙成天率领着卫队把守着镇子的各个路口，结果造成了包括赵家族人在内的十六个人的死亡。他们像逮住闯祸的牲口那样毒打逃跑的人，然后把他们统统关进地牢。

一个月后，在血腥控制下的蓝镇恢复了平静。一个傍晚，云鹏迎着余晖走进了奶奶的房间。用人给他倒了一杯茶，退出了房间。云鹏静静地喝着，那沉思的模样几乎让文清把云鹏和赵怀礼搞混了。

"奶奶，是时候了。"云鹏温和地说，"你想办法把柳成父子请到同乐楼里。"

"你要干什么？"奶奶说，"是你疯了还是我疯了，奶奶不怕掉脑袋，可奶奶怕你……"

"奶奶，"云鹏笑了笑，"男人不仅要勇敢，更要冷静和充满智慧。"

云鹏喝过一杯茶，搀扶着文清来到了后院。文清看见了一群因饥饿而咆哮的狼群，他们个个赤裸上身与当初怀礼率领那十九位壮汉没有什么两样。

两天后的傍晚，同乐楼里灯火通明，云鹏端坐在正中的座椅上，以一种令人发抖的面容冷冷地注视着柳成父子。柳成大咧咧地像往常一样粗声大气地说话，他的两个儿子却因为云鹏没有站起来迎接他们而上前指责。站在柳成四周的壮汉一下就把柳成按倒在地，他的两个儿子刚要拔刀反抗，就被其他的壮汉用剑刺成了蜂窝。

"为什么要这样？我们可全是为了赵家为了你呀。"柳成挣扎着站起来，脱下了衣裳，"看看我身上的刀伤，就知道我的忠诚。"

累累的刀伤布满了柳成的躯体，云鹏愣住了。

"为什么？为什么？为什么要杀我的儿子？他们是你的丈人！"柳成高喊。

"只有这样蓝镇的鸡犬才会安宁百姓才会幸福。"云鹏说，"你放心，爷爷，我不会杀你的，我的地牢也不需要犯人。"他停了停又说，"我会善待菲菲的，我会让你的孙女第一个为我生孩子。"

赵林瘦弱得几乎不能站立，但还是在云鹏的称赞声中重新当起了大管家。他的忠诚不仅获得了赵家族人的赞誉，而且还获得了柳龙和柳虎的房子和家产。那天，云鹏亲自率领手下人进入了柳成的家里，使他惊讶的不是他的岳母对他言语的苛刻，而是惊讶这里房屋的华丽和摆设。他骑上马在房前屋后跑了一圈，然后把马鞭一扔做出决定，没收柳龙柳虎的财产赏给赵林。他对站在面前的柳成说："你不需要这么多的东西，你和你的家人还住在你的院子里，我会定时派人给你提供食物和衣物的。"这一次柳成没有再大呼小叫，而是敬佩地望着孙女婿威严中带有几分和善的表情，说："你像你爷爷怀礼，可又像你四爷怀仁。"云鹏淡然一笑作为回答。这一笑，让他糊涂了，因为笑容和很久以前的那个笑容一模一样。在以后的九年生活中柳成再也没见到孙女婿，云鹏没来拜访过他，他也不敢去见这位孙女婿，即使他很喜欢他很想见他。

云鹏命令手下人，释放所有被掳来的女人让她们回家，包括逍遥楼的那些妓女。但他没有让妓女们重回逍遥楼，而是吩咐给她们每人分一块属于自己的土地，让她们过起了自给自足的生活。

街道上早已站满了人群，他们穿得破破烂烂，焦虑的脸上充满了期盼，他们甚至怀疑小主人是暂时的苏醒。直到他们看见一个人撕下了墙上的旧告示，贴上了新告示，他们才确信小主人真的苏醒了。云鹏骑在高头大马上，严肃的表情和不容置疑的声音，让他们欣喜若狂。作为对居民的歉疚和惩罚，云鹏宣布赵家免除居民们三年的地租，恢复所有商店粮店和药铺商品的价格，并希望他们去偏远的马奎处找回亲人。居民的欢呼声让那些曾经为柳龙、柳虎卖命的用人和卫士们胆战心惊惶恐不已。云鹏将他们集中到镇长办公室门前，狠狠地训斥了他们一顿，然后说明所有的一切都是柳龙、柳虎造成的，并宣布将不追查所有人的过去，让他们原来干什么还干什么。那些卫士们哭得震天动地，不明缘由的人还以为他们受到了和罪孽一样大的惩罚。

德俭、德勤被带进了同乐楼，侄子就坐在他们的正前方宽大的座椅中，那一刻他们的胆量和他们强壮的身体成反比，他们瑟瑟发抖脸色苍白连腰都直不起来，仿佛他们面对的不是个晚辈而是自己的长辈。云鹏的庄严表情起初连站在一边的赵怀英也担心，这次两个儿子与柳龙、柳虎将是同一个结局，并暗下决心不会因为父子关系而去为他们求情。云鹏没有给他们好脸色，并用能杀死老虎的眼神告诫两位叔叔——他们犯下了不可饶恕的罪行。这简直是一场公判大会，同乐楼的大门都被挤垮了，但整个同乐楼里一根针落地的声音也能听到。文清坐在孙儿的旁边，既不说话也不喝茶，她怀着和其他人一样的心理要知道这个小小的当家人要如何处置自己的长辈。结果是在人们的预料之中却又在人们的预料之外。那些壮汉将德勤、德俭吊在树上，像当初抽打赵林那样抽打着他们。当他们发出喊叫之声的时候，人群便骚动起来，有人要用烙铁去烫他们的屁股，被赵林及时阻止了。这时，云鹏脸上露出了笑容。他什么也没说，转身进入了房间，因为他读书的时间到了。第二天，德勤、德俭走进了账房做了赵林的伙计，即使是后来马奎攻进了蓝镇，他们跃跃欲试苦苦请战，云鹏也没有允许他们插手。相比德成、德功就要幸运得多，他们仅仅看见侄子不悦的脸色，然后就跟着叔叔怀英去经营指定的赵家土地了。那时包括赵林在内很多人对吴国芳在关键时候充当软蛋而提出了惩罚的建议，可被云鹏否决了。几天前，当云鹏以平常人独自进入私塾的时候，吴国芳正在给学生们朗读杜甫的诗篇《茅屋为秋风所破歌》。他站在屋檐下听了听，然后手上摇着扇子走进了吴国芳的家。那是怎样的一副破败景象啊，房子不像房子倒像个马棚，三个孩子挤在墙角捉着蟋蟀，一个少女在灶前搅拌着玉米和菜叶的饭食。少女告诉他，她叫草儿，是吴国芳的长女，墙角的三个孩子是她的弟弟，他们的母亲在两年前就病死了。也就是这时开始，云鹏决定取消族人和百姓的建议举行铲除柳成集团而举行的盛大酒宴。不久，吴国芳和私塾的先生们每人拥有了一幢像样的私人住宅。更令吴国芳吃惊的是，一天云鹏走进他新住宅的时候，给他行了翁婿之礼。

"我们家里需要一个打理家务的主妇，就像我祖母一样。"云鹏说，"草儿是蓝镇最好的女人。"

不仅是吴国芳就是文清也对这个少年激起了一种爱，那是一种崇拜。当街上重新恢复了活力，小贩的叫卖声和人们的欢声笑语弥漫了整个天空的时候，那些

逃离蓝镇的人们返回了蓝镇。他们显然混得不好,因为他们个个破衣烂衫像个要饭花子。据他们说,遥远的蓝镇边缘每个人都要接受像蓝镇卫队一样的严格训练,即使孩子和女人。还说马奎每天以笔筒墨水和树枝为食物,以狼牙棒为武器,练就了具有大象一样的力量和剑客一样的高超本领。

  云鹏消瘦得令人害怕。他住进了镇长办公室,那里他手下的三十名壮汉正日夜不停地训练着卫队,卫队整天震天的吼声让山上的野兽也停止了夜间的吼叫。有时,他也会骑上马在蓝镇的大街小巷跑上一圈。与他的消瘦相反,云鹏一贯严肃的表情在这段时间换成了微笑,当有人问他为什么要这样没日没夜地训练卫队。他不作回答。当问的人多了的时候,他甚至会俏皮地说:"打野兽,你没听见夜里山上的野兽在叫吗?"有时他也会像个孩子一样回答:"好玩。"只有一个人知道,云鹏所做的一切都是有目的的,那就是他的祖母文清,但即使是文清也无法揣摩孙子的具体意向。入冬,一场大雪落将下来,云鹏带着两个孩子在雪地里玩耍。两个孩子都四岁,一个是男孩,一个是女孩。他没有食言,菲菲生下的儿子比草儿生下的女儿早十天。文清一天见不到这两个宝贝都受不了。可今天,当文清来到院子里的时候,云鹏恢复了以前的严肃表情。

  "奶奶,"云鹏说,"我要免去马奎的职权。"

  "为什么?"

  "为了那里的百姓和这里的百姓过得一样好。"

  "他总有老的那一天。"

  "那时恐怕他又会选出一个能吃笔筒喝墨水的马奎。"

  就这样,她再也没有过问此事,即使后来马奎攻进了蓝镇的大街,她也坚信,那只不过是一场暂时的暴风雨。不仅如此,在以后的很多年中,这个生性好强总能在关键时刻扭转乾坤的老妇人再也没有过问过孙子的事,这不是因为她感觉管理这些家庭琐事太累和没有精力,而是因为孙儿的慧光已经照亮了她的内心,照亮了蓝镇,照亮了未来。每天东方泛白,她就会走进内室,那里供奉着释迦牟尼的佛像,她跪在那里点上香,高诵佛经,即使麻木了双腿也浑然不觉。不过,她虽然对佛教如此虔诚,但从来没有动过去怀仁那里烧香的念头。然后,她回到卧室,云鹏早已恭候在那里。她一边接受云鹏的问候,一边喝下一杯凉开水。她会像孙儿关心她身体一样去关心一下孙子的身体情况和聊一些几个曾孙子孙女的情况。那些别人看来并不好笑的几个曾孙子孙女的种种乖态,总能让她笑得流出浑浊的眼泪。孙儿离开后,她会独自来到院子里浇花修草,她从未让别人插手,即使她的孙子,她修饰的花草造就了蓝镇最美丽的花园。这是一项休闲的工作,但对于渐渐衰老的她来说,总能让她出上一身微汗。半晌午,她会吃上第一顿饭,都是素食。她吃饭很简单,往往都是一菜一饭。吃过饭,她会休息片刻,喝上一杯茶,然后像一个孩童一样从客厅的布幔后闪出,孩子们便一起欢呼着向她跑来。于是,她教男孩子读书识字,教女孩子刺绣弹琴。当那些孩子去吃午饭时,她就会走进卧室拿起佛经。这样的高声朗诵会持续一个下午,直到到了晚饭的时间,她才会准时地出现在饭厅,那里只有她的孙女清馨等待着她。那场罕见的瘟疫使这个幼小的孙女患上了焦虑症,使她成为家里被忽略的人。她整天不说一句话看着脚尖,偶尔抬起头,人们就会看见一双黑夜里麋鹿碰见雄狮一样惊恐的眼睛。文清是在不久前才想起自己有个孙女的,繁重的家务和无法承重的焦虑使她忘记了自己还有个孙女。那天,她看见孙女的时候,孙女脸色苍白,蜷曲在柴房的角落里脏兮兮的,正在逗弄着一头猪仔。她哭了,她替死去的儿子哭这个可怜的孩子。从那天开始,她就把孙女带在身边,她给孙女讲故事,亲自给她梳头,给她绣带百合花的裙子,给她最好吃的糕点糖果,还给孙女配了一群活泼的同龄女玩伴,可孙女的排斥性超出了她的想象。那些玩伴只和清馨玩了一上午就无法承受了,清馨不仅大哭大叫,而且还抓破了咬伤了玩伴们的脸。文清把这件事说给云鹏听,云鹏说他很想妹妹,只是那时为了家族的事务不敢接近妹妹,因为他那时得和妹妹一样傻。清馨对哥哥有无比的亲昵感,自见了哥哥的面,就不允许嫂子们再接近哥哥。一天,在人们的注视下,云鹏背起妹妹走进了姑姑家。清馨大哭大叫又踢又咬,武松林一针就扎在清馨的人中上使这个妻侄女安静下来,接着武松林像一个裁缝师一样将几十支银针以疾风暴雨般的速度,准确地扎进了侄女身体各个穴道。几天后,清醒过来的清馨脸上露出了少女的红晕,她不仅能和姑姑赵洁有说有笑,还担负起姑姑的两个年幼孩子的看护工作。她让姑姑唱歌给她听,然后她唱给两个孩子听,还娇憨地取笑哥哥为什么要娶这么多妻子。云鹏在妹妹面前发出了震天的大笑,那笑声震荡了蓝镇的上空,让地里劳作的农民、商店粮店药铺里的伙计、江边的渔民、私塾里的先生和学生、赵家大院里赵氏族人、正在教孩子们识字的文清、怀春的少女们、操场上喊杀的卫队以及山谷里的飞禽走兽无不为之欢欣鼓舞,却使遥远的马奎心惊胆战。

马奎早就得到了云鹏要剥夺他权力的信息了,他性情一点没变,决定先下手为强。他已经有了一些家底并拥有了一支强大的部队，更为可怕的是他手下有一个善于出谋划策的家伙。这个人叫冯乾，来自赵俊生的老家，他是怀着对赵家的仇恨来到蓝镇边缘。据说他有超越于自然的巫术，后来正是巫术害了他。很多年前，他与赵怀礼曾经较量过，只是较量的方式不是打斗，而是一个赌赛。赌赛中规定，谁输了不仅要整个家族俯首称臣，还要让对方砍掉一只手臂，结果在激烈的打斗中他败得一塌糊涂，因为用在怀礼身上的法力一点也不灵。他能忍受断臂的痛苦却不能忍受失去家族权力的羞辱，于是在一个月明星稀的夜晚逃走了。其实，早在马奎来到这个地方的时候，他就已经是这里的主人了，这里的居民崇拜他的巫术就像崇拜神一样虔诚。马奎来到这里，他发现这个说话粗鲁力大无穷的家伙是个好武器。也就是从那个时候开始，他的巫术让马奎以笔筒墨水和树枝为食，还让马奎忘掉了世界上还有女人这一概念，同时他成功地将大象的魂魄附在了马奎的身上。也是从这个时候开始，马奎对他唯命是从。

  这场关系到蓝镇命运的战争在纷纷大雪中进行，却在不可预料中奇迹地结束了。在冯乾巫术的驱赶下，他们驾驶着马车，骑着战马，经过三个月的奔波来到了蓝镇通往山外的大路上。他们每个人都成了狂人，亢奋的情绪就连冯乾也相信战争没开始就已经决出了胜负。马奎漆黑宽大的面庞上瞪着一双笔筒一样大的眼睛，他赤着上身，脚上踏着用钢丝编织的鞋子，手里提着狼牙棒，粗暴的吼声穿越山谷，掠过江面，撼动了同乐楼。

  镇子里静悄悄的，当马奎刚刚踏入蓝镇，一群铁甲兵便冲了出来挡住了他的去路，三十位壮汉一字排开。可在马奎的眼里，这些铁甲兵充其量来说不过是一群娃娃般的玩偶。他一铁棒砸过去，三十个壮汉就剩下了二十个。第二铁棒砸下去又少了十个，当他第三铁棒要砸下去的时候，云鹏站在了他的面前。他背着手，腰杆笔直，看着他。马奎猛然收回了铁棒，静静地看了一会儿。突然回头盯着冯乾的脸，挥起铁棒将巫师砸进地里，转身跪倒在云鹏面前痛哭流涕，诉说着自己的罪恶。

  "你才是蓝镇真正的主人。"马奎说，"你才是这片土地真正的主宰者。"

  蓦地拔出腰刀向脖颈抹去，洁白的雪地上喷洒着浓浓的墨水，像河流一样流淌在蓝镇的大街上。这时，人们才恍然大悟云鹏早已练就了一身能使敌人自动放下武器的本事。

十四

  蓝镇的居民还没有缓过劲来,他们仿佛还沉浸在被马奎骚扰的惊惧之中。不过,他们从自家公鸡啼鸣的欢快声中,从村头传来犬吠的友善中,从山里消失的狼嗥中,已经明显觉察出一种潜在的活蹦乱跳的欢乐气氛。他们打开门窗释放霉气,走在田头大声说话,漫步在蓝镇大街上逍遥自在,挤进商店争购日用品以及将目光投向辽阔的蓝江和附近的山峰,动作虽然还在机械僵硬中,但内心已经懂得如何去变得流畅柔软与环境相融合了。直到有一天,朝廷的使者抵达了蓝镇,人们才完全缓过神来。使者是个个子不高的瘦老头儿,其貌不扬的外表,温和的表情,让人们想起了家中的爷爷。云鹏在通往县城他高祖父赵俊生来到蓝镇的那条大路口上迎接了使者,他身后站着赵林和吴国芳,道路两旁站立着重新组建的卫队,王家戏班子奏起了乐曲。使者对云鹏平叛马奎大加赞赏,他当众拿出了朝廷的公文,宣布云鹏的功绩,还赏赐给云鹏一匹汗血宝马,据说这匹马具有风的速度和雷霆的气势。

  云鹏简直忙得不可开交。这倒不是因为人们的颂扬和朝廷的表彰,而是因为想把蓝镇变得更加美好是他一生的理想。他的举措总是让人难以预料。当人们还在谈论使者是如何和蔼可亲的时候,云鹏已经率领卫队和赵氏族人劳作在蓝江边。云鹏身先士卒,他干起活来与他的身架骨和斯文的外表相反,他担土搬石的劲头让人们想起了朱建昌那个痴迷的祖父,人们甚至怀疑是不是云鹏也要建造一座类似于同乐楼那样的华丽工程。即使如此,人们还是以饱满的热情投入到修补堤坝的工程中,这完全出于他们的心态。他们在帮助一个曾经让他们失望而今让他们爱戴的人。为这样的人效劳,即使毫无意义或者是与己无关,他们也心安理得。蓝江的堤坝破烂不堪,修补蓝江还要追溯到朱成文祖太爷时候的事,要了解这些事,需要翻开破烂不堪的历史档案进行查阅。那可太麻烦了,人们可没有那个耐性。赵氏家族没有人愿意偷懒,他们的热情就像当初对云鹏失望和微词一样

高,他们一边干着活还一边偷望着主人,谁也不想在主人面前甘心落后。德勤、德俭干起活来是两头不错的毛驴,他们拉着车子,行走在烂泥中,大呼小叫在人群中,他们发达凸现的肌肉和汗流满面的表情,一度使云鹏动了要重新起用他们的念头,但这个念头只一瞬,就被云鹏消灭掉。德成、德功没有像两个哥哥那样外露,干活倒是卖力,但没有看见他们所干的成果。汛期来临之前,一条像巨龙一样的堤坝昂首横卧在蓝镇与蓝江之间。

"这是蓝镇有史以来最了不起的决策。"怀英在九月里的事实面前才完全理解侄孙的意图,并毫不吝啬自己的溢美之词。九月里,蓝镇迎来了有史以来最大的一场雨。大雨不间断地下了七天七夜,咆哮的洪水在浑浊的蓝江上裹挟着泥沙树木向堤坝发动了一次又一次的进攻,巨大的轰鸣声即使在佛堂中念经的文清也不得不暂时放下经书将目光投向沉重的天空以示祈祷。蓝镇的大街上一片汪洋,人们行走在齐腰深的积水中,头顶着粮食和衣物不断地向高处转移。卫队接到了云鹏的命令,在紧要关头冲在前面,他们在卫队长李震的带领下,像当初与马奎的卫队作战那样勇敢。这个李震,是当初第一个将柳成按倒在地的武士,是第一个赞成云鹏罢免马奎权力的人。他具有旷世的热心肠并兼具着军人的使命感。他命令卫队员们脱光衣裳,扛起木排,用肩膀搭起了一条老人孩子和女人们的生命通道。这种感染力是巨大的,以至于赵林率领着赵家大院的青年,吴国芳带领所有的学生,即使是那些吝惜自己钱财的居民也加入到了抗洪的大军中。云鹏已经几天几夜没合眼,但他毫无倦意,气定神闲,就像在玩弄着一场稳操胜券的游戏。他的战场不是在街面,而是在堤坝上。那时,蓝镇的人们看见挡住洪水的不是堤坝,而是云鹏。云鹏的身边始终伴随着一个人,那就是赵怀英。德勤、德俭这两个造人机器,以旺盛的精力使他们的女人陷入了无休无止繁殖的灾难之中,使他们的父亲几乎来不及反应,就拥有了一大堆孙子孙女。怀英太喜欢这群孙子孙女了,经常坐在屋檐下一看就是半天。不过,说句心里话,他的这些疼爱加在一起也抵不过疼爱云鹏这样的一个侄孙,但他心里一点也没有愧疚,因为他从云鹏的身上看到了一种超越于爱的极限的爱。从某种程度上说,他对云鹏的爱,是经过时间的沤泡,已经转化成和所有蓝镇人一样的感受,那就是崇拜。这种崇拜在某种意义上说,替代了他的悲伤。就是在几个月前,他的续弦灵灵死了。女人和有些蓝镇人一样,无法享受马奎的吼叫,她死于魂飞魄散,心胆俱裂。灵灵的死与巧珍相比,虽然还有些许的悲伤,但要淡然得多,因为他的身体告诉他,他已经很接近她们了。他望着狂暴的江水，自言自语："子在川上曰：逝者如斯夫。"云鹏淡然一笑："二爷爷，你错了，你看看天空，雨快停了。"

好像是发布命令，第二天雨果然停了。江水消退后，蓝镇重新焕发出繁荣的景象。虽然在洪水中有的居民损失了所有的家当，但人们一点都不担心，因为云鹏已经命令仆人们打开了粮仓。在人们沉浸在战胜自然和盛赞云鹏义举的欢乐气氛中，武松林也被融化了，但武松林不敢怠慢，更没有时间享受欢乐。他和赵洁奔走在蓝镇的大街小巷，强迫人们服下又苦又涩的草药，以防止瘟疫的发生。

"咱们不能为云鹏筑坝，也得为他分点忧吧。"武松林说。

从云鹏的身上，武松林看到了这个妻侄所拥有的仁爱和崇高的品质足以与赵洁的美貌相媲美。那时云鹏刚刚宣布令整个蓝镇癫狂的喜讯，赵家将永远免去蓝镇居民的地租。为了这个决定，赵林和云鹏翻了脸。赵林急匆匆地走进云鹏的屋子，开始他还是比较小心地劝说，后来他耐不住了性子："大院里这么多人等着吃饭穿衣，你把地租免了，他们拿什么吃饭？岂不是坐吃山空？也叫他们像佃户一样去做牛做马种地？卫队的开销怎么办？再遇到饥馑和灾荒怎么办？没有库存人们吃什么？现在你是帮了他们，其实是害了他们。"云鹏坐在座椅中，半倚着身子，静静地听着。赵氏家族所有的长辈人都聚集到院子里，但谁也不敢说一句反对的话。"你父亲要是活着，准会被你气死。"赵林说，并威胁，"如果你不收回这个命令，你还是把我重新送回地牢。"云鹏笑了笑："你是我见过最忠实和最耿直的人，"面孔一板，"但也是最不会说话的人。"他站了起来，走到赵林面前，温和地说，"这对赵家也许不是最明智的选择，但却是最有好处的办法。"表面看，他甚至都懒于解释为什么这是最好的办法，其实在他的内心里却是给这个父辈的大管家一个颜面。他一步一步向卧室走去，他每走一步在赵林的心上都好像用利剑戳了一下。这个主人，曾让赵林佩服得五体投地而今伤心不已，他独自站在客厅中，一时让他无所适从。这种逼压的力量强过了蓝江上咆哮的山洪，他望着客厅里几案上的儒家典籍，望着摆设在花瓶中的百合花，望着悬挂在正北墙上的巨大条幅，墨绿色的父爱指使他不能就这样袖手旁观，他相信以文清的脾性绝不会允许云鹏做出这一愚蠢的决定。完全是一种责任感，他带着刺痛迈进了文清的院落。这里的牡丹花盛开得正是时候，浓郁的花香早已喧嚣了赵家大院乃至蓝镇的大街小巷，也许只有他这样忘我工作的人才会忽略这一艳丽的盛况。但他还不清楚，文清早已没有心情参与也没有闲暇去打理家族的事务了。这不仅仅出于对孙子的信任和对佛教的虔诚,更重要的是她有比这些更具责任感和快乐的事情要做。很久以前的那天傍晚,她诵毕经文,按照习惯去院子里看看自己的花草,但她被院子里的景象惊呆了。一群孩子像一群小鸡崽似的挤在一起,正在那里"叽叽喳喳"的用惊异的目光打量她。那一刻,女人的天性——母性,重新占据了她的胸腔。她目光爱怜表情慈祥动作温婉地向他们招手,并在内心深处发誓,在寂寥荒漠的余生中,绝不会辜负孩子们那一双双渴望认识她的眼睛。她面对这么多孩子,真是又好气又好笑,她怎么也想不到孙子居然有这么多孩子。不过,好奇的念头很快被孩子们的天真烂漫所代替。看着看着,眼睛噙满了泪花,她觉得自己欠孩子们的太多了。孩子们可不管这些,大孙子是菲菲所生已经五岁,大孙女是草儿所生也已经五岁,他们两个是孩子王,他们好像什么都会干,可事实证明他们什么都不会干。他们将曾祖母修的花坛弄得一塌糊涂,将曾祖母的绣布弄得千疮百孔,文清却笑得前仰后合。作为回报,文清担负起孩子们的教育工作,云鹏不仅赞同,而且命令别人不得参与孩子们的教育。文清问这是为什么。云鹏回答说,因为我是你一手培养出来的。云鹏只是在闲暇的时候才会到这里看看孩子,面对这么多孩子,一向沉静的他有时也不知所措。

赵林已经有很多年没看见这个老女主人了。他站在她面前唯唯诺诺不敢抬头说明了来意。赵林的突然造访使她心里也明白,赵林有什么重要的事要和她商量,但她还是拒家族事务于千里之外。

"那些都是你们男人的事,我一个女人家,一个土埋半截子的老太太,不想管,也懒得管你们的事。"她勉强地回答。

"可是……"赵林抬起头说,"这样会毁了赵家,毁了整个家族。"

"就目前的状况来看,赵家将是蓝镇有史以来最旺盛的家族。"文清预测,"你看看屋子里的孩子。"

赵林开始大感不解,后来就理解为女主人拒绝他的请求显然是借口或者干脆说是对云鹏的过分纵容。几天后,他自己卷上铺盖搬进了地牢,和他一起搬进地牢的还有赵家的那些长辈们。

云鹏生气了:"让他们住。"末了他又给了人们一个莫名其妙的微笑,"让他们住住也好,也许这样他们会更把目光放远点。"最后他又吩咐,样子还有几分调皮,"他们都是宝贝,一定要给他们最好的东西吃最好的酒喝。"

一个年轻的账房担心地提示:"离开大管家,账房里的事由谁打理?"

云鹏看了看年轻的账房，他曾经在吴国芳的私塾里读过书，脸上还未脱稚气。他叫刘淼，是赵林的孙女婿。他中等个头，面皮白皙，头发油亮，有着招人喜欢的面孔、善变的嘴巴和聪明的脑袋。他不仅通晓四书五经、汉语、蒙语、藏语和英语，而且会吟诗作画。最令人叫绝的是，他能背诵下来云鹏的所有诗篇，能临摹云鹏所有的书法。对于他，云鹏印象很深。就在不久前的筑坝中，正是接纳了他的建议，巨大的石块才得以顺利地运到江边。

"你来打理。"云鹏简单地说。

"这……这怎么可以？他是我的爷爷，这样做我岂不是成了一个忘恩负义的小人。"刘淼结结巴巴地说。

"为什么不可以？"云鹏对他的抗命很是欣慰，微笑着反问，"这是两码事，把事情做好了就是对他的最好报答，怎么能是小人呢？"

"我对账房里的事还不是很清楚。"刘淼回答。

"不清楚就学，谁都不是生下来就是账房和大管家。"

就这样，不可预知的命运将刘淼推到了大管家的位置上。云鹏没有走眼。刘淼干得不错，几年后，他就以他聪明的头脑和超乎寻常的勤奋掌握了家族中的所有事务。与此同时，蓝镇的大街上可不像账房这么刻板，人群比洪水冲向堤坝还要汹涌，李震不得不动用卫队来维持秩序。他大呼小叫，吹胡子瞪眼，好使人群成为一个有规则的人流。好客的蓝镇人腾出家里闲置的房屋给远道而来的客人们住，帮助他们在街上搭建临时帐篷，给他们最好的饭菜吃，也有人担心这些人的到来，会分走自己手中的土地。这种担心是多余的，因为蓝镇的土地太过广阔，自第一批外乡人的出现，云鹏就已经做好了准备。他临时组建了外乡人的接待室，负责这一艰巨任务的主管是吴国芳，地点在镇办公室。吴国芳就这样一笔一笔地划分着一块又一块土地，并将他们归类，最后分成了一个又一个村庄。云鹏佩服吴国芳，同时也佩服父亲的眼力。

"我们应该每个村庄都成立一个办公室。"云鹏说，"就像当初蓝镇这里要有一个办公室一样。"

吴国芳在纸上用笔不停地圈点着，最后确定出一个以云鹏脚下为中心环绕蓝镇的三十九个村庄，并按百家姓的顺序给它们起了名字。正当赵家族人担心土地被彻底瓜分的厄运不可避免时，从账房里、商店里、粮店里、药铺里、绣庄里和江面上渔民的船舱里传出了赵家收入居然比原来多了五倍的好消息。这个消息把地牢的牢门撞破了。在地牢里生活一年多的赵林首先坐不住了,他怀着一种负疚的心理走进了镇长办公室。他卑微的表情和诚恳的言语让人们想起一个闯了祸的孩子向父亲认错的情景。云鹏像当初赵林反对他那样的表情静静地听着。良久,他喝了一口茶,深深地叹了一口气:"所有的一切都过去了。"站起身子又说,"你现在终于会说话了,不过,你不必再做什么大管家了。"

"只要能为家里出力,就是做个账房或者仆人我也愿意。"

"不,我要惩罚你,我要你做比这更麻烦的事。"云鹏说,"再也不能等下去了,再等下去,蓝镇总有一天会乱成一锅粥的。"

这种惩罚是一种奖赏。赵林担负起了三十九个村庄的村长的选拔任务。没有人愿意干这芝麻绿豆大的官职,也没有人愿意去干这些与己无关的事。赵林奔波了一个月,才选出一个人,还是他的儿子。云鹏和他开起了玩笑,说可惜自己的儿子太小,否则会助他一把。吴国芳出现在他面前的时候,他无法掩饰自己的厌恶之情。要不是看见吴国芳像个乞丐站在富人面前的卑微模样,他肯定会吩咐仆人将他赶出院子。他的同窗好友在关键时刻的软蛋行为,让他忘记了在一个座位上建立的深厚友谊。他甚至在地牢里想象,如果自己有朝一日走出地牢第一个要处罚的不是柳成,而是吴国芳。他能忍受德俭、德勤的皮鞭和烟头,也能忍受地牢的潮湿和恶臭,却无法容忍朋友的背叛。当他把朋友的背叛上升为小人行为的时候,仇恨的匕首便镶嵌在他的心坎上。他确实这样做了。他曾经建议云鹏把吴国芳关进地牢,可云鹏断然否定了他的建议,他居然流下泪来。"在蓝镇,永远都不需要地牢。"云鹏是这样安慰他的。为此,他拒绝了参加云鹏和草儿的婚礼。他已经很久没有见到老同学了,甚至忘记了老朋友的长相,他很庆幸自己有这样明确界线的记忆。现在面对老同学,他很为老朋友的衰老感到吃惊,这个长着国字形脸的留着花白胡子佝偻着腰的中年人,好像遭受的苦难比他在地牢里遭受的苦难还要多上几倍。就在他用眼角扫向老朋友的瞬间,他找到了老朋友衰老的答案。那是经历了刻骨的心灵煎熬才会具有的面容。也许出于怜悯之心,毫无出于礼貌的本意,几乎是机械地动作,他把老朋友让到了茶几边上,并吩咐仆人倒茶。两个人谁也不说话,谁也不愿意先说话,长久的沉默一度使气氛陷入了尴尬。

当一杯茶喝毕,一袋烟抽罢,赵林感觉到吴国芳已经泰然自若了。在这场看起来只有半炷香的较量中,赵林知道老同学是水做成的锦缎,而他是钢铁铸就的利剑。他欠了欠身子(这是他最近从云鹏身上学来的),他说了一句自己都感到莫名其妙的话。

"咱们都老了，头发都白了。"

"是呀，都白了，我的牙也掉了两颗。"

就这样，一次敌视的谈话，没来由地变成了一次美好的回忆，谁都不想触及几年前的那块伤疤，都害怕打破镜子将这些美好无处存放。谈到后来，两个人都笑了起来，并偶尔还开起了玩笑。赵林说他真有眼光，将草儿嫁给了云鹏，并赞美云鹏是他见到的而且以后永远不会出现的最杰出的人物。老朋友也接受了这一赞美，爽朗地大笑起来，就好像当初真是他做主让草儿嫁给了云鹏那样骄傲。与赵林相反，吴国芳更喜欢倾听。确实如此，还从来没有人见过吴国芳夸奖过谁，给人们的普遍印象是，他是一头耕种在田地里温顺的老黄牛。吴国芳的爽朗大笑，使赵林突然觉得，也许这个世界上只有且只有吴国芳才是自己最佳的倾吐对象。他脸上的肌肉跳动了几下，这是他激动时的自然反应。为了掩饰内心的秘密，他吩咐仆人准备酒菜，还说他要和老朋友喝上一杯。赵林自然的宽容态度连他自己都没想到会有始料未及的结果。吴国芳扑倒在茶几上放声大哭。赵林静静地看着，认为他的老朋友终于要忏悔了，可吴国芳根本没有这个意思，更让他始料未及的是绵软的温情像春日里的阳光一样在绵延流淌。

"你就一个儿子，还要派出去，我希望他留在你身边。"

"为了蓝镇，为了云鹏，就是把我搭进去，又有何妨？"

"我一直在为蓝镇和赵家准备这些人。"吴国芳说，"本来我想给你送到账房的。"

"人在哪？"

"在我的私塾里有成百上千这样的人，你去看看？"

三天后，三十九个村庄每个都拥有了两个主心骨。但事情的发展并不这样简单，当王陵和白成武穿过辽阔的古老森林，跋涉了当初朱成文寻仙一样多的河流走进钱村的时候，他们在路上的冲天热情被村民们的怨气消灭掉了。他们接受了村民们的抱怨，因为这里确实是发泄怨气的地方。这里的荒草要追溯到远古的晚秋，这里河流横溢仿佛是失恋少女脸上的泪水。野兽在他们不远的地方悠闲地散步，表明它们根本不愁找不到食物，就是那些麋鹿对野兽的到来也漠然处之习以为常。王陵，这个曾是私塾里学业最佳在洪灾中冲在最前面被蓝镇人公认为最勇敢的读书人，此时站在荒草中没了主意。白成武不信这个邪，他要做个榜样给村

民们看,可是他马上就放弃了,因为在他拨开的荒草里,一条巨蟒探出了头向他微笑,好像告诉人们,它在这里生活得很好。

他们要把这里的艰苦告诉赵林乃至云鹏。他们怀着忐忑不安的心情抵达蓝镇的时候,一轮红日从东方喷薄而出,朝阳在狂放的巨响声中,在同乐楼镶嵌在殷红的晨露中,赵林率其他三十八个村的村长默默地等在这里。王陵和白成武的心踏实了,可以预见他们的遭遇和自己一样。

云鹏正在自己的院子里与怀英探讨耕种的技巧,他准备把自己门前的一亩三分地种上高粱和苞米。他肩头搭着一条毛巾,鬓角流着豆大的汗珠,吆喝着牲口,娴熟地把犁铧插入已被春风呼唤了的泥土,泥土在犁铧的左右翻滚,空气中便弥漫着醉人的泥土芬芳。怀英叼着烟袋蹲在地头,眼睛里闪着亮光。早在云鹏训练李震那些武士的时候,他就已经开始了这种劳作,并把耕田种地作为自己生活的一部分。那时,柳成偶尔也还来看看这个白痴徒弟,他没有为自己的徒弟对种地的痴迷扼腕痛惜,相反他为徒弟能把土地耕种得如此精致而赞叹不已。

师父讽刺徒弟说:"在这里都浪费了你这个人才了,你的战场应该在田间地头。"

在他耕种的时候,没有人愿意自讨没趣打扰主人的兴致,即使奶奶文清看见孙儿在耕地也会主动避开。仆人已经来看好几次了,因为外面的赵林已经在同乐楼门前焦躁地来回走动,所有的人都担心这个耿直的汉子会突然闯进来。还好,云鹏的瘾头已经过足。他一边擦汗一边面带笑容看着田地,这时仆人才走进来通报。云鹏听着听着表情严肃起来,严肃的表情就连怀英也局促不安起来,赵家祖辈的遗传基因在侄孙的面部发挥着巨大的威力。他好像很生气,但他走出院落时步伐平静得像蜻蜓点水那样轻盈,出来时也换了一副面孔。他在同乐楼里那张宽大的那座椅中落座,然后吩咐开门。赵林走进来,他的急躁情绪,因云鹏的操劳而变得黝黑的脸庞和略显疲惫的眼神得到安慰。

"你可别太累着了,"赵林说,"蓝镇可以没有任何人,就不能没有你。"他讲述了三十九个村子所存在的困难,还说那里的村民甚至连饭都吃不上了。云鹏的表情比当初治理蓝江和站在马奎面前还要严峻,手指在不停地颤抖,后来停止了颤抖,人们第一次看见了云鹏是怎样流泪的。泪水像一条涓涓的溪流,流哇流,像荆棘又像情人的微笑,让他们既心疼又幸福。当泪水和汗水在下巴上会聚到一起的时候,云鹏深深地叹了一口气:"都怪我,都是我的错,才让他们受了这么多的苦。"突然问,"你们吃饭了吗?"

赵林说他们还没有回家。云鹏满嘴都是埋怨的关心:"不吃饭怎么行?人是铁饭是钢啊,蓝镇没有你们怎么得了?"

刘淼心领神会,就在同乐楼里摆放了酒席。云鹏没有吃饭,他走进了马厩,牵出了汗血宝马。这匹马可真是名不虚传,它飓风一样的呼啸,闪电一样的速度,在赵林他们刚刚放下饭碗的时候,主人已经到达钱村。与他焦急的想象一样,村民们果然都站在空旷的荒野上像一群失去母亲的幼兽。他们在抱怨和后悔中已经麻木,只剩下了一副虔诚教徒孤独的空壳。云鹏的心像刀扎了一般,但他步伐稳健,走到一个农夫的面前,拿过农夫手中的镬头,在荒芜的草地上一下一下地掘刨起来。人们暂时忘记了孤独和愁苦,都很好奇地围上来,他们还没有听到更没有见过关于蓝镇的主人种过地的传闻。他们被云鹏的老练惊呆了。云鹏从草地的东边刨到西边,又从西边刨到北边,再从北边刨到南边,最后南边与东边汇合形成一个巨大的矩形。在人们的质疑中,他们听见了主人开口说话。

"搭一把手,"他对站在身边的农夫说,"你扯西边的角,我扯东边的角,像卷席子一样把草皮卷起来。"

"这能行吗?"农夫怀疑地问。

"试试。"云鹏微笑着鼓励。

像两个孩子在做游戏,巨大的草坪席卷起来与想象中的艰难恰好相反。人们没有看在地的另一边缘拍掉手上灰尘的云鹏,而是把目光投向了刚刚开垦出来的田地。这里的泥土咕嘟咕嘟地翻滚着狂躁的受孕欲望,即使草皮下的昆虫也意识到这里很久以前就不应该是它们的住所。村民们很庆幸没有吃掉种子。女人们和男人们一样,早已按捺不住,在刚刚搭建的草房中取出了种子,跟在刨坑的男人们的背后播种。孩子们真可爱,围坐在父母劳作的田头,他们用稚嫩的天籁之音将这里的美好生活传达给了邻村。就这样,通过孩子们的天真歌声,每个村,每个家庭都拥有了一块肥沃的土地,即使远在蓝镇边缘的赵家村居住的赵俊杰也得到了这一信息。那时,天空飘下了春天里及时的欢乐金雨,给刚刚播种的土地完成了第一次灌溉。

可是在赵家村没有一点欢乐气氛,赵俊杰甚至违背了誓言,决定重返蓝镇。他已经老态龙钟,他的续弦兰花早在二十年前就已离他而去,可他的性格没有一点改变,他天真得还和刚来到蓝镇的时候差不多,只是在行将就木的黄昏,在夜

深人静夜鹰忧伤的鸣叫声中，在黎明开启的天光中，他才会安静下来，像所有老人一样回忆起遥远的蓝镇，那里有一个他和哥哥共有的妻子。他的记忆从来没有像现在这样清晰过，他想起哥哥曾经住过的地牢，想起两个儿子和几个侄子以及那一对孪生孙子。但他尽量不去回忆怀礼的眼睛和怀明的舞步，因为正是那眼睛和那轻狂的舞步让他丢尽颜面，使他无法立足于蓝镇。他最怀念的还是妻子，这个身系两个男人的女人，在他心里一直还活得好好的，清晰的窃窃私语、温柔体贴的笑容和勤劳质朴的身姿，不时出现在他劳作的田间、端起的酒杯和伸开的臂窝里。是那样的清楚，是那样的不可磨灭，又是那样的刻骨铭心。间或，他也会站在寂静的夜色里遥望星空，他甚至嫉妒起哥哥来，因为他相信哥哥已经与秀子在那里相逢了，并且占有了秀子给予自己的那一份温存。他爱哥哥同时也嫉恨哥哥，哥哥的角色是靠山也是绊脚石。与秀子相比，他很能掂量出轻重，秀子是硕大的秤砣，哥哥只不过是微不足道的砝码。但他又不得不承认，哥哥是令人尊重的。

"真他妈的活见鬼，"他说出了也许是一生中最正经的话，"就这样走来走去，最后还得背负违背誓言的愧疚回到这里。"

但他很快就忘记了誓言和愧疚，因为他看见了这里的森林都向同乐楼方向生长，公鸡的啼鸣和猫狗的欢叫就好像是当初女人们期待怀明回来那样充满热情，巨大的轰鸣声使他产生了错觉，还误认为要下雨，可是当他躲进路边凉亭的时候，才确认那是牛马奔腾时发出的声音。也不都是震撼，那片白云在缓慢地移动着，山坡上的羊群营造了祥和气氛，商铺的叫卖声令大街上的行人的面庞像花朵那样"嘎巴嘎巴"地绽放，蓝江上穿梭的船只让他想起了怀明的舞步，私塾里的读书声催促他去看看张先生，可当他走进去的时候没有一个人认识他，他实在是离开得太久了。

"太离奇了，这是一个比朱成文时代还要繁荣还要伟大的蓝镇。"他站在蓝镇的大街上大声喊。人们围了上来，这倒不是因为他的赞美，而是因为他由于过度的激动和疲劳昏厥在路边。是几个壮汉把他送进武松林药房的。武松林很久不行医了，因为蓝镇这个地方已经具备了抵御疾病的自然能力。这段时间，他不像郎中倒像个农夫。他有了属于自己的一片土地，只是在闲暇的时候指导一下儿子武卓然的医术。

他还那样不苟言笑，静静地站在赵俊杰身边，伸出手指搭在他的手腕上，突然他大叫起来："天哪，这不是俊杰吗？这是他的脉象，这老小子是从哪冒出来的？"

傍晚时分，赵俊杰醒来。赵洁正在给叔祖喂燕窝汤，武松林站在他的身边微笑着。他一眼就认出了武松林和赵洁，却不理赵洁和武松林的解释，硬说赵洁是赵洁的女儿，说武松林是武松林的孙子，还逼着他们叫自己祖父和曾祖父。

"别骗我了，赵洁这孩子可真乖巧，不过，现在应该是老太太了，武松林这老家伙要是活着比我还大。"他强调，"我还没老糊涂。"

为了让他相信，武松林把他带到了泳池，那里张先生还浸泡在弥漫着薄荷香味温和的泳池中。他变得白白胖胖，像一片刨开的肥肉横卧在水中，并露出孩子般天真的笑。他已经不认识老朋友了，但他还是粉碎了记忆的坚壁，在朦胧记忆的摸索中惊讶——世界上怎么还有这么苍老的人。

云鹏早已得到消息，怀着对亲情的眷恋和对长辈的无比尊重来到了姑父家迎接曾叔祖的到来。简直是乱了套，赵俊杰见到云鹏的时候，他把这个曾孙误当作自己的爷爷，毫无预兆地跪在地上给云鹏磕头。慌得云鹏扶起后，让李震按住老人给他磕头赔罪。可他大喊大叫，直到赵怀英出现在他的面前，他才确认自己闹了笑话。

"我爷爷就这个模样，"他从怀中的背包里掏出一张陈旧的皱皱巴巴的画像，人们才相信，这个老人头脑现在比谁都清楚。

赵俊杰拒绝进入朱家大院，他说他回到蓝镇已经违背了誓言。他坐在赵家老宅那座与兰花成亲时的新房里，怀英和云鹏坐在他身边。他低着头语气沉重地诉说了自己的遭遇和当今赵家村的情况。他说早在十年前，那里就已经不属于蓝镇的管辖范围了。那个相邻的镇子叫沙河镇，那里居住着与汉斯所描述的长相一模一样的人群。他们拥有着一个和云鹏一样英明的主人，但他们的部下却没有像云鹏的部下这样安分守己。他们经常出没赵家村杀人放火抢掠牲口和女人，后来连土地也占了去。

"实在没有办法再活下去了，"他掏出了哥哥曾经给怀礼的那张地图递给云鹏说，"你得管管这事。"

夜里，文清亲自来探望叔公公。赵俊杰没有为侄儿媳妇的满头白发感到吃惊，却为侄儿媳妇的慈眉善目感到不可想象。那个整天坐在窗前刺绣的年轻女子，既严肃又干练，但现在看来完全是一个褪了色的还原于桑蚕本色的绣布。她笑起来是那样的和蔼，说起话来就像小溪流过沙滩那样温和平静。他们谈起了刺绣，谈起了孩子们小时候的事，也谈起了怀礼、怀明，完全没有陌生的感觉，就好像他们刚离开了一会儿，时不时还笑出了声。

"明天我就搬过来陪你，"文清说，"你是赵家的长辈呀。"

赵俊杰深受感动，但无论是他还是文清，这只能是一厢情愿的事。第二天早上，人们在秀子的墓前找到了赵俊杰。他已经僵硬地倒在地上，他穿戴整齐，手里握着酒瓶，脸上还露着微笑。

赵俊杰还没下葬，李震、赵林率领着蓝镇有史以来最强大的部队就已经启程。他们带上了大炮火枪弓箭大刀，还带上汉斯作为翻译，手里拿着由云鹏亲手绘制的地图，雄赳赳地踏上了遥远的旅途。开始的时候，他们严格遵循了云鹏的指示，按照地图上的路径向赵家村进发。可是一个月后，李震就不耐烦了，他觉得即使主人有神鬼莫测经天纬地的才能，也会有犯错的时候。他不听赵林和汉斯的劝告，擅自做主，越过了一片荒丘，结果遇见了朱成文寻仙时那七十二座雪山和无边无际的昆虫墙。在两个月的迷路生活中，他们与老虎、黑熊为伍，与蟒蛇、鳄鱼为伴，与苍鹰、秃鹫争食，但没有一个人抱怨和退缩。他们早已用光了粮食，维系他们生命的是獐子和鹿肉。他们每个人手里都拿着一根棒子，要想吃獐子肉和鹿肉，随便一甩膀子就可以达到愿望。后来他们吃腻了，就把目光投向了河流。这之前，赵林跳下河里洗澡，不小心压死了一片鱼。"我要把这里的一切告诉云鹏，"赵林一边写着日记一边说，"我要在这里也建上几个村庄，老死在这里也不后悔。"李震没有心思听这些，他已经被身前没完没了的昆虫墙激怒了，忍耐的极限让他再次做出了大胆的尝试。和两个月前一样，他不听赵林的劝告，架起了大炮，命令士兵点燃导火索。大炮轰鸣了整整十天，一片开阔的充满童话的景色和充满地狱般悲惨的画面展现在人们面前。一望无际的原野碧绿如毡，一条条小溪欢快得像孩子们的笑声，清新得像孩子们的眼睛，大片的野花、铺天盖地的蝴蝶和满山遍野的兽群无不昭示这里是一个世外桃源。别说是赵林，就是李震这样的粗人这时也感叹要不是靠近江边的那个破败的村庄败坏了他的兴致，他也将到这里颐养天年。村庄残垣断壁，杳无人烟。根据赵俊杰的讲述，他们在断垣下面找到了那对泪流满面的石狮子，这时他们知道，这个主人祖先生活过的地方曾经遭受过怎样的苦难经历。所有人都对主人祖先后代的遭遇感同身受，他们无心观赏景色更没有时间休息，立即打造船只准备渡过村庄后面的那条大河。他们已经听到河对面那座鬼魅城堡中传出的挑战声和主人祖先后代女儿们的哭号声。几天后，他们见到了鬼魅城堡，城堡上空弥漫着浓重的黑雾，在黑雾的里面一团一团暗红的火光若隐若现，这个诡异的现象即使是李震也感到呼吸困难。

鬼魅城堡中确实住着一个传说与马奎同样彪悍同样野蛮同样残暴的家伙。他前胸长满鬃毛，拥有一个斗大的脑袋和一双碧绿的眼睛。他的武器不是他高大的健壮的身体，也不是他奇怪的长相，更不是他气冲斗牛时发出的吼叫，而是他肮脏的丧心病狂的巫术。据说正是他施展了巫术使那些可怜的昆虫聚集成一座长几百公里厚度几公里的墙壁，使自己拥有了一个独享的淫荡世界。他杀死了所有的男人，以便使自己的遗传基因遍布在这片广袤的土地上。赵怀礼重返家乡那会儿，他吓得要死，因为在听见赵怀礼名字的那一瞬间，他全身的骨头酥软，并失去了赖以嚣张的巫术。值得庆幸的是，赵怀礼那会儿没有时间理睬他，才使他逃回沙河镇。他叫尼古拉，他不仅把那些可怜的女人们关进地牢供其取乐，更是在得知李震他们到来时杀死了刚刚捉去的几个赵家村男人从鬼魅的城堡上掷下来示威。李震的气愤疏通了他的呼吸，他哇哇大叫，命令开炮。他手下的一个卫士提示："他会巫术哇，咱们是不是回去把鱼儿娘请来？"李震可不信那个邪，他以当初炮轰昆虫墙的蛮干精神命令士兵们开炮，并且发誓城破之日要用炉火烤食尼古拉的肉下酒，揪下尼古拉的头颅当夜壶。赵林提示他，云鹏临走的时候叮嘱过不要杀掉邻居的一个人。

"那我就命令所有人往他头上撒尿。"

"我可不干那些有失大雅的蠢事。"赵林说。

"这是命令。"

在大炮震天的轰鸣声中，在李震狂暴的辱骂声中，鬼魅城堡轰然倒塌。在泥土瓦砾中，人们发现了死去的尼古拉，他被炸飞了双腿，击穿了胸膛，身体流出一股黏糊糊暗红色恶臭的液体。那些战士脱下裤子决定执行长官的命令，可被李震制止了。他认为往一具死尸身上撒尿不是勇士的作为。

沃克是一个文静的小伙子，他是城破两天后来到鬼魅城堡的，是他的镇长派他来的。他拥有着一双和汉斯一样的蓝眼睛，一张和汉斯一样棱角分明的面庞，一头和汉斯一样的鬈曲漂亮的金色头发。在河边的一个帐篷里，赵林与沃克面对面坐下来，汉斯充当了翻译，他们在争吵和笑谈中在地图上圈点起来。最后，他们满意地各自收起了地图，并在一起喝了一顿酒。这张地图，划归了两个镇子永远的界线，即使在后来的年月经历了任何狂风暴雨，也无法冲洗掉用笔圈点过的痕迹。

十五

　　春天的第一只蚂蚁爬出洞穴的时候，怀仁为期二十五年的闭关修炼暂时告一段落。这次闭关不仅使他具备了一个出家人独有的空明胸怀，更使他拥有了一般出家人所无法达到的瑞光四射未卜先知的慧觉。他已从流进鼻孔微薄的空气中感受到，外面正发生着翻天覆地的变化，不过，当他走出庙门，还是大吃一惊，他没想到蓝镇的变化竟如此之大。整个蓝镇热闹得一塌糊涂。那里要么是猪与狗在聊天，要么是天鹅与驴在卿卿我我，要么是狐狸在与公鸡打情骂俏，更可笑的是狮子在给羚羊做饭，居然被羚羊数落得不敢还嘴。一只老虎被一只兔子殴打得不敢还手，一只燕子、一匹狼、一只七星瓢虫和一个人围在那里下四国军棋。猫和老鼠在玩着孩子们的游戏——捉迷藏。赵家大院一片金光，那里盘踞着一条巨龙，他一眼就辨认出那条金光灿灿的巨龙是侄孙，他很欣慰侄孙能把一个曾经混乱的世界治理得井井有条，其乐融融。

　　怀仁才觉察到自己的本事，后悔当初怎么不把惠予的尸体冷藏起来，那现在就可以让心爱的人重新活过来，但这种念头只是一瞬，他就陷入了尘缘未了的深深自责之中。值得庆贺的是，透过早晨盛大的阳光，他看见惠予正镶嵌在遥远的星汉中，周身布满了一片祥和之光，还向他微笑招手。这时，他明白，原来两个人长相厮守并不能完全体现爱情的真正含义，结婚只不过是世人生活的一个程序而已，就像春天所有的动物需要发情一样。现在蓝镇的街面，更加证明了人和其他动物只是长相有差异，原本就是一类动物该称兄道弟。他站在庙门的大树下沉思，一种去镇里看看的冲动确实存在，但他还是放弃了这个仅仅是迹象的念头。当他重新迈进藏经阁的时候，那种超然的固有的瑞光就在他隐逸的灵魂里流放开来。他安心地坐在蒲团上，合上手掌，脑海里既没有蓝镇那些喧闹的气氛，也没有侄孙巨龙那样的气势，脑海里只存在他自己知晓的清淡无欲的世界。

　　这是云鹏人生中最充实最闲逸的时光。每天天还没亮他就起床，大声朗读完唐诗之后，就走进屋前自己亲手开垦出来的田地，那里有他种植的水稻、高粱和大豆。他干得如此卖力如此着迷，不知情的人还以为他正在为自己的食物发愁呢。他手上沾满了粪肥，赤着脚走在温润的泥土里，行走在泛青的稻田中，脸上留着汗，嘴角还挂着笑，就像一个农夫忠于土地那样发出由衷的笑。他的夫人们看见他的憨模样就被逗得哈哈大笑失去了矜持。她们像当初柳成取笑他那样说，他要是不是镇长和主人，做个农夫将更优秀。他的确优秀得不能再优秀了，在他的一生中即使到年老他不仅一直坚持这样耕种，而且在他的试验田中试验出的种子，在蓝镇得以广泛推广，结果水稻产量翻了三番。文清怕累坏了孙子，劝说他要注意身体。"人只有闲坏，没有累坏的道理。"他说，"奶奶，你知道吗？人人有饭吃人人有衣裳穿那是多么让人高兴的事情啊！"这个生性要强而今笃信佛教的老妇人听了孙子的话，哭了。与以往一样，阳光洒满同乐楼的时候，他会坐在宽大的座椅中喝着泉水和蒸馏水，细心倾听。这里早已聚集了赵怀英、赵林、吴国芳、李震、汉斯、刘淼及赵氏家族的长辈和后辈们，他们讨论蓝镇哪里需要改造，哪里存在问题，提建议和解决的办法。他们争论得面红耳赤失去了斯文，喧闹的声音鼓动得整个蓝江也跟着沸腾起来，这时怀英就会不由自主地想起当年朱家在这里摆放酒宴的盛大场面，而云鹏一点都不会受这种热烈气氛的影响，他不停地写着，进行过滤汇总。然后，他像个孩子似的去给文清问好，向祖母讨教管家的经验。文清连自己都感到疑惑，像她这样古板的人，有时会情不自禁地甚至有煽情嫌疑地伸出手来抚摸孙子的后背。半晌午，云鹏会用上一天中两顿饭中的一顿。他一边咀嚼食物一边思考会议上的内容，以便在第二天早晨给他们一个明确的答复。中午时分，他会去看望他的儿女们。他的儿子们没有辜负曾祖母的调教，站在那里既拘谨又渴望与父亲进行交流。儿子中，除了八个已经长大，剩下不是在读书就是还在牙牙学语中或者还在女人的肚子里。他的大儿子昌国是菲菲所生，已经到了结婚的年龄，身高也高过了父亲，他现在是李震手下一名得力的干将。二儿子昌泰、三儿子昌民跟着曾叔祖怀英将赵家的商铺经营得头头是道，四儿子昌安、六儿子昌世在账房里也顶起了半边天，七儿子昌永和八儿子昌存长得虎头虎脑跟在哥哥昌国的身边日夜巡逻在蓝镇的大街小巷。五儿子昌盛，既是他的痛又是他的爱。这个儿子的出生夺去了他的最爱草儿的生命。也许是出于一种怜悯，也许是出于一种爱的延续及对草儿的怀念，他把这个儿子一直留在祖母的身边，以便让祖母更加完整地把他培养成高出其他儿子的才能。他还专门请来

了曾祖父当年那十九个勇士中仅存的两个——王益善和赵庆一，让他们教授武艺和骑射。其实，即使像云鹏这样充满智慧的人有时也会干出掩耳盗铃的傻事，家族里没有人不知道，昌盛将是这个家族的继承者。与儿子们相反，他的女儿们见到他就不管那些，她们"叽叽喳喳"给父亲梳头敲背按腿，献上自己的刺绣和绘画，站在他面前毫无拘束地唱歌跳舞，即使在襁褓中的女儿也会伸出小手让他抱上一抱。大女儿青青已经结婚，这个女儿每天在父亲去看望妹妹们时会准时出现在他的面前。他很高兴他已经做了外祖父。如果说蓝镇哪个家庭最节俭，那就是赵家大院里的云鹏家了，他会每周一次带领儿女们去看田里劳作的农夫，去看织布的农妇。"你们吃的东西和身上穿的衣裳，都是他们一锹一锹挖来的，都是她们一针一针织出来的。"他说着，还会让儿女们背上一段：锄禾日当午，汗滴禾下土。谁知盘中餐，粒粒皆辛苦。他亲自在赵家大院后山上教儿子们如何养蚕如何摘茧如何抽丝，然后去把这些丝交给女儿们让她们织布染色。还让他们比赛，看谁的茧最大，看谁的布织得最好。作为一种鼓励和奖赏，他总是在儿女们面前说。

"我身上的衣裳就有你所饲养的蚕丝。"他对儿子说。

"我身上的衣裳就有你织出来的布。"他对女儿说。

已经是不可更改的习惯了，他每天都会到镇上走上一圈。他漫步在祖母设计的铺满青石板的林荫小路上，悠闲得像个无所事事的人。他去江边看那些渔民，去田里看庄稼的长势，和田里劳作的农夫聊天，进出商店药铺和伙计们打着招呼，站在镇上办公室的操场上严肃地观看李震操练的卫队。那些队员们见他到来，拘谨得动作都变了形。晚上，他会登上后山顶上，在落日的余晖中像一个沧桑的老人凝视着蓝镇的每一寸土地。没有人来打扰他，即使是动物也不忍来搅扰他的清净。他也愿意和动物们友好相处，并把他们当作亲人。一次，他成功地帮助一条蟒蛇蜕了皮，蟒蛇临走的时候用恋恋不舍的回头表达它的谢意。这时，他才知道，原来蟒蛇也会笑，而且笑起来很迷人。还有一次，他正在凝神沉思，一只老虎蹑手蹑脚走过来。他没有看老虎就知道老虎来此的目的——老虎是因为仰慕而来看他的。果然，在他即将离开山顶的时候，竟然有一群老虎站在他的面前。他一点都不害怕，因为他看见了老虎的脸庞就像看见了奶奶的面庞那样充满了慈爱。

"你对它们好，它们就会对你好。"他每天傍晚都会去和姑父武松林下上几盘象棋，他一边吃着姑姑给他端来的芒果一边说，"就像你当初寻找姑父遇见的那些动物，它们和咱们具有一样的情感、智慧和审美观念。"

"你搞混了,你姑姑征服动物是因为她的美貌。"武松林毫不掩饰对妻子的溢美之词。

"姑姑的心灵就是她的美貌。"

"你们两个就一起忽悠吧。"赵洁笑了笑不置可否,她愿意在侄子面前遮盖自己的灵光。

但云鹏的棋艺并不高明,每次都会输得一塌糊涂。武松林可不这么认为,他把妻侄的这一愚笨理解为一种敬重的美德。云鹏一边下棋一边探讨学习医术和养生之道。很久以前,武松林就已经很佩服妻侄的医术了,他甚至很纳闷,云鹏总能一针见血地指出从古至今的一些固定药方的缺陷。

"这孩子,是从哪学来的。"武松林喊了起来,"我都想拜他为师了。"

"他根本就不是来下棋的。"赵洁莞尔一笑解开了丈夫的疑惑。

不过,他从来没有在姑姑家吃上一顿饭,即使武松林和赵洁几次邀他入席也都遭到了他的婉拒。

其实,早在草儿死去的那一瞬间,他就意识到,医学不仅在赵家,即使在蓝镇,现在乃至将来的重要性。他总有奇巧的想法,他给他的女人们号脉,然后去药铺抓药,结果治好了两个女人的痛经,治愈了五个儿子三个女儿的肝病。他还亲自上厨用十几种方法变换花样为文清煲粥,然后看着奶奶喝粥的幸福模样,就像他自己在品尝粥的甜美一样。他在家里和蓝镇中激起狂飙式的温馨风暴是如此强大,到了夏天,武松林决定开设郎中培训班,赵洁教起蓝镇孩子们绘画和音乐。文清不服老,就在当初赵俊杰开设的兰花绣庄收起了徒弟。赵怀英不甘落在嫂子的后面,聘请赵林来做顾问,开了一个经营管理的学校。他亲自上阵,讲他一生的经营之道,结果他笨拙的嘴巴闹了不少笑话。"要是你曾外祖父还活着就好了。"他总是这样对云鹏慨叹。吴国芳的私塾扩招了,那里早已人满为患。李震再也不用大呼小叫了,因为蓝镇的安宁致使卫队没有存在的必要。每当傍晚蓝江上打鱼的渔夫、农田里忙碌的农民、作坊里劳作的工人、商店药铺粮站里的伙计都会停下手中的活计,骑上自己的马带上弓箭、大刀来到镇长办公室的前面等待云鹏的检阅。他们的骑术从来没有这样好过,他们的刀法从来没有这样精湛过,他们的喊声从来没有这样雄壮过。所有的人家都打开了房门,没有人担心自己的家中会少什么,也没有人愿意关闭自己的心扉。

掌灯时分,云鹏会第二次用餐。他喜欢吃肉,但不喝酒。后来他听汉斯说沙河镇的红葡萄酒对身体有益,于是每顿便喝上一小杯。汉斯偶尔会应邀来与他共进晚餐,这时他的话就会多起来。那时汉斯正在研究星象和地理,可云鹏不仅向他学习星象和地理,还向他学习代数几何。云鹏被那些符号和图形迷住了,他整天演算着赵家大院中谁也不懂的数学题,还做了作业交给汉斯看。汉斯就大吃一惊。他的探索精神令汉斯感动,一连几天夜里他都会独自来到蓝江边,面对涨起的潮水沉思,任潮水打湿衣衫,任海风吹乱头发。那天吃过晚饭,他把汉斯带到江边,指着澎湃的潮水说:"潮起潮落与月亮有关。"汉斯大惑不解。多年以后,科学家给出的答案验证了云鹏理论的正确性。

夜深人静的时候,赵家的男人们和女人们去厕所的当口儿,总是要习惯性地望上一眼主人的住处,灯火将云鹏的身影映射在窗户上形成一个凝固的黑影,他们就有一丝担心,集体劝说主人要注意身体,可他们都知道主人自幼就已经养成了这一不可更改的习惯。

李震已经习惯了忙碌,现在空闲下来浑身像生满了虱子那样不舒服。他找到云鹏诉说心中的寂寞。

"这不是混吃等死吗?"他说。

云鹏笑了起来,神秘地说:"想找活干还不容易?还有比这更忙的东西等着你去做呢。"主人的神秘让他找不到头绪,他挠着头请求主人给他一个明确的答案。

"你还没有女人哪。"

这时,李震才恍然大悟,原来自己还没有成家。整天舞棍弄棒,让他把这件事给忽略了。他像接到主人命令一样,急急走上了大街,可他到镇子上转了一圈觉得这是个难题,因为镇子里没有一个与他年龄相适宜的女人。他已过了婚娶的年龄,那些正准备嫁人的女孩子可以做他的女儿。他重新回到云鹏的身边,诉说也没有了心气。

云鹏一边听着,一边忍不住笑。末了,云鹏给他指明了方向:"你该去看看我妹妹清馨,她是老天给你一直留着的礼物。"

清馨是他的一块心病。这个妹妹早已过了婚嫁年龄,自从武松林那一针扎下去,就永远保留了少女时的天真和少不更事的性格。病愈那会儿,她整天和姑姑的两个孩子武卓然、武菊玩捉迷藏,输了扮狗爬,弹泥弹输了学驴叫,玩扑克输了打手板的那套孩子们的把戏。云鹏几次给她找到了无论是长相和人品都堪称一流的年轻后生，以了却自己的心病，可妹妹并不领他的情。

"要那东西干什么？"她轻描淡写地说，"顶饭吃还是能当衣服穿，我和武菊玩得很开心。"

武菊嫁人时，她甚至阻拦起表妹以便让表妹继续陪她玩到老。可表妹已发起了爱情高烧，她深得母亲的遗传，嫁给了祖母的一个远房侄曾孙。

"有什么样的母亲就有什么样的女儿，"文清始终不能消除对赵洁的不满，自己也不知道为什么要说这样的话，"可倒好，都乱套了，父亲变成了高祖父，姥姥变成了高祖母。"

文清对清馨的婚事和云鹏一样着急。她把孙女不肯嫁人的任性性格，归结为自己的怜爱和娇宠。她对这个孙女的宠爱完全出于对孙女的愧疚，事隔多年，每当看见孙女，想起孙女与猪们在一起的可怜样就忍不住心疼。

"我的罪过呀，可怜的孩子。"她总在佛像前喃喃自语。

她没有劝说过孙女嫁人的话，因为有时她想，是不是这个孙女遗传了自己的基因，将来对佛祖有种与生俱来的虔诚呢？那可是她的造化。与她相反，云鹏做事总有一往无前的勇气和智慧，在经过十五次劝说后，他不是望而却步，而是把嘴巴上的功夫用在了脑袋上继续征服的欲望。

他记得是最后一次劝说把妹妹逼急了。妹妹说："要嫁，我就嫁你，明天就入洞房和你睡一个被窝。"

"这事可不能硬来，"他在书房背着手说，"这个没有开化的老丫头什么事都不懂，什么事都干得出来。"

李震堪称军人的典范，他再次接受了命令。但他坚定的步伐，在迈进武松林药房前就软了腿脚。清馨早已得到了消息，因为在他来药房的路上，有人问他干什么，他就像小孩饿了要吃饭那样大声嚷嚷，说去药房娶清馨做老婆。药房被围得水泄不通，但都离他二十米远。他的邋遢是出了名的，据说自他出生以来还不知道洗澡是什么滋味，人们甚至还传说要不是马奎与他一样邋遢，马奎一定会败在他的手下，他的肮脏是他取胜的法宝，因为他长年与苍蝇为伍，与老鼠争食，与蟑螂同眠。还说，尼古拉其实不是被打死的，是被他骂死的，因为他说话粗鲁得能让猪狗呕吐，但从来没有人看见他生过病。他长年穿着不知道什么颜色的衣裳，他裸露着虬突的上臂，夛着胡子，模糊着脸庞，瞪着环眼，脚板拍打在街面上，泥土便从他的脚丫缝中淌溢出来，让人很容易把他与《三国》里的张飞搞混。

"滚，快给我滚回去。"清馨手里握着菜刀挡在门口，"再往前走一步，不是你死就是我死。"

"镇里的人都知道这事了。"他可怜巴巴地说，"你就不给我留点脸面？我可是卫士长啊。"

"你就是天皇老子也休想进这个门。"

要不是清馨深深地打动了他，他才懒得去云鹏那里说这样的话。

"你这个妹妹太邪乎了，她简直只有存在于我的童年里。"

"撤退？这可不是你的性格。"云鹏像是鼓励他，又好像是给他出谋划策，"你可真是老实得够可以，拿出与马奎作战击败洪水和征服尼古拉的勇气，没有办不成的事。"

李震说得对，清馨无论从长相和性格都还处于一个少女的年龄。有一段时间，她瞄上了云鹏的几个幼小的儿子女儿，可是云鹏没有让她得逞。"这还了得，"云鹏大惊失色，"和她搅在一起，将来谁管家？"不过，她现在过得很好。武卓然——她的表弟已经结婚生子，她甚至想出与未来玩伴玩耍的新游戏。她每天去探望一次只有两个月大的侄子，以便与侄子建立良好的感情为将来的玩耍做准备和培养侄子的玩趣。她还给侄子起了一个外号——猫崽儿，即使武松林这样古板的人也被逗得哈哈大笑。

"让那个老死头子见鬼去吧。"她是这样说李震的。

"我看不见得。"赵洁说。

姑姑的戳穿，让清馨有生以来第一次感受到了什么叫羞涩什么叫叹息什么叫幸福。她失眠了，却不知道为什么失眠，只知道那个铁塔似的壮汉在她面前晃来晃去调动她的魂魄冲击她的生理鼓噪着她的思念。她喜欢他那邋遢样，就像很多年前她在猪圈里喜欢闻那些猪身上散发出的怪味一样。她喜欢他那失礼的目光在自己的脸上和胸脯游来荡去，他的目光是那样的坚定有力而又不失温柔，像一双手一样捧起她的脸揉压她的胸脯。她也喜欢他那可怜相和粗鲁样，他的可怜相粗鲁样既天真又不知所措而又满怀真诚。她已有几天没有去看猫崽儿了，因为猫崽儿已没有壮汉可爱了。

"我这是怎么了呀。"有时她莫名地怨怪起自己，因为她把用了一年多时间想起的新游戏给忘记了。

她盼着壮汉的再次出现，可又激动又害怕得全身发抖。她甚至恼怒起哥哥来，为什么弄了这么个壮汉来打扰自己的清净，而又在自己不需要清净的时候给自己以清净的寂寞。

"多么可爱的眼睛啊，像鸡蛋那样大，那样有神，那样深情。"她莫名地潸然泪下。

一天晚上，月光洒满了寂静的院落，她绝望了，再也无法控制自己，她决定走向猪圈，并相信姑父即使再有高出现在一百倍的医术，也无法让她恢复。这时，从门外飘来一股让她期盼已久的味道解了她的渴。

"他来了。"她急忙跑进卧室，对着镜子看，发现自己从来没有这样美过。

可是，李震没有进她的屋子，而是穿过走廊直接走进了张先生的浴池，跳了下去。他舀起薄荷香水冲啊擦呀搓呀，那样的认真那样的从容不迫，就像屠夫在剥猪皮。在他清除了前半生身体上的所有污垢之前，他没有顾得上看对面几乎被熏得恢复神志的张先生一眼。当泳池表面浮了一层能抓起来的油腻，他看见睁开眼睛的张先生。

"可见，男人并不都是泥做的，还有油。"张先生说。

他可没有工夫听这个老夫子讲什么人类起源问题。为了这次行动，他早晨就去了理发店，用武力强行让理发师给他剃了胡子理了发，还用丁香水清除了嘴里的脏味。然后，他走进逍遥楼旁边的小酒店喝了一下午的酒，吃了两个熊心三个豹子胆，在午夜熊心和豹子胆的药力发作，在回忆与马奎搏杀和要往尼古拉头上撒尿所给的勇气下，他靠近了那座依然亮着灯光的房子。

他本想用温柔的手段来使女人就范，可他无法改变粗鲁的天性。他一掌将房门震得粉碎，一脚踢翻面前的桌子，一把拎起被欲望烧得瑟瑟发抖的心上人。

"你来干什么？"她快喘不出气来，与其是说还不如说是呢喃更确切，"我见了你就想吐。"

然后，她任由他这样粗鲁地提着，任由风声从她耳边掠过，任由想象变得苍白无力，她的身体酥软得像失去了骨头，可一点都不害怕，倒像是在享受春天的阳光去完成一次旖旎的旅行。旅行并不漫长，只一盏茶的时间，终点停留在一座几近远古荒原类似于坟墓的房屋中。

"你该有多寂寞呀。"清馨哭出了声，并痛恨起哥哥来，"他太不像话了，你屡立战功，却让你住在猪窝里。"

与外表相反，屋子里显然进行了刻意的摆设，仿古的家具散发出檀香的气味，红色的被褥就铺设在帷幔下，床头一对红色的蜡烛发出"咝咝"燃烧的声音。直到此时，李震才觉得自己的勇敢原来只是一种粗鲁的吓唬人的东西，他的内心告诉他，其实他是个窝囊废，因为从进屋的那刻起他就没有勇气再看女人一眼。女人可不这样，她抬头打量起男人，不由得大吃一惊。与那个粗鲁的壮汉相比，眼前的男人至多二十岁，他面皮白皙，浓眉大眼，浑身散发出薄荷香味，打扮也很入时，坐在那里安静而羞涩分明就是一个彬彬有礼、绝对是经过长期良好教育的书生。她不免有些失望，但男人野蛮的动作安慰了她。她恍然不知所措，没想到他们居然在这方面都是专家，就像久经沙场的老将挥舞利剑和长矛戳穿敌人的喉咙和胸膛那样顺理成章。她像一只受伤的小鹿那样呦呦哀鸣，又像一只受伤的野兽拼力撕咬，直到抵抗的意识变成糨糊和想象中的渴望呢喃。而他则像一匹脱缰的野马扬起四蹄飘拂鬃毛，又像一头雄狮昂首山顶咆哮荒野，直到流浪的河流变成悄然的湖水和忘记源头的不规则的沉重叹息。她知道，索取和贪婪是人类共同的敌人，斯文只是人类杜撰出来掩盖虚伪的一个好听的词儿，粗鲁也不是一个人的天性而是动物的本性。

　　清馨的失踪在蓝镇引起了骚乱，人们像蚂蚁觅食一样到处寻找清馨。可不久，人们就不找了，因为人们听见从李震屋子中传出的蓝镇人从来没有听到过的声音，那是一首河流对河床窃窃私语声、喜鹊对空气的鸣叫声和月光被无情地揉碎时发出的叹息声。

　　五天后的早晨，清馨和李震来到了赵家大院。云鹏命令挂起灯笼，敞开大门，让酒席摆放到蓝镇的大街上小巷里，让鞭炮响彻在蓝镇所属的那三十九个村庄的上空。他亲自讲了话，赞扬这是一桩旷世奇缘。他派人请回了那三十九个村的村长和副村长。鱼儿娘虽然在这段时间里在急剧地衰老，但她还是拖着臃肿的身体参加了这一旷世的庆典。她满头白发，牙齿所剩无几，说话也不连贯，她曼妙的语言顺着牙缝都被风带走了。人们把女人急剧衰老的原因归结为她长期酗酒的结果，而她自己却认为与朱成文那场惊世骇俗的性爱才是自己急剧衰老的真正原因。事实证明，她的判断是正确的，她虽然身体臃肿虚弱，但酒量却是惊人，只是脸颊上的桃花再也没有升起。唯一遗憾的是，文清没有参加这个庆典，因为一种说不出来的滋味让她放弃了参加的最后念头。"我老了，见不得吵闹，还是让我清净些吧。"她对前来邀请他的孙子孙女说。"那个愣小子还不错，是咱赵家人的样子。"末了，出于一种安慰和敷衍，她对孙女说。

桃花盛开的季节里，金丝鸟报道了一个消息，鱼儿娘死了，好像是她最后的一点巫术起了作用，天空下起了桃花雨，一只只金丝鸟飞进她的屋子，叽叽喳喳地为她梳理头发，为她整理衣裳，还为她衔来雨水清除了脸上的污垢。待最后一只金丝鸟离开的时候，人们挤进了她的房间想看看这个巫婆的脸上是不是爬满了桃花。她的脸上没有一朵桃花升起，身体恢复刚进镇时的轻盈，她安详平静得好像还喘着气，与其说她故去的从容是对死亡的嘲笑，倒不如说是对死亡的沉醉更确切。

"她还没有死。"当有人建议要埋葬鱼儿娘的时候，有人喊叫起来，"看看，她明明还在喘气呀。"

"可怜的孩子，可怜的我。"好像是秋天里的最后一场雨中的阴风顺着窗缝挤进屋子那样忧伤，声音在人们毫无预兆中敲打着人们的耳骨，一个身材矮小模样诡异的老太太出现在人们面前。没有人认识她，也没有人知道她就是曾经治好他们祖辈顽疾的陈婆。陈婆很为这些人惶惑的眼神感到安慰，因为她知道已经没有人记得她了。

她用鹰鹫一样的眼神赶走了屋子里的人，用春风摇曳柳条那样充满温情的嘴唇轻轻地诉说着她对她的思念，然后走出房间，当她的身体盘旋上升的时候，鱼儿娘也跟着飘浮起来直至她们合二为一，天空停止了桃花雨的降落，也停止了金丝鸟的啾啁声。

赵怀英赶来的时候已经晚了。他不是出于好奇，也不是出于感恩，而是出于对青春的怀念。当陈婆和鱼儿娘消失在晨光中的时候，他站在屋檐下感觉到怀念的爆裂声。他一直认为，巧珍死去的那个早晨，他也就跟着死去了。这个丑陋的女人所施展的爱情魔力让他有时也感到纳闷，但后来即使是躺在灵灵的身边他也在不停地搜寻着这个答案。直到此时，他才大彻大悟，原来巧珍的死正是爱情魔力的关键症结——那是因为他失去了赋予善良尊严正义于一体的精神领袖和纯洁初恋的神圣。不是吗，那个该死的饥荒年代她宁肯饿死也不多吃上一口不属于自己的口粮，她拒绝怀礼建议的摔跤比赛，她把自己锁在破旧的磨坊里为的是不惊吓着镇子里的人。这个女人，简直不可思议，即使在她死后，在人们挑剔的谈论中也没能找到关于她的一个缺点。这样的女人谁能不爱？能不值得爱？至于后来他续弦了灵灵，他不承认是一种背叛，确切地说是为了嫂子和整个家族所做的一件符合良心的敷衍事。嫂子做主把灵灵许配给他不是出于对他的关爱，而是出于他对弟弟的制约或者干脆说是女人把他和弟弟当成了一个棋盘上的两个棋子。这

日升日落

一切他都不愿意想了，因为他老了。是的，是老了。以前他不会这样想，不久前他还兴趣盎然地站在讲台上大讲经营之道。现在他才明白，那仅仅是衰老前的一次回光返照。他知道衰老的特征不只是外表，更重要的是心力的衰竭。疾病无时无刻不在折磨他，他患有严重的类风湿，每当阴雨绵绵和雪花飘飘的时候，他就会听到全身的关节断裂的声音。即使在阳光明媚的时候，他也必须穿着厚厚的棉袄。家里没有一个人问他为什么这么打扮，倒是云鹏问过一次。他说："习惯了。"没有人知道他的病，他不是不相信武松林的医术，而是他认为一部旧机器确实没有重新修理的必要，家里的伤心事已经使他练就了将心事秘而不宣的本领。

"我老了。"他自言自语，梦游似的走着，可他的思想从来没有这样清晰这样有层次过。他走进那座初恋的磨坊，那里人们正在将稻谷放在磨盘上，于是人们就全变成了巧珍。路过逍遥楼的时候，他做了一个暂停，想起了朱建新。他的脸露出了笑，想起把手里的铜钱塞给那个老鸨时，他的惶恐和老鸨的惊讶是多么相似呀。"这个死小子，都是他使的坏。"他笑出了声。他走进赵家大院的时候，云鹏已经到江边看那些渔民打鱼去了。他要见见嫂子，可嫂子正忙着念经。他想去账房，但又讨厌刘淼。他漫无目的地行走在他曾经经营的土地上，那里的庄稼长势喜人。这时，他有点累了，关节告诉他，明天会下雨。他记得走进商铺、药店和商店的时候，人们正在吃午饭，人们争着邀他入席，可他拒绝了。他直接来到了伯母秀子的墓地，他从父亲的死好像悟到了点东西。他看一眼伯母的坟头，又看了一眼父亲的坟头，眼神就像叹息那样阴郁。巧珍的坟墓葬在后山的一个山窝里，这是他亲自给选的墓地，因为那里可避寒风，即使在冬天这里也会阳光普照。"这里暖和，你好好睡吧，再也不必住在那座四面漏风的磨坊里了。"他说完，就在巧珍的墓旁画了一个属于自己的圈子，急促的模样就好像是他马上就要躺下去似的。傍晚，他回到了自己的院落里，看着一大群有些他都叫不上来名字的孙子孙女充满了整个院落，他们"叽叽嘎嘎"证明了一个事实，赵家血脉在未来的若干年中，将充斥着蓝镇的各个角落。德勤、德俭从他身前走过，他深情地看了他们一眼，从他们的身上找不到自己的影子，倒可以找到巧珍的影子。他破例和家人吃了一顿团圆饭，然后头也不回地走进卧室。

云鹏晚上才得知叔祖父曾经来过，但当他急急忙忙走进叔祖的卧室的时候，这个一辈子任劳任怨的老人已经和巧珍相聚了。

十六

　　与强大的欢乐气氛相比，赵怀英的死就微不足道了，好像赵怀英只有云鹏这么一个亲人。云鹏一连几天都不吃不喝，他沉浸在极度的怀念和沉重的悲痛之中。而赵家子弟们把哀悼只作为多余的程序，只有在早晨来到同乐楼的时候才装装样子，心里却想着家里鸟笼子里的鸟儿和罐子里的蛐蛐，即使德勤、德俭也不例外。然后，他们欢天喜地地走出同乐楼，直接奔赴江边文清亲自设计的林荫小路和天桥下比试谁的鸟儿叫得最好听、谁的蛐蛐最厉害，谁的斗鸡更凶悍。其中，德勤的孙子昌霖所饲养的那只鹦鹉的叫声最让人迷乱，据上了岁数的老人说，听见这只鸟叫会让人们想起多年前陈小美的娇艳。这个昌霖被公认为赵氏家族中最没出息的一个。他浓眉大眼，体格彪悍，说话大声大气，整日手里擎着鸟笼子不管春夏秋冬都光着身子披着麻袋片子游游逛逛，东家吃一口西家蹭一顿，过着不着家甘受乞丐之苦的生活。但他并不像乞丐那样着人可怜，因为他性格粗鲁是整个蓝镇出了名的。一次，一个好心人出于对赵家的尊重也是出于怜悯之心，让他进屋吃饭。他因主人没有给他准备酒而怒气冲天，不仅掀翻了饭桌，而且将主人暴打一顿。还有一次，一个老汉发现他躺在雪地里快冻僵了，就动了恻隐之心把他扶进屋子里，半夜里他非要和老汉的儿媳妇睡一个被窝，主人不允，结果他放火烧了人家的房子。不过，这个莽汉外表看起来虽然粗俗，但他谈论起蓝镇的事却头头是道。他的雄辩和他的傲慢常常使人不能不佩服他的勇气，为此他居然也收受了一批对他崇拜如狂的学生，还扬言要开一个关于不讲理的学校。要不是云鹏对他的警告，说不定他还真的开成了。但他的影响还是巨大的，那时镇子里已经兴起一股时髦之风，年轻人以拥有一个精致的鸟笼和一只漂亮的鸟儿而引以为豪。特别是赵家的子弟，他们在昌霖的启发和古人遗留下来的奢华的毫无意义的游戏中发现，斗蛐蛐和斗鸡比养一只鸟儿更让人贴近现实生活，因为勇猛的蛐蛐和凶悍的斗鸡不仅能给人以视觉上的震撼，而且还能给他们带来属于蛐蛐和斗鸡的胜利给人带来成就感乃至经济上的实惠。在蛐蛐翘起的翅膀中，在斗鸡脖子上支棱起的毛发中，有的人失去了房屋，有的人失去了土地，有的人失去了儿女，有的人失去了女人，有的人露宿街头，也有的人失去了自己。巨大的鸟鸣声、尖啸的蛐蛐鸣叫声和斗鸡的惨叫声把蓝镇变成了天堂和地狱。女人们也参与了进来，她们在男人们的背后大呼小叫欢笑流泪绝望叹息。在最初的一个无助的女人走进逍遥楼的时候，就注定有两个或者更多的女人将使逍遥楼重新兴旺。她们的目的只有一个，挣钱翻本。男人们理解了女人，他们从女人的男人们那里赢了钱又如数送给了男人的女人们，就像大海里的水升到了天空形成了云彩又重新将海水洒向大海那样完成了一个合乎逻辑的自然循环。而女人们在这里感悟到，一切不良的诱惑更容易使人接受，做坏事比做好事要容易得多。

　　云鹏对于这些他并不是视而不见，其实早在他免除地租家里源源不断的商业收入供养整个家族生活的时候，他就意识到了一种潜在的危机——家族那些优厚的待遇，会使赵家子孙消磨意志过起腐化生活和丧失生存能力。他在家族的交口称赞和感恩戴德声中，采取了一系列措施。他强迫家族中的男人们种地和将那些年轻的后生派往赵家村和马奎生活过的那个偏远的地方，让他们过自给自足的生活来重拾赵家遗传中的坚强意志。这种出于对整个家族未来命运的宏伟计划在几个月后就在族人的抱怨声中化为泡影。因为那些年轻的后生既不会种地织布，也不具备吃苦耐劳的精神。几个月后，他们以破衣烂衫和苦大仇深的模样重返蓝镇。进入赵家大院的时候，他们扑进长辈们的怀抱，哭喊声将赵家大院里的灰尘激荡得漫天飞舞。德成、德功和几个赵家的长辈首先进入了云鹏的房间，他们如泣如诉的讲述就好像亲眼看见了他们的儿孙们遭受了赵怀礼、赵怀明当初重返家乡那样的辛苦，而他们悲伤的表情就像亲自经历了比儿孙们还要多上几倍的困苦。云鹏动了恻隐之心，他想既然自己能养得起这帮白吃宝，又何必招致族人的抱怨呢。但他还是要做个榜样来启发他们，于是他教授儿子们种地养蚕技术，教授女儿们抽丝织布。可族人早已过惯了饭来张口衣来伸手养尊处优的生活，他们用怪异的眼神看着主人忙碌着与生活毫无关系的身影，然后摇着头去找自己的乐子了。即使德勤、德俭、德功、德成也被镇子里的欢乐气氛感染了，德勤拥有了一只黑色的斗鸡，德俭拥有了一只红色的斗鸡，哥儿俩吃过晚饭后就钻进后花园，探讨怎样饲养才能使斗鸡更加凶猛，然后争论得面红耳赤。有一次，两个人因意见不能达成一致发展成欲要在拳脚上分高下。幸亏被德勤新娶来的小妾劝阻，才避免了这场因斗鸡而酿成的手足相残的悲剧，她给他们出主意，说用他们的斗鸡来验证他们观点的正确性。他们采纳了这个建议，但这个建议也是他们决裂的标志。这是一场与其说是比赛还不如说是决斗，更准确地说是两只公鸡来决定两个人命运的赌赛。他们的赌资令人咋舌，他们行将就木的豪情更是让人们想起他们当年冲进账房将赵林拖出时的野蛮情景。他们鼓动家人们来为他们助阵，给围观的人群提供了高粱烧，逍遥楼的妓女们最吃香，因为她们能左右男人们的情绪和倾向，所有的一切都是为拥有更多的啦啦队以增强斗鸡的勇气。更有一些从事斗鸡行业的行家里手也拿出赌资参与进来，他们圆瞪双眼的模样从一开始就预示着这不是一场简单的斗鸡比赛，而是一场关乎生与死改变生活状况的较量。简直就是盛大的节日气氛，围观的人群让人们想起朱成文摆放酒席的盛大场面。盛开的礼花丰富了夏日的夜空，缓解了人们的紧张情绪，在昌霖那只鹦鹉的鸣叫声中，比赛开始了。事实证明，他们的斗鸡都很优秀。两个工具两个蠢货，跳跃闪躲，奋力搏杀，对自己天性的缺点毫不知晓，就像人类不知道自己的劣习一样。激战在小雨中达到高潮，那时人们已经喊哑了嗓子，两只斗鸡也都一息尚存。这场关于两只斗鸡的战争，被人们定义为与其说是战斗倒不如说是强暴更准确，德俭红色的斗鸡剥下了德勤黑色的斗鸡的所有衣裳，成功地使对手成为裸男，而德勤黑色的斗鸡犹如力保贞操的烈妇啄出了对手的一只眼睛。但斗鸡比赛却在人们出乎预料中结束，因为两只斗鸡最后终于识破了主人的险恶用心，双双气死在用缆绳圈起的操场上。它们微睁乞求的双眼告诉人们，它们的一生不是战斗的一生，而是窝囊得类似于面首的一生。也就是在这天夜里，在雨水敲打在窗户上的声音中，德勤喝醉了。他蹒跚地迈着脚步踏进了弟弟的房间。弟弟也喝醉了，蜷曲着身子躺在地上发出鼾声。他就并排躺在弟弟的身旁，就像当初他们共同躺在巧珍肚子里的那种姿势，完成了一次黏黏糊糊的人生旅程。

德勤、德俭的死给云鹏提了个醒，斗鸡不仅能死鸡，也能死人。他立即颁布了禁止斗鸡的告示，说斗鸡是一种娱乐游戏也是一种关于死亡的危险游戏，并严令若在蓝镇再发现一只斗鸡，不仅要杀死斗鸡，而且斗鸡者将永远不得享受赵家土地免税的优厚待遇。人们对云鹏的告示唯命是从，回家就杀死了宠物，并将原来视作是自己孩子和父亲的宠物放进锅里，就着赵家的烧酒美餐一顿。

与德勤、德俭相比，德成、德功就要稳重得多。德成性子柔一点，长得也白白胖胖，一打眼看上去像个乐善好施的老太太。他整天右手擎着鸟笼子，里面装着一只会背诵柳永诗词的百灵鸟,左手提着茶壶,每走几步便看上一眼鸟儿,然后喝上一口茶。那时在蓝镇东面由于长期的鸟鸣已经形成了一个交易鸟儿的市场,在这里他可以看见后辈的无赖和颓废,也可以看到被鸟儿左右了的整个精神世界里的自己。弟弟德功的性子稍急一点,他饲养了一只黑头蛐蛐。这只蛐蛐是从马奎后人的手里买来的,个头大,模样彪悍,它一定是受了马奎的感染,有着马奎那样进攻的欲望。他吸取了德勤、德俭的教训,在与人斗蛐蛐的时候就约人去逍遥楼。在蛐蛐的尖叫声中,在女人发嗲声中,在老鸨子的赞扬声中,在对手的痛苦声中,他取得了在赵家大院没有获得的权力。他将赢来的钱全部扔在桌子上,然后命令关上逍遥楼的大门,摆上花酒,与所有的女人尽兴狂欢。不难想象,他的生命必将终结在这些狂浪的女人堆里。

"你得去管管他们呀,老不像老的小不像小的,成何体统。"赵林和吴国芳不能接受这个现实,虽然他们对主人佩服得五体投地,但他们还是穿过喧闹的鸟鸣,躲过蛐蛐的尖啸声,挤过哄闹的人群,带着责任和使命感,走进云鹏的屋子说出自己的担忧。

云鹏考虑了很长时间,言语中还是充满了自豪:"也许该让他们乐一乐了。"他还解释,这一现象是繁荣后的普遍现象,因为人们的物质生活达到一定水平后,必备的精神生活就会应运而生。

得到这一失望的回答后,两个人有了一个共同的认识,就是他们自己都老了。两个几乎相伴一生的好友,在经历了友好与怨恨的风雨乃至重新和好之后,他们的友谊已经变成了牢不可破的城堡。赵林早已无事可做,每天傍晚就会来到私塾,和吴国芳坐在私塾大门外的榕树下,在落日的余晖中回忆往事。虽然私塾还继续开业,但孩子们早不耐烦了。他们被外面的世界搞得心烦意乱,之所以得以维系,是因为他们的父母看在吴国芳与云鹏的特殊关系上才把孩子送在这里接受煎熬。当吴国芳离开人世后,赵林不仅在这里消失掉了,而且在蓝镇也见不到他的影踪。人们最后还能得到他的一点消息是在两年后的深秋,从苍翠的柏树深处、从他居住的深宅角落里传出的哭声中知道,这个为蓝镇为赵家奋斗一生的人业已寿终正寝。

他躺在刘淼的怀抱里,脸上布满了安慰、牵挂和倔强的复杂表情。刘淼哭得昏死过去,可他的长相成了他悲痛的最大障碍,因为他的那张脸,即使哭起来也像笑,不知底细的人还认为他抱着死人在哈哈大笑呢。

"你还是回屋歇着吧,你这样哭,还怎么来增加家人的悲伤。"他的夫人赵钰说。

没有谁能阻止刘淼的悲伤。他的父亲和母亲老来得子,但很不幸,在他三岁那年,他的母亲死于天花。他的父亲娶了一个年轻的继母,父亲那时在赵家大院里做一个普通的账房,没日没夜地工作使他成为赵林最好的朋友,可六岁那年他的父亲死于痢疾。他的继母对他比仇人还敌视,凶悍的继母和早亡的父母过早地冻结了孩子的顽皮。她长得像天使,可她脾气变态心肠如铁。她总能想起一些新花样,变着方法来折腾他。她三天才给他吃上一顿饭,吃的是猪食喝的是腐水,还问他好吃不。他要大声回答:好吃。她冬天给他穿用柳絮填充的棉衣棉裤,还不准他发抖。有一次看见他私自去烤火,结果他挨了一顿皮鞭。不过,这种被他后来称作地狱般的生活在他八岁那年得以终结。那时,人们已经没有人还记得他曾经是生活在富人堆里的公子哥,而仅仅是个放牧娃。每天早上,他必须在鸡叫的第一声起来给牲口添草加料,在巨大的鸟鸣哄闹声中,他赶着一群羊经过赵家的老宅,进入后山洼。他在那里整天都需要瞪着惊恐的眼睛,因为狼和老虎一点都不怜惜他的命运。也有苦中作乐的事,他会在继母去看斗鸡的当口偷偷溜出去,趴在私塾的窗口听吴国芳讲课。吴国芳已经注意他很久了,吴国芳将他叫进屋,让他坐在角落里的座位上。好像什么都知道一样,他的过耳不忘的记性让吴国芳惊喜万分。他不仅能背下四书五经唐诗宋词,而且还能吟诗作对。

"简直就是曹子建转世,他能过耳不忘,就能过目不忘。"吴国芳晚上来到了赵林的房间说,"你不是要给你孙女找个女婿吗?这孩子是个难得的人才。"

赵林的儿子是在八年前死在赵村的,他是因为一场意外的火灾与妻子一起被烧死的。当赵林去赵村领回孙女赵钰的时候,极度的悲伤和愧疚让他做出了一个决定,一定要给孙女找一个有教养的值得信赖的如意郎君。听了老朋友这么说,他决定去看看这个可怜的孩子。两天后,当刘淼继母得知刘淼将成为赵家的乘龙快婿的时候,难以名状的忌妒使她发了疯。她不管家里人的劝说,从牲口棚中揪出了刘淼,用皮鞭抽他,用钳子拧他的耳朵,用鞋底掌他的嘴,直到繁重的体力活儿累得她垮了下去,她才气喘吁吁地吩咐仆人将奄奄一息的刘淼推下后院的深井里。仆人没有听她的吩咐,直接把刘淼背到了赵家。赵林正在为找到孙女婿而高兴,见这个小可怜这副模样,气得他要去找这个悍妇算账。可他很快就从未来孙女婿的身上得到了一个信息,每一次不幸都是生活中的宝贵财富。一个月后,

日升日落

刘淼背着书包,手里提着小石板走在上学路上的时候,他知道自己现在活着不是一种简单的吃饭穿衣,而是一种责任,一种感恩的重大责任。没有压力,只有动力,因为他已经知道自己的生活在变好。

云鹏已经思考很久了,他要在江边修建一座水上花园,谁都不知道他为什么会做出如此荒诞的决定。因为要修建这样一座花园,要耗去建造十个同乐楼那样的钱财。赵家的几个仅存的长辈首先提出了异议。和以前一样,云鹏一下子就识破了他们的企图是缘于私心。"不用担心,这点钱对我们赵家来说只是毛毛雨,不会动你们一根汗毛。"坦率地说,云鹏做出这个决定既不是像朱成文父亲迷恋建筑事业,也不像朱成文那样贪图享乐,而是出于对祖母衰老的怜悯和无上的爱。他要建筑出亘古未有的漂亮佛堂,让祖母在那里敲着木鱼,伴着温凉的柔风和低音的湖水度过一个充满诗情画意的有追求的晚年。就在不久前,文清取消了云鹏已形成规律的生活中不可缺少的问安,也冷落了等在院落里的孩子们,更不去她亲自开设的绣庄,那里生意正值兴旺的顶点。她的时间全被佛祖占据了,她的精神世界和日常生活全部来源于对佛祖的痴迷和崇拜,她好像是一个长跑运动员做最后冲刺那样要使出最后的一点力气表明一种态度,她的人生终点将在西方极乐世界。

刘淼是第一个站出来赞成主人决定的人。云鹏喜欢他,不仅仅是他的博学和聪明,更重要的是他们父母早亡的相似遭遇,相似的遭遇让他们成了无话不谈的忘年交。这个年轻人,已经是赵家大院的顶梁柱了。

他担负起整个工程的设计。他的办事效率高得惊人,一个月后一张号称是水上花园用巨幅模型展现在主人面前。长期揣摩主人的心理,让他设计出了一个与主人想象毫无二致的花园。花园预计在江边建成,就是建造在饥荒年代朱家和赵家共同开辟灌溉田地的那条水渠上。几年之后这里将有六个人造的湖泊,十五条迂回的长廊,七十二座凉亭,一百二十五座拱桥,八十一座假山,一百二十个瀑布,五万棵白杨树,一万棵柏松,两千个花圃,九十九座庙宇和一千八百座房屋。那时,湖泊上赵家子弟及妻妾将日夜摇动龙舟歌唱幸福生活;迂回长廊的栏杆和屋顶将雕饰凤凰和四大美人的精美图案,赵家的千金小姐和那些女佣将迎着晚风安静地在这里继承文清的刺绣文化;一百二十五座小巧玲珑的拱桥将七十二座凉亭连接在一起,据刘淼介绍,这里任何一处都将是云鹏读书的好处所;八十一座假山和一百二十条瀑布是给孩子和鸟儿们修建的,在茂密的竹林里,在流水的轰鸣声中，在鸟儿婉转的啼鸣声里，在芳香四溢的花丛中，孩子们将在这里捉迷藏和随意撒欢儿；五万棵白杨树将分布在湖边的大路边，不久的将来，在树下雕有花纹的石凳上赵家的晚辈面对粼粼的湖水，回忆年轻时的往事来冲淡晚年的迷茫。每座房屋的前面都要有一个花坛，花坛里种着文清院子里的花朵，这样人们在嗅到沁人心脾的花香的时候，就会想起前辈们的贡献。屋顶要用琉璃瓦，就是没有阳光的时候，让人看上去也能金光四射。屋子四周都要挂上大灯笼，这样可以让赵家族人时时感受到赵家是多么和谐多么充满温情；九十九座庙宇错落有致气势恢宏地坐落在最大的六座假山里，那里清风徐徐，深幽安静，晨钟暮鼓将穿过一万棵柏松树叶的缝隙报道一个老人的孤独和虔诚。建筑将由七万八千个能工巧匠来完成，其中庙宇的建筑将由建造同乐楼的刘瓦匠的后代小刘瓦匠来完成，他不仅继承了祖上的技能，而且将其发扬光大，据说他砌出来的墙壁，光滑得像抹了猪油。还没等刘淼介绍完，云鹏就笑了。他一点都不吃惊，因为他知道刘淼能够设计出这样精美合乎逻辑的花园。其实，在很早以前就已经确认了这个年轻管家的能力，他甚至动过这样的念头，要是刘淼是他的儿子该多好，那样他在百年之后，他相信这个儿子会重复自己的辉煌。

  他的儿子们可不这么想，他们对父亲将给曾祖母建造的花园不感兴趣，他们感兴趣的只是父亲百年之后谁做这个家族的主人。他们已经准备很久了，也等不及了，就像父亲明天早晨就会长眠不醒。他们分成了两派，大儿子昌国因父亲将家族的权力寄托在昌盛的身上而愤愤不平，自父亲解散了卫队后，他更加感到失去权力的落寞。有段时间，他已经不去镇里了，因为他看见那些还在操练的人群就气得受不了。他饲养了两只斗鸡，可不久他就把两只斗鸡杀了。他还在父亲面前提出在全镇禁止斗鸡。他的这一无意的有预见性的建议随着德勤、德俭斗鸡惨剧的发生而博得了父亲的赏识。他带领昌永、昌存和那些曾经在他手下效力的卫队员们组成禁鸡纠察队，先从赵家大院开始，足迹遍布了蓝镇的每个角落，成为每个斗鸡者和每只斗鸡的冤家对头。云鹏对儿子的贡献深感安慰，这从昌国在禁绝斗鸡后仍保留纠察队可以看出。在没有得到云鹏许可的情况下，这支纠察队得以保留，并日夜巡逻在蓝镇的大街小巷。昌泰、昌安、昌世因为昌盛迟早有一天会掌控家族权力而极力巴结这个兄弟。长久的娇宠让昌盛忘乎所以，他爱好广泛且花样百出无视耳目。他曾经饲养过一百只斗鸡，一千多只蛐蛐，五百多只鸟儿，而被狂热的斗鸡者、被痴迷的斗蛐蛐者、被疯狂的养鸟者，先后尊崇为无敌鸡王、神秘蛐王和天国里的歌声等美誉。后来他的斗鸡被昌国全杀了,他就发誓等自己掌握家族的权力后,一定要给这些斗鸡报仇雪恨。他喜欢喝酒讲大话,喜欢在逍遥楼里摆上酒席和四爷爷德功大谈蛐蛐和女人,他们赤身裸体满嘴脏话的放浪模样连经过世面的妓女们都感到难为情。四书五经唐诗宋词与那些飞禽的鸣叫声搅和在一起,变成了黏糊糊的棒子面。汉语老师已经不教他汉语了,因为他们不仅要接受学生无缘无故的责打,更不能忍受的是学生的嘲弄。随着王益善和赵庆一的离开,再也没有人成为这个被云鹏寄予厚望的赵家未来掌门人的障碍。云鹏觉察了这个儿子的劣行后,把他叫进了草儿曾经居住过的屋子里,命令他跪在母亲的遗像前忏悔,责令他自己打自己的耳光。儿子的痛哭流涕让他对这个儿子又恢复了希望。为了提高这个儿子的掌家能力和在族人中的威信,他让昌盛参与了一些家庭事务。昌盛也理解了父亲的心意,他不仅将那些玩物丧志的东西扔进了蓝江,而且有一段时间人们经常看见他的身影出现在账房里街面上。与哥哥弟弟们不同,昌民在哥哥和弟弟们为了家族的权力而煞费苦心的时候,他却像一个局外人。他拒绝了哥哥弟弟们的上门拉拢,闭门读书,还结交了一群江湖朋友。他待人亲切,笑起来像一个月大的婴儿。仅仅在这一点上的相似,就足以让他和刘淼成为无话不谈的好朋友。那天他出现在刘淼面前的时候,刘淼还认为他是一个账房里的伙计。刘淼安排他干最脏的活,干最烦琐的账目核算,可是他很笨,经常被刘淼训斥一顿。直到有一天怀英来找他去商店检查一批绢丝,刘淼才知道这个言语不多的小伙子是云鹏的三儿子。日后刘淼毫不隐讳自己的吃惊,他说他当时脑门上出了一层微汗。也就是从这天,他开始注意起昌民,并从观察中打心眼儿里佩服起昌民的定力和耐心。

家里暂时恢复的和睦气氛让云鹏误认为是蓝镇的又一次繁荣的开始。在刘淼日夜忙碌的水上花园工程中,云鹏感觉到自己该忙里偷闲一下了。这段时间,他共做了两件事。一件是重修祖坟,一件是去后山里与僧人探究佛理。赵家族人一直认为当家人之所以去山里的庙宇中是因为受了他祖母的影响,岂不知云鹏本身就具有抵御外来掌控自己的自然能力,不仅是他的祖母,就是他本人有时也为自己能力的自然反应而不知所以然。就在不久前,他的汗血宝马死了。长年的相伴,宝马早已成为了他生命的一部分,这绝不是因为他喜欢宠物,而是因为这匹宝马在最后的日子里让他学到了从人类的身上无法学到的东西。那段时间,他已经能与马进行交流了,坐骑告诉他,他前生是一头非洲雄狮,还说他的那些女人们有的是顶伤他的野牛，有的是咬伤他的鬣狗和鳄鱼，而他的儿女是他吃下去的野猪、角马、羚羊和斑马，还说刘淼是被他杀死的一头小熊。当他问起祖母是什么的时候，宝马没有回答他，而是露出了为难的表情。

"她不是天使。"末了才补充，"赵洁和武松林是天使。"

不是出于一种归宿的探究，而是验证老朋友关于轮回的真实性。当他坐在叔祖面前的时候，却不知道这个人就是父亲的亲叔叔。假如有人告诉他这个人就是他叔祖，他也一定不会相信。时光的飞逝没有衰老赵怀仁的面容，他头上没有一根白发，脸上没有一条皱纹，面色红润得像夏日的朝霞，看上去比云鹏还年轻。如果说能看出他德高望重的话，那就是他对岁月具有足够深刻理解的眼睛，那是一双柔和的能揉碎顽石的眼睛。他很喜欢这个侄孙，但一直没有挑明他是他的叔祖。他和侄孙很能谈得来，他很惊诧侄孙的博学，并佩服起侄孙严谨的治学态度。他们从早上谈起，省略了午饭，晚饭后还要谈上两个时辰。有一次，两个人正在院子里讨论轮回的问题，天下起了大雨，可怀仁身上的佛光改变了雨水运行的轨迹。云鹏惊呆了。其实，在很多年前云鹏也有同样的功能，只是他没有觉察而已。还有一次，怀仁在菩提树下毫无炫耀地正常诵经，强大的召唤力使树木为之跳舞，使鸟儿为之雀跃，使蓝江的水为之喧腾。云鹏彻底被怀仁的法力征服了，他恳求叔祖用法力为祖母建造一座寺庙，可被叔祖笑着拒绝了。他就学着叔祖的模样诵经，要为祖母建造寺庙，他失败了，他的法力还不够，他的诵经只能作为一次意念中的祈祷。这段时间，他一周会去水上花园巡查一次，到后来他看工程进展情况和热火朝天的场面都是他想象中的模样，他就每隔三个月才去草草地看上一看。刘淼让云鹏很放心，还说一个家族有多少人并不重要，重要的是要有一个好管家。就这样，在族人还在与蛐蛐和鸟儿们一起生活的时候，刘淼不仅掌握了账房、商店、药房、绣庄、粮站、当铺和饭店，而且以镇长的名义重新组建了卫队，卫队长是昌霖。就是当他提升了商品的价格和重新恢复了地租来解决水上花园的财政危机时，人们也没有觉察，人们因为富足已经忘记了很多年前的这项规定。不过，最初王陵和白成武以及其他的几个村长觉察到了这一点后，立即返回了蓝镇，可话到嘴边又咽了回去，因为他们已不是村长了，已没有权力说话。在刘淼的暗示下，昌霖使他们有的成了穷光蛋，有的成了颐养天年的老人，有的成了漂浮在蓝镇角落里的一缕冤魂。云鹏的那些儿子对此置之不理，他们又跌入了争夺家族权力的旋涡之中。昌国请来了几个喇嘛，他们日夜不停地念动咒

日升日落

语,意在使昌盛这个竞争者早些归天,可他的那些纠察队员们很不争气,他们横行蓝镇,使蓝镇乌烟瘴气,结果让云鹏知道了。云鹏狠狠地骂了昌国一顿,然后解散了纠察队。就在昌盛暗自高兴的时候,他因为经常出入逍遥楼而使自己的名声一败涂地。自从那次被父亲痛骂后,他就已经蓄谋了下一次的冒险。他派出了昌世时刻监视父亲的行踪,派出昌泰监视昌国最近干了什么事,然后他在昌安的保护下进入了逍遥楼。在那里,他重新饲养了蛐蛐和鸟儿,也重新有了新欢。在云鹏对佛教最感兴趣的那个时候,也是他对女人最感兴趣的时候,他派出仆人在蓝镇四处搜罗最令人战栗的尤物,到了他被父亲发现的时候,他已拥有了像朱成文当初的那两个张狂道姑的一个以及一个与陈小美一样娇媚的女人。

"我原认为我的儿子们没有一个是纨绔子弟,没想到他们全是花花公子。"云鹏脸上露出了悲戚,对刘淼说。

一个雪天,云鹏把昌盛亲自送进了地牢,然后他独自走进草儿的房间沉默良久,直到锥心的疼痛延伸到了他的眼眶,他才意识到在不知不觉中他已经流下了眼泪。他擦了擦眼角,踩着柳絮一样的落雪,装着心情愉快的样子看望了每个儿子每个女儿,亲吻了他的每一个孙子、孙女、外孙、外孙女,可孙子、孙女、外孙、外孙女实在是太多了,以至于他看见他们的长相都是一个模样。本来他感觉这样做会让自己的心情好受些,可结果适得其反。他回到居室,站在雕有兰花的桌子边上,目光投向了窗外,他的失望情绪达到了极点。

"也许奶奶是对的。"

虽然文清已经不接待任何人了,但云鹏每天还是会在上午去探望她的。也许这个老人淡定的心态会又一次开启他的灵智之光,他决定去探望她,可祖母房门紧闭。他回到屋子里就大口大口地吐血,神志也不清起来。昌国得知这个消息后,没有去看父亲,而是去了地牢,他把父亲生病的责任全推到了弟弟的身上。他用皮鞭抽弟弟,往弟弟脸上吐口水,命令用人不给弟弟饭吃,说弟弟不要脸,还骂弟弟是猪。云鹏的女人们站满了院子,哭声召回了刘淼。刘淼进屋抱起云鹏就哭,他的哭脸像三月盛开的桃花,他的哭声像深山里的清泉,把所有的赵家族人都逗乐了。云鹏没有笑,那些人只得将笑容凝固在脸上,笑声也在喉头发出像鸽子一样"咕咕"的叫声。当屋子里只剩下刘淼和云鹏两个人的时候,刘淼给云鹏倒了一杯茶,汇报了江边的工程,然后给他读了自己在工地上写的诗。那些诗让云鹏想起了花丛中繁忙的蜜蜂,想起了燕子对春天的憧憬,想起了正午的阳光下女人的哈欠。

"你一定要把身体养好，"刘淼哭着说，"你要有个三长两短，我还修那花园干什么。"

云鹏没有安慰他，甚至脸上也未显示出一丝的感动，他欠了欠身子坐起来，习惯性地向窗外望了望。他本来要看看窗外的阳光，可天依然还下着雪。院子里站满了人，他们毫无秩序地站在飞雪中"喊喊喳喳"地在谈论什么，他们诡异的表情让他很不自在。这时他突然觉得自己曾经确立的家族继承人的做法是多么草率多么荒谬哇！

"你看看我的儿子中谁更能承担起这个家的责任？"他问。

"你可别胡思乱想，你活得好好的，身体这么强壮，怎么会有这样的怪念头？"

"人总是要死的，这是规律。"

"这是你们家里的事务，我怎么好掺和。"刘淼沉思了一下说。

"你说说你的看法，说对了更好，说错了就当你没说，我不怪你。"

"论魄力，昌国要强一些；论治家能力，昌民更勤奋。"

可是，昌国很令云鹏失望。昌国因为昌盛的入狱而大喜过望，在一次与父亲融洽的谈话中，他意识到了父亲对这个弟弟的失望乃至愤恨，出于讨好和表明立场。他说："如果你觉得他碍你的眼，不好下手，我可以去杀了他。"他轻轻的话语让人感觉要杀一个人只是做一件无关紧要的游戏。

还没等昌国说完，云鹏的巴掌就扇在了儿子的脸上，他因为痛心而颤抖了声音："你怎么能说出这样的话？他可是你的弟弟呀！"

昌国的冷酷让云鹏不寒而栗，但也因此找到了方向，他决定将家族的未来交付给昌民。

不过，云鹏不怎么喜欢这个儿子，这是因为昌民的长相。昌民个头矮小，脸庞瘦削，虽然态度和蔼、面带笑容，但眼睛里总像惦记邻居的柜子那样的小气，说话还结结巴巴。他穿着连蓝镇普通居民还不如的灰色衣衫，衣服上打着补丁。云鹏做出这个决定后，不由得打了一个冷战，他担心这个儿子会不会像打扮自己那样，把繁荣的蓝镇变成一个破烂的城镇。

十七

　　一座只有在梦境误撞天堂的幻觉才能目睹的花园呈现在人们面前。花园比与预期的设计还要完美，这是因为不仅遵照了原来的设计，而且又加上了小刘瓦匠的天才想象。云鹏早已预知了花园的模样，但还是赞赏这是人类想象尽头的伟大建筑。为了让居民们感受到他的愉悦心情，他宣布每个屋子里都要摆上同乐楼里的桌椅，每个凉亭都要有一盘围棋，每棵树下都要挂上一个鸟笼子，每个瀑布下都要放满金鱼，就是假山上也要饲养些蛐蛐。这样的话，人们在和风习习的春天里可以下棋，在昏昏欲睡的夏日可以听着悦耳的鸟鸣，在凄然的秋雨中听着蛐蛐的鸣叫回忆往事，即使在大雪纷飞的冬日，人们也可以踏着绵软的积雪趴在水池边看看鱼儿们的清闲。刘淼早已做好了准备，回家就吩咐仆人把自家木匠铺里的桌椅和鸟笼搬进了花园，接着吩咐丫鬟和女佣到自家的后山上去捉蛐蛐，又吩咐他的十六个夫人和小妾去后花园的鸟场和鱼塘里捉鸟捉鱼。男人们里出外进，女人们叽叽嘎嘎，孩子们跑前跑后。简直是乱成了一团，可又喜气洋洋。两个月后，水上花园每个屋子里都拥有了同乐楼里的桌椅，每个凉亭都有了一盘围棋，每棵树下都挂上了一个鸟笼子，每座假山上都响起了蛐蛐的鸣叫，每个瀑布里都游动着各色各种的鱼。晚上，刘淼躺在铺满屋地的金砖上望着屋梁，脸上布满了严肃的微笑。

　　他的夫人赵钰说："弄这么多金子，会招来杀身之祸的。"

　　"小时候要不是爷爷……可惜他老人家走了，要不我要好好孝敬他，现在你是他。"

　　自与赵钰成亲那天起，刘淼就知道自己的责任，即使自己辛苦些也要让赵家人过上和赵家人一样的生活。他刚刚接手赵家大管家一职时起，一个计划就在他的脑海中形成并在以后的日子里得以实施。赵家从商店、药房、绣庄、粮站、磨坊、当铺和饭店正大把大把地从居民的口袋中掏钱启发了他。开始，他只是出于跟着学学的角度出发，也开了些小规模的商店和饭店，可是后来他觉得不解渴，就索性甩手大干起来。他不仅有了商店、药房、绣庄、粮站、磨坊、当铺和饭店，而且当云鹏说起要建造一座花园的时候，他以商人的敏感开设了鸟场和鱼塘，他知道天堂一般的花园里需要这些东西。他没想到云鹏会向他要蛐蛐。后来想想也不奇怪，因为蓝镇镇内以及所辖地区的每个角落都在狂热地斗着蛐蛐，也许云鹏也受了蛐蛐热的影响。他饲养大量的蛐蛐是卖给蓝镇居民的，那些居民不仅愿意高价买他的蛐蛐，而且还愿意把自己的家产也抵押到他的当铺。他为这一无意中的举措庆幸，因为这样才没有让他手忙脚乱。云鹏没有夸他能干，但他从主人的眼神中得知，主人很满意。在建筑花园的当初，他不是不知道巨大的建筑会给他带来巨额的收入，但他严厉地批评了自家管家的建议。他严惩了一个监工。监工在建造凉亭的工程中谋得了十两黄金、六十两白银、一匹马和一个妓女。那是令每个想从工程中捞取好处的人断了念头的一次惩处。监工被吊在公园的一棵即将被砍伐的歪脖子树上，树身粘上一张关于他罪行的告示，让每个经过树下的人在看完告示后，就走上前去用油光锃亮的木棍去抽打一下。烈日下，这个监工的皮肤在三天三夜的抽打中变成了一张毫无生命气息的枯皮。

　　夫人的忠告给了他提醒，他决定核算一下自己的家产。在经过七天七夜的工作后，他得到了一个既高兴又害怕的结论——他的家产比赵家还多。他吃不下饭睡不着觉，整天忧心忡忡、神情恍惚、自言自语，总觉得自己是个小偷。他的夫人们误认为他招惹了后山的狐狸，去给他请来了女巫。这个小女巫，有着梦呓一般的嘴唇，手电筒一样的眼睛，她说她是陈婆的关门弟子，已经得到了陈婆的真传。虽然没有人还能想起陈婆，但人们还是相信了她。不是传说，而是确实存在的，据说她打出生时起就没有睡过觉，这一点她的母亲可以证实。小巫女的眼神照在他的脸上，他吃了一惊，因为他在手电筒里看见了自己的病因所在。他不听家人的劝阻，任小巫女在自家蹦来跳去，任夫人们跪在小巫女的身前，而他则独自走出了房间，走出了院落。他的决定是那样的模糊而又那样的清楚，因为到现在为止，他仍不相信自己的家产比赵家还多。

　　镇子里的欢闹声和蛐蛐的尖啸声覆盖了从他府邸传出的锣鼓声。他走进了每一座商店、药房和绣庄，每一座粮站和磨坊，每一个当铺和饭店，他得出了同一个更加让他痛苦而确凿无疑的结论，他的商店、药房、绣庄、粮站、磨坊、当铺和饭店抢走了赵家的所有顾客。他长声叹着气，失魂落魄和游神的模样，一度使

日升日落

他的管家和仆人们也将耳朵竖起来倾听从他的府邸里传来的若有若无的锣鼓声。他步履蹒跚，像一个病入膏肓的病人。在路过逍遥楼时，他抬头看了看挂在大门口的灯笼，那些灯笼挂得太久了，个个都沾染上了一层厚厚的虚假气息。三五个女人出来拉他的手臂，她们穿着绿色的裤子、红色带白花的上衣，浓重的胭脂味使身边的苍蝇晕头转向。其中有一个是他曾经想纳为妾而日思夜想的女人，后来这个视爱情为生命的女人拒绝了他的金钱和地位，嫁给了一个农夫。还有一个是邻家妹子，这个害羞的女人在蓝镇勤俭治家是出了名的，在他建花园最忙碌的时刻，他曾接受云鹏的命令去专程看望过她，并将她的高贵品质作为样板向全镇推广过。她们怎么在这里呢？他越想越糊涂。"是蛐蛐闯的祸？"他自言自语，"蛐蛐是个虫子呀。"他喜欢这里，喜欢这里的女人，但他想起了赵钰就放弃了这个念头。在去花园的路上，他的脑海里一直回忆着云鹏的长相，可怎么也想不起恩重如山的主人的具体长相，越费尽力气反而离他越远，就像在寂静而苦闷的深夜回忆母亲的面庞那样朦胧。花园里还有一些匠人在雕刻长廊顶棚的人物肖像，那些肖像有《红楼梦》里的金陵十三钗，有古代的四大美人，有补天的女娲，也有近在眼前的陈小美。他曾建议要把赵洁的肖像画上去，可画师们谁也不愿意冒险，因为这些画师谁也画不出来。长廊和亭子里的灯笼已经全部点亮了，他知道，从今天起乃至以后的岁月中，这里的每一天都将是节日气氛。在瀑布的轰鸣声中，假山上的蛐蛐鸣叫声隐约可辨，与蓝镇里喧闹彪悍的蛐蛐相比，他更喜欢这里的蛐蛐，这倒不是因为是自家的蛐蛐心存爱意，而是因为这里的蛐蛐营造了安静的气氛。这时，他突然明白，所有的一切既不是斗鸡也不是蛐蛐闯的祸，而是人类给人类自己制造的麻烦永远比动物们给人类造成的麻烦更大。他的心情好了很多，庞大的工程以及辉煌的成就弥补了他的愧疚。他望着湖泊上的船只，那些龙舟和那些雕有花纹的船桨的每一个细微之处他都亲手抚摸过。"还有什么说的，"他再次自言自语，"所有的一切还不是为了赵家过得更舒坦？"这种鼓励给了他勇气，他突然有了一个大胆的想法，把自家的商店、药房、绣庄、粮站、磨坊、当铺和饭店都交给赵家。"应该这样做，难道他们给我的还少吗？是主人让我当了大管家，是他给了我地位，是他给了我这样一个穷小子足以养活一大群女人和用人的庞大家庭的薪水，我怎么能恩将仇报呢。"他这样想着，往镇子里迈动的脚步便轻快起来。再次路过逍遥楼的时候，他停住了脚步，这里乱哄哄的简直成了一锅咕嘟咕嘟茄子辣椒土豆和豆角的乱炖菜。那些赵家子弟像把家搬在这里一样通宵达旦,大呼小叫和亲热的程度让人联想起青蛙跳进水塘里,发情的公牛冲进母牛群里,他们造成的破坏不仅仅使腰缠万贯的富家子弟沦为乞丐,良家妇女变成娼妓,更使他们把蓝镇曾经的真实昌盛变成了一堆泡沫。在这里,他们把孙媳妇变成了奶奶,把奶奶变成了妈妈,把妈妈变成了媳妇,把儿媳妇变成了妈妈。

他一边回头看着那几个女人,一边走进逍遥楼对面的商店,这个商店是他在逍遥楼初露繁荣端倪的时候开设的,这里经营胭脂、香水和头油,这些东西是他的管家从遥远的东海岸货郎们的手里买来的。虽然这些东西造价昂贵,但这里的男人女人都舍得大价钱,因为他们普遍认为只有拥有这样的东西才配在逍遥楼坐在最前排大呼小叫,才配拥有逍遥楼里最美女人的嗲声和拥有最豪壮男人的喊叫。这个商店卖起东西一点都不费劲,利润也好得不得了,一年能抵赵家的十个商店的收入。"看看吧,这些东西明天就不是我的了。"他说着,又走进了逍遥楼斜对面的药店,这个药店在阴暗的角落里跳舞狂叫,这里经营着能让老人焕发青春,让年轻人更加张狂,让女人尖叫不已的药品。他不知道为什么要开这样一家药店,更没有必要担心当初出于人们的羞涩才把它开设在隐秘的角落里,这里的人群像汹涌的潮水。他们的兴奋写在脸上,他们的感激挂在嘴边,因为到这里购药的人从此不必担心妓女们的嘲笑。

镇长办公室灯火辉煌,开始他还认为是云鹏在这里便迈入了门槛,可他看见的是一群卫队员在这里投掷骰子。他怒火中烧,可他还是忍住了,因为他看见了昌霖。昌霖怀里抱着那只鹦鹉,由于与主人长期的厮守,这只鸟儿已经基本上具备了一个赌徒的特质。"下注,下注。"鹦鹉发出了太监一样的喊叫,"太少了,太少了。"显然昌霖也受到了鹦鹉的影响,他前额上梳着与鹦鹉头上支棱起来的那绺羽毛一样的头发,脸色像猪肝,手里提着一瓶赵家的高粱烧,眼睛瞪得像穷途末路的歹徒。有很长时间没见这个老朋友了,显然这个老朋友也很想念他。他邀他入座,还把骰子塞进他的手里,可他对这东西一点都不感兴趣。"就玩一把,输了算我的,赢了算你的。"鹦鹉替主人劝说。他不是不想玩,而是他认为用三个滴溜溜的小东西来赚取钱财不仅荒唐可笑,而且用这种方式赚取钱财毫无智力可言。"就是图一个乐嘛。"鹦鹉惋惜道。他不理会鹦鹉,也不理会好朋友,独自来到院子里,在昌霖胆怯的目光中检查了卫士们的武器。那些大刀长矛一定经受过雨水的浸泡烈日的暴晒狂风暴雪的虐待。这些曾经与赵怀礼东征西讨的功臣,

要么锈迹斑斑，要么断头缺臂，要么溃烂生疮。那些跟随李震曾经远征的大炮而今成为一种华而不实的纪念品，它们的身躯被荒废学业的孩子们抚摸失去了威严的棱角。李震很爱这几门大炮，这不仅仅是因为这些大炮曾经让他威名远扬，更重要的是他把这些大炮当成了自己的儿子。

很久以前，李震就对刘淼很看不惯。虽然在攻打沙河镇的时候，患难与共的经历让李震和赵林的关系根深蒂固，但他对老朋友的孙女婿没有一点姑息。他经常在路上、江边的大堤上或者干脆闯进云鹏的书房大声嚷嚷，他说刘淼是小偷，是赵家最大的老鼠，是蓝镇最大的坏蛋。可当云鹏问起他，刘淼究竟坏在哪里时，他又说不上来。他就气得要死，指着刘淼的鼻子骂："要知道你这个样，我当初就娶了赵钰，即使我很爱清馨。"与李震相反，刘淼在云鹏面前的表现让云鹏也感到妹夫的过分。刘淼不仅对李震的谩骂毫不介意，而且还夸赞李震对赵家的忠诚和贡献。这可不是能装出来的，他说话的语气和丰富的面部表情只有从心里真诚的流露才能做到。因此，当周家村的居民因为刘淼收取了地租而聚众闹事的时候，他第一个推荐李震去处理那里的事。他说以李震征服沙河镇的名望和威势，只要到那里的土地上逛一圈就足够了。当李震遵照云鹏的命令踏上遥远路程的时候，就注定他后半生的漂泊生活。他率领一队人马，手里拿着腐烂的长矛锈迹斑斑的大刀，踏上了说是安抚其实是镇压的征途。他们经历了和朱成文寻仙时一样的艰难路程，穿越了赵怀礼返乡一样的原始森林，蹚过了躺满鳄鱼的河流来到周村，可他们看见的不是造反的居民，而是荒芜的田地。在一棵老槐树下，他们遇见了一个老人，老人很惊诧他们的到来，因为早在五年前这里的男人都去蓝镇斗蛐蛐了，这里的女人都去逍遥楼里当妓女了，就是这里的孩子也去蓝镇当了乞丐。老人之所以没有离开，是为了不在蓝镇碰见云鹏而使他伤心。李震暴跳如雷，当着衣衫褴褛部下的面，在树下破口大骂，他骂刘淼是畜生是败家子是婊子养的贱种。他扬言，待他回到蓝镇，会违背云鹏的命令，冲进刘淼的府邸，将刘淼的身上的肉用小刀一点一点割下来，剁碎包上饺子，就着赵家的高粱酒吃下去，然后将他家里男人的生殖器割下来喂狗，将所有的女人卖到沙河镇让她们享受尼古拉之类野蛮人的蹂躏。可是，这些誓言在五月变成遥不可及的事实，从而说明了誓言与现实的差距，或者说誓言往往只是发泄的一种方式，待他率领疲惫的长满胡须的士兵看到蓝镇的轮廓隐约可以听到蛐蛐的鸣叫而欣喜若狂的时候，一个卫队员骑着一匹战马疾驰而来，他带来了云鹏颁发的新命令。就这样，李震的足迹踏遍了蓝镇管辖的三十九个村庄，镇压了一百五十九股饥民的造反，使那些激愤的居民不仅温顺如羊，而且使他们在无可奈何中安分守己。他的业绩令人羡慕，光各种荣誉证书就装了一马车，他躺在荣誉的猪窝里气得要死，因为清馨给他充满无限思念的信中告诉他，也许只有来生他才能重返蓝镇了，老天赋予他的使命实在是没有边际。

刘淼几乎每天都在云鹏面前夸奖这个老对手，有时他会毫不掩饰对李震的思念。"这个老朋友，好久不见了，他可真是蓝镇的顶梁柱哇。"他对对手的夸赞几乎令云鹏也嫉妒起来。

确实如此，即使在赵家开支捉襟见肘的时候，他也不忘给老对手送去最好的食物和茶叶，送去最好的高粱酒，还给老对手的家里送去了日常用品，以使老对手的家人过上和自己一样的舒适生活。他也给老朋友写信，说自己是如何思念他，说他家人如何和睦和他的儿子们是如何懂事，还说这里的百姓是天底下最幸福的人，让他不要操心。也说蓝镇的趣事，说有一次他看见一头头有酒盅大的蛐蛐是如何振翅咬断斗鸡的脖子；说昌霖又弄到了一只鹦鹉给原来的鹦鹉配对，结果差一点把原来的鹦鹉气死，因为那只鹦鹉早已把昌霖当成了自己的老婆。那天，出于灵感，他别出心裁给李震送去了五个女人，这五个女人中有小巧玲珑的淑女，有长着和汉斯一样的金发碧眼皮肤白得像雪的欲女，有长相和李震一样粗鲁的村妇，有唱起歌来像昌霖那只鹦鹉叫起来一样好听娇滴滴的歌女，还有一个是他从逍遥楼精选出来的妓女，据说这个女人在床上喊叫起来比非洲雄狮在空旷的原野上呼唤异性还要雄壮。他还让女人们带去了一封信，劝老对手要保重身体。

现在，他看着这些大炮，"扑哧"笑出了声，然后走过去摸着大炮的身体，就像戏弄老对手的脸庞，不过这些温情还是促动了他的某根神经，他决定去探访一下老对手的家人，他已经有很久没见到他们了。可这次探访失败了，对手家的大门紧闭，因为时间实在是太晚了。

于是，他迈动脚步，温凉的夜风让他的心情豁然开朗，他轻舒一口气，把自己的财产捐给赵家，是他现在最想做的事，不为别的，就为云鹏对自己的好。要迈进赵家大门的时候，他又重新思考了一遍，确实觉得这个决定能使自己安心下来的时候，他看了看头顶的灯笼和大门边上的石狮子，然后耳朵里注意自己家里的方向，那里的锣鼓声也已停止，好像也在赞赏他的决定。更夫"哪哪"地敲打声中，他知道这时应该是二更了。

　　赵家族人手里有的提着蛐蛐笼子，有的手擎鸟笼提着茶壶，有说有笑互致问候出出进进，匆忙的样子就像是早晨才睡醒要忙一天的事情一样向逍遥楼进发。这样的景象他一点都不奇怪，因为从他来到赵家大院很久以前赵家人的这种生活就已经开始了。"时间可真快呀。"他自言自语，"一晃就是这么多年了，现在我的儿子也快二十岁了。"他伫立在夜色中，静静地看着，直到又一阵夜风掠过，他才从赵家子弟悠闲的脚步中感觉到，这个家族的每个人对他都有着无穷无尽的恩惠。他心情很沉重，脑子却从来没有这样清醒过，并暗责自己为什么不早些去向主人坦白自己的过错呢。作为一种赎罪的方式，他一边走一边回忆赵家每个人的长相。本来他要第一个回忆云鹏的，可是他没想到他第一个想到的是一个和自己毫无关联的小孩。这个孩子是昌民的儿子，他叫黎明，才十岁，是个淘气的小家伙。这个小家伙，是云鹏一堆孙子中的一个。他长着一个大脑袋，说话脆声脆气，总能从人无法想象的角度说出和做出一些令人捧腹的笑话和事情。云鹏每天傍晚都要去看看这个孙子，这倒不是因为孙子会背诵《唐诗三百首》或者是《论语》什么的，而是因为这个孙子确实是一个讨人欢喜的小宠物。那时，赵家族人已经开始传言这个孩子是个神童，并毫不吝惜自己的溢美之辞。他也曾经被这个孩子逗得捧腹大笑，也曾在云鹏面前言不由衷地夸赞过孩子是神童，但云鹏总是露出哭笑不得的奇怪表情。他曾经揣摩过主人的心思，可每次都不了了之。他认为这样去揣摩主人的心思不仅毫无意义，而且是不恭敬的。有一段时间，他就很厌恶自己的琢磨劲，厌恶自己阿谀献媚的嘴脸，试图努力地改变自己，但很快他就发现这是个难题，因为阿谀与献媚本来就和自己无关，和自己有关的是与生俱来的本能。他走在文清曾亲自指挥用石子铺设的小路上，这条小路，已不像以前那样走起来硌脚和磕绊，因为赵家子孙的激增，脚板使小路变得光滑平坦。正是蟋蟀喧闹的时刻，路边的灯笼里发出微弱的光亮照在路边一排排石凳上发出淡淡的青光。也就是在他刚进账房的时候，这里每天晚上这个时辰是赵家最热闹的地方，赵家的那些女孩子聚在这里，手里托着绣布捏着绣花针，在高祖母的指导下上下翻飞绣出了让蝴蝶和蜜蜂都无法休息的鲜花。她们绣哇绣，嘴里还唱着从赵洁那里学来的歌曲。她们的歌声，让山上的野兽静听，让林间的鸟儿羡慕，让劳累一天的仆人安眠。现在，她们都成为孩子们的母亲，不知道生活得怎么样，有的甚至不知道她们生活在哪个角落里。这完全是出于一种对往日气息的留恋，他向隐藏在树林背后只隐约看见房屋一角的文清居所望去，那里寂静得犹如文清的脸。这个老女主人，他已经有几年没见到了。说句实在话，以前他一点都不挂念她，现在他很想念她，甚至有一种走过去要立即见到她的冲动。他顿足在假山边上，用手扶住一棵小树，极力想寻找要迫切见到这个与自己毫无瓜葛的人的原因，这一次他成功了。这不是因为他对这个女人感情怎样深厚，而是因为主人对祖母的牵挂造成的。在他心里，不是现在，而是在很久以前就已经把这个女人当成了自己的祖母。他很为自己的聪明感到惊诧和满足。他轻轻地挪动步子，生怕自己的不慎而打扰了老人的安宁。在穿过一个花园后，他极力地想把自己从回忆的泥潭中解救出来，可这是一种妄想，毫无顺序杂乱无章的回忆把他的脑子搅得乱糟糟的。他不得不用最后的一点意志靠近水池边上，掬起一捧水浇在脸上，坐下来，喘着粗气，像个老人在回忆童年时的一个温馨的黄昏那样痴迷。可他的童年是个噩梦，父母的面貌业已消失，早亡让他的内心一阵惊悸，他就又回到了回忆的原路上来。他不仅回忆了赵家的每个人的长相每个人的脾性，而且还毫无理由地回忆起与镇办公室相邻的那个剃头店，那个老剃头匠半个月前他还见过，那天他还拜见了一个老账房。那个老剃头匠满脸都是奓起来的胡须，打肥皂剃胡子拿起剃刀时总愿意伸出舌头，那模样就像一个屠夫准备要大开杀戒一般。他每次都害怕，因为他担心老剃头匠不慎或者是受了谁的指使，很简单的一抹就会割断他的喉管，从此再也见不到云鹏了。可是，他知道这个老人慈祥得就像他想象中的父亲。那个老账房是他的启蒙老师，曾经手把手教他如何打算盘，如何整理账目，如何管理人员，他甚至还在他新婚之夜前一天，还向他暗示过女人与男人相处的秘密，以使他避免难堪。他当时听得面红耳赤，可不久他就把老账房当成了母亲。

两个更夫走过来，他们把大管家当成了等待幽会的赵家子弟，因为很久以前这里就已经成为了情人们幽会的最佳场所。云鹏曾为丫鬟和后辈们的乱搞大动肝火，认为这样败坏了家风，并在这里当场拿获了七对鸳鸯，然后强迫他们去马奎那里去过艰苦生活谈甜蜜爱情。两个更夫很惊慌，可刘淼很感激他们的帮忙，使他重新回到了现实中。他站起来，伸了伸腰，理了理被坐褶了的衣衫，然后问主人睡没睡，待得到准确的信息后，他迈动轻快的步伐，即使路过灯火通明的同乐楼，也没有使他再次落入回忆的陷阱。

在云鹏的屋子外，他放缓了脚步，最后站在樟树下，眼睛润湿了。如果说蓝

日升日落

镇在三更的时候谁还在工作，那只有云鹏了。云鹏前探着身体，弯曲的身影映射在窗户纸上，左手拿着书右手拿着笔，隐约还能看见他微动的嘴唇。"又瘦了。"他喃喃地哽咽道。

他还没推门，云鹏已经感觉到他的存在，冲门外说："外面露大，进来吧，我正想着你呢。"

他推开门进去，给云鹏倒了杯热茶。

"有三更了吧。"云鹏像是喃喃自语，又像是在问他。他刚想回答，外面响起了三更的梆子声。

云鹏放下笔，接过茶杯，坐下来，然后示意他坐下来。他不敢坐，他觉得在主人的面前，还是站着更得劲。云鹏没有再勉强，因为每个人见了他都是这样站着。刘淼站在角地上，望着自己的脚尖，像是跟自己说话那样，说起了水上花园，说起了镇子里的商店、药房、粮站、绣庄和饭店里发生的事情和最近的生意情况，他毫不掩饰生意的寥落，意在把话题拉到他到这里的主题上，可云鹏三次中断了他即将表达的主题。当他第四次要把话题拉到主题上的时候，主人站了起来，冲他摆摆手。

"你过来，"主人语音和缓地说，"你看看我给花园写的对联怎么样？"

那是长足有三米宽有一米的宣纸，上面的字体与他的字体一模一样，未干的墨迹散发着一股浓郁的墨香，六十六副对联让他一下就看见了花园六十六扇朱红的大门。他走过去，几乎还没看清上面的一个字，就大声赞扬起来，并表示要将这六十六副对联请镇里最负盛名的匠人颜先生拓到每个门框上，以便让后人不仅享受花园的美景，而且让他们感受到学问的乐趣。黎明时分，云鹏躺了下来，他给他盖上了毯子，看着他发出了鼾声，便离开了云鹏的房间。迎面的阳光已初现夏日的盛大，他觉得这个太阳和很多年前赵林把他接进家中一样魅力无穷。他的心胸豁然开朗，他觉得自己过了一个很可笑的晚上，因为他所要谈起的主题，主人早就知道了，主人之所以不给他机会谈起，是因为他说得太晚或者是事情已经过去了。不过，思考并没有停止，但已有了答案——他的那些所谓的阿谀奉承是根本就没有影的事，他所做的一切都是发自内心的实实在在的对主人的无限忠诚和崇拜，也完全是被征服的一种回应。

云鹏很久没有征服的欲望了。这个主人年轻时的热血随着岁月的流逝业已熄灭了自己的激情。就在不久前，汉斯经过五年的跋涉从沙河镇回到了蓝镇。这个老朋友，不仅带来了会说话的时钟，能在钢丝绳上跳舞的玩具娃娃，带来了喝起来有马尿味道的啤酒，带来了一个用手指一拨就能了解世界各地风土人情的地球仪，带来了十支只需手指一动就能将五十米外土墙打个窟窿的步枪，还带来了一本关于人类起源的书籍。云鹏对时钟和玩具娃娃不感兴趣，因为在蓝镇有更夫可以报时，那些街头能吞下火球的艺人比那些"唧唧哇哇"的玩具娃娃要刺激得多。他只喝了一口啤酒，就呕吐不止，说宁肯喝高粱酒烧死也不愿意喝马尿臊死。他对地球仪很感兴趣。在汉斯的解说下，他吃惊不小，因为据汉斯的介绍，蓝镇居然生活在一个球上。更让他吃惊的是，传说的那些货郎就生活在距蓝镇不远的东面，人们只需扬起帆沿着蓝江顺流而下向东一折用半个月的航行就可以到达。他不想去见他们，祖母曾经谈起过这些人的滑稽长相和祖父给过他们的教训，认为那里的人是没有理想的、没有开化的、无足轻重的野蛮人。他对汉斯带回来的那些洋枪没有想，也懒得去想这些武器的轻便和是否对将来的影响，只是图个一时的好强和痛快，他不动声色地命令昌霖装上那些锈迹斑斑的大炮。在一声惊天动地的巨响中，那座土墙不见了。他把手里的洋枪往汉斯的怀里一扔，笑着说："你这东西是我这东西的孙子。"他对那本关于人类起源的书不屑一顾，只看了一眼就把它扔在旮旯里，因为他认为单凭荒岛上的昆虫翅膀的长短来说明人是进化来的太过简单太过荒唐，证据也不够充分。"照他这么说，人是猴子渐渐地渐渐地变来的，那样我们就会惊奇地看见，今天有一只猴子变成了人，明天又有一只猴子变成了人。"他说，"人这种动物是天地存在的时候就已经存在的动物了，如果不是这样，人出了娘胎就应该是只猴子。"

不过，有一件事让他始料未及。他没想到汉斯带来一群和其长相一模一样的男人，他们手里拿着一本厚厚的书，个个棱角分明，金发碧眼，高大健壮，还留着卷曲的络腮胡子。他们说话飞快，嘴里像含了块小石头在来回窜动令他们的言语含混不清。刘淼充当了翻译，说这些人是奉上帝的旨意来拯救人的灵魂的。他听了这话，用了一周的时间进行研究比较，结果他得出了这些人的主张与这里信奉的佛教没有什么两样，只是两个教义的名称不同罢了。

"说到底都是做好事，只有这样死了后才能达到同一个地方——天堂和极乐世界。"

与这些男人们相比，那些女人令人震颤。她们的皮肤像豆腐脑，脸色像玛瑙，眼睛像蓝宝石，手指像翡翠，身体还散发着一股醉死蜜蜂的花香味。她们的性格吓得蓝镇人节节后退，她们个个热情奔放，大胆泼辣，也不管人家的感受，更不管围观的人群红了脸，捧起小伙子的脸就啃，然后一边大声歌唱一边跳起让凋谢的花朵重新绽放的舞蹈。赵家子弟扔掉鸟笼茶壶响应癫狂的舞蹈，就连年迈的德成、德功也被这一奇怪的舞蹈吸引住了。两个老人拄着拐棍走进逍遥楼的时候，赵家子弟已经把这些女人瓜分掉了，要不是一个赵家子弟看他们年迈可怜肯让出一个年迈的女人，两个老人真不知道怎么收场。不几天消息就传开了，这是云鹏一生中的最后一次生气，他甚至动用了卫队将赵家子弟拖出了逍遥楼，在同乐楼门前用皮鞭抽那些不争气的儿子，三天不给他们饭吃，让他们站在大雨中面对站满院子的后辈，羞愧地独自反省自己的过失。他几乎已经决定要把这些外乡人赶出蓝镇，可是陆续到来的那些穿着青袍表情严肃的修女们改变了他的决定。他认为这些修女个个有修养。他的宽容令人敬佩，他给他们提供了粮食和蔬菜，还给他们在蓝镇边上划了一片专用的土地，派去镇子里最好的农夫指导他们如何种植辣椒茄子。当他们在那里建起尖帽子似的房子时，他吩咐刘淼送去和同乐楼里一样的桌椅和鲜花。最后，即使是那些金发碧眼的外乡人走进镇子里宣讲他们的教义，成功地把第一批人领进房子敲响钟声，他甚至欣喜地认为，这里将会有另一批人去做另一些好事来使蓝镇重现辉煌。也不都是毫无约束，他表示只要他活着花园和赵家大院是他们永远的禁区。在众多人看来，他是一个达观快乐的人，即使是刘淼也被他表面现象蒙骗了。没有人知道他内心的苦痛，从昌国与昌盛拉帮结伙争夺家族权力的那天起，他就陷入了极度的悲伤之中，待到昌国设置香案诅咒以及暗示自己要杀了昌盛，和后来昌盛的颓废和堕落，他就对现实失去了判断力。更让他无法接受的是，在他众多的儿子中，要么早亡，要么成了浪荡公子，要么就是一堆废材。昌民是他的希望，这个儿子不仅给他生了一个机灵孙子，而且生活俭朴勤于家务，但他不喜欢这个儿子，他总觉得寡言少语的儿子有些地方不对劲，让他无法放心。"矬子里拔大个儿吧。"他无奈地说。直到有一次，他和昌民一起去老宅，他才下定决心将家庭的重任交给这个儿子。他记得很清楚那天昌民在老宅里望着挂在墙上高祖父的破靴子和经过将近百年风霜的陈旧马鞍，当着他的面哭了起来。

"他们这么节俭，我们却在这里提着鸟笼子吃香喝辣地浪费，怎么对得起他们传下来的祖业。"

从这天开始，云鹏总能看见昌民穿着带补丁的衣服出现在账房里、街面的商店里、繁花似锦的绣庄里,他脸上泛着青光,弓着腰,原本尖削的下巴现在变得更尖削了,从远处看上去使云鹏感觉到自己真的老了。他确实思考过衰老的问题,夜深人静的时候,他甚至怀疑衰老的事实仅仅出于一种表皮的假象,他觉得人永葆青春的秘密关键在于人的心理。现在,他看着昌民,不得不承认,他不服输的性格原来是在干一件自欺欺人的蠢事。

十八

　　这一定是刘淼的主意。在布谷鸟欢叫的早晨，一群身着红色连衣裙的小姑娘，头上戴着花冠，站在鎏金的对联下，手拉着手脸上带着无邪的微笑嘴里唱着稚嫩的歌谣。她们的歌声堪称天籁，致使蓝镇所有的鸟儿也要改变自己的鸣叫，感动得花朵们在不属于自己的季节中竞相开放，即使原本是阴云密布的天空也不忍心将太阳隐藏起来。

　　人们在三个月前就知道了这个消息，并互相热议这一旷世的庆典。农夫们早已没有心思忙碌手头的农活，商人们放弃了以往的生意，即使购买者出两倍的价钱也打动不了他们，绣女们放下了绣针绣布任由它们生锈腐烂，就是赵家族人和逍遥楼中的妓女也被眼前虚幻的现实所吸引，暂时将狂浪的生活像收拾破布帘那样卷起。从赵家大院到蓝镇大街的两旁直至水上花园，临时搭建的餐桌一望无际，人员混杂的就餐大军严阵以待，大军中有老实的农夫，有建造花园的工人，有被江水渍裂了双脚的渔夫，有饱读诗书的教书先生，有温文尔雅的学生，有多情善感的少女，有好勇斗狠的斗鸡者，有流浪汉和乞丐，有流氓和君子，也有风流寡妇和贞洁烈妇。将近中午，王家戏班子敲打着花鼓走过来了，雄壮的戏班子，敲响的锣鼓声荡碎了树叶，摇摆了山峰，翻腾了江水。一群花枝招展的女人舞动腰间的裙裾跟在后面，她们跳着据说是本镇的舞蹈但谁都能一眼就辨认出是沙河镇那些放荡女人们的舞蹈。健壮的小伙子们以他们的力量告诉人们这个季节不仅春意盎然，而且还春情荡漾。与这一欢乐的庆典相比，昌霖率领的卫队员们不能不说是庆典的一个缺陷，也许是昨天晚上还在掷骰子影响了他们的情绪，他们手里拿着腐烂的长矛生锈的大刀，个个无精打采像掉了魂似的，即使节日的盛装也无法掩盖他们颓废的眼神。混乱的步伐更是不像个样子，与其说是一支部队倒不如说是一队经历了千山万水才刚刚到达蓝镇寻求安逸的流浪汉。云鹏独自坐在比朱成文当初坐过的还华丽的马车上皱起了眉头，但也仅仅是皱了一下，他的脸上就重新布满了笑容，他不想因此影响人们的欢乐情绪。人们是爱他的，因为当他出现的时候，欢呼的声音可以证明他在人们心中的地位和对蓝镇的贡献。确实如此，到下午两点的时候，人们喝酒吃肉欢呼不是发自内心而是无法控制。在这里，身份已不重要，更没有尊卑。在欢笑喊叫中父亲在儿子面前失去了威严，儿子在父亲面前忘记了尊重，淑女失去了矜持，男人失去了文雅，烈妇变成了风流寡妇，妓女变成了撕咬的烈妇。这场盛宴共杀掉了赵家一半的牛羊，喝掉了赵家所有的高粱酒，吃掉了赵家所有的点心和棉花糖。昌民心痛得脸色发青，可不得不强装欢颜，他要继续主持庆典的进行。

刘淼没有时间来参加这次庆典，他将庆典吩咐给昌民后，就待在花园里策划用另一种方式来博得主人的欢颜。可以说是煞费苦心，他从蓝镇和三十九个村庄的每个角落里挖来了一千个老婆婆，这些老婆婆与文清都是同年同月同日生，因此与文清有着一样的经历、一样的心酸、一样的感悟。他们有的是拄着拐杖来的，有的是被家人扶着来的，有的是躺在门板上被子孙们抬着来的。她们穿着统一的衣裳，流着口水说话不清，耳聋眼瞎，思维也恢复在娘胎里原始海洋中的云雾缭绕和混沌。她们的兴致很高，因为她们误认为这座花园是为她们建造的。就在这些老婆婆等待着她们的主人莅临的时候，庆典被一个少女所中断。少女从月牙门走进来，自她进入月牙门的那一瞬间，就让人想起深居赵家大院的老女主人，她杏仁眼中所透出的非凡气度和冷静的威严，逼压得每个人透不过气来。没有人不知道这个少女的名字，也没有人不知道少女在赵家所占的地位。她叫吴云，今年十五岁，是文清的贴身丫鬟，是除了云鹏以外可以自由出入文清房间的人。她还是牙牙学语的孩子时就来到了赵家，十几年中，她不仅深得文清刺绣的真传、理财技巧和文清在鼎盛时期掌握家族权力的种种手腕，而且完全揣摩透了老主人的心思。在漫长的主仆生涯中，她对老主人的忠诚令人敬佩令云鹏感动。还是在她幼小的时候，她就懂得了勤奋。每天早晨她都会在文清早课的时候起床，给主人梳头洗脸，然后给香炉里上好香，趴在地上给仁慈的佛像磕头，坐在蒲团上听主人敲动木鱼高声诵经，那模样几次让文清都停止了敲动，怀疑她是不是出了娘胎之前就已经得到了佛的青睐。早课完毕，她会给主人端来亲手做好的热粥，她的厨艺让云鹏也为之惊讶，她聪明的头脑更让云鹏为之震惊。十岁那年，在一次无意中云鹏和她谈论起四书五经唐诗宋词，没想到这个小女孩所精通堪与其媲美。他又惊又喜，问她是怎么学到这样的程度的。她回答说，每天晚上她都会去他的窗前站上一个时辰听他的朗读。她深晓佛理妙义,据云鹏了解,她所解释的佛理,是他和怀仁所接触佛教的高山峻岭。她的聪明才智一时让云鹏产生了错觉,难道这个女孩置换了他的头脑?就在不久前,在云鹏最后一次见到祖母走出房门的时候,她跟了出来。开始他还以为小女孩要向他请教诗词歌赋,可是小女孩的话语让他隐隐不安。她说据她所知蓝镇现在大部分的店铺和药房都是刘淼的,还说赵家族人是如何夜里偷偷出去斗蛐蛐,昌霖是如何带领那些卫队员赌博。她对赵家所有的财产和土地知道得那样详尽,以至于云鹏不得不用一句极普通的话来表明自己比她还了解这些事。

"你是怎么知道这些事的?"

"我就是知道。"

"我问你是怎么知道的。"

"我也不知道怎么知道的,反正是知道了。"她天真地说。

"孩子话,那就是不知道。"云鹏反驳道。但小女孩从此成为一个挥不去的影子,总出现在他劳作的镐头上,就餐的饭碗里,散步时路边的树叶里。他有时想,如果这个小女孩要是早生几十年将会成为他的妻子,也许那场铲除柳成的战斗会更容易些。不过,女孩表现出来对家族事务的热心,使他感到了一种潜在的危险,几次想将这个女孩辞掉,可是他又不忍女孩的忠诚。

吴云穿着素衣,迈着冷静的碎步,穿过一千个老婆婆布成的迷阵,路过刘淼的身边,路过一群红衣少女的花丛中,径直走向微笑着的云鹏。她俯下身子,在云鹏的耳边说了几句话。云鹏脸色突变,于是盛大的庆典终止了。王家戏班子很有本事,当扬起四蹄的战马路过他们身边的时候,他们已将欢乐的乐曲转换成凄婉的音调,竟使一千个老婆婆当场死去了五个。

人们打开房门,在发霉的角落里看见一具枯槁的尸体。那里木鱼粉碎,蒲团坐穿,紫香熄灭,佛像清明。文清眼睛圆瞪,头发爆炸,皮肤打蔫,脸上布满了对怀礼的歉疚。从这可以看出,她的死亡不属于自然而是属于满足,而且完全达到了忏悔的目的。极度的悲伤让云鹏忘记了自己的身份,他哭得昏死过去三次。赵家长辈和他的几个儿子轮番来劝说云鹏让他保重身体,可人们越是劝说云鹏越是觉得人们对祖母的寡情。有两个人没有来劝说他。刘淼在安排葬礼的间隙,会一声不吭地跪在主人的旁边,默默流泪分担主人的哀伤。吴云哭得比云鹏还伤心,她不仅哭声哀婉高亢,而且一边哭一边唱。在她长达两天的哭唱中,人们了解了老女主人从少女到老年是怎样给蓝镇带来的好处，她的仁慈她的精明她的无私，通过小姑娘的哭唱使蓝镇所有人都站在自家的房檐下哀悼。一群修女和传教士与守在大门口的昌霖吵了起来，原因是这些修女要给文清唱赞美诗，而那些传教士要给文清做祷告。刘淼不明白了，他说我们的老主人一生清清白白没做过一件坏事，即使一只蚂蚁也没踩死过，有什么好祷告的，死后到达的自然是天堂和西方极乐世界了。他还警告，如果再这样不懂礼节来捣乱，他会代替主人发布命令将他们赶出蓝镇，就像当初赵怀礼赶出那些货郎一样，永远不得踏入蓝镇半步。正像盛大的庆典有缺憾一样，文清的葬礼也有不足。当昌民按照父亲的吩咐去请赵洁和武松林的时候，从武卓然的口中得知，赵洁早在两年前就和父亲带着张先生离开了蓝镇，不光蓝镇人就是连他也不知道母亲去了何方。武卓然和武菊出席了外祖母的葬礼，并把二十二封信件交给了云鹏。这些信，都是文清写给赵洁的，前二十一封信的内容大致一样，信上文清先是诉说对女儿的思念及对女儿的歉疚，然后承认了曾经与赵怀明的荒唐，最后以佛的名义进行了彻底的忏悔。她说她不应该让邪恶的念头占据了内心，以至于毒死了丈夫赵怀礼，更不应该在她父亲死后不承认自己的罪过。待云鹏读到第二十二封信的后半截的时候，他停止了哭声。信上有祖母感激的泪痕，显然她已得到了赵洁的原谅，并说明死后要给她举行一个简单葬礼的方法。云鹏收起信，望着身前的棺材沉默良久，然后吩咐刘淼叫人在祖母的院子里堆上柴火。刘淼还以为主人极度的悲伤昏了头脑，茫然地望着他。

"你就按照我说的做吧，这是我奶奶的临终遗愿。"他温和地说。

当院子里堆满了柴火时，云鹏命令所有人退出院子。可吴云说什么也不离开，云鹏只得让她留下来。云鹏关上院子的大门，看了一眼跪在地上痛哭的吴云，拍了拍她的肩膀说："孩子，人活在世上够烦的了，不要再打扰老人家的安宁。"他稳步地走过去，推开棺盖，沉静得就像当年站在马奎面前一样端详着祖母。他看见了祖母的欣慰，并从干枯的面部看到了祖母心里的润红，他不得不佩服起祖母来，她已经深得佛教的精义。

"她又活了。"吴云欣喜地说。

这句话，在以后的日子里改变了云鹏对吴云的不安心理。他一边抱起祖母一边想，决不能让这个女孩嫁到别人家去，这个女孩将是赵家孙媳妇的唯一人选。他稳重地将祖母安放在柴火的顶端，然后端起了棺材前的蜡烛，跪在祖母的头顶,在将蜡烛扔进柴火堆前还冲吴云笑了笑:"孩子,等我死了,你也要这样把我烧掉,把我祖母和我安放在一起,那样她就不会孤单了。"

当火光冲天,吴云再次理解了主人的遗愿。"敲响钟声。"吴云高声喊。于是,悠长浑厚的钟声自水上花园响起,穿透了山峰将这一简单而盛大的葬礼告知了远在天涯的赵洁。那里张先生还沉浸在重返青春的美梦中,而赵洁为母亲的善终而深感欣慰。

"蓝镇最强悍的女人终于走了。"跪在门外的德成对德功说。

德功回答说:"唉,都一把年纪了,也不知怎么回事,我从来没有这么想念她。"

如果文清知道自己的死亡能给蓝镇带来一次新的繁荣,她一定会很快乐。那时,蓝镇的农夫们甘受地租的飞涨劳作在田地里,街头小贩的吆喝声虽然有气无力,但正是这有气无力的吆喝声让人们觉得日常的生活就是这个样子。渔民们驾着船在江面上穿梭,他们偶尔喊出的号子证明他们劳作虽然辛苦倒也不失乐趣。绣庄里聚满了小媳妇,她们在"叽叽喳喳"诉说家事中绣出的毯子、锦缎和衣裳通过修女们的手远销沙河镇,成为那里最紧俏的商品。她们用挣来的钱给家人买回了鱼肉蛋,那些东西让公公端起了酒杯,丈夫变得更健壮,孩子变得更阳光。昌霖率领的卫队再次解散,因为这段时间不允许赌博,而且那些卫队员都被家人拖回家中,要么上船要么下地要么做了一名屠夫。昌霖重新过起了游荡的生活,可他仅游荡了一天就被刘淼制止了。那天刘淼撞见昌霖在和一个卖豆腐的小贩在争吵,就急忙将昌霖拉回家,给他安排了一个账房的活来干,以便拴住这个桀骜不驯的野驴。可昌霖粗鲁的天性根本不领他的情,为此和他大吵一场,还说他之所以这样,全都是刘淼一手造成的。他确实太不像话了,以至于沉默寡言的昌民也出来指责堂兄的无耻。昌民更加勤俭了,他腐烂的衣衫甚至连父亲都感到有失赵家的脸面。

"咱家里还没达到这种地步,你将来可是一家之主哇,不要失去了威严。"云鹏说。

如果说这次繁荣对蓝镇造成影响最大的话,那要数逍遥楼了。这和赵家子弟有关,三年的守丧期,让赵家子弟扔掉了蛐蛐篓子,他们轻声说话都变成了文质彬彬有教养的人,就是出入赵家大门也要小心翼翼别让大门发出声音。那些妓女们在经过一年的期待后,不得不重新做出了生存抉择。她们有的嫁给了谁都不稀罕的光棍，有的嫁给了有妇之夫甘当一个小妾，有的远嫁到沙河镇，也有的继续偷偷摸摸地干着原来的生意以赚些小钱维持生活。其实，赵家族人不是不愿意去逍遥楼，而是他们不敢。在文清故去三天后的午夜，家里压抑的气氛和不可阻挡的情欲让昌安难以入睡，他偷偷地跑到了逍遥楼。那里的女人在他眼里比家里的女人更可爱更温柔更卖力。可是，他没有想到，这种暂时的快乐让他失去了生命。就在他欢愉的紧要关头，不知谁在大门口喊："主人来了。"于是昌安惊慌失措地向门外望了一眼就昏死过去，从此再也没有醒过来。一个单身汉不信这个邪，走进了逍遥楼，他本想进去逛一圈，用最短的时间来解决荷尔蒙泛滥问题，可自他走进逍遥楼后就好像踏入了由一个人布成的迷宫，结果他什么也没干成。在这个迷宫里，那些妓女和龟奴全变成了一个白发苍苍，走路颤颤巍巍，脸上露着诡秘的微笑，手里的拐杖敲动着地面发出噔噔噔声音的老太太。当天晚上，这个号称是蓝镇胆子最大的单身汉倒在逍遥楼的厕所旁边死去。他眼睛圆睁，头发爆炸，皮肤打蔫，脸上布满了歉疚的表情。人们看到他的亡容，想起了文清死时的模样，就得出一个结论——这里现在不是妓女说了算，而是由老女人说了算。

云鹏对死去的儿子怒气未消，觉得这个儿子不仅是个浪荡公子，而且是个败坏门风的逆子。刘淼问他该怎样处理昌安的尸体。

"把他扔到江里面，喂乌龟王八。"

在守孝的三年中，云鹏又重新踏上了以往有规律的生活轨道。每天早上，他会劳作在院子中的那块土地上。他确实上了年纪，抡了几下镐头就汗流满面气喘吁吁，好在有刘淼和吴云在他身边。那时人们会经常看见在一个中年男子流着油汉，在春风习习的晨曦中，在炎炎夏日的午后，在火红秋日的傍晚，在云鹏的自留地里跑马走犁抡锄扬镐。他的身后是一个从含苞待放向风情万种转变的年轻女子拔草播种，因为她还没完全长大，所以嘴里还哼着歌儿，偶尔也背几首唐诗，一时让云鹏欢喜得受不了。云鹏坐在藤椅上，怀念的苦涩渐渐变成了欢乐。同乐楼他已经不去了，那里昌民每天上午坐在那里和族里的长辈讨论族里的事务，他已经开始尝试挑起家里的大梁了。后山的庙宇他也不去了，这倒不是因为祖母的死而失去了对佛教的兴趣，而是庙里的和尚告诉他，住持在三年前驾着月光去世界各地云游去了。镇子里他也不去了，在守孝的三年中，他已经习惯了安静的环境，那里喧闹的气氛让他心烦意乱。他把空闲下来的这段时间用在培养孙子黎明的身上，他亲自教他踢腿练拳耍刀弄枪，还教他跑马射箭，可孙子把他难倒了。

小黎明不仅把童年时背下来的四书五经和唐诗宋词忘得一干二净，而且对那些骑马射箭舞刀弄棒也不感兴趣。这时他才知道，顽皮的精灵有时也是无赖的化身。这更加快了他决定的实施——让黎明尽早与吴云成亲。一个月后，当他宣布这个决定的时候，震惊了整个家族。但第一个站出来反对的不是云鹏的儿子们，而是侄子昌霖。这个浪荡公子得知这个消息后心急火燎走进云鹏的卧室，面部表情就像要逼着他自己去娶一个妓女那样痛心疾首。

"这可不行，这个女孩子出身我最清楚，与咱赵家门不当户不对，会遭到镇里人的耻笑的。再说，黎明是咱赵家的希望，赵家的未来，就这样给娶了一个丫鬟族里的人谁会服她。"昌霖虽然用商量的口气，但从过速的言语中已经暴露了他的激动，"我承认这个女子很聪明，也承认她可以承担起族里的所有家务，但女人的聪明充其量来说也只是聪明，那可与智慧毫不相干。"

"恰恰相反，"云鹏反驳，像能看透事物的本质似的，"这个女子所具有的才能和慧质不是一般男人所能具备的，即使是你也不是对手。"为了表示对侄子热心的尊重，也为了感激侄子的好心，他安慰侄子："放心，即使她不够智慧，她和黎明的儿子还能没有智慧？"

就在家族还议论纷纷每天老的少的陆续劝说云鹏放弃这一婚姻的时候，刘淼已经为婚礼做好了准备。三月里的一天，当吴云透过自家的窗口看见一乘小轿进入院落的那一刻起，她就想，她不仅是要嫁人了，还要改变家里的现状。这是一座深居弄巷低矮的草屋，充满霉味的屋子里什么也没有。之所以还叫它屋子，是因为这个屋子还有一铺没有铺席子的土炕，一个与其说是窗户还不如说是窟窿的窗户和一扇没有门扇的屋门。她的母亲早在她两岁的时候就被他的父亲气死了，因为她的父亲是个没有脑子的家伙。她父亲是一个铁匠，精湛的技艺使他在蓝镇小有名气。她的母亲是个勤俭治家的理财好手，就在她死去前一个月，她正在张罗着要翻盖这座房子。她父亲豪赌的性格和昌霖无赖懒散的性格虽然迥然不同，但还是在嗜酒如命这一点上使两个人成为知己。在德勤、德俭举行的那场旷世的斗鸡赛上，铁匠喝醉了，他把所有的家产输给了这个知己还远远不够，还必须卖掉两个儿子、一个女儿，并用余生在铁匠炉里日夜忙碌来偿还债务。

"这可没有办法，"这是昌霖当初说过的话，"赌场无父子呀！"

刘淼所做的一切准备几乎全部作废，云鹏迫于家族的压力，婚礼只得在简简单单中进行。没有锣鼓喧天的音乐，没有礼炮，更没有盛大的酒宴，甚至蓝镇的人们还不知道黎明已经结婚。用吴云后来的话说，我到你们赵家就像做贼一样要从边门偷偷摸摸抬进来。与婚前相反，吴云的婚后生活要平静得多。她每天还重复着伺候文清那样的工作，只不过把老女人换成了小丈夫。每天早晨她都会给丈夫穿衣洗脸梳头，然后让他大声朗读唐诗宋词。太阳升起的时候，她会和丈夫一起去给云鹏及公公婆婆请安，并亲自下厨给他们做曾经给文清吃的稀粥，早饭后两个人会在假山后面玩玩捉迷藏的游戏或者领着丈夫栽植花草，然后一个下午和晚上人们再也看不见他们的身影。在书房里，她和丈夫玩起了背诵比赛，就是看谁背得更多更准确更流利。这个游戏在别人看来很无聊，但对于两个人来说却乐在其中。到了第二年春天，黎明不仅将荒废的学业全部恢复，而且懂得了向云鹏讨教棍棒上的学问了。云鹏乐不可支，当着刘淼和孙媳妇的面说："真是一物降一物哇，看看，小毛驴终于开始拉磨了。"

  黎明还不懂男女间的事情，结婚对他来说就像把身边的母亲换成姐姐没什么两样。他顽皮的改变，从某种程度上来说不是出于征服而是出于惧怕，他不怕祖父和父母却怕比自己大五岁的媳妇。他的惧怕是来自雄性动物固有的高傲，因为这个媳妇确实太聪明了。结婚的那天晚上，吴云热情似火，而他却很为新伙伴而感到惊诧。他问她脸为什么这么红，是不是喝酒了，结果她的脸更红了。他问她手为什么这么热，是不是也像他一样因为别人都喜欢她造成的，结果她的全身都跟着燥热难耐。他问她为什么这样大声喘气，是不是害了和母亲一样的哮喘病，结果她急促的喘息声连她自己都感到难为情，甚至还生起自己的气来。小丈夫不管那一套，他还像和母亲在一起睡觉一样，几下就脱光了自己的衣裳，钻进被窝掀开她的肚兜兜将手放在她的乳房上，然后经过一阵比较后做出评价。

  "你的奶子比妈妈的好玩，又大又结实。"

  她一动也不敢动，整个晚上都望着床幔后面的蜡烛，心跳直到半天亮才趋于平静。她侧头望着身边的丈夫，他睡觉时嗫动的嘴唇让她想起了他们将来的孩子。她听着身边微弱的鼾声，回忆着自己身体在成长过程中所发生的变化，然后开始一点一点推测起成年的异性应该有的自然变化，这种想象与她日后见到的同类异性几乎一致。鸡叫二遍的时候，她终于探出手，慢慢伸过去验证自己的想象，结果她得到的是一个与她在大街上经常看见剥下裤子就撒尿的小男孩一样的东西。她百思不得其解，继而又恍然大悟，不是结了婚就能提前长大，现在丈夫还是个什么也不懂的孩子。也就是从这一刻起，她决心把自己从一个成年的女子变成一个和丈夫一样大的女孩。她的这一变化她的丈夫毫无觉察，但族人们却有了一个共同的认识——这个小女主人，充其量来说是个丫鬟且也只能是个丫鬟。她对族人们对她的评价毫不理睬，甚至当昌霖和家里的用人们有时也对她呼来唤去的时候，她也压抑地成功地把自己重新返回了丫鬟。云鹏看不下去了，为此在同乐楼里召开了在世的最后一次会议来树立孙媳妇的威信。

"你是主人，就要有主人的高姿态。"开完会后云鹏对孙媳妇说，"在这个家里谁说了算，是你呀！"

这次会议对吴云最大的影响是，吴云更加不声不响更加满不在乎了。

云鹏哭笑不得，疼爱地抱怨："要知道你这样，当初就不该让你去伺候老太太，直接让你当主人算了，那样你也好练练如何去支配别人。"

"爷爷，"吴云嫣然一笑，"知道你对我好，但只要能让这个家更好，我做什么都愿意。"

"看看人家说的，"他对身边的儿孙们说，"你们要记住了，我们的祖先正是这么做的才有现在的赵家。"

一年后，黎明这个小家伙好像在一夜间个子长高了，手脚也粗壮了，那些肌肉在他的四肢和胸脯上来回滚动都要撑破了皮肤，喉结凸现且影响了发音，他明显变得粗重的嗓音让吴云感到，丈夫正向着自己的想象中发展。她很爱他，每天给他用人参炖鸡汤喝，给他焖红烧猪蹄子吃，给他炖鲫鱼吃，从刘淼的中药铺里淘弄秘方，配来违反规律加速丈夫成长的药品。在一个月光洒满窗前的夜晚，黎明安放在她胸脯上的手不安分起来，接着在以后的日子中他像一个贪嘴的孩子日夜纠缠着她。他得到了甜头，这从他的言行中可以找到答案，而收益最大的是他的妻子。有一次，一个用人仅仅因为大声叫唤吴云去做饭，而遭到了黎明的两个耳光和被赶出赵家大院的惩处。那是一个曾经伺候过他的老用人，以前他们的感情如同母子。那天晚上，两个人一整宿都没睡，她称赞他已经是一个了不起的男子汉了。还有一次，昌国的一个儿子因为嘲笑吴云是个出身低贱的丫鬟，黎明知道了，他命令家丁将堂兄绑在石柱上，用鞋底掌他的嘴，用烧红的烙铁烫他的鼻子，最后正准备用刀子割去堂兄的舌头时，吴云阻止了他。那天夜里外面下着大雨，雷声掩盖了这对恩爱夫妻的狂呼乱叫，她称赞他不仅是一个了不起的男子汉，而且是一个真正的男子汉了。与家里的温馨气氛相比，黎明所制造的残酷就微不足道了。也不知道从什么时候开始，族人们发现吴云组织起家里的孩子们开始修补日趋残缺的小路，修饰路边和花圃中的花草，修剪路边的树墙。黎明还没有改变孩子的习性，跑前跑后指指点点。他干得很卖力很炫耀，每干一点就看看身边的妻子的脸色，生怕妻子不高兴。到了她领着族里的少男少女每天晚上对着月亮开始唱歌的时候，就连老态龙钟的菲菲也来凑热闹。少男少女的歌声倒流了时光，拨动了老人的心。于是她就想让那些少男少女玩她当年玩过的游戏，可这个念头只在她混沌的脑海里一闪就放弃了，因为现在她明白那确实是个危险的游戏。绣庄里，那些少女和小媳妇可不敢把吴云当成丫鬟看，她精湛的技艺早已让她们把她看成了老女主人。她们亲切地喊她老师，恭敬地给她倒茶，甚至在她严肃的时候都不敢喘气，但她们又甘愿为其效命。私塾已经破烂得不像样子了，教书先生只剩下两个。一个是吴国芳的孙子，一个是朱建昌的曾孙。他们穿着破旧的长衫像两个倔强的叫花子，可自从黎明走进私塾，他们的脸上便泛起了红光。当这里响起琅琅的读书声时，他们成为蓝镇最受尊重的人物。到了吴云怀孕的时候，家里浓重的气氛感染了云鹏，他用大块吃肉来表示自己的愉悦心情。他对族人又开始提着鸟笼和提着蛐蛐篓子进进出出大门视而不见，也懒得去管那些鸡毛蒜皮的小事，因为他觉得自己确实该休息了。家里唯一不和谐的是昌民和刘淼的关系，他们两个在昌民刚刚接掌家务的时候，借着以往良好的关系还能友好相处，随着时间的推移，权力成为两个人友谊延续的障碍。刘淼喜欢办事风风火火雷厉风行，而昌民办事瞻前顾后唯唯诺诺，尤其让彼此水火不容的是，刘淼出手大方，而昌民则是勤俭出了格的。刘淼瞧不起昌民穿着补丁衣裳坐在同乐楼里的那副穷酸样，而昌民则看不上刘淼仗着父亲的宠爱大肆挥霍家里的钱财。他们天天吵架，好像一天不吵上几架日子就没法过下去。每次昌民都气得受不了，这倒不是因为他吵不过刘淼，而是因为每次激烈的争吵对手的面部表情都在帮对手的忙（因为他总是笑着）。在最近的一次吵架后，昌民走进了父亲的房间。他没有说一句刘淼的坏话，拘谨地坐在父亲的身边诉说了对家族前景的展望。那是一个极为广阔令云鹏欣喜不已的展望，按昌民的话说，不久的将来，家族不仅富足安康，而且就是蓝镇也将变成一个其乐融融的理想社会。那时，这里因为生活得太过美好而消灭了乞丐，因为人人勤劳而使逍遥楼自动关门，因为崇尚尊敬而人人饱学诗书，更没有赌徒，因为这里已经没有钱这种东西。因此，当昌民说起要将赵家子弟派往三十九个村庄来掌控那里的局势，要将终身监禁的昌盛放出来参与家族的事务，要让昌国教授小字辈一些棍棒上的武艺时，云鹏被面带苦相一副寒酸模样的儿子具有这样的仁慈而博大的胸怀感动了。他不仅同意了，而且还为儿子的决定推波助澜。也许是他真的老到又返回了童年的程度，他是那样爱凑热闹，以至于在家庭重聚的晚宴上唱起了赵洁教给他的歌曲，然后他望着布满整个同乐楼密密麻麻的子孙，自豪得难以自制，一下子吃掉了两斤二两猪肉，三斤六两牛肉，五斤一两螃蟹和八斤九两的蔬菜，喝掉了五斤赵家的高粱烧。这种暴饮暴食的结果只有一个，他甚至还没来得及回忆往事，思想就在生命的尽头戛然而止。他突然明白，经过赵家几代人共同努力所获得的财富和人气是人类固有的一个虚荣的符号，而唯一值得他能够安心的是，他为蓝镇的人们修建的那条巨龙似的堤坝和给族人带来繁华生活的那座无用的花园，但就这一点点贡献也激不起他一点点骄傲的情绪，因为修建水上花园的荣耀和人们日后腐化的生活抵消了。因此他总结，天地万物是老天爷制造的一个平衡的容器，容不得半点倾斜。他双眼圆睁，手指前方，脸色严肃，当人们发现时还以为他又要发表演说。简直是慌作一团，人们上前将他放倒在宽椅子中，掐他的人中，啃他的脚后跟，但没有使他醒过来。待到武卓然来到时，他的身体已经僵硬发凉。刘淼痛哭流涕，可他的哭被赵昌民制止了，因为他哭起来像幸灾乐祸那样哈哈大笑。刘淼不能接受主人死去的事实，派人请来了小女巫。可小女巫只看了一眼死人就昏死过去，因为死人的表情让她知道她就应该昏死过去。于是人们去抹他的眼睛，使劲扳他的手臂，可他的脸上却露出了僵尸般诡秘的笑。家里唯一没有慌乱的是吴云，这从她冷静的脚步可以看出。在人们都束手无策的时候，她走过来，站在祖父的面前看了足有一刻钟，然后轻轻地叹了口气："爷爷，我会遵照你的遗愿把你葬在高祖母身边的。"她话音刚落，云鹏就合上了眼，放平了手臂，好像很累的样子舒展了面部表情。外面刮起了一阵阴风，外面传来江水翻腾的焦躁声和山峰摇摆的"嘎吱"声。不知道谁在窗户外喊了一声："天哪，树都枯了，树叶都掉了。"

十九

　　刘淼没有想到昌民会下手这么快。就在昨天的晚宴上，当昌民当众宣布要将昌盛安排在账房里工作以及要起用赵家子弟的时候，他就明白这一有意的安排是针对他的。几乎所有的赵家人都怀疑，当年昌盛被关进地牢以及赵家人不被重用与这个面带微笑的外来人有着千丝万缕的联系。"老天作证，我是不参与你们父子爷儿们之间的事的，"刘淼当初还能和昌民友好相处的时候委屈地说，"可现在他们全把责任推到我的身上了，都把我看成是个奸佞小人了。"其实，刘淼只猜对了一半，昌民起用自己的兄弟们，确实是深思熟虑迫不得已的一步棋，因为他和刘淼吵架实在是吵烦了，得换个人和他吵。还有一半是，昌民是听从了儿媳妇的话。那天，他刚刚与刘淼吵完架，怒气冲冲地走出账房，本来他是要去镇里考察一下今年庄稼的长势，可他气糊涂了，在假山后面与吴云不期而遇。吴云正在看水池里的金鱼，她微显怀孕的征兆使他这个做公公的急欲离开。吴云没抬头就知道公公又生气了，她给公公问了安，然后她几乎是骂起了刘淼。她说据她所知蓝镇现在大部分的商店、药房、当铺、粮站和绣庄都是刘淼的，还说当年那些斗蛐蛐的赵家人因为偿还赌债，把土地也廉价地当给了他，最后她说出了她的担心："用不了多少年，蓝镇就不会姓赵要姓刘了。"

　　他很为儿媳妇的话感到吃惊，露出了和云鹏当初一样的表情，不过他没有问她是怎么知道连他自己都忽略了的这些事，而是坐在水池边，说："你说说你的想法。"

　　"我也没有什么好办法，黎明大了，爷爷在他这个岁数都撑起这个家了。"

　　"他那顽皮劲……"

　　"百炼才能成钢。"

　　不过他没有用自己的儿子，他知道儿子的脾气，要是去了再和刘淼吵的话，成何体统。于是他想起了那些快要腐烂的兄弟，虽然他不怎么喜欢他们，还是叹了口气说:"毕竟都是一个锅里的,总比外来人强。"

现在,他很为昨天晚上说过的话后悔,因为父亲死了。他几乎没有考虑其他,像放出疯狗一样放出了那些门客。昌民的节俭使他们个个都饿得要死冻得要死,他们穿得破破烂烂,瘦骨伶仃的模样就像可怜的流浪狗。可他们力大无穷,下手狠辣,好像只有将所有人都悉数打倒,他们的身体才会重新肥胖起来。他们揪起正跪在云鹏灵前的刘淼,将他塞进了地牢。然后,在昌霖的带领下,一群叫花子冲进刘淼的家中,爬上房梁挖开地面敲开墙壁放干水塘,将金银财宝珍奇古玩搬到赵家的库房里。晚上,昌民独自坐在金灿灿的金银中间,他痛哭流涕感激起父亲来,终于明白父亲娇宠刘淼的真正含义。

三天后的傍晚,他走进了地牢。虽然这里臭气熏天,但他还是让家丁将一桌丰盛的酒菜摆在地牢的中间。

刘淼还不知道外面发生的事情,他所关心的是云鹏的葬礼。于是他问起了丧事的进展情况,并提出了自己的建议。昌民很为这个对手感到可怜,但还是一一地回答了他,并对他的建议表示接纳和感谢。末了,他才把话题拉回到这里的主题上。

"让你住在这里可与咱俩的吵吵闹闹毫无关系。"他背着手站在饭桌前说。

刘淼还没消气,但尽量控制着自己的情绪:"那都是些屁事儿,我早就忘了,说来说去还不是为了这个家?"

"你这大管家不能干了。"

"你要是不让我干,明天我就卷起铺盖滚蛋,你何必这样处心积虑搬出昌盛来牵制我呢。"他很轻松的话语表明他什么都知道。本来他心里也是这样想的——他回家是再好不过的事情,那样他也可以学学赵家子弟,手里擎着鸟笼子或者手里提着蛐蛐篓子腰缠万贯地走在蓝镇的大街上。

"家里都吵翻了天。"昌民从怀里掏出了一张纸。那是一张与其说是清单倒不如说是罪状更恰当,这里向刘淼传达了一个信息。

"你想没收这些东西?"刘淼抬头望着昌民问,"可别搞错了,这些商店、药房、当铺、粮站、绣庄和土地什么的,都是我苦心经营起来的,我的那些财产也是通过这些正常的渠道清清白白得来的。"看到后来他愤怒了,"你去账房查查,那里的账目一笔一笔都清清楚楚,你怎么能说我拿了赵家的钱财?"

"但你抢了我们赵家的生意。"

"这我承认，不过我再次重申，在我担任大管家期间，我没动过你们一文钱。"

"那还说什么？"昌民避重就轻，然后话从牙缝里挤出来，"你的财产是我们赵家的十五倍。"

一阵沉默后，刘淼向饭桌旁边挪了挪，拿起身前的酒壶将酒杯斟满，抬头看了看昌民，问："你打算把我怎么办？你父亲尸骨未寒……"

"你的家人就是我的家人。"

昌民转身离开后，一个家丁手里捧着一条白色的布练走进来。他认得这个家丁，这个家丁是赵家大院出了名的老实人，家丁忠于赵家就像他忠于云鹏一样。

刘淼的妻子赵钰早在两个月前就死去了，女人是因为失去年幼的儿子伤心而死。就在刘淼将脑袋伸进白练的那个时候起，他的另外十五个小妾也先后吊死在自己的房中。她们的死与昌民没有关系，刘淼对她们太好了，她们实在是太思念自己的男人了。昌民借口宅子的阴气太重，两天后就解散了刘家的仆人丫鬟，让他们有的去要饭，有的当了妓女，有的去了后山的庙宇做了和尚。

昌民兑现了他的诺言，赵家兄弟参与和掌管了家族事务。昌国干起了老本行，掌管了镇里的卫队，他重新招回了昌霖手下的那帮赌徒，昌民的八个门客充当了他的助手。那时已经传说，曾经攻进朱家大院逼得朱建昌上吊的剑客已经在招募饥民们造反。昌泰和昌民的关系最好，他们经常在一起喝酒聊天，他老实厚道又有学问，昌民没有让他去从事商铺经营管理的行业，让他去管理私塾里的事务。"太好了，这正对我的心思。"昌泰感动得眼泪都流了下来。昌世负责收取地租的工作，他能辛苦点，但也乐得受不了，因为毕竟是有事做了。昌永是昌民的同胞兄弟，他愣头愣脑干不成什么事，昌民派他去管理江边的渔民，那里渔民的祖辈整天在赵家的江里撒网打鱼从没交过一文钱，现在要交上一点了。昌存的身体被女人搞空了，他得了严重的肾炎，一天尿六十五次的血。可他不堪寂寞，硬是要为赵家做点贡献，昌民只得让他和一百二十个门客管理库房。最难办的就是昌盛，本来要他去账房的，但他在地牢中住的时间太久了，已经反应迟钝疯疯癫癫，昌民只得给他一份监督院子里卫生的工作来作为营生，可他的工资比其他的兄弟高。当他宣布要将他另外的弟弟们和年长的侄子们派往三十九个村庄去做村长的时候，所有的族人都沉默了，怀疑是不是昌民也要学着云鹏那样将他们派往偏远地区受苦。昌民打消了他们的顾虑，他说派他们到那里去是对他们的信任，

由他们管理那些村庄他放心,正是那里管理不善,才造成饥民造反,还许诺那里每年地租的一半将归他们个人所有。他穿着破布衫,手里捏着烟袋,脸上露着长者的微笑,让族人不仅感到他所说的与他的打扮无关,而且还感到赵氏家族将重现昔日的辉煌。虽然在送行的晚宴上仅有豆腐这一道菜,但第二天他们还是扔掉了鸟笼子,踩死了蛐蛐,甚至来不及和逍遥楼中相好的妓女打招呼,就拖家带口踏上了遥远的永无归期的路程。在漫长路程中,他们有的饿死,有的被饥民杀死,有的参加了剑客组成的起义队伍,也有的因为失望而踏上了寻找赵洁的路程。

依照吴云的建议,昌民让儿子当了赵家的大管家,这个小子什么也不懂,待吴云给他生下了儿子后,就把家务一股脑儿地扔给了妻子,就像甩一个包袱一样那样随意。昌民知道了这件事,狠狠地训了儿子一顿,但不久他就看到了希望。吴云穿着粗布衣裳,并严格遵照公公的规定,不在脸上施上一点胭脂。她把账房打点得头头是道,每天晚上都工作到深夜,拨动算盘把手纹都磨平了,为的是第二天早上把这些账目送给公公过目。昌民在惊讶的同时,也佩服起父亲的眼力来。有时他高兴得出了格,对毕恭毕敬的儿媳妇说:"家里家外你是一把手,要添置衣裳就添置点,要搽粉就搽点,也别太累着,还有孩子呢。"虽然他对说出的话很后悔,但儿媳妇马上就给他吃了定心丸。

"没事儿。"儿媳妇爽快地说,"别人咋样,我还咋样,这样挺好。"

家里唯一对昌民不满意的是昌霖。昌民吩咐昌霖去训练那些新招进来的门客,在那里他饿得要死气得要死。他在那里顿顿吃白菜炖豆腐和喝玉米粥,还不让喝酒。"你就这点能耐了,让我怎么办?"昌民每次对他的抱怨都会这样说。不过,不久他就感激主人了。一次他去账房找吴云要钱,吴云的话使他恍然大悟。

"你呀,简直是个傻瓜。"吴云说,"抓刘淼的时候可是你领着门客抓的呀。"

阴雨连绵的季节里,死亡的气息笼罩了整个赵家大院,他们都死于意外。一天,昌国正在让一个门客指导卫队员如何弯弓射箭,不想那个门客在做示范动作的时候把箭射歪了,狼牙箭头穿透了他的喉咙。昌世在进一户佃农家催去年的地租,和人家吵了一架,并扬言再不交地租,明天他就来拆了他们的房子来抵债,结果他话音还没落,房顶的一块砖头落下,砸碎了他的头颅。昌泰已经成功地把学生拉进了私塾,他从不参与族里的事,他也很为自己的淡泊惬意。一天晚上放学的时候,一个门客的儿子送给他一瓶酒,说是他父亲感激他的教诲之恩孝敬的。当天晚上他喝了酒，他的胃像洪水泛滥似的咆哮起来，当他吐尽了最后一滴血时，也仅仅把这个责任归结于自己长期酗酒造成的恶果。昌存的身体一直不好，自去库房上班的那天起就没有真正上过几天的班，因为他的上班时间都被他去茅房的时间占用了。他已经变得很安分了，但那天晚上一个门客与他喝完酒后，他经不住女人身上往昔甜头的诱惑，原打算只是去看看解解馋，可门客给他找了五个妓女。这五个妓女得了三倍的价钱，个个膀大腰圆，如狼似虎，功夫了得，还没到天亮昌存就没有血可尿了。菲菲害怕了。以母亲的直觉，即使家里人都异口同声说那些人的死绝对是意外，她还是回忆起她爷爷和她父亲很多年前的事情。回忆的影子总是怂恿着她去见见昌民。于是，她像平常唠嗑一样提醒儿子。

"昌永可是你的亲兄弟呀，如果说你哥哥是死于意外，我不想再看见你弟弟也死于意外。"

"你说什么呀，妈妈。你这样说，就好像他们的死与我有什么关系似的。"他委屈而恼火地吼叫起来，"他们都是我的兄弟，哪个不牵我的心？"

当天夜里，昌永在去江边的大堤上，淹死在蓝江里，人们经过五天五夜的打捞，捞上来一副红色的骨架。骨架上骷髅的眼眶里不停地涌出江水，直到昌民赶到的时候才停止，然后一下子抱住昌民，就像一个即将远行的人拥抱兄弟那样深情。蓝镇所有人都目睹了这一惊心动魄的告别礼，这时他们才搞懂，为什么自云鹏死了以后，镇子里的树木再也没有发芽吐绿的原因了。

族人都活在惶恐之中，生怕自己哪天一不小心也会死于意外。昌盛更是嚷嚷着要重新回到地牢，据他自己说，长期的拘禁已经使他舍不得那里安静的生活了。昌民遂了他的心意。在那里，他只生活了三天，他就沿着蜘蛛洞一直向前走，还没达到那条黑色的河流，就因体力不支死在那里。没有人知道他是死是活，因为人们早已将他忽略了。那段时间，从水上花园庙宇中传出的钟声和蓝江澎湃的波涛也染上了哀伤和恐惧的音调。蓝镇谁也不敢多说话，因为昌霖率领的门客已经取代了原来的卫队。有两个多嘴的人被拖进了镇长办公室莫名其妙地消失了，有五个昌泰的学生被扔进了蓝江，有三个妓女因为怀念昌存而变成了门客们的玩物，她们死于声嘶力竭。

这种恐惧而沉闷的气氛，第二年夏天才被终结，那时已经有人在逃离蓝镇，他们实在太害怕意外死亡了。是吴云给人们带来了新气象。那天早上，吴云起来后就大声嚷嚷，说她梦见了太阳。

"火红火红的大日头一下就钻进了我的怀中，肚子里像是有一团火那样热乎乎的把我烧醒了。"

没有人去在意一个梦。昌民甚至还觉得一向稳重的儿媳妇原来也是个大惊小怪的女人。

几天后，几乎整个家族都沸腾起来，吴云又怀孕了，那充满奉承献媚和夸张的颂辞，标志着昌民这一支人将成为赵氏家族中人气最旺的一支。

"这一定是老天的恩赐，"他想起前几天吴云的那个梦猜测，"难道是我父亲转世？"

吴云怀孕的消息着实让镇子里掀起了一股小小的欢乐浪潮，但只是一瞬就被镇子里销魂的香味淹没了。人们茶余饭后所探讨的再也不是什么鸟哇蛐蛐什么的，也不去关心赵家大院所发生的意外死亡，即使是赵家族人也对那些死人淡漠了。每个人都提着铁锅、铜锅从铁匠铺走出来，以至于吴云的父亲临死的头一年就把欠昌霖的债务还清了。然后，人们围着愁惨的炉火，开始搅弄小锅里的东西，奇异的幽香不仅沉醉了自己，也沉醉了整个蓝镇。起初人们谁也不知道这是什么东西，只知道这些东西是汉斯的儿子约翰在沙河镇卫队的护送下，穿过了昆虫墙，经过赵怀礼娶柳眉的地方，还在赵怀明生病的那片森林里打过盹儿，然后乘着船沿着蓝江顺流而下才来到蓝镇。他是来探望父亲的，同时拉来这些东西换些茶叶回去，因为在那里他们把茶叶当成饭吃。他告诉人们，这个东西叫鸦片，虽然外表难看，但用处非凡。蓝镇的人们可没有这样好骗，就在不久前，昌民针对蓝镇人们的逃跑采取了降低地租的政策，也只是说说而已。首先对这些东西最感兴趣的是那些门客，可他们也不愿意受骗，因为昌民曾经答应过他们，要改善他们的伙食和提升他们的工资，可是到后来他们还是吃着没有一点油水的白菜炖豆腐，工资更是不用说。他们和昌民穿的衣裳一样穷。约翰很有头脑，就拿出一箱鸦片让人们尝尝这东西的味道，可人们看都不看，因为人们害怕意外死亡。事情的转机是因为赵德功那时患上了痢疾，他岁数实在是太大了，连武卓然都觉得没有必要治疗。汉斯和赵德功是好朋友，他去请来了儿子。约翰只看了一眼，就从兜里掏出一个皱巴巴的纸包，然后用小手指上长长指甲挑起一点点黑乎乎的东西塞进了他的嘴中。第二天早上，赵德功就痊愈了，不过身体还很弱。于是，约翰又给他带来了黑亮亮的烟袋，后来人们知道这个东西叫烟枪。在人们怀疑的眼神中，在人们的沉醉中，老人的脸色开始活泛起来。两天后，老人不仅谈笑风生，而且健步如飞，嘴里还说些谁也不明白的话。

"原来真有这东西呀，朱成文就是找这些东西的。"

他第一个就把这个东西推荐给昌民，可昌民用怪异的目光看着他，使他明白，这个侄孙现在谁也不相信。赵家子弟被这神奇的东西惊呆了，飘飘欲仙懒洋洋的感觉是遛鸟和斗蛐蛐无论如何也无法体验到的。更令他们意想不到的是，这东西让他们能见到死去的父母，能与日思夜想得不到的情人交媾，能使自己成为赵家大院的主人，也能使自己成功地返回童年。在这虚拟的世界里，昌民被砍了无数次头颅，被无数次剁成肉酱。镇子里最早尝试的是那些门客，他们实在是饿得受不了了，为的只是吃上一顿肉，结果他们实现了。那些穷得叮当响的佃户，他们为了当上一次富人，不惜卖掉全年的粮食来实现这一愿望。德功、德成是在三个月后死去，他们的死亡根本不能引起人们的重视，因为他们实在是太老了，即使是死也属于自然死亡。简直是供不应求，约翰一天也不敢停，因为停一天不仅意味着浪费金钱，更意味着人们无法忍受。也就是从这个时候起，他已经不用鸦片去换什么茶叶了，那样太费劲，他在逍遥楼开起了烟馆。

在这次烟雾大战中，这些放浪好奇的人们个个骨瘦如柴，富的变成了穷的，穷的变得更穷。他们卖掉家产，卖掉老婆，卖掉孩子，然后倒毙在街头，临死的时候还浸泡在不可捉摸的诡秘幽香的海洋中。武卓然很纳闷，这和他日益败落的生意没有太大的关系。完全出于好奇，为什么烟雾也会有强身健体延年益寿的功能和使人变得枯瘦的威力。他查遍了整个医书也没有找到关于鸦片的记载，就跑进赵家大院请教汉斯。可汉斯离家太久了，早已忘记鸦片的用途，只知道这是一种开着红的粉红的白的紫的金黄的各色各样五彩缤纷的花朵上的果实。武卓然买了些鸦片回家，起初就连他的妻子也怀疑是不是丈夫也迷恋上了这个玩意儿，她的玩笑含有诚意劝告，说他本身就是郎中，怎么也相信这些浪荡公子喜欢上的东西。他一声不吭，对着那黑乎乎像驴粪似的鸦片看来看去，然后开始了他的探索之路。他的妻子养了五头就要出栏的肥猪。妻子很好笑，最近丈夫怎么老是鬼鬼祟祟地去喂猪。时间不长，她就不干了，她嘲笑丈夫在养猪方面是个外行。

"干这个你是个外行，看这猪让你喂的，越来越瘦，整天就知道睡觉，你还是干你的老本行吧。"

武卓然"嘿嘿"地憨笑两声："你是养猪内行，恐怕这些猪不会吃你喂的猪

食了。"

果然如此，猪们对女人喂的猪食看都不看，她佩服起丈夫的医术来："猪真得病了？"

武卓然没有回答，他走近了自己的坐骑。那是一匹他父亲留给他的坐骑，是他出诊时的交通工具。他在妻子的惊讶中把剩下的鸦片全部塞进了马嘴，然后给它喝水。在一阵狂躁的嘶鸣中，武卓然再次验证了自己的猜测。

"鸦片是毒药。"他以他父亲的耿直和她母亲的纯洁穿透事物看见了本质，"越是诱惑力大的东西毒性就越大。"

他在自己的药铺贴出了告示，警告那些吸食鸦片的人停止吸食。可没有人理睬他，有些人甚至还传言，他是因为嫉妒才贴出了这张告示。他对表侄子没有好感，但他还是跑去见了昌民。他已经很久没有见到这个表侄子了，表侄子的外表和打扮让他想起了那些吸食鸦片倒毙在街头的烟鬼，但从郎中的直觉中判断出，表侄子枯黄的面色、消瘦的脸颊是因为长期营养不良造成的。昌民坐在同乐楼的座椅中，身边坐着赵氏家族几个不起眼的晚辈和长辈，他们谨小慎微，说出的话像是从嗓子眼挤出来似的。昌民根本不相信表叔的话，最近他也要尝试着吸食鸦片，以摆脱晚上纠缠着他的噩梦。之所以还没有吸食，是因为他舍不得银子。武卓然不得不重新毒死两匹马来证实他建议的正确性。

"长期下去，赵家的人会死光的，蓝镇的人会死光的。"武卓然说，"没有人种地，也没有人打鱼。"

昌民脸色严肃，看着族人，眼睛里放着猜疑的亮光，令族人谁也不敢先说话。

"要是我的兄弟们还活着，一准会替我排解这份忧愁。"他坐直身子，将目光投向外面的枯枝败叶，怀念地说，"他们个个都能顶起半边天。"

虽然武卓然对表侄子的话感到恶心，但还是接受了表侄子交给他的任务。他在来赵家大院的路上就已经想好了对策，因此他走出同乐楼就带着十几个门客走进了汉斯的房门。汉斯虽然花白了头发弯曲了脊背，但他对蓝镇的热诚就像陈年的老酒，越来越醇香越来越难以割舍。他和武卓然带着门客进入约翰家的时候，他就有一种感觉，儿子也在学他，将终老在异国他乡。他们在经过两道门廊，踏过一片草地，又在装满鸦片的箱子中间穿行了半个时辰后，来到了约翰的客厅。约翰早已得知父亲来到的消息，他带着几个年幼的混血儿恭候父亲的大驾。汉斯亲吻了每个像瓷娃娃一样的孙子孙女,然后一边喝着茶一边劝说起儿子来。

"怎么能是毒药呢,这是诬蔑。"约翰惊叫起来,"父亲,我向你发誓,我向上帝发誓,我是个本本分分的生意人。"

"这是不可否认的事实,你没看见镇子里的人们每天都在消瘦,每天都在死亡?"武卓然接过话头,"要是不信,我给你做个试验。"

"生老病死是自然规律,那些试验是小孩子们的把戏。"

"这是个冥顽不化的家伙,"武卓然从约翰的房间里出来后说,"他把金钱看得比生命还重要。"

"应该把他抓起来或者把他赶出去。"一个年轻的门客建议。他叫朱志兴,是朱家的后代,他像朱建平一样百毒不侵。

"还不是时候。"武卓然很欣赏部下的话,"先礼后兵是祖上传下来的。"

那时汉斯已经很长时间不去街道了,对他来说终老于赵家大院是他一生的最后愿望。当初武卓然说约翰带来了足以毁灭整个蓝镇的毒药时,他还认为这个郎中言过其实,现在他相信了。看看这街道破旧得像个上了年纪的叫花子,看看这树枝枯死的模样就像他的头发,看看这荒芜的田地可怜得像失去母亲的孩子,再看看这江堤东一个缺口西一个窟窿也被强暴得不成样子了。道路两旁躺满穷困潦倒的烟鬼,他们中有尊贵的赵家子弟,有腰缠万贯的商铺老板,有生龙活虎的年轻人,也有德高望重的教书先生。路边打蔫的花朵,哀伤的鸟儿,晕头转向的蝴蝶,痛苦挣扎的蜜蜂,使他心里很不是滋味,他按捺不住了,这里有责任感,更有怜悯心。他决定重新按原路返回找儿子做一次促膝长谈,以便使蓝镇重新回到原来的样子,可他的计划落空了。站岗的士兵挡住了他。他们个个身材魁梧,留着两撇卷曲的胡子,穿着红色的军装,头顶黑色的军帽,脚底蹬着一双长筒马靴,腰间挎着长刀,身后背着长枪。他说他是约翰的父亲。可他们说这里根本就没有叫约翰的人。看着这些腰杆笔挺的士兵,他突然想起了自己的年轻时代,想起了自己的初恋,甚至嘴唇上还残留着初恋情人初吻的味道。这个女人没有做成他的女人,她后来做了一个有身份人的情人。约翰的母亲是他第三个情人,在一次酒会上她诱惑了他。在这次稀里糊涂毫不严肃的性爱中,女人怀上了他的孩子。女人的父亲是个大农场主,拥有一望无际的土地和成千上万的骡马牛羊。他生性野蛮,整日挥金如土,到处惹是生非。他鼓励他的儿女和他一样堕落一样豪奢。他的女儿生下约翰后,就把汉斯赶出了沙河镇,原因是这个女婿整天只知道

研究天文、地理、数学、几何，而且还要独自霸占他的女儿。这样，在以后的日子里，他的女儿终于成为那个地区最放荡、最无耻的女人。到她死去的前夕，她还没有完成她预定的繁殖任务。约翰是女人的第六个孩子，自小离开父亲，使他与父亲形同路人。要不是当初来蓝镇，父亲与赵家这层关系，他才懒得去认这个父亲呢。他完全继承了外祖父的骄横和母亲的铁石心肠。汉斯对这一节还没有觉察，他实在是在蓝镇住得太久了，还用蓝镇的父子关系来衡量生活在沙河镇的父子关系。于是，他站在约翰的门前大声叫骂，就像蓝镇的老子骂儿子那样理直气壮顺理成章，并扬言再不让他进去他就一把火烧了他的房子。这样的叫骂持续了三天。第四天早晨，人们看见他扛着五捆茅草向江边走去，直到约翰的房子冒起了烟，人们才知道这个表面温和说起话来轻声细语的老汉，是个为话做主的人。人们拿着水桶脸盆赶到时，房子的火已经被扑灭，约翰正拿着皮鞭像教训惹祸的牲口一样在抽打父亲。也就是从此时起，汉斯就不再对儿子抱有希望。他白天跟着武卓然上街宣传鸦片的危害，将告示张贴在镇办公室的大墙外、赵家大门上和蓝镇的大街小巷每户人家的门板上，就连逍遥楼的大门上也张贴了两张。到了晚上，他和武卓然一起研究消除毒瘾的药品到深夜。他卖劲地叫喊，嘶哑了喉咙，极度的思考熬夜搞坏了他的神经。一个月后，他们终于发明了与鸦片相对抗的药品。他们像兜售卖不出去的商品那样跟在烟鬼们的身后，可人们没有人愿意戒掉鸦片，因为他们觉得自己活在虚幻的消瘦的生活之中比活在虚伪的贫困的现实之中更好。武卓然潸然泪下，望着烟雾缭绕的天空和摇摇晃晃的蓝镇，怀念起他的母亲和父亲，他坚信要是母亲在蓝镇只要唱上一曲就能排解人们的阴郁，也坚信以父亲的医术，一定会找到一个比自己更像样的戒毒途径。他不得不再次踏进同乐楼面见昌民，他要求昌民重新签署一份告示，用奖励的办法来使人们淡漠对鸦片的感情。

"只要谁不吸鸦片就可以免去地租，只要谁远离鸦片就赏他银子……"

"那要少收多少银子，又要花掉多少银子，真是站着说话不嫌腰疼。"昌民气势汹汹对表叔尖叫起来，但马上他就缓下气来，说，"问题是现在不是什么银子不银子，而是人的问题。"一阵沉默后，他咬着下嘴唇上的胡须说，"从赵家先下手，就从明天开始，要是谁再沾鸦片的边，包括我在内，就把他捆在蓝镇的大街上，直到他忘掉鸦片为止。"

武卓然吩咐手下，将一摞告示当天晚上就贴在前些日子那些告示的上面。人们歪着头看完了告示，普遍认为这是一次和前几次一样的玩笑，有的还说了些不好听的嘲笑话。当天晚上，武卓然率领门客冲进了后山的破庙，揪出了两个正躲在庙里吸食的赵家子弟，然后毫不客气地把他们捆在蓝镇大街上的即将枯死的老杨树上。他们几乎和约翰的卫队发生了冲突，因为现在的逍遥楼不仅是妓院，还是烟馆。在那里，武卓然的强硬态度使约翰让了步，他从那里共带走了二十六个赵家子弟，他们有德俭、德勤、德成、德功的儿子和孙子，也有族里德高望重长辈的儿孙。当武卓然率领门客踏入水上花园大门的时候，昌民从里面走出来。他早已得到族人的报告，觉得他正在做一件自己往自己脸上抹黑灰的愚蠢游戏。他终止了抓捕，并把这一丢尽了赵家脸面游戏的责任推到了表叔的身上。武卓然差一点就破口大骂，可是他没有骂，因为他是赵洁的儿子，早就料定了这个结局。于是他在赵家子弟和约翰的痛骂声中，他一边解开捆在树上赵家子弟的绳索，一边想着怎样才能消灭鸦片的计谋，直到解开最后一个人绳索的时候，他也没有想出很好的办法。不过，他是以不服输而闻名。几天后，一个大胆的计谋催他要尽快见到主人。

"您前几天的那个决定很英明。"

"我不想听恭维话，你到这里就是为了说这些？"昌民有些不耐烦。

"我倒是有一个办法。"

"什么办法？你说说。"昌民这几天也在琢磨这件事。

"根子不在吸食鸦片人的身上，是在约翰的身上，他一天不离开蓝镇，蓝镇就一天不得安宁。咱们不是有卫队吗？把他们赶出蓝镇。"

"打仗？"昌民吓了一跳，"那需要钱哪！"

"咱们人多，吓也把他们吓死了。"

"吓一吓可以，但不要打仗，人家是客人，又是汉斯的儿子，只要他拿出鸦片，咱们就放他一马。"

武卓然率领一千个由门客组成的卫队经过大街，他们刚刚吃了猪肉炖粉条，那是一顿自进入赵家大院以来最好的一顿饭菜，因此他们高喊口号，手里握着腐烂生锈的武器，雄壮的脚步声让整个蓝镇都意识到，这一次是要动真格的了。于是，那些因鸦片失去儿子和丈夫的人们也跟在队伍的后面，使武卓然看见了这次行动成功的希望。

果不其然，队伍在约翰的住宅前来回不停地走动，巨大的脚步声，令被窝里

的约翰瑟瑟发抖,还没出门就妥协了。

　　几天后,人们看见武卓然率领一队民工冒着小雪在江边掏挖一个长十五丈宽十丈的水池,便回家带上工具也来到江边。女人则回家拿来了菜刀,将鸦片切成碎块抛掷到灌满水的池子中。鞭炮声过后,王家戏班子敲起了锣鼓,民工们扛起生石灰投入水池中。在一阵垂死的忧郁的挣扎声中,水池便被冲天而起的烟雾和狂欢节高潮时沸腾的吼叫声所取代,冲天而起的烟雾荡涤了蓝镇的天空。

　　二十天后,再也找不到一丁点儿鸦片。烟鬼们蓬垢污面翻滚在蓝镇的大街上,他们痛不可支、痒不可支、苦不堪言,因为蚂蚁群正顺着他们的头发和指甲沿着骨头来回爬动,直至深入他们的骨髓,去品尝那里残留的鸦片。他们恨武卓然都要恨死了,都在心里发誓要杀死给自己造成痛苦的仇人。可他们只有恨的力量,被自己好奇和贪图享乐的思想摧毁了的躯体,使他们接受了现实,现在什么也做不成,没有力量骂人,更别说是杀人了。

二十

进入腊月,正当赵家子弟准备从墙角旮旯重新拾起鸟笼和蛐蛐篓子的时候,蓝江的江面上开来了两艘巨船。那时蓝镇的人们已经意识到鸦片的危害,即使是烟鬼们也把武卓然当成了救命恩人。武卓然和汉斯正在研究彻底消灭烟鬼们体内的蚂蚁,他们已经接近了消除痛苦的边缘。为了这件事,两个人已经有两个多月没有去蓝镇的大街了。武卓然爱干净是无人不晓的,他每天要洗上三次澡刷四次牙,即使在消除鸦片最繁忙的时候,他也没有中断过。可就在这段时间,他把自己变成了一个与自己完全相反的人。他头发蓬乱、满脸胡须,呼出的气体发霉发臭,穿着比昌民还破烂的长衫,寒冬腊月还光着脚丫子,但他从不说废话,大脑比谁都清醒。他的外表竟让比他还邋遢的汉斯也忍俊不禁开起了玩笑。

"真不可想象,还有比我邋遢的人。"汉斯嘟囔,"你这个样子,要是让你表哥看见了,不知道会怎样伤心,还认为你成了乞丐呢。"

两个人的合作很融洽,就在不久前两个人已经不用蓝镇的语言进行交谈了,武卓然已经学会了沙河镇的语言。在他们"嘀哩嗒啦"的对话中,武卓然了解了沙河镇正在发生翻天覆地的变化,什么那里的人们已经不用骡马用精巧的机器去运输木材煤炭啦,什么那里的人们可以不用画笔就可以把这个人的长相搬上画板啦,什么那里的人们可以把说话声留在一个圆盘上啦,什么那里的人们已经开始用一根铁线与相距百里外的亲人进行交谈啦,等等。当汉斯说到沙河镇正用一种栗子大的铁蛋做武器的时候,武卓然不服气了。

"那个东西可不新奇,是弹弓演变而来的。他们即使拥有,也一定是从我们这里偷去的,早在我表姐夫去征服沙河镇的时候,他们就是用这种武器把他们打得落花流水屁滚尿流的,我听李震讲过。"

"不完全是这样的,他们还有一种用手端着单独装着铁蛋的武器,扳一下挂钩就会杀死一个两里外的敌人。"

"汉斯，看来你是真的老了，越来越怀念自己的家乡了。"武卓然停止了手中倒弄的草药，目光里充满了同情，"你这些夸大其词的言论不仅应了蓝镇人越老就越孩子气这句话，而且你所说的一切，把你的同胞都神化成具有上帝一样本事的神，那充其量来说是一个传说。"

"那个东西叫枪，我可不会说假话，是实实在在存在的。"汉斯知道自己说服不了这个同事，只得放弃了解释。

"那有什么关系，各过各的日子，谁愿意没事找事。"武卓然一边干活一边说，"我母亲说好几次了，这个世界早晚要把那些狗屁东西扔进炉子里烧掉。"

两个再也不愿遭受蚂蚁啃噬之苦的烟鬼跑进了郎中的药铺，告知了蓝江上的情况。他们面色红润，但虚弱还在困扰着他们。他们上气不接下气语无伦次地说了半天才说清楚。

"得把他们挡在江里，决不能让他们上岸。"武卓然说，"要不就会前功尽弃。"

武卓然叫来了朱志兴。朱志兴已经知道了这个消息，早已集合了门客，但他们实在是饿得可怜，脸色比那些烟鬼还难看。他们慌乱的样子像逃荒大军，凌乱的脚步和手中的武器，让人们忧心忡忡忐忑不安，但结果却是出人意料，这两艘船是来接约翰回沙河镇的。人们看见约翰带领着他的卫队迈着整齐的步伐向江堤走来，他们的身后是一车一车的金银珠宝，队伍的最后面是一群花枝招展的妻子和一群活泼可爱的混血儿。约翰已经忘记了在蓝镇的不愉快，不停地向路边的人群招手。路过父亲身边的时候，他不管父亲的躲闪，拥抱了父亲，还亲吻了父亲的脸颊，并要求每一个儿女都很有礼貌地和爷爷告别。人们放心了，王家戏班子为他们敲响了锣鼓，岸上的人们像船上的人们一样挥动手臂，有的人甚至还带着哭腔高喊他们的名字要他们有时间经常回蓝镇做客。

谁也没有料到沙河镇的卫队会这样流氓，竟然发动突然袭击。巨大的爆炸声把人们从酣梦中惊醒。武卓然和朱志兴集合了门客伙同还在烟雾中迷糊的昌霖向江边开拔。可他们刚一接触就一败涂地，因为饥饿剥夺了战斗的激情，手中的武器让武卓然意识到汉斯所说的并不是有一种传说。在且战且退的慌乱中，几个门客拖来了大炮。这些黑沉沉的老古董面对沙河镇的新玩意儿，惊讶得要么炸了膛消灭了自己的人，要么干脆选择了沉默表明自己的无能。空前的浩劫让蓝镇的居民空前地团结，即使是昌民也亲临前线指挥作战。那些赵家族人和平日里看上去任劳任怨的农夫、渔夫、修脚匠、理发师、逍遥楼中的龟奴和一些胆大的妇女，返回家中拿起铁锹镐头和剪子菜刀很快使战斗进入了巷战的阶段。这种抵抗残酷而充满了血腥，使沙河镇的卫队每向镇子里迈一步都要付出巨大的代价。战斗持续到第二天早晨，正在人们怒火贲张要将侵略者赶出镇子的时候，激战戛然而止。几个门客踏着大街上的血迹，手里拿着昌民签发的告示到处张贴，就像当初武卓然张贴告示那样起劲。告示上说，昨天晚上的那场战斗完全出于误会，约翰回来只是舍不得离开蓝镇。他让人们回到家中，把农具和菜刀放在原来的地方，还让那些龟奴回到逍遥楼等着接待客人。但人们都不回去，因为昨天晚上的这场战斗，使一百五十二个女人成了寡妇，八十七个母亲失去了儿子，六十三个男人失去了妻子。

　　就在战斗进行到最残酷的阶段，昌霖被沙河镇的卫队吓破了胆。他手里握着生了锈的大刀，满街寻找昌民。最后，在一个低矮房檐的墙角里找到了正在躲避子弹龟缩得像个蜗牛似的堂兄。

　　"约翰只不过是还要在这里卖鸦片，为了这些东西，死这么多人，值得吗？"他好像看中战争的根本所在，大声喊。

　　"哦。"昌民恍然大悟，但他吓得已经说不上来话了，结结巴巴地说，"你……你……去和他们说说，只……只要……停止进攻……"

　　昌霖早等得不耐烦了。他冒着枪林弹雨，绕过了肉搏的战场，在天桥的下面见到了约翰。两个人原来就是好朋友，几乎没有寒暄，就确定了谈判的发展方向。

　　当昌霖重新返回昌民身边的时候，那座低矮的草屋已经被大炮轰倒，幸运的是昌民安然无恙。他已经不像一个镇长的样子了，他像个受惊的猴子爬上了路边的大树，见昌霖回来就大声喊叫起来，像见了救星似的。

　　"要给他们一块地，那没问题，蓝镇别的没有，就是土地多，他们要重新在蓝镇自由买卖鸦片也未尝不可，砍掉武卓然的脑袋嘛……可是，要陪他们被销毁的鸦片的钱财，那得多少钱哪。"

　　"你还心疼钱，命都要没有了，要钱有什么用。"

　　昌民有生以来第一次做出凌驾于金钱之上的事情，全部无条件地接受约翰的条件。但武卓然被抓的消息很快传遍了蓝镇的大街小巷，引起了蓝镇新一次的骚动。人们重新拿起铁锹镐头和剪子菜刀将郎中的药铺围得水泄不通，并扬言谁敢动郎中的一根汗毛，他们将很情愿为保卫郎中而发动和昨天晚上一样的激烈战斗。朱志兴手里握着两把土枪身后背着生了锈的大刀，将那些刚刚在赵家大院饱餐一顿的门客镇住了。就在局势到了中午有明显恶化的趋势时，在昌霖奔跑于昌民和约翰之间使他们成为同谋，这是一个共同对付蓝镇居民和武卓然的计谋。人们对蓝镇的主人答应约翰在蓝镇自由买卖鸦片、把赵家老宅划归约翰所有以及赵家要赔偿多少钱不感兴趣，他们所关心的是郎中的未来命运。在互相矛盾的传闻中得到一个可靠的消息，基于郎中在消除鸦片的斗争中取得的巨大贡献，将被接进赵家大院，享受和赵家子弟一样的生活待遇。傍晚时分，郎中走出了药铺，他的身后跟着他的夫人和两个尚未成年的孩子。他理了头发，剃了胡子，穿着淡蓝色的长褂，打扮得像人们熟悉的那样干净。他步伐雄健登上一个高坡，表情严肃，目光炯炯，他的眼睛好像眷顾了每个人的脸。待人们停止了呼喊，他扬起了手中的一摞纸，不紧不慢地说："这些纸上记录了戒掉鸦片的药方，只要吃下了这些药，你们就会忘掉鸦片。"他停了停，看着朱志兴，然后用命令的口吻说，"送我去赵家大院。"

"这是一个圈套，一个骗局。"朱志兴高喊，"你绝对不能进入赵家大院。"

"何必为我一个人让那么多人妻离子散呢？"郎中淡然一笑，然后将右手举向空中挥动起来，再次严肃地说，"你要记住了，决不能让鸦片在蓝镇再泛滥起来。"

朱志兴不放心，跟着武卓然进入了赵家大院。昌民坐在同乐楼里，面容憔悴，一副活不下去的死相，因为就在上午赵家的库房里少了一半的积蓄。他把这一怨恨发泄到郎中的身上。不过在惩罚郎中前，他先对自己曾经器重的门客说了话。

"缴了他的武器，"他对身边的昌霖命令，然后用冷酷的语气警告，"你要是还想在赵家大院混下去，就别跟在他的后面，否则，你就滚出赵家大院。"

武卓然对要砍掉脑袋的事没有争辩，但他拒绝捆绑，因为他觉得用绳索捆绑处决一个人是对付罪大恶极的人才这样做的，他不是恶人，更谈不上罪大恶极，再说了，他来到这个世界是赤条条轻轻松松来的，他死时也要利利索索轻轻松松。处决虽然在深夜和秘密中进行，但还是被一阵拐杖敲动地面的"嗒嗒"声中断。老态龙钟的清馨一拐杖就砸掉了昌民的两颗门牙。谁也不知道她是怎么知道这件事的，也不知道她是怎么进来的，更不知道她这么大的年纪，怎么还会有这么大的力气。昌民躲在自己的房间里连续哭了三天。人们还认为他是被姑姑打得伤了心，其实只有他自己知道他是在哭自己，在哭自己丢失的金银财宝。第四天清晨，天空下起了大雪。族人们在同乐楼里见到了主人，从主人的神态来看，他还在悲伤的阴影里徘徊。他双眼通红，枯瘦得像饿狗，而目光却像疯狗一样直直地盯着每个人，说起话来铿锵有力令人心寒。几天后，大雪停止，厚雪掩盖了大街上的血迹，也掩盖了蓝镇的激情。几个早起的人首先得知了地租又涨了两倍的消息，但他们一点都不惊慌，也不抱怨，因为当他们看见昌霖拉着金银财宝开往江边，并把这些东西装上约翰大船的时候，他们就已经预见了这个结局。他们已经麻木了，因为在大大小小十几次的涨租中，他们剩下的只有劳累，再也没有干别的事的力气了。也不是无动于衷，当初与云鹏一起制服柳成的那三十个壮汉，现在只剩下了三个，他们老态龙钟，走进赵家大院已经气喘吁吁，偏偏又被堵在门口的昌霖骂了一顿，结果当场气死了两个。剩下的一个是当初给柳成上绑绳的那个，年轻的时候他曾经参加了沙河镇之战，那时他像个牛犊子，是唯一敢和李震掰手腕的人，可现在却连拐杖也举不起来，只得去找清馨帮忙。

"我可不能再去讨人嫌了，武卓然小时候是我的玩具，谁也不能动。"她叹了口气说，"要是真的过不下去，我老太婆还回猪窝。"

赵家大院的气氛比蓝镇的气氛还沉闷，高氏族人乃至赵家子弟的心情比农夫们的心情还要沉重，他们得时刻注意自己的言行，防止被砍掉了脑袋或者意外的死亡。沉闷的空气不断地膨胀发着酸臭味，到了除夕那天院子里的沉闷把围墙都撑破了。虽然是除夕，但家里毫无节日的气氛。大门上和同乐楼里的大红灯笼早在昌民执掌家族的那会儿起就全部熄灭了，因为那样可以一天省掉上百两的银子。水上花园的大门口几个门客在轮流站岗，为的是不让人进去弄坏了东西，湖泊里的龙舟都被湖水浸泡得扭曲变形了。这一切，虽然有人建议过要修理，但都被昌民忽略过去。他认为，这些东西就是不用它们，人们也照常生活，这些无用的东西只能助长人们贪图享乐的思想，再说就是用它们也无法逃避自然损坏的结局。"都是刘淼这个倒霉鬼想的馊主意，父亲真是老糊涂了。"每当人们提一次建议，他就会在心里骂一次刘淼，埋怨一次父亲。晚饭昌民吃了两碗小米干饭，喝了一碗鸡汤。这可是美味佳肴，因为只有一年的除夕，家人和他才能吃上些荤腥解解馋。他打着响嗝走进账房，吴云快要分娩的身量，感动了他。

他坐在账房角落里的一个长椅上，看着将算盘拨得"噼啪"响的儿媳妇，突然内心涌起了一丝的愧疚。他很久没有看见家里的女人穿新衣裳搽胭脂了，也很久没有和家里人聚在一起吃上一顿像样的晚餐了。她们面黄肌瘦，像一群在街坊里干活的村妇。"是不是我太过分了？"有时他这样想，不过也只是想想而已，他很快就为她们任劳任怨感到欣慰，感到赵家的家风在蓝镇堪称典范，同时他相信自己执掌家族将重返父亲的鼎盛时期。可事情总是觉得不对劲，为什么他倡导的勤俭持家的理念总会招来族人和蓝镇居民的怨声载道。他的儿子令他伤心，这个从小伶俐和当了大管家后的勤学态度，一度使他在继任者的身上看到了他无法实现的希望。可是，自从父亲死了之后，这个儿子的灵魂就好像随着父亲而去，对那些什么家务和学习也失去了兴趣，而随着鸦片的到来又使他的灵魂复活了。

黎明经常出入逍遥楼，满嘴胡乱地说着脏话，喝完酒之后大声呼喊着德成、德功两个曾叔祖为老大哥，他穿着打补丁的衣裳，趿拉着露出脚指头的鞋子，大摆酒宴挥金如土，享受着能让父亲发疯的生活。有一次，昌民听到了一点消息，就压不住火了，走进逍遥楼。他看见儿子脱光衣裳躺在两个妓女的中间，甘愿袒露丑陋的私处任其摆布，嘴里还发出"咿咿呀呀"的怪叫声。回到家中，他没有把儿子吊起来，而是用眼泪来感动儿子，岂不知这个儿子是不相信眼泪的威力的。他没有办法，只得去找吴云。吴云则解释，嫁鸡随鸡嫁狗随狗，这就是女人的命运。接着她又解释，男人们的事情她不便参与。这时，他至少搞懂了一个道理，吴云不是不敢管，而是不想管。他很快就为儿子找到了开脱的理由："他毕竟还是个孩子嘛。"这一结果连他自己都始料不及，在内心深处，还存生着一丝古老的爱恋，这种爱恋即使在父母的身上他也未曾使用过。他知道这种爱很重要，曾经尝试要把这种爱拿出来献给族人献给蓝镇，他像气功师那样运了好几次气，可他怎么也拿不出来。

"说来说去，我还不是为了这个家，还不是为了蓝镇。"他心中愤懑，就对吴云苦恼地说，"遇有灾荒年头，粮站里没有粮食能行？让他们都饿着或者去吃树叶观音土，心里能好受？"

"没有远虑必有近忧。"吴云停止了拨动算盘，轻声安慰公公。

"家里都像你这样就好了，可惜族里能用的人太少了。"

"如果你不介意，"吴云犹豫了一下说，"我的两个哥哥可以过来帮忙。"

吴云派人跑遍了整个蓝镇才在天桥下的一个象棋摊上找到了大哥吴炳金，他靠帮助一个赵家子弟维持象棋摊上的秩序混口饭吃。二哥吴炳银比哥哥更糟，他净干些讨人嫌的事，他和几个游手好闲的家伙整天游游荡荡，今天在这家偷只鸡明天在那家偷条狗过着有一天算一天的生活。他们曾经到赵家大院找过妹妹，可被赵家大院的人赶了出去。那些家丁根本就不相信女主人会有这样的破烂亲戚。

在他们大喊大叫中，两个家丁打断了炳金的一条腿。炳银背着哥哥往那个已经发霉的家里一放，就让哥哥自己想办法过生活。要不是武卓然天生的怜悯本能，他早被伤口上的蛆虫吞噬了。两个人进入赵家大院看见一个穿着打补丁衣裳怀了孕的女人坐在华丽的房间中，就知道这个人就是自己的妹妹。他们痛哭流涕的模样，不用诉说，就让妹妹了解了他们过着不是人过的生活。两个丫鬟拿着两件衣衫给他们换上，然后两个用人领着他们去洗了澡，理了发，剃了胡子，用牙粉清洗了牙齿。回到赵家大院的时候，他们重新换上了原来的那两件破烂衣裳，但衣裳已经洗过了，并打上了上百块补丁。就在两个人疑惑是不是妹妹要将他们赶出赵家大院的时候，两个家丁把他们领进了同乐楼。

　　两个人刚出现在昌民的面前，就博得了昌民的好感。这两个活宝身上上百块补丁，被昌民误认为他们和自己具有一样的生活理念——节俭。

　　"真没想到，世界上还有比我更懂得如何穿衣裳的人。"昌民慨叹，然后好奇地问，"你们的衣裳穿了多长时间了？"

　　羞怯让两个人身上冒了汗，面对蓝镇最高统治者，他们老老实实地回答："小了接，小了再接，足足有十五年吧。"

　　基于对两兄弟的良好印象，昌民让炳金在账房工作，炳银则全权管理赵家的库房。两兄弟不仅继承了父亲强壮的身体，还继承了父亲铁匠的性格，很快就与赵家子弟和那些门客打得火热。

　　武卓然以他对鸦片的敏感，在地牢里就知晓，蓝镇的人们又一次落入了鸦片泛滥的泥潭之中。其实，早在他刚刚进入地牢的时候，逍遥楼中的烟馆就重新开张了，人们对鸦片的危害确信无疑，对他配出消灭鸦片的药方也深信不疑，但人们之所以要重新吸食鸦片，是因为要摆脱残酷的现实，是因为要在自己毒死自己的虚幻中得到死亡的快乐。武卓然这次对迷香渗入鼻孔没有痛心疾首，而是自己也想好好地享受一下鸦片的魔力。可是，他失败了，那些东西闻起来比地牢里的臭味还臭。他站在潮湿冰冷的地牢中央，开始责怪起父亲和母亲来，为什么要把他这样心事重重的人带到这个花样百出的世界来接受痛苦的折磨。他把这种心思说给了身边的女人听。女人"扑哧"地乐了，望了望躺在乱草中的儿女。

　　"你怪你的父母，咱们的孩子该怪谁？"

　　武卓然哑然失笑，拍了一下脑门调侃："看看我，还是个郎中，这些东西是谁说了也不算的东西，就像鸟儿衔来种子，谁知道它会掉到什么地方长出什么样的植物，遭受怎样的风雨呀。"

赵家大院重新走上了生活的轨道，并有向好的方向发展的势头。吴炳金大字不识一个却把账房管得头头是道，因为他有一个得力的妹妹。吴炳银管库房，那些门客都喜欢他，他来了之后，他们再也不喊饿了。昌霖管收租，他带领由门客组成的卫队，挨家挨户催逼地租。他们手执棍棒，吹胡子瞪眼，像豺狼闯进羊群一样凶神恶煞，闹得整个蓝镇鸡飞狗跳。人们恨他，但又无奈，只得拖家带口宁愿舍弃土地也不愿意在蓝镇再待下去。那些门客现在可不是饿得要死的模样，他们身强力壮，健步如飞，拖回逃走的人们，不管老幼，一顿棍棒下去，然后扔进蓝江。这一残酷的现实，让蓝镇的人们心惊胆战，只得在这里过着欠下下一辈的地租才高高兴兴地去地下休息。赵家的每个店铺都由一个赵家子弟掌管，他们抱怨黎明这个大管家把这样的差事交给他们，因为蓝镇的大街上连一条狗都看不见。如果说现在哪里还有欢乐的气氛，那就是逍遥楼了。约翰开设的烟馆成为这里兴旺的主要原因。而这里的主角不是约翰，是赵家子弟，是赵家大管家赵黎明。他们到这里来，不是想来，而是天长日久形成了习惯。赵家的长辈们有了前几次的经验，谁也不敢在昌民的面前说什么。直到吴云流产，才把这个浪荡公子招回家。他回家就趴在妻子的身上哭，就像哭自己死了似的。他当着妻子和族人们的面发誓，有生之年绝不再踏进逍遥楼半步。可他晚上就把这件事给忘了，那里有能够忘掉一切愁闷的鸦片，有能让他在虚幻中想象出他第二个儿子的长相，还有能让他体验到无数次新婚之夜没有的快乐的女人。在这里女人们夜夜做新娘，他夜夜做新郎。在这些女人当中，有一个外号叫蛇女的女人，她说话缠绵得像水草，身体柔软得像蚯蚓，皮肤光滑得像流水。她的乳房长得浑圆挺拔而又贼头贼脑，活像一个调皮的孩子。她十四岁就拜师学艺从事了这个行当，精湛的技艺和独创的招数是在成百上千个货郎的身上经过十年的实战练就的。这个活宝，在黎明的身上缠过来绕过去，两个人在逍遥楼的三楼，当初朱成文与鱼儿娘住过的房间里，不分昼夜地玩人蛇大战，使他们淹没在狗的呜咽狮子的怒吼和鸟的啾啁之中。

那些货郎严格恪守了自己的诺言，经历了一百年的等待后，他们的后代像他们当初一样渡过了海洋，战战兢兢地来到这个喘不过气来泛着陈旧腐朽味道的土地上。尽管他们的长相和打扮与他们的祖先一样，但令他们惊讶的是，他们的受欢迎程度远远超过了他们的祖先。他们不仅带来了糖果酥饼胭脂装饰品家常用品，而且还带来了五光十色的药丸。他们一边摇着拨浪鼓一边搞宣传。他们带来的药丸据说是鸦片的克星，只要吞下一丸，不仅可以预防和消除鸦片的毒瘾，还可以达到和鸦片一样的娱乐效果。那张由武卓然配出的药方，早在武卓然被投进地牢的那时起，就被约翰用重金从昌霖的手中买了过来。人们等得太久了。因此，急于拯救儿子、孙子、丈夫和孩子的人们，争相购买了像糖豆一样的药丸，然后像举行盛大的家庭聚会坐在一起共同庆祝自己和亲人的涅槃。结果几天后，人们得到了一个相反的结论，吸鸦片的更想吸鸦片了，他们自己也更想吃这种药丸了。被愚弄的人们愤怒了，他们手里拿着铁锹镐头聚在大街上一起向赵家大院进发，要求再次赶出可恶的货郎。昌霖在赵家大门口等候多时，他坐在褐色的木椅中，左手端着茶杯，右手拄着缺了口的大刀，环瞪着德勤、德俭的眼睛，身边站着一群手握棍棒的门客。他被吵吵嚷嚷的人们惹烦了，不等来人解释，就命令门客们冲进人群。结果原本是针对货郎的战斗，最后演变成一场蓝镇人内讧的战斗。人们再也无法忍受了，把几年来积压在心底的愤懑全部发泄出来。那些吹胡子瞪眼的门客徒有虚表，他们的身体早已被鸦片损坏和被女人们掏空，在经过一阵虚张声势之后，昌霖那口缺了口的大刀便不知去向，连他自己都不知道为什么这些温顺的刁民会有如此的战斗力，也搞不明白这些刁民的镐头为什么会砸烂自己的脑袋。局势就要发展成不可控制的局面的时候，吴云拖着产后虚弱的身体出现在赵家大院门口，她以毋庸置疑的神态表示，坚决支持人们赶走货郎的做法。她在两个丫鬟的搀扶下迈下台阶，查看了每个人的伤势，厌恶地看了一眼昌霖的尸体，命令人们把他的尸体抛进蓝江。她以现在镇长赵昌民的名义，以下一任镇长赵黎明的名义，也以未来镇长——她的儿子——的名义宣布，赵家将免除蓝镇人五年的地租。现在要求他们要做的事是，回家种地，至于驱赶那些货郎的事情，是赵家和镇里的事情。果然，她派人请来了朱志兴，让他掌管蓝镇的卫队。朱志兴早就等待这一天了，他集中了那些还在鸦片的云烟中游荡的残兵败将，预谋发动一次驱逐货郎的战斗。可他很快就意识到，依靠这些鸦片兵去驱逐身佩短刀的货郎确实是一件没有把握的事情，更何况约翰已经放出口风，谁敢动货郎的一根汗毛，沙河镇的卫队将不惜一切代价，保护货郎的安全。

"现在还不是时候，"吴云得知这一消息后，恨恨地说，"早晚要让这帮王八蛋滚出咱们的地盘。"

再也没有人去理睬那些货郎，不仅仅货郎们的药丸已经臭名昭著，更重要的是吴云这个年轻的女子给他们的生活注入了新的激情。吴云搬进了镇长办公室，在那

里她忙得一天连饭都吃不上。她关心人们是否戒掉鸦片，她发明了对付吸鸦片的人新的招数，把他们捆在镇长办公室大门外的柳树上，只给他们水喝，不给饭吃，直到他们求饶为止。更有甚者，对于屡教不改者吃大量的鸦片，结果毒死了三个人。

"他们不是愿意吃这些驴粪吗？就让他们一次吃个够。"她说。

她关心人们的家庭生活，鼓励人们饲养骡马，去绣庄教授刺绣技术，在百忙中她会在卫队的保护下去地头看庄稼的长势，看赵家的饭店、药房和商铺。当看见货郎们抢了赵家的生意，就减价处理了一批商品，并将明细表贴在镇长办公室的院墙上。她每天都去隔壁的操练场上去看看那些戒掉烟瘾的门客。他们手里挥舞着亮闪闪的大刀，面色红润，喊声震天，一天两次的肉食已经覆盖了鸦片的味道。她的勤勉和干练，让人们看见了几十年前云鹏的影子。但她对丈夫的不管不问，又让人们开始猜疑，这个女子是不是有意怂恿赵家的掌权者从此堕落而大权旁落呢。一天，朱志兴走进镇长办公室，他是来向吴云汇报卫队训练情况的。最近他对女主人总是恭恭敬敬小心翼翼，一是出于对女主人的敬畏，一是出于他自己。女主人已经换掉了那件带着补丁的粗布衣衫，穿上了色彩明艳的衣衫，脱掉了那双缝补的替换了原样的鞋子，穿上了一双自己缝制的绣花鞋，脸上还施了从货郎们那里买来的飘着淡淡幽香的胭脂。她面色红润，嘴唇紧抿，鼻子秀挺，眼睛明朗，走起路来扭动的腰身像水蛇在水中游动透露出少妇独有的风韵。她的长相确实谈不上美，更谈不上尤物，但她确实是让人打一眼看上去就喜欢的那种。

朱志兴站在地中央，不敢大口喘气，脑海里一片空白，竟忘了来此的目的。他很想看女人，但又不敢抬头，他害怕夜深人静的时候，甜蜜的思念的蚂蚁会将自己慢慢啃噬掉。女人给他倒了水，他接过来时颤抖的手差点将水洒在地上。

"卫队训练得可以了，"他冷静下来说，"要击败沙河镇那帮强盗，只有人是不行的，要有火枪火炮。"

"咱们可以到他们那里去买，"女人沉思了一下说，"不只是这些，咱们还要有制造这些武器的工厂。"

"那要花费很多的钱的。"

"把库里的钱拿出来。"

赵家大院冷清得像个坟丘子。文清曾经铺设的石头路全被雨后的淤泥覆盖了，路边的树木早在云鹏去世的时候就已经枯死，那光秃秃的树干像那些烟鬼们的手臂。文清要是地下有知，不知道会是什么滋味，她亲手培育出来的那些被孩子们糟蹋引起她哈哈大笑的名贵花朵，在她死后也随之断绝，那座她念经的房屋和云鹏耕种的自留地长满了一人多高的荒草，里面藏着蟋蟀、青蛙和蛇。同乐楼的窗户纸在风中飘来荡去，桌椅板凳上布满了灰尘和蜘蛛网，悬挂在同乐楼里的灯笼变成了黑白色。这些变化是很难被发现的，因为族人们在日久天长熟视无睹的生活中习惯了这种变化，即使有些族人离开了赵家大院，院子里的人越来越稀少，人们也毫无觉察这里少了人。

　　昌民被清馨的那几拐杖打得失掉了魂魄，在很长一段时间里都在自己的房间里颠三倒四重复着互相矛盾的话语。什么要是赵家从进入蓝镇开始就知道勤俭，赵家早用黄金来铺地面了。什么要是父亲当初不免除那些穷鬼们的地租，现在家里的白银都要达到房梁了。什么族里人都像他这样十年才穿破一件衣裳，整天喝小米粥不吃肉，家里的铜钱该堆满院子了。他骂刘淼是个小人，盖了那座该死的花园，光灯笼点掉的蜡烛一宿就要花掉上百两的银子，可是他又佩服父亲，说父亲早知道刘淼攒下这么多的钱财，是给他准备的。他埋怨自己不该听信武卓然的话，去戒什么鸦片，惹恼了约翰这头老公驴，让自己赔掉了那么多的银子，就让他们抽去呗，反正也不花自己的钱。那天夜里，他重复完这些话后，门外下起了暴雨。漏雨的房子提醒他，该去看看库房。他刚出屋，恼怒便充盈了他的胸膛，因为他看见族人们屋里透出的灯光，即使在除夕之夜禁止点亮的大门灯笼也在风吹雨打中闪烁着光芒。冰冷的雨水没有使他清醒，他甩开双手，三步并作两步，就像吃奶的孩子那样迫切，仿佛再晚一步，库房就会被风吹走，就会被雨浇倒。在电闪雷鸣和暴雨宣泄的声音里，他听见远处传来了一阵阵呼喊声，他愈加意识到自己的判断不差毫厘。可他到了库房，他气得差一点晕过去。吴炳银和那些看守库房的门客正在喝酒吃肉，那些呼喊声是他们酒后癫狂发出来的。他来不及斥责，命令打开库房。吴炳银瑟瑟发抖，在打开库房的瞬间，他就想自己还是过自己以前的生活比较好，因为库房里什么也没有。

　　令人胆战心惊的暴雨一直持续着，咆哮的蓝江，即使坐在赵家大院的炕上也能感觉到它的力量，狂风摇撼着同乐楼像残叶一样在雨中摇摆，使这个见证了蓝镇兴衰荣辱的建筑也瞪大了眼睛自叹自己确实已经上了年纪。三天后的深夜，一个赵家子弟躲过院子里漂浮的桌椅板凳，来到了同乐楼。他是赵氏家族出了名的本分人，他的父亲曾经师从吴国芳，接受过最忠实最传统的儒家教育。因此，当族人仆人家丁和丫鬟，今天去账房偷一点银子，明天去库房搞一点金子，然后带着家人逃出蓝镇，去过自己逍遥的生活的时候，也未曾动摇过他的邪念。即使那些门客用金银塞满了肛门，堂而皇之地走出赵家大院，甚至也不能引起他的一点忌妒和贪欲。现在不行了，大雨触动了他作为动物生存本能的那根神经，他不为自己，是为两个孩子和年迈的母亲来到同乐楼。他想，在这里或许会得到一些他想要的东西。可是，他很快就失望了。这里简直就是一个垃圾堆，他怀着最后的希望，向家族决策者座椅上望去，因为在他的记忆中，那里有一张老虎皮。他吓了一跳，在失去老虎皮的座椅上，一个头发直立光着膀子瘦骨嶙峋的小老头儿蹲在上面在不停地说话。他一定是说得太久了，以至于嘴唇泛白嘴角流下了斑斑血痕，但他的双眼像黑夜里野猫的眼睛。那种惊异与战栗使人一下子就可以想到，他的创伤来源于对整个世界的失望。一种好奇和同病相怜的情感迫使他向前走了几步。他大吃一惊，认出这个人是昌民。昌民对他的到来无动于衷，嘴里含混不清地诉说着家里的琐事，他时而用商量的口吻，时而露出长者的风度，时而严厉训斥，时而又痛心疾首。

"你在说什么？我一句都不懂。"来人问。

"不要打断我，没看见我在开会吗？我刚刚捋到了话头。"昌民生气地说。

"可这里一个人都没有哇。"来人望了望空空如也的大厅说。

"你瞎眼了呀，这里满屋子都是人。"昌民好像被戏弄了似的恼火，"你看看，"他指了指身前的椅子说，"这不是昌国是谁，昌永就蹲在墙角了，昌泰就站在你身边，昌安你往前的……昌盛本来这里该你坐的……"于是他委屈地哭起来，说这里的人对他太过分了，用木棒打他的迎面骨，用钳子扯他头发，用刀一个劲儿地砍他的头，用绳子勒他脖子，用开水浇他的后背，用烙铁烫他的胸脯，还用针扎他的眼睛。

他突然一声尖叫，然后双手掐住自己的脖子大声喊叫。来人不得不上前帮忙才把他的手从他脖子上拿下来，可他张口咬掉了来人的一个手指。来人跑出同乐楼，到镇办公室把手给吴云看。

人们急忙奔进同乐楼，见主人像死狗一样蜷曲的身体在他的座椅上抽搐。

"快去地牢把武卓然请来。"吴云吩咐。

一会儿一个仆人回来报告，说地牢中没有郎中和他家人的身影。这时，门外的雷声停止了，三天三夜的大雨宣告结束，雨后的太阳底下，热烘烘的空气中，一群雨燕在飞啄成团成团的飞蚁。

二十一

赵昌民一定会很伤心，他这样节俭，这样殚精竭虑为了这个家，为了这个镇子，在他死后却引不起半点悲伤。他唯一给人们留下的是一个模糊记忆，一个整天佝偻着腰穿着破衣衫的乞丐。当吴云重返赵家大院，人们把这一模糊记忆也消灭掉了。原本对吴云那些免租政策还心存怀疑，现在已变成毋庸置疑的事实。为了家里重新像个家样，她做主将那五十六座磨坊悉数卖掉，并用这部分钱更换了吱呀作响的门窗，油漆了门框窗框，更换了同乐楼里的桌椅，修复了花园，并命令家丁打开大门，让所有的人都到大院里参观。她叫仆人拔掉了云鹏那块自留地里的荒草以便在开春的时候她能够在那里种上高粱大豆，叫丫鬟清扫了每个房间，清扫每一条小路使它露出原色，叫哥哥吴炳金带着账房里的人摆好笔砚算盘和账本，好让她一进账房就能准确地掌握家里的收支，然后她亲自把所有的孩子都叫到院子里玩耍游戏，使院子里充满了活泛气。听到孩子们的欢叫声，那些忠实的现在已经苍老的仆人流下了眼泪，仿佛他们的嗅觉又回到了很多年前。当有人建议要对库房里丢失的钱财进行追究时，她坚决不予理睬。她早已打定主意，家里不是不需要钱，而是家里更需要人气。"那些东西根本就不存在。"她说，"这么大的一个家，哪个地方不用钱？即使有，也是正常流失，咱赵家大院里的人怎么能干出偷盗的事呢？"复苏的气息像一阵旋风一样刮遍了蓝镇，当工人们扛着斧锯去伐倒因云鹏离去而枯死的树木的时候，人们也返回家中扛上斧锯"叮叮当当"在蓝镇的大街上帮起忙来。到了十月，那些曾经带着家人逃离蓝镇的赵家子弟也回到了赵家大院。吴云对他们的回归定义为迷途知返，不仅给他们原来的房子住，还给他们提供了一份体面的工作。腊月里，吴云卖掉了绣庄里的一批刺绣，虽然所得的银子极其有限，但她还是决定在除夕之夜搞一次热闹的宴会。她是那样的不露声色有条不紊地进行着自己的计划，即使是除夕这天，族人们看见一群蓝镇最有名的厨师在同乐楼里进进出出，看见仆人摘下大门上和同乐楼里

那些褪色的灯笼换成红艳艳的灯笼，也只是想女主人是在做一件过年中极普通的事。直到傍晚，族人们几乎在同一时间接到了同一内容的通知，才欣喜若狂走进了同乐楼。同乐楼里堆满了各式各样的礼品，在这个充满欢乐的夜晚，孩子们将得到一套漂亮的新衣裳，女人们将得到一盒从货郎那里购买来的胭脂，男人们将得到一把亮闪闪的钢刀。宴会的高潮在午夜，在震撼了整个蓝镇的鞭炮声里，吴云及族人与蓝镇德高望重的绅士们，在推杯换盏中共同展望了蓝镇的未来。在多少恭维多少言过其实的话语中，吴云成为一个象征，她将使蓝镇变成具有顽强性格和充满乐观主义精神世界上越来越好的地方。作为欢乐气氛的延续，吴云叫人打开了水上花园的大门，元宵节这天，她坐在龙舟上和族人一起吃着点心，那些犯了毒瘾的赵家子弟引颈狂歌，无知的歌声一遍一遍地报道着假象盛世的虚伪和强壮。

到了四月，除夕之夜那些越来越好的展望却向着相反的方向发展。假象的盛世被无情的现实摧残得支离破碎，越来越多的饥民开始在大街上游荡，饥饿使绣庄里的女人无心刺绣，赵家子弟关闭了商店、药房和粮站，毒瘾将他们折磨得挺不起腰板儿，不得不走进逍遥楼从货郎的手里买来五光十色的药丸阻止蚂蚁的啃噬。不过，清明节这天，人们还是凭着一时的热情走上大街，准备给那些伐倒的树木旁边栽上柳树苗。将近中午，一匹带着泥浆的战马从蓝镇曾经是赵俊生、赵俊杰两兄弟到达蓝镇的那条路上疾驰而来，他不和任何人打招呼，跌跌撞撞冲进了镇长办公室，惊慌失措地高喊："他来了，流云剑客离这里还有二十里。"

剑客在上次的失败中吸取了经验，他认为要战胜像赵怀明这样强大的敌人，光靠单打独斗是远远不够的，那是一种愚蠢的鲁莽的个人英雄主义行为。于是，他在经历了三十九个村庄漫长的征程后，手下已经聚集了一批数量可观的队伍。在这支鱼目混珠士气高昂的队伍中，有通晓经史的学者，有精通剑术的门客，有小刘瓦匠的徒弟，有用肛门窃取了赵家库房银子的家丁，有乞丐，有烟鬼，也有被赵昌民派往边缘村庄被遗弃了的赵家子弟。他们有的饿得要死，有的气得要死，也有的想把蓝镇作为自己终老的目的地。

流云剑客和传说中的样子有了根本的变化，除了面如冠玉美髯飘胸脚踏软靴和原来一样外，他背后的长剑换成了腰间悬挂的手枪，头顶不是梳成发髻，而是多了一顶牛仔帽，口中高唱的不是李白的诗篇，而是蓝镇人因为约翰的缘故而被疏远了的修女们的赞美诗。他的古怪打扮，直到很多年后蓝镇的后代们，从电影上了解到原来这是美国西部牛仔的翻版。这支队伍曾与三十二个赵家子弟把守的村庄进行过上千次的战斗，征服了五支怀着同样愿望的队伍，他们一度迷路把沙河镇的地盘当作了蓝镇的地盘，与沙河镇的卫队进行过血肉横飞的厮杀。他们解除误会后，剑客在沙河镇镇长的劝说下，相信了万能的上帝，一群身披黑色长袍的神父教他如何祷告，那些漂亮的修女们教他唱赞美诗。也正是在那里，他扔掉了背后的长剑，将两把永不生锈的手枪挂在了腰间。他们的跋涉可谓千难万险，他们曾经见识过朱成文寻仙时黑熊与蟒蛇交战时遗留下来泛着灰白色的尸骨，见识过被李震用大炮轰开的那道昆虫墙，他们还看见依然吊在已经枯死的树上的九夫人，成千上万只鸟儿用华丽的羽毛为她遮风挡雨。在香气四溢的尸体旁，剑客为爱情啜泣不已，他用他的汗巾将尸体包裹好，埋葬在盛开的天女木兰树下。在大大小小的战斗中，剑客骑着鬃毛飘曳的野马，挥舞着两把手枪总是冲锋在前，可身上没有受过一点伤。但也不是攻无不克，在遥远的陈村，他遭到了几乎是无法挽救的失败。那里驻扎着蓝镇待遇最差战斗力最强的卫队，他们的指挥者是那个几乎忘了清馨的长相至今还不知道刘淼已经死去的李震。这里的战士根本不知道鸦片的滋味，虽然他们饿得头昏眼花，但每个人都瞪着非洲雄狮面对角马群的眼睛。经过三个月的惨烈战斗，他们成功地将剑客和他的部队围困在赵俊生和赵俊杰与秀子新婚之夜的那座破庙里。就在剑客要像上次向赵怀明投降那样为自己寻找最后的出路，蓝镇卫队停止了进攻。李震的死并不是因为他老了，而是因为他看见胜利的曙光放松了神经。剑客没有难为老对手的尸体，在长达三个月的战斗中，使他们在生死搏斗中建立了心有灵犀的钦佩感情。在破庙外，人们安葬了李震，并在他的墓前立了一块墓碑，剑客亲自起草了碑文。碑文差一点引起了内讧，因为剑客起草的是一份基督教的碑文。他还临时充当了一把神父，要代李震的亡灵做极其卑微的忏悔。李震的几个老部下不干了。李震虽然脾气暴躁，但一辈子为人真挚，即使是把剑客围困在山上，他也表现出了宽宏的胸怀，给山上送去了粮食和水。面对愤怒的人群，剑客笑了起来，并向李震的遗体道歉。因此，足以让蓝镇再现云鹏时辉煌的守卫者，墓碑上只留下四个字：李震之墓。

　　朱志兴在两个月前就准备好了。两个月前，人们就看见他骑着马在蓝镇的四周跑来跑去，开始人们还以为他是遛遛他的坐骑，待人们看见小巫女手握拂尘在镇子的各个路口焚香做法杀狗泼血的时候，人们就不明白了。这件事着实让约翰惊慌了两天，因为种种迹象表明，这一诡异的举动，好像是针对他们的。约翰集中了卫队，日夜把守着赵家老宅。他还命令驻扎在蓝江上的炮舰装满弹药，只要听见镇子里响起枪声，他们就点火放炮轰平镇长办公室和赵家大院。但他们的担心在几天后有了分晓，朱志兴所做的一切，原来是要对付传说中的剑客。那天晚上，朱志兴走进了赵家老宅，他是受吴云的委托向约翰借枪炮的。约翰自搬进赵家大院后，就扒掉了赵俊生、赵俊杰那些具有赵家村风格的南北炕，换上了从沙河镇拉来的软床；摘下了赵怀礼和那十九个壮汉用过的弓箭和刀叉，换上了裸体的油画；清除了院子里那些用来灭火的大缸，那个位置摆上了孩子们玩耍的滑梯；房前屋后和回廊的两边花草树木、蔬菜、猪圈和鸡窝，全部被绿茵茵的草坪和花卉所取代；曾经是赵怀英和赵怀礼探讨新婚之夜秘密的卧室，现在成为沙河镇人茶前饭后的娱乐场所，那里摆放着一架从沙河镇运来的钢琴，一个金发碧眼的年轻姑娘正在演奏《风流寡妇》；这个老宅，唯一保留的是门前的两个石狮子，它们孤独的神态和衰老的模样在初春的料峭中断了筋骨烂了心肝。

　　约翰在赵怀礼和文清曾经住过的房子中接待了朱志兴。朱志兴进入屋子，就知道这里的女人擦着和吴云一样的胭脂。在白色蜡烛的照耀下，挂有壁毯的墙壁既富丽堂皇又毫无生气。约翰披散的长发、苍白的面庞和贪婪的眼睛让朱志兴感到，这个人现在已经不属于这个世界的人了。事实确实如此，这个倒卖鸦片的暴发户最终没有抵御住鸦片的诱惑，他用这些东西仅仅是为了使女人们获得一时的癫狂，而他在一时的欢愉中收获了永远的虚弱。他说话上气不接下气，一边说一边摸着左胸，好像是他的心脏不是长在他的胸腔里，而是长在他的左手心上。但当朱志兴说起要借些枪炮的时候，他眼球几乎掉出了眼眶，大声命令警卫将蓝镇的卫队长赶出去。

　　实际上，朱志兴早就知道约翰不会借给他枪炮，他之所以这样做完全是为了吴云。在很久以前，也许是朱志兴还作为赵昌民门客的时候开始，吴云就已经引起了他的注意，那时吴云是个少女，而他已经是个真正的男子汉了。这个看上去不声不响的女子，无论是走路跳动的脚步，还是说话像硌在石块上碾压玻璃一样的声音，都无时无刻地用跳动和碾压袭击着他的心。有一个阶段，对他来说，天空是灿烂的，因为他把思念的甜蜜误当作既成的事实。可过了一段时间，他得知一个无可更改的现实后，天空变成了灰色，即使是碧绿的树叶也勾不起他半点兴趣。他痛苦得心里绞疼，他痛苦的不是吴云嫁给了赵黎明，而是吴云一点不知道他的内心深处正有一座压抑不住的火山。不过，失去爱人的痛苦没有使他颓废，他决心与赵黎明较量一番——谁是蓝镇最优秀的男人。他暗地里将自己的想法封存好埋在地下,并不露声色地实施着自己的计划。当赵黎明成了烟鬼走进逍遥楼的时候,他觉得赵家未来的主人根本不值得去比试,他又气得受不了,为吴云鸣不平。他不止一次在深夜里独自徘徊在院子里,窥望账房里灯光下吴云孤独的身影,一股去逍遥楼拖回赵黎明的冲动无时不在却又永不存在。赵昌民死的那天,他负责去通知赵黎明。可他在半路上就静默在雨中,直到手下人催促他,他才慢慢腾腾走进逍遥楼,在那里他喝掉了两碗赵家的高粱烧,然后回去向吴云交差。酒力给了他传达信息的勇气,他贪婪地望着女人身体的每一部位,直到女人意识到了一些东西低下头来。这样的傻事他只干过一次就足以让他后悔一生,他觉得当时自己看女人的眼神不像是一个勇士倒更像是一个色鬼。也不是一无所获,他得出了一个至少是他认为是正确的结论——女人是世界上最强壮的动物。他倔强的性格和痴狂的情怀,让他做出了一个冷静而坚硬的决定,他将用终身不娶来表示忠诚,即使是孤独将他变成行尸走肉,忧伤将他切割成碎块,他也毫无怨言。因此,与剑客即将开始的战斗,与其说是为朱家复仇和保卫蓝镇,还不如说是为了保护梦中情人更确切。

　　开始几天,朱志兴和他的卫队在喷洒狗血腥臭的围墙里面架好了大炮,手里端着火枪对准了路口,手握大刀的大刀队井井有条,这样的阵势,连吴云也觉得即使是天兵天将来了也休想进入蓝镇半步。但很快她就失望了,朱志兴所率领的卫队是用鸦片堆积起来的豆腐渣。他们在注视路口的间隙不停地打着哈欠,那是毒瘾发作的前兆。吴云脸色阴沉,但又不能发作,大战在即,只得用笑脸来表示自己的满意。值得庆幸的是,事情并没有像人们预想的那样,剑客指挥千军万马对蓝镇进行疯狂的进攻,而是在一阵焦急的等待后,得到了一个准确的消息,起义军后退了三十里。多年的征战经验和以往的教训告诉他,对蓝镇这样的镇子一定要摸清底细后才能发动稳操胜券的进攻。他派了两个探子,去侦察蓝镇的军事部署。这两个探子其中有一个是赵家子弟,他们打扮成乞丐的模样,白天在镇子里要饭,晚上在低矮的草屋里借着暗淡的月光绘制城防部署。到了第六天,他们路过逍遥楼的时候,这个赵家子弟再也按捺不住了,他已经很久没有享受逍遥楼里的美酒和女人了。在那里,他们邂逅了一个虬髯大汉,他左手揽着一个水晶女人,右手揽着一个翡翠女人,腿上坐着正吸着鸦片的蛇女。他们喝着酒,大声说出的话让人心醉神迷想入非非。两个探子在逍遥楼住了一宿就迫不及待地返回驻

地,积极要求立即攻打蓝镇。

"他们简直就是堆在那里的豆腐渣,咱们不用开上一枪一炮,就这样列队走进去,就足以将他们碾成碎末。"一个探子说。

"他们把咱们看成了妖怪,企图用狗血做枪炮,用鸦片做弹药。"那个赵家子弟说。

剑客一边看着地图,一边听着他们讲着蓝镇的趣闻,从他们的谈话中,他将蓝镇的现在和以往进行了比较,那里变化最大的无非是那里的人们和他当初进入朱家大院时一样贫穷一样饥饿一样的浑身无力,而沙河镇人和货郎制造的混乱造成的恶劣后果使他们在那里不受欢迎。但在随后的两个探子对逍遥楼里的经历津津乐道,使剑客识破了他们急于进攻的真正企图。

"说来说去,你们的战斗不是在为蓝镇的百姓。"在没有女人和美酒的情况下,剑客说话总是不紧不慢,"你们是在为你们原始的性欲和将来的享乐而战。"

在很久以前那次惨败之后,他做了深刻的反省,他认为自己的失败完全是因为女人造成的。他曾经不止一次地自言自语,女人耗去了的精力麻痹了他的意志,才使自己败在赵怀明的手下,以至于成为后人的笑谈。这次在进入蓝镇前,他就告诫过自己,无论如何不能重复自己以前的错误,不到胜利绝不碰女人,即使女人比陈小美要美一千倍。现在,两个探子的话触到了他的痛处。他放下地图,用严厉的目光盯着两个探子。两个探子都不敢说话,但剑客反而却要听了。当两个探子胆怯地谈到了在逍遥楼看见那个虬髯大汉的时候,剑客走上前去。

"什么?什么?"剑客脸色严肃,说话急促,又听完一遍两个部下的汇报和描述后,他仿佛看见了一个率领十九个壮士的虬髯大汉穿过朱家大院的大门用弯刀粘住他的宝剑翩翩起舞。

"他还活着?"剑客失声惊叫,"赵怀明还活着,这不可能,难道他已经掌握了不老的秘诀。"

当得到剑客撤走的消息后,朱志兴还以为是小巫女的巫术起了作用,他立即组建了一个由小巫女率领的巫女神汉的队伍。他们集合完毕,端着盛着狗血的盆子,跳着令人神魂颠倒的舞蹈,只等朱志兴一声令下,就去追击,并把狗血泼在剑客的头上。吴云阻止了他们。吴云虽然对剑客的撤离感到不解,但她认为剑客的撤离寓意着更大的阴谋,并推测了种种意图之后命令朱志兴重新部署。这时安插在剑客部队里的蓝镇密探传回了话。于是，吴云在两个丫鬟的陪同下，进入逍遥楼。老鸨子惊慌得不知所措，不知道该喊妓女还是喊龟奴来陪主人好。沙河镇的卫队把住烟馆，并清除了烟馆里所有的赵家族人。那些货郎像蟑螂一样，逃得无影无踪。直到吴云坐在大厅里，端起了茶杯，这个乱糟糟的惊慌失措的世界才恢复了安静。吴云自制的气度和毋庸置疑的态度，让老鸨意识到，不叫出那个虬髯大汉见面，这里很快将变成人间地狱。虬髯大汉听说吴云到来，吓得要死，他东躲西藏，像是羚羊见了鬣狗老鼠见了猫。最后老鸨不得不命令妓女们全部出动，像杀过年猪那样将他抬出房间。

吴云坐在那里一边喝着茶一边用眼角打量着这个男人，然后命令所有人回到自己的房间。当大厅里只剩下两个人的时候，吴云才重新确认了这个人的长相，才相信密探传回来的消息是真实可靠的。她刚要开口说出来此的目的，大汉却浑身颤抖着哭起来。他哭得那样可怜委屈，就像他住在这里不是他自愿而是被胁迫。

"我没有脸见你，也没有脸见族人，我他妈的是畜生，父亲死的时候我都没有回去看看。"大汉哭得噎着气，"我把偌大的家扔给你，让你受累，我怎么回去见你呀。"

"你说什么？"吴云很惊讶，"你说话颠三倒四，我不明白。"

"看在夫妻一场的分儿上，你就让我死在这里吧，你的大恩大德，我只有来世再报了。"

这时，吴云才透过遗忘的性事，在自己假意的喊叫中看见被药品催大的男孩，那个被自己完全忘掉了的丈夫形象。她不相信地静静打量着眼前这个长着络腮胡子虎背熊腰的大汉，居然就是她的丈夫赵黎明。他发育得如此完美，其根由一定是在与无数女人经过无数次战斗后的成果。可他一点都勾不起她的回忆，好像眼前这个人与她从来就没有瓜葛，更别说和这个男人还生了一个孩子。她很奇怪自己怎么会将丈夫忘得这么彻底，及至对他没有半点留恋的情感和怨恨的情绪。

"那可不行，"她将错就错不露声色地说，"就是我不需要你，家里需要你，孩子更少不了你。"

从此之后，在蓝镇的那条南北大街的路口，就坐着一个虎背熊腰长着两腮胡须的大汉，他低垂着脑袋悲伤的眼神被后来进入蓝镇的密探描绘成深藏不露，其

实他是被烟瘾折磨成这个样子的。他已不像原来那样活泼机灵，与女人的长期厮混，让他模样像男人性格像女人。他说话嗲声嗲气，走路蹑手蹑脚，每说一句话就用跷起的手指比画着。他每天早晚都要吸上一会儿鸦片，否则他什么事也做不成。开始吴云拒绝给他提供鸦片，因为只要丈夫多活一天就多给她一天的喘息机会。可是，几天过去，她就改变了决定，因为她担心焦躁会使丈夫变得越来越消瘦从而失去本色。一天晚上，在镇长办公室吴云的卧室里，黎明吸完鸦片，两个人行了一次久违而简单的房事。

像两台机器的齿轮机械运转那样，在毫无欢愉的房事中，黎明以对其他女人的熟悉和经验，对这个女人做出了判断。女人对性欲的渴求，好奇大于热情。她的好奇，不是男人是不是足够雄健，而是男人的智慧是不是能够超过她。不过，女人无私的胸怀几乎让他感到了耻辱。在经过这次两个人一生最后的房事后，女人为了使丈夫能在路口坐得更安心，派人从逍遥楼用轿子抬来了蛇女、水晶女人和翡翠女人。在众目睽睽之下，三个女人与黎明放肆地调笑，然后走进了镇长办公室为他们准备好的和逍遥楼一模一样的卧室。朱志兴为这件事想不开，他为女人所受的委屈暗自流泪。

进入七月，热烘烘的闷热让人喘不过气来。在镇子的一条小河沟边，在那里临时搭建的草棚下面，黎明和他的三个女人喝着冰水摇着扇子，嘴里骂着苍蝇蚊子心里骂着吴云和剑客，他们只想这种荒唐的游戏快些结束，好让他们重新返回逍遥楼过天堂一样的生活。他们的想法原是毫无根据的奢想却在毫无迹象中成为事实。一天中午，在通往镇里的羊肠小路上，一个乞丐赤着脚拄着裂了缝的拐杖走过来。他穿着碎成布条的上衣和露着半个屁股的裤子，接受完卫队的检查和盘问后，路过草棚的时候，他吃了一惊。黎明脚放在椅子上摇晃着，赤裸的上身露出黑乎乎的胸毛，右手摇着扇子向他摆了摆手示意他过去。他全身一抖，脑袋里一片空白，机械地挪动着脚步。他的这一紧张表情惹得黎明身边的女人"咯咯咯"地笑了起来。他马上恢复了镇静，将裤子提了提，在走向草棚的时候，他把手放进了装有短刀的兜里。

"你用不着这么紧张，我叫你过来只是要问你一件事。"黎明懒洋洋地问，"你多大？"

乞丐被难住了，这个问题他自己也曾经问过自己，但他确实不知道自己有多大岁数。

"让我们猜一猜，看谁能猜对。"黎明跷起来的手指敲动着桌面，对着身边的女人笑起来。

一个女人说，他有三十岁。另一个立即反驳，看他这露在外面的脖子就知道，他最多也就是二十岁。第三个女人则说，看他走路像个小猫，分明是才学会走路的，最多有十岁。乞丐慌忙用衣衫遮住了脖颈，因为在这次精细的乔装打扮中，他唯一忘记装束的就是脖子。

黎明哈哈大笑："我猜他至少有二百岁。"他这句话本来是要博得女人一笑的。果然，他得逞了。

可听在乞丐的耳里却像个晴天霹雳，喟喟而语："这个问题连我都搞不清楚。你还和原来一样，什么都知道。"

"我当然什么都知道了，"在女人大笑声中，他故意严肃地用戏谑的口吻要赢得女人更大的笑声，"看看你的打扮，看看你的皮肤就知道，只有神仙才能这样。"因为乞丐给他带来了笑料，所以他让乞丐坐下，还给他倒了一杯冰水。

在将近也许是二百年或者是更多年中，在上万次大大小小的战斗中，剑客还从来没有遇见如此诡异的对手，他的胸怀和镇静，他的潇洒和与众不同的接待对手的方式，使他相信对手确实是个深藏不露的高手。在上次的交锋中，他们没有说过一句话，在以后的无数次的回忆中，他一直认为，那次的失败是因为对手的一次冷酷的智慧偷袭，他忌恨佩服的同时，固有的高傲无时无刻不在鼓励他期待下一次的相会。他坐下来，大大方方地喝下冰水，然后看着斜躺在身边的黎明，说："你什么都知道了，我也没有隐瞒的必要，我这次来就是想看看你和原来有什么变化。"

黎明冲他笑了笑，盼咐水晶女人再给他倒了一杯冰水，然后调侃："你不是冲我来的吧，是冲着我的女人来的吧。我有什么看头，过去是这样将来永远是这样。"

"她们确实很诱人，"乞丐实事求是说，"不过，一场战争的结果不仅仅是为了女人……"

"不要和我谈什么狗屁战争，"黎明坐起来，前倾的身体几乎要碰着乞丐的脸上，他用手指着蓝江和连绵不断的山峰说，"这些东西和那些东西我不感兴趣。"

"敌人要是从你的侧面进攻你会怎么防御？"

"不可能从侧面进攻。"黎明说，"因为那里没有敌人。"

乞丐吓了一跳，因为在他整个谋划中，确实没有从侧面进攻的计划，其原因是那里路径太过通畅，蓝镇的卫队一定早有防范。

为了这次探秘，剑客屈身化装成乞丐，剃光了心爱的美髯，脱掉了鞋子换掉戎装摘掉了牛仔帽，就是那两把手枪也破例放在了大营里。手下人都不让他来，他们普遍认为，作为统帅，这样独自去敌人的阵营中去做侦察工作，不仅是冒险和有失身份，而且是对手下人能力的否定。他好不容易用诸葛亮的三寸不烂之舌才打消了部下的顾虑，对于那些还担心他安全的部下，他拔出了随身的短刀。他的身手还像一百多年前一样敏捷，他的刀法还像当初击败马奎一样精妙。

在这次不期而遇敌手的相会中，也不是没有收获。在随后的谈话中，黎明荒废的学问中仅剩为讨女人欢笑的诗词，成为两个人谈话融洽的关键。就在草棚中，他们吟诵李白的《梦游天姥吟留别》，同感古人的惆怅；吟诵岳飞的《满江红》，同感古人的豪气；吟诵苏轼的《水调歌头》，同感古人的忧伤。他们喝着大碗酒，吃着大块肉，在三个女人的崇拜和笑声中，你一句我一句吟诗作对。他们在讨论《红楼梦》的结局的时候产生了分歧。黎明说，曹雪芹写《红楼梦》就是写自己家里发生的事，曹雪芹就是贾宝玉，他之所以写到八十回是因为以后的故事中，林黛玉已经出嫁了，没有写下去的激情了。剑客说，你这是胡说八道，人家两个人明明是阆苑仙葩和美玉无瑕，本来就是天造一双地设一对，是天定的，我敢保证，要是黛玉不死，两个人肯定会白头偕老。两个人在这个问题上争论得面红耳赤，黎明忍不住上前打了剑客一个耳光，但剑客没敢还手。不过，他们的矛盾很快在柳永的《雨霖铃》中被消灭了。黎明低沉的吟诵富有情感的声音，让这个游荡世界数百年的汉子潸然泪下哽咽不已，以至于让黎明不得不停下吟诵，跟着他一起流泪。

在这次短暂的相聚以及对陈小美的刻骨思念，使剑客对自己的对手有了重新的认识——这个人不仅可以是敌人，也可以是朋友。因此，当晚上黎明邀请他到他的寓所居住的时候，他再也不忍心拒绝了。黎明强迫剑客脱掉了破烂的衣裳，吩咐仆人给他洗澡梳头，然后换上他的新衣衫。他非凡的气质和面如冠玉的长相，使黎明不忍心让他独处，就把他的翡翠女人送给了他。黎明时分，剑客的美梦被打破了，那时他正在酣睡，一盆狗血泼在他和睡在他身边翡翠女人的头上。在人影攒动的慌乱中，在身边女人的惊叫和锣鼓喧天的诡异声中，在他羞于光着身子站起来迎敌的错愕中，他的身体被一堆乱麻缠裹得像一只做茧的蚕。他被拖进院子里，身边围着一圈荷枪实弹的士兵。

待他明白过来怎么回事，他恼恨起自己和赵黎明。在经过一阵沉默后，他破口大骂赵怀明是个阴谋家，总是用小人的伎俩来对付他。他的骂声被人们认为是胡言乱语，那些赵氏族人更是在嘻嘻哈哈中感到奇怪，为什么他不骂他们而是要骂他们的祖先。朱志兴可不管他骂些什么，更没有时间去琢磨，他拎过一把鬼头刀，要为祖先报仇和为蓝镇消除这个祸患。黎明冲破了所有人的阻挡，用身体护住剑客的身体，还哭喊着命令给剑客松绑，可没有人听他的。

"要杀便杀，要刮便刮，大丈夫可杀不可辱。"剑客怒不可遏，"我可不要你的饶恕，也不愿看你那鳄鱼的眼泪。"

"你搞错了，我不是赵怀明，我是赵黎明，赵怀明是我的高叔祖，他早就死了。"黎明声嘶力竭地解释，"我是你的朋友哇。"

"鬼才信你。"剑客高叫。

只有一个人知道剑客是搞错了人，那就是一直坐在火把下没有吭声的吴云。早在她刚刚学会说话的时候，文清因寂寞就已将赵怀明与剑客那场惊世骇俗的战斗当作故事讲给她听。当朱志兴再次举起鬼头刀的时候，吴云阻止了他。她命令朱志兴清除院子里的人，还让人把赵黎明拖回了房间。赵黎明大喊大叫不离开，为了剑客，这个浪荡公子，以他无所畏惧的勇气几乎让吴云也怀疑，是不是高叔祖的魂魄瞬间附上了他的身体。在他泼妇式的疯话中，甚至要用休掉吴云作为威胁。吴云没理睬他，也没有必要去理睬他。但她还是像当初哄着他喝下苦涩的药汁那样哄了他半天，最后对天起誓，保证不会对剑客有一丝一毫的伤害。

"如果你敢动他的一根汗毛，"黎明认真地说出毫无价值的威胁，"你就等着守寡吧。"

他说出这句话的时候，吴云差一点乐出声，因为这个弱智的丈夫居然现在还不知道他的妻子已经是在守寡了。其实，打剑客刚刚踏入蓝镇的地界，朱志兴就得到了剑客营中的密报，把这一消息报告了她。他们慌张地拿出剑客的肖像画，比过来比过去，在惊喜交加中担心起来，像剑客这样武艺高强的人物，蓝镇还没有人能与其匹敌。小巫女不服气，自告奋勇，自称用她的巫术就可以制伏剑客。朱志兴建议集中蓝镇所有的火力，将剑客打成筛子。吴云睿智的头脑体现出来，她认为保留剑客头颅的意义远远大于砍掉剑客头颅的意义，而且她清醒地意识到，蓝镇这些鸦片兵是无论如何也阻挡不了士气高昂的起义军的。因此，在得知

剑客走进翡翠女人房间的时候,她就证实了自己的猜测——无论多么伟大多么高尚,只要是人,就有弱点。她精心地策划了这一被她看作是决战的抓捕,她不仅相信了小巫女的巫术,而且命令朱志兴集中了所有的枪炮包围了镇长办公室,如果不是要抓个活的,这里早已成了一片废墟。

"我知道你是个君子,"吴云对剑客说,"但暂时我还不能给你松绑,不过,可以洗掉你脸上的狗血。"

于是,朱志兴打来一盆清水,顺着他头浇下去。吴云很为剑客的面如冠玉的容貌感到惊讶:"你要是留着胡子将是蓝镇最美的男子。"

"我不是君子,也不是什么美男子,而是个阶下囚。"剑客振振有词地说,"你把我留下和你独处不只是要夸赞你的敌人吧。"

吴云笑了笑,用不是胜利者的姿态而是一个红颜知己的语气和他说:"蓝镇之所以有战争之灾,是因为那些沙河镇的人和那些货郎在捣乱,这和赵家没有关系。"

"我从来不跟不拿武器的人动手,更不和女人谈战争的事。"

"问题是你现在已经和不拿武器的人动手了,也已经和一个女人在谈战争的事了。"

"你的意思是要我帮助你将沙河镇的人和那些倒霉的货郎赶出蓝镇?"

"是这个意思。"

"条件?"

"放了你。赶出他们后,你将得到水上花园颐养天年,否则蓝镇将战斗到最后一个人阻止你们进入蓝镇。"

"我可以将花园里的庙宇改成教堂吗?"

"你说了算。"

"你可以永久免除地租吗?"

"我已经这样做了。"

"请给我一套衣裳,大概你也不愿意和一个赤身裸体的男人谈话吧。"

在长达一天一夜的密谈中,两个人铺开地图,对起义军怎样进入蓝镇,蓝镇的卫队怎样配合,以及战斗打响后发生的突发事件的应急处理,他们都做了细致的布置和反复的推敲。女人的军事才能令他震惊,如果自己就这样盲目地攻进蓝镇,胜负真是难以预料,更何况还有赵怀明。可女人在两个人商谈的间隙透露出的博学又叫他欢喜不已，她不仅通晓四书五经，而且诗词书画也很有造诣。他设想，等打完仗，赶走了沙河镇的卫队和货郎，他将满足于和这个女人天天在一起而不动一点邪念消磨掉人生的最后时光，并决心使女人信奉和自己一样的信仰。

绝对是君子协议，吴云放了剑客，对外却宣称这个人根本就不是剑客，他们抓错了人。朱志兴对吴云的做法很不理解，甚至还责怪起梦中情人，他说好不容易捉住了，怎么能放了？一旦他不信守诺言怎么办？

"蓝镇的实力根本无法与剑客抗衡，他们攻进蓝镇只是时间问题。"吴云很直接地告诉他，"让约翰和货郎先和他们打，这是一石三鸟之计。"

起义军已经得到了剑客被俘的消息。部队里有一个叫戴云成的家伙，他对部队的领导地位早已垂涎三尺，他在不到一个时辰的时间里，就控制了部队的指挥权。他不管其他指挥者的反对，成心要借助敌人的手除掉剑客，立即集中了部队向蓝镇进发。他们在半路与剑客相遇，当剑客说出要和赵家联合击败沙河镇卫队的时候，戴云成刚要开口反对，一颗子弹打爆了他的脑袋。

"对不起，我的枪走火了。"一个年轻人说。

"不过，这确实是个圈套。"一个干瘦的老者没有理睬戴云成流出的脑浆，劝告着剑客。

"不要犹豫了，军师。"剑客说，"难道你看不出来，时间要再长的话，躺在地上的不是他，而是我。"他看着年轻人，然后命令部队继续前进。

这是一场蓝镇有史以来最惨烈的战斗，与所有战争一样，总是不能按照预定的计划进展。这天夜里天空下起了雨，剑客看见了吴云发给他的进攻信号，那是三堆燃烧起来的柴堆。剑客按照计划的路径进入蓝镇，即遭到了沙河镇卫队的猛烈伏击。身经百战的起义军呼喊着跟在剑客的身后鱼贯而上，沙河镇卫队在最初凭借先进的武器装备，击退了五次起义军的进攻。当第六次进攻来临的时候，起义军将士杀红了眼，他们骑着战马，迎着火红的夕阳，根本不管对面密集的枪炮声，突破了沙河镇卫队的第一道防线。令起义军欢欣鼓舞的不是取得了战役的胜利，而是传来蓝镇卫队已经控制了蓝镇大街的消息。果然，在起义军向约翰老巢进发的路上，朱志兴率领一小队人马在一个粮店门口与起义军会合了，那里已经准备好了酒肉。他们在经过短暂的休整后，即在午夜向赵家老宅发起总攻，据朱志兴汇报，吴云将在同一时间率领卫队向停泊在蓝江上的沙河镇的军舰发起进攻。毫无诚意的合作注定了这是一场必败之战，起义军在赵怀礼和朱建平曾经摔跤比赛的那块土地上，再次遭到了提前得到消息的沙河镇卫队的伏击。在强大的火力支持下，起义军很快人仰马翻，陷入了绝望的境地，战争便向着失去指挥的混战状态发展。待蓝江上与赵家老宅中的沙河镇卫队回合后，战斗进入了巷战。吴云觉得消灭两个强大对手的时机到了，她穿上戎装，亲自指挥蓝镇的卫队向两支在她看来已经是强弩之末的部队发起了进攻。可是，她忘记了她指挥的部队是一支毫无斗志的鸦片军，他们不仅没有力量，而且还怕死，没交手就放下武器找地方躲起来或者在震天的枪炮声中去找鸦片实属正常现象。剑客身边只剩下两个侍卫，他的枪法和他的剑法一样精妙，在撂倒三十三个敌人后，他扔掉了手枪，从侍卫的手中接过宝剑，以昔日精妙的剑法斩杀两个沙河镇的卫队长和五个货郎后，一个蓝镇卫队的中队长向他疯狂地进攻，他大叫起来："咱们是一伙儿的呀，他妈的真是浑蛋，怎么连我也杀。"他不得不痛下杀手才阻止了这个中队长的进攻。这是一场足以让所有人都糊涂的战斗，蓝镇的卫队变成了无头的苍蝇，一会儿叮咬沙河镇的卫队，一会儿又帮助沙河镇的卫队吃起义军的肉，一会儿又与起义军连成一片去喝沙河镇卫队的血。到后来，原本目标明确的蓝镇居民也失去了攻击的方向，他们躲在自家的房前屋后，只要遇见拿刀拿枪的人就窜出来与其撕拼。

赵黎明穿着女人的衣裳，用手提拉着裤子，披头散发在逍遥楼旁边的药店附近找到剑客。那时，剑客正把一群逍遥楼的妓女组织起来，准备进行最后的反击。他一把将剑客拖进空空如也的药店，道出了实情。

"你这个傻子，"赵黎明喊叫起来，"他们早把你的进攻计划告诉约翰了。"他脱下衣裳，要老朋友披上，可剑客拒绝换服装。

"他们捉不住我，我会飞毛腿和水上漂的功夫。"

"你跑得再快还有枪子儿快？"

剑客只得换上衣裳，摘下牛仔帽，赵黎明拿过街角已经死去妓女的帽子给他戴上，然后打量滑稽的剑客，笑了起来："你还别说，你这么个打扮还真有女人的风韵。"

"再见。"他临走没忘记抱怨，"我又上了你的当。"

"我说过，我是赵黎明，我不是赵怀明。"

剑客抚剑长叹，然后消失在一百多年前逃跑的路径上。与此同时，朱志兴也满大街寻找吴云，他已换了便装。他身上已经受了五处刀伤和两处枪伤，支持他寻找吴云的力量是对爱情的忠贞。他躲过了横冲直撞的子弹，躲过将一个个店铺、商行、粮站、当铺、绣庄和药店炸的碎片横飞的炮弹，在江边找到了呆坐的吴云。她还穿着戎装，仰着头看着掠过天空飞向蓝镇的炮弹，她的神情很安静，就像一个浪漫的少女在看划过天际的流星雨。他走过去，背起梦中情人，在进入赵家大院前，他没有忘记回头看镇子里的现状。那里已经成为一片火海，约翰率领他的部队正向水上花园进发，他们洗劫了那里的金银珠宝字画古董。拂晓时分，水上花园被付之一炬。当他们准备用炸药炸开赵家大门的时候，一个邋遢的老人打开了大门，他怒目而视的神态，让约翰感觉到，谁进入赵家大院，即使是死去，也无法摆脱死后的折磨。

"我住在这里，一直住在这里，以后永远都住这里。"

"是的，父亲。"约翰说，"作为儿子，我感激你给了我生命，但这是最后一次报答。"

二十二

  这次战争对赵黎明损失最大的是,他失去了三个心爱的女人,炮弹将镇长办公室方圆二百米变成了一个水塘。在水塘的烂泥里,他找了三天才找到蛇女一只腐烂的脚。长期的厮混,让他已经将蛇女当成了他的妻子,他欲哭无泪,后悔那天晚上去大街上寻找剑客。如果说蓝镇还有一处是完整的话,就是逍遥楼,那是因为约翰的大炮长了眼睛而使他的烟馆免遭损失。就是这个完整的地方,对于蓝镇居民来说,也失去了意义。这里的妓女,她们有的死于流弹,有的战死沙场,有的觉得这里根本没有再待下去的必要,因为这里已经没有生意可做。这场为寻求未来权力归属者的战争,最终以把这里变成了连野兽都不愿光顾的废墟而告终。幸存的蓝镇居民,他们带着残缺不全的家口,踏上了遥远的永无归期的乞讨之路,他们宁愿抛尸荒野,也不愿死在这里让记忆痛苦的锁链搅缠自己和亲人孤独的灵魂。当初第一批来到蓝镇的神父和修女完成了他们最后一次祈祷后,浑沉悠远的钟声停止了敲动。他们踏上了轮船,寻找下一个可以拯救的人群了。他们很伤心,那些刚刚入了门的教徒,几乎全部变成了炮灰。那座由赵俊生和赵俊杰哥儿俩精心打造的赵家老宅,在约翰离开的时候,他亲自射杀了两个企图阻挡焚毁的赵氏仆人后,即被烧个精光。那里只剩下了大门口的两个石狮子,它们咧着嘴瞪着惊诧的眼睛歪倒在杂草丛中。到了晚上,在那条南北走向的大街上,被白天滤过的空气突出了腐尸的臭味,即使原来最活跃的烟鬼也不敢上街上走上一走,因为战马的嘶鸣肉搏的惨叫声和那些到处游荡的幽灵总是在你最需要安静的时候出现。

  如果说蓝镇大街上还有原来的模样,那就是那个给刘淼理发的老剃头匠。他不是不想离开蓝镇,而是因为他确实太老了,他是唯一愿意回忆蓝镇过去的人。每天早上,他会凭着老年的生物钟感觉什么时候卷起窗帘,什么时候打开房门,什么时候搬出破旧的座椅,然后将泛起肥皂沫的泥盆放在旁边,掏出烟末按上点着，蹲下来，当早晨那丝暗淡的阳光射到他干硬花白的头发上的时候，他的回忆就会像烟雾那样扩展开来。不过，他还没有使回忆清晰的本事，因此他的回忆大部分是在消磨时间，直到最后回忆把自己搞糊涂时他才沮丧地放弃。他的生活很糟，一天只能吃一两顿的饭，因为每理一次发，他就会得到一碗稀粥。过去蓝镇有上百个理发店，他一天还忙得不可开交，现在他是蓝镇唯一的剃头匠，可一天也只不过理一两个。就他本身来说，与其说维持生计，还不如说是对职业的热爱更确切。

"没有人了，人都死光了，都走了。"他总是用忧伤的眼神望着镇子里的每个角落自言自语，"我是不是也该走了？我什么时候走呢？我走了这里谁来剃头呢？他长得是不是和我一个模样？"

初春的一天早上，一个在战争中失去右腿的老战士要理一下自己的胡须，因为今天是他的生日。他很奇怪一向守时的老剃头匠为什么中午还不打开房门，他推开门，长叹了一口气："你总算想开了。"

老剃头匠死在那张破椅子里，凝固的血液已成干结的暗紫色的瘀块。他死之前，自己给自己理了发，还剃掉了所有干硬花白的胡须，然后从容地将剃刀按在了自己的脖子上。他比活着的时候足足年轻了十五岁。他安详的面容告诉人们，死比活着更安逸。

赵黎明要幸运得多，两个妓女收留了他。她们是逍遥楼仅剩的两个妓女，她们长得又壮又丑，曾以野蛮闻名逍遥楼，但那天晚上却是冲向敌人最勇猛的人。虽然她们一个敌人也没消灭，但她们野猪发飙的模样确实遏制了敌人的嚣张气焰。她们手里拿着剪子菜刀，使那些货郎要抢掠逍遥楼的企图落空。早在赵黎明在逍遥楼最风光的时候，她们就被他朗诵的诗词征服了，并一直有个心愿，就是哪天能与心中的王子独处，哪管是一个时辰也不枉自己当了一回妓女。那天，黎明抱着蛇女的脚，眼露恶狗似的目光，逗留在黑苍苍的乔木丛，被觅食的两个人发现。她们好不容易才夺下他手中的脚，一个抬着头一个抬着脚把他搬进了逍遥楼。他大喊大叫，两个女人不得不用轮流左右开弓耳光的扇击才使他闭上了嘴。

那些货郎在蓝镇的慌乱中发了财，他们此时才发现在蓝镇这个地方拥有钱已经不重要了，因为蓝镇已经没有可以玩乐的东西了。他们天天在逍遥楼门外摇着拨浪鼓叫嚣引诱，也没打动两个妓女的心。与对待货郎们相反，她们对待黎明却像对待丈夫那样精心。她们给黎明熬粥喝，从街角仅有的一个水果摊上买回野梨给他解馋，还想方设法从约翰搬走的烟馆里给他找到了鸦片烟枪。待他吸了鸦片，重新抖擞了精神，她们轮流与他玩骑马和蚂蚁上树的游戏。赵黎明直到此时才会忘掉思念进行总结，女人像苹果梨子以及桃子一样，虽然各有各的滋味，但在吃过足够多的水果后，苹果梨子以及桃子归根结底也还都是水果。在短短的一年间，也许是两个女人对他的照料太无微不至了，也许是具有接近什么人就跟着起变化的本事。他长得阔胸阔背，钢针似的胡须参着，扁平的大脸上镶嵌着两只环眼，胸前团起的肌肉上因长期与两个女人撕拼的伤疤形成了一个自然的虎头。他大口喘气，粗声粗气地说话。到了六月，逍遥楼门前货郎们恼人的拨浪鼓声骤然停止。赵黎明自战争后第一次走出了逍遥楼，他坐在大门口，看见一个又一个蛇女从他身前闪过，就像干裂的路面上飞过一只又一只蝴蝶那样轻盈。在最后的一个蛇女要飞过的时候，他挡在她的面前。于是，晚上他在床上与两个女人商量，要在这里举行一次小型的酒会，宴请那些远道而来的蛇女。他的提议刚提出来就遭到了两个女人的强烈反对。他软磨硬泡，甚至不惜和她们也玩起了人蛇大战，并许诺她们永远是这里的主人，才使两个女人很不情愿地答应下来。为了这次酒会，他早晨就开始张罗，搬出了逍遥楼里仅有的一点赵家高粱酒，那是赵怀明那个时候窖存在这里的。在阳光的爆裂声中，他亲自走上臭气熏天的街道，与水果摊的小贩讨价还价，与卖糕点的老太太斤斤计较，他甚至使出了下作的伎俩，偷了一个寡妇家的一只鸡，这只鸡是蓝镇最后的一只鸡。在那座空空如也阴暗潮湿的烟馆里，他带领两个女人用木棍和扫把与老鼠和蟑螂战斗。这些讨厌的家伙，被战争中的尸体饲养得膘肥体壮，它们在用捉迷藏的游戏作弄着三个留守者，使三个人筋疲力尽只得放弃了在这里摆放酒席的打算。晚上，一桌不算丰盛的酒席摆放在逍遥楼的大厅里，这里没有灯笼，没有可以奏响的乐器，只有发着霉味的空气和一盏冒着黑烟的油灯。豆粒大小的火焰上下蹿动，将这里变成一个阴森可怕的坟墓。被邀请的三个蛇女和两个曾经与他在逍遥楼打牌时认识的货郎如期而至，他们被蓝镇的现状搞得很失望，到这里来不是给黎明什么面子，而是要侦察一下逍遥楼里还有什么东西可以拿走。在一番类似于参观的侦察后，黎明先给他们吟诵了一首诗词，酒宴便在毫无欢颜和尴尬中进行。他们除了在喝赵家高粱酒时发出惊叹外，几乎一言不发。唯一出彩的是，三个蛇女在酒宴中"叽叽喳喳"地品评两个妓女的长相，结果差一点发生了一场小规模的战争。在黎明一次又一次的努力下，在酒精的作用下，将近午夜，他们终于有了共同的话题。于是，一场堪称是前无古人后无来者的豪赌，关系到蓝镇命运令地下赵家祖辈人浑身发抖的赌局开始了，而在当时黎明的眼里，却像小孩玩游戏那样随心所欲的。两个妓女将盛有三粒骰子的大碗摆放在酒桌中间，然后将一摞仅有的铜钱码放在黎明的面前。

一个货郎轻蔑地看了一眼铜钱，然后嘲笑："你不会穷得就剩下这些破铜烂铁了吧，再说谁还要这些没有用的东西。"

黎明接受了嘲讽，他低声下气地说："就是痛快痛快手嘛。"

一个货郎说："你不是说过蓝镇的大街小巷都是你们赵家的吗？你不是说过这里的山山水水都是你们赵家的吗？"

"那些东西才是无用的。"黎明说，"人都没有了，谁还要这些？"

他手气很坏，第一把输掉了蓝江，第二把输掉了蓝镇的山峰，第三把他就输掉了蓝镇的大街小巷。他还要赌第四把，两个货郎打着哈欠说，他们困得要死。也不是完全丧失了人情味，作为对他盛情的答谢，临走的时候，他们把三个蛇女留下来陪他。第二天中午，三个蛇女离开了逍遥楼，她们给黎明留下了下身刺心的瘙痒和灼热的疼痛。在未来的一个月中，他经历了从红肿到溃烂的惩罚。到了八月初，他腐烂了眼眶，掉光了头发，烂掉了鼻子，小便时要卑微得像狗那样抬起一条腿，布满全身铜钱大的疱疹开始破裂并散发出化学反应的怪味，浑身的怪味充满了整个逍遥楼，赶走了这里成群的老鼠和蟑螂。灾祸使他意识到，放荡的繁华和好奇的欲望是两种一样的东西，其最后的结局无非是收获一场噩梦。

中秋节这天，两个女人早早起来，问他是不是想吃月饼，可他却大喊大叫说他要回家。于是，两个女人用麻袋片子一裹，像当初把他抬进逍遥楼那样抬到了赵家大院门口一放，就走了。他目送了她们，并为她们因为嫉妒而使她们免遭和自己一样的厄运而感到欣慰。他躺在门外，仰望紧闭的大门，脱皮的围墙，被风儿撕裂了的灯笼和被那场战争夺去了脑袋的石狮子，内心掠过了一丝安慰，原来世界和他一样糟糕。这天夜里，有两只黑熊一只老虎和六条饿狼经过了他的身边，但他身上的怪味救了他的命。他的身体在未来的三天中一直往下陷落，开始他还认为是自己的幻觉，可是后来这种陷落越来越明显，等到泥土覆盖了他的嘴巴，他才真正意识到那些腐水不仅能吞噬自己的身体也能吞噬泥土。在电光石火弥留之计，他努力地寻找记忆里吴云的长相，可他什么也记不起，即使借助放在吴云胸脯上的手也无法重温新婚之夜的纯洁记忆。他放弃了这一念头，因为他确信，他和这个女人以及这个家族压根儿就没有什么关联。

进入冬季，最后的一个最忠实的住户也决定离开蓝镇了，他是个地道的坐地户，是当初给赵俊生、赵俊杰和秀子送去一顶水缸的人的后代。据说他的祖辈就是在这片土地上完成了从猿猴到人的进化，这个猿人繁殖的后代中，有当过教书先生的，有当过朱家账房先生的，有当过赵家大院家丁的，有当过蓝镇卫队长的，有当过朱家保姆的，有当过逍遥楼龟奴的，有当过赵家佃户的，有好赌成性的无赖赌徒，也有将赵家库房里的银子塞进肛门的小偷。他们的离开使那些还住在被焚毁的水上花园逍遥自在的货郎们清醒地意识到，这里已经没有可以榨取的东西了。但他们还不死心，十几个货郎用一根圆木去撞击赵家大院的大门，可他们力量太小没有撞开。他们想方设法要爬过围墙，但他们的个子又太小了。因此，他们共同认为，这个大院里没有人，更没有金银财宝。在春节前三天，货郎们挑着货郎担，摇着拨浪鼓，大雪覆盖了他们身后的足迹。大雪不间断下了九天九夜，把蓝镇变成了一片沉寂的雪原，雪原下面是累累白骨、老鼠蟑螂和淫荡的罪恶。

其实，那些货郎的判断是错误的。赵家大院里不仅有人，而且还不止一个人。那天正当他们用圆木撞击大门的时候，朱志兴手握一根木棍躲在大门后，他决心用自己的生命来保卫永远得不到的爱情和捍卫已经丧失的尊严。待那些货郎走后，他回到了房中，透过没有窗户纸的窗格，呆呆地看着长在对面账房上的荒草，看着一条条被野草封住的那些用石头铺成的小路，看着那些几年前还有很多孩子在那里捉迷藏的枯树以及假山下吴云的情影，狂舞的雪花遂成为他心烦的理由。于是，他一年来第一次打开了大门，大门在"吱呀"的忧伤中告诉他，它们和他一样的心情。他向镇子里瞄了一眼，就放弃了去镇子里的念头，因为那里可能会使他更加忧伤。他返回屋中，像个热锅上的蚂蚁一样焦躁不安，但小巫女的喊叫声把他从焦躁中解脱出来。

他循着喊声望去，一个孩子正光着屁股在雪地里乱跑，小巫女跟在他身后追赶。那天晚上，小巫女率领她的队伍敲着锣鼓跳着怪异的舞蹈，端着狗血盆子奋不顾身地往一个又一个起义军战士和沙河镇卫队员们身上浇泼，她大呼小叫地手执拂尘做着法，她们所制造的混乱曾经使激战中的蓝镇居民想起了云鹏时期进入花园时的盛典，但这种类似于孩子们的游戏，只是一瞬就被战争的残酷代替了。

在看见一片又一片人倒在血泊中的时候，她想起了这个孩子，扔掉了拂尘，奔进了赵家大院。孩子蜷缩在屋角瞪着一双闪烁着不可预知的惊恐的眼睛，照顾她的两个奶妈一个死于胆战心惊，一个在胆战心惊中逃跑。"哦，我的小可怜。"她惊叫一声，像母亲一样把他搂在怀中，冲着他眨了眨眼睛说，"从现在开始，谁都休想把你从我身边夺走。"这个孩子是吴云和赵黎明的孩子，虽然已经九岁，但只有五岁孩子那样的身高。很久以前，吴云就发现了这个孩子的缺陷，她请来了武卓然，武卓然无奈地说，要使孩子长高，得等他父亲武松林回来。她又请来了小巫女，小巫女保证，她会使孩子一天中就长成像传说中马奎那样的彪形大汉。她手里挥舞拂尘，嘴里念念有词，跳着离地三尺的舞蹈，用手掌一次又一次拍打孩子的头顶，就像当初陈婆拍着赵怀英的头顶那样。几天后，她服输了，可这次经历使她与孩子建立了母子般的感情。吴云失望极了，极度的失望甚至使她懒得给孩子起个名字，镇里的恶劣状况又让她无心与孩子相处。因此，待到她发现小巫女与孩子深厚感情的时候，她已不是孩子的母亲，孩子也不是她的儿子，因为孩子已经将小巫女当作妈妈了。

连朱志兴也不相信自己的梦中情人会衰老得这么快。无数次重复的回忆穿越了同一个时间同一片荒漠而遗留下来的皱纹，无数次痛彻心扉的感受以及命运的残酷摧残了的头发，冲破屋顶悠长的叹息和被权力撑破了的皮肤，无不向人们证实，不仅时间流逝可以使人韶华隐去，而且欲望也可以使人衰老。在她从小到大跟着文清这个老女人学会刺绣和接受一次又一次佛经熏陶的房屋中，她提前挪用了人生道路上以后的时光，使她成为一个二十九岁孤寂的老女人。她整天不说一句话，她说话的时间都被为时已晚的要是这样或者是那样的决策占据了。她的生活从来没有这样规律，她早上起来先望一眼黑洞洞的院落，然后把目光停留在布满蜘蛛网的桌椅上。她像一只蜘蛛一样，在自己营造的天地里爬过来爬过去。那里有井井有条的账房，有气势雄壮的卫队，有装满金银的库房，有赵家族人的赞扬和免了地租佃户的笑脸，有建成的兵工厂里的大炮，有被打得落花流水的沙河镇卫队，有每天晚上在水上花园荡舟放歌倒影在湖里殷红的灯笼，有每个店铺进进出出的人群，他们笑着走在铺满石子的小路散步，那些赵家子弟任他们养鸟斗蛐蛐，用这些可以让他们彻底忘掉毒瘾。每一次想象中的回忆，就会让她脑袋隐隐作痛，直到早晨那缕无力的阳光映射到床头，她才会从蜘蛛网上爬下来。她木然地看着朱志兴送来的一个窝头和一碗萝卜汤，就想起了云鹏曾经种过的那片田地，于是她就打算，过年开春在那里种上一些蔬菜，可这种想法也只是想一想而已，她不让自己的回忆和想象有半点停留，就用厌烦的目光盯着面前的男人，直到他知趣地离开。

与这个女人相比，朱志兴忠诚依旧。自朱志兴把女人背进赵家大院那刻起，他的心就在最初的惴惴不安和狂喜不已中度过，他甚至感激这场战争的失败，给他提供表露爱情的新机。他在黎明的觉醒和午夜的思念中，几次想表露心迹，寻找与其共鸣的音调，并努力使爱的音调丰满起来，但爱情的痛苦每次都在灼烧和扩大他的伤口。就在大雪纷飞的日子里，他冒着雪，用五天时间搜寻了赵家大院，很意外在一个装满整个世界凄凉的房间中，找到了一罐酒。他把它抱进自己的屋子中，就着雪花喝酒直至酩酊大醉，然后以呼唤野兽的声音放声大哭。如果不是小巫女的安慰，他会把心肝都哭出来。小巫女和他喝酒，陪他哭，一起醉，让他说出沉重的心事。他像外面飘落的雪片一样语无伦次地诉说了自己的懦弱和苦恼。小巫女也说出自己的烦心事来分散他的精力和减轻他的痛苦。小巫女说，她本来是个绣女，在九岁那年就已经掌握了刺绣的技术，她的父母本意是让她拥有一门技能，以便等她嫁人时有一份体面的嫁妆和婚后不被婆家轻视，可无意的巧合改变了她的命运。那天她和几个伙伴在陈婆那座长满荒草的房屋前玩耍，草丛中的一本玄妙的书使她走上了巫术之路，并一度使她成为蓝镇最受尊重的人物之一。她确实得到了后山狐狸的眷顾，不是传说，她的病人就是证明，可她的本事只局限于相信巫术的蓝镇人，他们要么痊愈于强大的精神力量，要么死亡于自然的神秘力量。她抱怨自己没读过几天书，那里的字她都不认识，便从怀里掏出那本带着体温破烂不堪的书给朱志兴看，以求他的帮助，可朱志兴什么也没看见，因为书上明明是空空的白纸。

"什么也没有哇。"朱志兴翻着书，笑了起来，"我要是早知道你就这本事，就不会叫人去祸害那些狗。"

"有字呀，你看，"她指着书上的字说，"这个是好，这个是跳，"她把书翻到最后一页说，"这个是荒，这里还有一幅画呢。"

可朱志兴什么也看不到，这时小巫女才彻底相信，自己的巫术仅仅是自己给自己制造的一种幻觉。这一次的彻夜长谈，证明初恋是不分年龄的，而且随时即可发生，真正的爱情与崇拜无关。两个人躲在荒凉的假山后面幽会接吻，躲在挂满蜘蛛网的库房里说着悄悄话，躲在落满积雪云鹏的书房里谈论诗词，还偷偷摸摸到空空荡荡阴森恐怖的同乐楼里唱歌。他们没有必要这样，如果他们愿意，可以在院子里任何地方接吻唱歌甚至做爱，因为院子里除了那个不懂事的孩子偶尔干扰一下他们的热恋外，吴云还沉浸在欲望的火焰中，即使开春的第一道闪电点燃了同乐楼，即使在五天后同乐楼轰然倒塌，也未将她从虚幻欲望的深渊里解救出来。清明节这天，他们牵着孩子的手，亲眼看见了积雪的融化，滚滚的雪水将蓝镇所有的尸骨和轰塌的店铺沿着大街一起冲进了蓝江。谷雨这天，朱志兴和小巫女顶着春天盛大的阳光，劳作在云鹏曾经种植大豆、玉米和高粱的土地里，他们用镰刀砍掉了蒿草，用破旧的犁铧翻开了尘封多年的土地，将去年节省下来的粮食作为种子播种下去。秋天来临的时候，他们得到了和他们期望的一样多的粮食，此时两个人才共同意识到，要使自己活得快乐原来这样简单，只需要这么小的一块土地和一些汗水就足够了。朱志兴把倒塌的账房清除干净，砍倒了当初云鹏时期种下来的树木，盖起了一座粮仓。小巫女在文清的房屋中借着给吴云送饭的当口儿捡来了绣针，到了粮食上仓后，她不仅给孩子绣了一个小褥垫儿，而且也给自己没有出生的孩子绣了一套小肚兜儿。他们在秋后享受夕阳的时候，共同许下了一个愿望，要是他们生下的是个女儿将嫁给吴云的儿子。到了冬天，朱志兴拿起刀剑，挂上了汉斯当初送给云鹏的手枪，去山里打猎，他的枪法和剑法一点没有生疏，每次都带回一些兔子和山鸡，有一次他活捉了一只野猪。他们把它饲养在库房里，给它吃萝卜白菜和胡萝卜。春节这天，野猪已经长大，他们把它杀了。除夕之夜，朱志兴向天空放了两枪代替鞭炮，然后去请吴云出来吃一顿团圆饭。可吴云把节日的气氛给搅乱了，她死了，就在早晨小巫女送饭菜的时候他还抬起眼睛看了看。她死于自己与自己争夺最后权力大战的噩梦中。小巫女要用巫术使她复活，可是跳了半天也没有结果。朱志兴看着女人扭动臃肿笨拙的身体，笑了起来。女人被他的笑声激怒了，责怪他不该在他曾经倾心的女人尸体前发笑，还按倒孩子给他母亲磕头。

"看看你们男人该有多坏，看看你们男人的心肠该有多硬，对着死人也能笑得出来。"

"问题是你哭和你笑，效果都一样，何必打扰一个死人的安宁呢？"

三个人参加的葬礼在蓝镇现在来说已经是很隆重了。朱志兴在镇办公室那个地方挖了个大坑，来满足梦中情人生前得到的权力和死后也享有同样权力的愿望。

五月二十三，小巫女顺利生下了一个女婴，满月后举行了订婚仪式，不为别的，只为践行他们的诺言。七月里一个阳光灿烂的早晨，朱志兴在打开大门的时候，听见头上的喜鹊叫个不停。

"今天你一准会打到一只老虎。"小巫女开玩笑说。

到了中午，喜鹊证明了它万世不变的未卜先知的本领不是徒有虚名。朱志兴也想和女人开个玩笑，他把本来去山里打猎的打算更改为留在家中铲地。一阵踢踢踏踏的脚步声来到了他的面前，开始他还以为是女人来叫他吃饭，可来人让他大吃一惊。他是一个年轻人。他长得文质彬彬，梳着用黄色丝巾扎起来的发髻，穿着一件蓝色的长衫，脚下踏着一双软底布鞋，脸上露着酣睡初醒的快乐神采，他眼睛里的满足即使在云鹏时期也没有见过。他问这个院子里怎么这么荒凉，路上都长满了草，花园的水塘也臭了，同乐楼怎么倒了？人也没有了，人都到哪儿去了？是不是到蓝镇大街上去参加庆典了。他还问朱志兴是不是新招来的仆人，以前怎么从来没有见过。朱志兴打量着这个人，就像见到了一个鬼魂。但他一点也不害怕，极度的期盼让他忘记了恐惧，因为三年来还没有一个人来到蓝镇。他忙不迭地把年轻人请到家里，小巫女用荒废的巫术和来人投在地上的影子确认，来人是人而不是鬼魂。他们让来人吃饭喝酒，可来人不吃。他急急忙忙奔进账房后面的屋子，说这里是他的家，在这个家里，他有三个妻子和一对儿女。他说这个大院里的主人是朱成文，他有二十九个夫人，和五十三个女儿，但只有一个儿子叫朱建昌。朱志兴听不下去了，打断说这个院子的主人姓赵，自古以来就姓赵，我从来没有听说什么朱成文，更没有什么朱建昌。来人手一指赵家老宅的方向说，赵家住在那里，赵怀礼在这里当过管家，赵怀英曾经和他去过逍遥楼，他在苞米地里给赵怀英讲过男女之间的事，惹得赵怀英尿了裤子。

"那帮道士最坏，尤其是清明道长，"来人恨恨地说，"他们用妖术蛊惑了我的伯父，整天只知道寻仙炼丹，家里的什么事也不管，镇子里的什么事也不管。"

见朱志兴丈二和尚摸不着头脑的模样，突然他想起了一个极其严重的问题："难道他们炼丹成功了？都成神仙升天了，这里才空空荡荡没有人影？要是那样，我倒要感激这些道士。"

他急急忙忙走在前面，朱志兴跟在后面，每走一处就要发表一番评论，这使朱志兴渐渐地意识到，来人确实比他更了解赵家大院中的地形，就像刚刚离开那样熟悉。他们用砍刀砍掉野草，躲过蛰伏在这里的蛇和蜈蚣，当他们来到云鹏书房后面的院子中的时候,来人指着一座塌了半边被爬墙虎遮盖了的房屋说,这就是朱成文当初炼丹的屋子,没准儿他还在这里呢。他帮助来人小心地剥开粘在门板上的蜘蛛网,用手掀起垂落下来的爬墙虎让来人进屋。在屋子的角落里,一个披散着头发,满脸乱草一样的胡须,眉毛垂落在膝盖上,手臂上长满了神农架下野人的长毛的人坐在那里。他具有哲人一样深邃的目光,他誓死不休也要达到目的的目光让人们相信,坚毅和执着完全可以斩断岁月流淌的事实。

"我的老天爷呀,汉斯,"朱志兴费了好大的劲才辨认出来,高声喊,"你什么时候躲在这里的,你躲在这里干什么,房子会塌掉的,你会被砸死你的。"

很久以前他就躲在这里,日渐衰老的躯体和忘我地寻找使他练就了生死合一的等同概念,因此他不需要食物和水,用思考来充饥是他存活下来的主要原因。在这里,他经历了一个又一个激动人心的时刻,完成了一个又一个空想,到目前为止,他几乎走遍了消灭战争消灭饥饿消灭鸦片以及消灭人类欲望的所有路径。他横亘千古的思考穿梭了人类发展的每一个角落,在这个过程中,他解决了儿子的霸道,宣扬了武卓然的美德,赞扬了云鹏的权力,鄙视了昌民的贪婪,他还成功地使那些枪炮失去了威力和使那些刀剑失去了锋利。在这个一厢情愿玻璃做成的世界中,美好占据了他的每个干瘪的细胞,却经不住一点风吹草动。

"这是一堆伟大的破烂,"汉斯指了指身后朱成文那些掉了渣的炼丹笔记说,"我想我至少在这里,找到了消灭战争消灭饥饿消灭鸦片的路径。"

"你是谁?"来人问,"你的模样可够怪的,我的伯父哪儿去了?"

"你伯父是谁?"

"我伯父是朱成文,我是他的侄子朱建新哪。"

"哦,他呀,这个老家伙,他差一点就找到了成仙的秘诀。"

朱志兴半信半疑地接受了朱建新曾经住在这里的事实。他们邀请汉斯去院子里居住,可汉斯拒绝了,他走遍了整个世界,在这里才找到了世界上适合自己的栖居场所,再说他怕一出这个屋子会失去探索的勇气和灵感。朱志兴几乎动了肝火,扬言要是他不出去,就放一把火烧了这个坟墓。小巫女又要使用她的巫术来打动汉斯冥顽不化的思想,被丈夫不分青红皂白大骂一顿,末了含着眼泪和丈夫一起扯起纠缠交错的爬墙虎枝干撑起了这座行将倒塌的房子。

在三天怀着新奇的游荡后,破乱的镇子使朱建新沮丧地接受了这里曾经发生过饥荒战争和人们堕落的现实,也接受了赵家成为大院主人的事实。第四天晚

上,朱建新与朱志兴一家共进了他重返蓝镇的最正经的一次晚餐。朱志兴拿出了用山梨酿制的酒水款待这个看上去能做自己侄子的长辈。朱建新喝醉了,他摸着吴云儿子的头说,这个孩子是永远也长不高的,因为他是侏儒。然后在谁也不想知道他来历的情况下,他说他是从地牢中的那个洞回到蓝镇的。朱志兴知道后院有个地牢,就在前不久他到后院拾柴火的时候还去过,但他从来没看见什么洞。他说他与父亲朱成武和赵俊生那天因为饥饿难耐和对伯父的失望才沿着这个洞一直往前爬,他们被一条黑色的黏糊糊的无边无际的河流挡住了去路,他们曾经也共同认为他们来到了地狱。父亲莽撞而倔强的脾气是成就这次神奇经历的关键,父亲说既然来到了地狱,咱们就该去阎王殿问问,咱们有什么过错要受牢狱之灾。可父亲踏入河流的时候,才知道原来河流根本不是什么河流,那是一块看起来像流水的黑色布幔。他们走在布幔上既轻松又害怕,直到看见了前面的一道亮光才意识到,这是一条很多年前被先人开辟过的逃生之道。他们一直往前走,越走路越宽阔,直到看见一座被金色的阳光包围的山峰,他们才上岸走向一片桃花林,那里有潺潺的小溪,小溪里的鱼从来没见过,它们都会微笑。溪边的桃花林有一里多长,中间没有杂树,花草遍地,鲜嫩美丽,落花纷纷。他们沿着溪水一直往前走,出了桃花林,穿过一片竹林,看见一个镜子似的湖泊,那里的渔女正在种植莲藕,嘴里还唱着柔软的歌曲,那条小溪正是从这里流出去的。在湖泊的旁边是肥沃的土地和交错相通的田间小路,小路一直延伸到葱绿的山谷里,那里整齐的村舍上面笼罩着一片袅袅的薄烟,偶尔传出的鸡鸣狗叫更营造了山村的祥和安静。人们在田野中来来往往,耕种劳作,互相打着招呼,穿戴也不和蓝镇人一样。他们热情好客,争相把他们请进家中,杀鸡做饭喝酒聊天。他们就问这是什么地方,村里人都笑而不答。朱建新想起了陶渊明作的《桃花源记》,恍然大悟:"你们这里是桃花源?"村里人默许了。他们又惊又喜,但还是被眼前的景象惊呆了,几个人共同感到,朱成文费尽心血要找的仙人却被他们无意之中发现了。

"后院的地牢我去过,可我从来没看见过什么洞。"朱志兴笑起来,"你喝多了,绝无此事,你所说的这些故事是晋朝陶渊明想象出来的。"

但他还是和朱建新在未来的三个月内每天吃完晚饭后去一趟地牢,寻找那个神秘的洞,但他们只看见一座潮湿的阴森森实实在在的地牢。

不知过了几年,杂草丛生的蓝镇的大街上,陆陆续续又回来了人群,他们没有一个是蓝镇原来的居民,但他们具有和蓝镇人一样的肤色和处世观念。朱建新已经渐渐忘记了地牢里那次奇遇并适应了现在的生活,他每天跟着朱志兴下地种田上山打猎,晚上教那个永远长不高的孩子读四书五经和唐诗宋词。当第一个女人在大街上摆上第一个水果摊第一个男人开起了第一家商店的时候,他又走上街头,把他的那次奇遇讲给所有人听,可人们都像朱志兴一样,认为他是胡说八道。

处暑里的一天,正是农忙的闲暇时光,他准备到江边去看看江堤,那里的江水又变得清澈了。街上的小贩开始闹哄哄地叫卖,就像当初那样热闹。路过逍遥楼的时候,他看见几个人在往大门口上挂灯笼,几个花枝招展的女人正向这边指指点点。他停止了脚步,好像是灵光乍现,他突然明白,这个世界与他奇遇的世界的根本差别是,这个世界在不甘寂寞的欲望中重复着一个又一个恶性循环,而奇遇中的世界是在安静地自然地重复着一个又一个良性循环。蓝镇要完成恶性循环到良性循环的转变,不是现在,而是要在遥远的未来。

他打消了去蓝江的念头,向镇子的中心走去,一个和武松林一模一样即将营业的药房吸引了他。他满怀惊喜走进去,一个郎中正在给病人看病,他喃喃地问:"这是武松林的药房,武松林……"

"武松林是家父,我是武松林的儿子武卓然。"

他惊异地打量着武卓然叫了起来:"什么?你是武松林的儿子?我怎么不认识你?武松林是我的岳父哇。"

武卓然放下手里的毛笔,静静地审视着身前人,问:"你是?"

"我是朱建新哪。"

"朱建新是我姐夫,可是他早死了,就是活着,现在也该有一百岁了。"

他糊涂了,刚想解释,门外一阵忧郁的马铃声打断了他的思路。一个脚穿牛粪色皮靴,头顶遮住半边脸的圆顶帽子,披着暗褐色的蓑衣的中年男子出现在大街上。他牵着一匹黑色干瘦的母马,身后还跟着两个瘦得像两条狗的马驹,他拥有土灰色的面庞和失魂落魄的眼神和发自大地深处叹息的呼吸声。